U0605809

〔英〕大卫·尼克斯 著

杨蔚 译

David
Nicholls

有你的夏天

Sweet
Sorrow

A Novel

北方联合出版传媒(集团)股份有限公司

万卷出版有限责任公司

谨以此书献给

汉娜、马克斯和罗米

果麦文化 出品

Contents 目录

PART ONE

JUNE

第一部

六月

——

这个夏天，她离群已久。她不属于任何团体，不
是这世上任何地方的成员。弗兰琪成了无牵无挂
的人，游荡在每一扇大门之外。她害怕了。

——卡森·麦卡勒斯《婚礼的成员》

世界末日

世界末日将在星期四下午四点差五分到来，就在舞会之后。

在此之前，我们在莫顿庄园中学遭遇过的最类似的灾难也就是每学期一次或两次的天灾谣言，每次的情况都差不多，没什么比太阳黑子爆发或小行星撞地球更老套的了。要不就是八卦小报报道了某条玛雅预言、某句当初诺查丹玛斯"无意间说出的话"，或是日历日期出现了离奇的对称，流言便会传开，说我们将在某堂物理课上消失。面对满教室莫名的兴奋，老师通常只能妥协，叹口气，暂停讲课，任由我们尖叫着争论谁的手表最准，然后开始倒数。女孩儿们彼此搂抱，闭上眼睛，肩膀缩得好像被兜头浇了一桶冰水；男孩儿们硬着头皮死撑，人人都在偷偷怀念错失的亲吻、还没发下来的分数、我们的童贞、朋友的面容和我们的父母。四、三、二……

我们屏住呼吸。

直到有人大叫一声"砰"，我们大笑起来，松了口气，却夹杂着一点儿小小的失望——因为我们发现自己还活着，并仍然活在物理课上。"这下高兴了？那我们就继续上课吧，怎么样？"于是，我们回到课堂问题中：当一牛顿的力作用在一个物体上，并致其移动一米，请问此过程中究竟发生了什么？

可这一次，星期四的三点五十五分，舞会刚刚结束，情况是不同的。时间爬过了漫长的五年时光，来到了最后的几周，狂欢与恐慌、喜悦与害怕的气息已经弥漫开去，虚无主义的疯狂也在一旁蠢蠢欲动。家长信和留堂再也奈何不了我们了，这世上还有什么是我们可以侥幸逃脱并且再也不必为后果担心的呢？在走廊上和公共休息室里，灭火器大有可能派上用场。司各特·派克真的会把那些事情都告诉艾丽丝夫人吗？托尼·斯蒂文斯会在文科教室里再放一把火吗？

现在是那样的不可思议，最后的日子就在眼前，灿烂、明亮，每间教室门口都有小小的骚动——校服领带变成了绷带和止血带，打着核桃一样硬邦邦或拳头一样松垮垮的结，口红、首饰、染蓝的头发，活脱脱一派夜店景象。老师能怎么样呢？赶我们回家？他们叹着气，挥挥手示意我们进去。就像没有合理的解释能够定义牛轭湖，我们的最后一个星期也都花在了含混、凌乱、叫人丧气的课程上，讲某种被称为"成年人生"的东西，可听起来，所谓"成年人生"，很大程度上就是充斥着各种表格和成堆的求职履历（个人兴趣爱好：社交、看电视）。我们还要学习如何平衡支票簿的收支。我们望着窗外迷人的天气，心里想着：快了。四、三、二……

课间休息时，我们回到原来的教室，开始用毛毡头的笔和魔术马克笔在校服白衬衫上相互涂鸦，男孩儿们弓起背，像俄罗斯监狱里文身的人一样，用伤感的脏话填满每一处空白。"照顾好自己，你这混蛋。"保罗·福克斯写道。"这件衬衫臭死了。"这是克里斯·洛伊德的。我最好的朋友马丁·哈珀满怀着诗意，在精心画好的阳具下面写上了"永远的伙伴"。

哈珀、福克斯和洛伊德，那时候我最铁的三个哥们儿，抱团的男孩儿。但并不只有男孩儿，外围还有几个姑娘：黛比·沃里克、贝琪·博因和莎朗·芬德利。这个小团体牢不可破，也不接纳外人。虽说没有人懂乐器，可我们把自己想象成一支乐队。哈珀是所有人公认的主音吉他手和主唱。福克斯是贝斯手，弹奏出低沉简单的嘭嘭声。洛伊德，因为他自诩"疯狂"，那就是鼓手了。最后剩下来给我的就是……"沙锤。"洛伊德说。我们大笑起来，于是"沙锤"就成了我们长长的绰号名单上最新的一个。福克斯这会儿就在我的校服衬衫上画它们，一对沙锤交叉在骷髅头下面，像军事标志一样。黛比·沃里克有个当空姐的妈妈，她把各种风味的小支酒装在巧克力盒子里，再套上购物袋偷偷带进来，都是我们喜欢的口味：咖啡味儿和奶油味儿，薄荷味儿和椰子味儿。我们把酒瓶握在掌心里，像安布罗斯一样大口地喝，皱起眉头，喷着口水说话，脚踩在课桌上，用他的眼神死盯着当背景放着的《人鱼童话》第二部[1]，这是学校安排的特别福利，只不过根本没人看。

我们在学校还有最后一顿晚餐，这些小支酒算是开胃酒。大家依旧记得一九九四年那场传奇的食物大战：番茄酱包在脚下爆开，裹了面包屑的炸鱼像忍者飞镖一样在空中飞，带皮土豆被当成手榴弹扔来扔去。"来啊，我赌你没胆。"哈珀冲福克斯说，手里拎着一串香肠掂量分量。可惜老师们在走廊上走来走去，活像监狱守卫一样，还说巧克力海绵蛋糕和巧克力蛋奶冻马上就到。危机解除。

帕斯科先生在毕业生大会上发表了一番讲话，内容一点儿也不出奇，无非是鼓励我们展望未来也要记住过去、志存高远也要脚踏实地、相信自己也要心怀他人，重要的不只是我们学到了什

---

1. 一九九五年上映的美国冒险电影。

么——他当然希望我们学到了很多——还在于我们终于成了年轻的成年人。那种我们曾经听说过的"年轻的成年人"，一边愤世嫉俗，一边多愁善感，表面上暴躁吵嚷，心底里畏缩难过。我们嗤之以鼻，翻起白眼。可不知从哪里传来了抽鼻子的声音，有人相互握紧了手。我们被敦促要珍惜我们缔结下的友谊，这将是一辈子的友情。"一辈子？老天，还是算了吧。"福克斯说，他正把我的脑袋扣在他的胳膊下，乐滋滋地捏着他的指关节。

颁奖时间到了，我们窝在椅子里往下出溜。奖项是颁给那些拿奖专业户的，不等他们下台，掌声就早早停了。他们在台前站成一排，像举身份证一样把奖状举在下巴颏下面，让本地报刊的摄影师拍照。接下来是乐队表演，音乐老师所罗门先生指挥，莫顿庄园中学"摇摆"乐队演奏，满足我们对美国大乐队[1]音乐的渴望。音乐乱哄哄地响起，是格伦·米勒[2]的《在状态中》。荒腔走板，七零八落。

"为什么？说说，这是为了什么？"洛伊德说。

"为了让我们进入状态。"福克斯说。

"什么状态？"我说。

"见鬼的状态。"洛伊德说。

"这是格伦·米勒和他的乐队的'滚你妈的蛋'。"福克斯说。

"难怪他的飞机会坠毁了。"哈珀说。乐曲刚好到了尾声，福克斯、洛伊德和哈珀跳起来，欢呼着大叫："精彩，精彩！"台上，戈登·吉尔伯特像是已经疯了，双手捧着长号的喇叭口，向着空

---

1. 演奏爵士乐的乐团，流行于美国二十世纪三十年代初到五十年代末的摇摆年代，编制通常有十到二十五位乐手。

2. 美国大乐队指挥家和作曲家。

中高高抛起，接住再抛起，这下长号在空中一顿，跌落下来，摔在镶木地板上，铁皮罐头一般瘪成了一团。所罗门先生冲着他的脸尖叫起来，我们赶紧溜去舞会。

可我知道自己是怎样游离在以上种种之外的。那一天的情形历历在目，可是，当我试图分辨自己在其中所扮演的角色时，却发现我说得出的都是自己看到的和听到的，而不是我说过的和我做过的。作为学生，我的特点就是没有特点。"查理很努力，总体来说，各方面都基本上能达到及格标准。"这就是我能得到的最高评价。可就连这么一点点好名声，也丢失在了考试季的纷纷扰扰中。不佩服谁也不至于瞧不起谁，不崇拜谁也不害怕谁，虽然有几个横行霸道的朋友，可我本身并不热衷于霸凌，只是从来不会挺身而出，拦在狼群和羔羊中间，因为我同样不勇敢。在我们读书的那个年代，校园里充满了暴力犯罪分子，自行车窃贼、商店扒手、纵火犯……我跟那些最可怕的孩子毫无牵扯，却也不会被那些聪明、听话、头戴桂冠、手拿奖状的孩子当成朋友。我既不循规蹈矩也不离经叛道，既不合作也不抵抗，不惹麻烦也不参与任何事件。能逗乐是我们最大的本钱，但我不是班里的小丑，也不愚蠢无知。我偶尔能博得大家惊诧的笑声，但最精彩的俏皮话不是被别人提高了嗓门盖过去，就是自己反应太慢，想到得太晚，就像直到二十多年以后的今天，我还偶尔会想，当初在一九九六或一九九七年的什么时候应该这样或那样说的。我知道自己不丑——总有人提醒我这一点——有时也隐约能听见女孩儿堆里的口哨和傻笑，但对于一个不善言辞的人来说，这点儿"不丑"又有什么用呢？我遗传了爸爸的身高（就只是身高），眼睛、鼻子、牙齿和嘴都像妈妈（爸爸说这样才对头），可也继承了爸爸耸肩驼背的模样，就像不敢在这世间多占据一点儿空间似的。幸运的是，腺体发育和荷尔蒙的眷顾让我免受爆痘生疮之苦，要说它们是青春期的痛苦印记也毫不夸张。我既没有因为焦虑而骨瘦如柴，也没有因为薯片和罐装饮料（那是我们的兴奋剂）而膨胀发胖，可我对自己的相貌还是没有信心。我根本就是对什么都没有信心。

周围的孩子们都在精心打磨自己的气质，也以同样的心思改变衣着打扮和发型。我们都是可塑可变的，在最终硬化定型之前，还来得及做出尝试，改变我们的笔迹、我们的政治观点，改变我们大笑、走路或坐在椅子上的方式。最后这五年就像一场混乱的大型彩排，满地都是被丢弃的衣服和态度、友谊和观点；惊惶和兴奋是属于参与者的，抓狂和荒谬感是属于家长和老师的，他们注定要为这不可预料的即兴表演提心吊胆，注定要负责收拾残局。

很快就到了选角色的时候了，它得看上去就是适合我们的，可当我试图用别人的眼光来审视自己时（有时就是字面意思，在深夜里对着爸爸的刮胡镜捋起头发，注视自己），我看到了一个……毫无出奇之处的人。那段时间的照片常常会让我想起早期卡通人物的原型，跟后来的版本很像，但总有哪里不大对劲儿，不太协调。

这些都没什么用。不妨想象这样一张照片：学校的大合影，人很小，不凑近了眯缝起眼睛看，根本分不清谁是谁。无论五岁还是五十岁，中间一排里总有那么一个眼熟却模糊的身影，没有任何传闻趣事、团体组织、丑闻或是成功的记录跟他们的名字联系在一起。你会想：那是谁来着？

那是查理·路易斯。

锯木屑

毕业舞会的堕落程度堪比古罗马，仅次于生物课的野外考察实践。舞场设在体育馆，足够一架喷气式客机舒舒服服地停在里面。为了营造亲近的氛围，场上挂起了老式的彩旗，一头牵在靠墙的肋木上，一头搭着镜面灯球，灯球从一根类似中世纪连枷的链子上垂下来。可场子里还是显得空荡又冷清，头三首歌过去了，所有人依然排排坐在长凳上相互张望，中间隔着早已磨得灰扑扑的旧镶木地板，像隔着角斗场对视的斗士。我们传着喝黛比·沃里克最后的几瓶小支酒来给自己鼓劲儿，喝到最后只剩下君度，君度是一道坎儿，没人敢轻易越线。地理老师赫伯恩先生负责放歌，绝望地从《我会活下去》放到《肥裤子》，甚至放到《放轻松》，直到帕斯科先生让他停下来。还有一小时外加十五分钟，我们在浪费时间……

可就在这时，"模糊"乐队的《女孩儿与男孩儿》来了，仿佛某种信号，巨浪一瞬间席卷舞池，人人都疯狂地跳了起来，一发不可收拾，跟着接下来的一首首流行或浩室[1]殿堂金曲狂吼不止。赫伯恩先生租了一个频闪灯，此刻完全不顾健康和安全问题，只管用大拇指拼命往下摁。我们惊诧地盯着自己弯曲的手指，像电视新闻里那些狂欢者一样，互相贴着脸颊，咬着下唇，挥舞着胳膊向空中猛击，拼命跺脚，直到汗水一点点浸透衬衫。

---

1. House music，一种电子音乐类型，兴起于二十世纪八十年代初期的美国。

我看到"永远的伙伴"几个字的墨迹渐渐洇开，突然有些舍不得，于是冲回放背包的长凳边，抽出我的旧运动衫，凑到鼻子前闻了闻，判断还可以再凑合穿一次，便去了男生更衣室。

　　如果恐怖电影里说的都是真的，构成一个空间的墙壁和地基会吸收来往众人的情绪，那么这间更衣室一定是个需要作法驱邪的地方，所有可怕的事情都在此处发生。这里有成堆恶臭的遗失待认领物品，发霉的毛巾和难以言说的袜子就像史前的泥炭沼泽，不计其数，不知堆了多久。我们曾经把柯林·斯马特埋在里面。这里，就在这里，有人猛拽保罗·邦斯的内裤，由于拽得太猛，结果他被送进了急救室。这房间是个铁笼竞技场，一切攻击都不受管制，无论生理的还是心理的。我最后一次在这长凳上坐下，小心翼翼地把头安放在两个挂衣钩中间——这东西干过的坏事太多了——突然间，一阵叫人难以置信的哀伤袭来。也许是怀旧吧，但我很怀疑：怀什么旧？怀念装满洗手液的铅笔盒和湿毛巾抽在身上的感觉吗？倒不如说是遗憾，遗憾那些没能发生的事情、没能做出的改变。一条毛毛虫织了个茧，在坚硬的茧壳下面，细胞壁溶解，分子流动，重新组合。茧破了，爬出来一条新的毛毛虫，更长，更多毛刺，更多对未来的不确定感。

　　近来我发现自己很容易受到影响，常常这样莫名其妙地多愁善感起来。于是我摇摇头，甩掉这些内心的反思。夏天就在眼前，前有对未来的恐惧，后有对过往的懊恼。难道我们就不能过几天精彩的快活日子，做点儿什么？此时此刻，我的朋友们就在外面跳舞，像不知疲倦的机器。我迅速套上旧 T 恤，低头打量校服衬衫上潦草的笔迹。就在靠近衬衫下摆的地方，我看见了一行整齐新鲜的字迹，用蓝墨水写的：

"你害我哭了。"

我小心地折好衣服，放进背包里。

我回到舞场，赫伯恩先生正在放《跳起来》，大家跳得越发放肆、疯狂，男孩儿们相互冲撞，像在撞门一样。"查理，我的天，"戏剧老师布切尔小姐说，"太叫人激动了！"在这一天里，所有那些我们熟悉的情感，怨恨与伤感，爱与渴求，通通满到溢了出来，叫人无法承受。空气嗡鸣，让人想找个地方躲起来。我选中了攀爬架，爬上去，把自己塞进两根横杠之间，脑子里想着那五个工整的字迹，看来写的人似乎很小心翼翼，怀着期望。我试图想出一张面孔，从舞场上的那么多张面孔里把它找出来，可就像那些凶杀谜案一样，似乎每个人都有动机。

又一轮疯狂开始了，男孩儿们爬到彼此背上，全速对撞、比拼，就算音乐还在响，也能听到脊背砸到地板上的声音。真正的战斗爆发了。我瞥见有人把钥匙握在了手心里。本着维护公共秩序的精神，赫伯恩先生放起了"辣妹"组合的歌，对男孩儿们来说，这也算得上是音乐的高压水枪了。男孩儿散开，女孩儿登场，她们雀跃蹦跳，对着别人摇动手指。布切尔小姐取代赫伯恩先生站在了播放台前。我看见赫伯恩先生冲我扬了扬手，小跑着穿过舞池中央，左边看看，右边看看，像在横穿繁忙的马路。

"你在琢磨什么呢，查理？"

"你的休息时间要被浪费掉了，先生。"

"夜店的失败就是地理的胜利。"他一边说，一边爬上来，挨着我把自己塞进横杠中间，"现在开始你可以叫我亚当了。我们都是一样的普通市民，或者说，很快就是了，再有——多久？三十分钟？再有三十分钟，你就可以想怎么叫我就怎么叫了！"

我喜欢赫伯恩先生，敬佩他面对冷漠声音时的坚韧。"不好意思，先生，你到底想说什么？"在所有有心跟我们"打成一片"的老师中，他是做得最得体、最不着痕迹的。他只是丢下一些关于"疯狂周末"和教员室小秘密的诱人暗示，展露出足够多意味着反叛的小痕迹，松弛的领结，残留的胡茬，蓬乱的头发，以此表示我们是同道中人。甚至他偶尔还会骂骂人，爆出的粗口就像扔进人堆里的糖果。

尽管如此，我依然找不到可以叫他"亚当"的理由。

"那么——你期待大学吗？"

我察觉到一番鼓励即将开场。"我不觉得我上得了，先生。"

"事情还不知道呢。你申请了，对吗？"

我点点头。"艺术、计算机科学、平面设计。"

"很好。"

"可我没拿到毕业成绩。"

"嘿，结果还没出来呢。"

"我心里有数，先生。我连一半的出勤率都没达到。"

他握起拳头在我膝盖上敲了一下，想了想，又改了口："好吧，就算你这次真的没进，也还是可以再努力的。重考，或是另辟蹊径做点儿别的。像你这样的男孩儿，有天赋……"我至今珍视他对我的火山作业的表扬，堪称毫不吝啬："新的高度，最棒的火山截面图。"好像我不是做了一份作业，而是发现了某条多少世纪以来都没能被火山地质学家们发现的基本真理。但这其实只是个小小的钩子，为的是要把"天赋"二字挂上去。

"不，先生，我会去找份全职工作。我给自己的时间是到九月份，到时候——"

"我还记得那些火山，那些剖面线真是棒极了。"

"火山已经是很久以前的事了。"我耸耸肩，感觉到某个开关被打开了。我大概是要哭了，这实在是意外，我只能苦苦压抑。我在想，要不要再往上爬几格？

"也许你可以做一些跟这个有关的工作。"

"火山？"

"绘画、平面设计。等结果出来，如果你想跟我聊一聊这个事情……"

又或者，也许不用我爬，也许只要把他推下去就行了。从这里摔下去也不是很高。

"真的，我没事。"

"好吧，查理，好吧。不过让我来告诉你一个秘密——"他凑过来，我能闻到他呼吸里的啤酒味儿，"是这样的。这没有关系。现在的事，没有关系。我是说，它很重要，但不像你想象的那样重要。你还年轻，非常年轻。你可以去上大学，或是等到你准备好了再去，但是一定要去。时间——有的是。哦，小伙子……"他把脸贴在木头横杆上，样子很可爱，"如果我一觉醒来，发现自己回到了十六岁，哦，小伙子——"

万幸，就在我准备跳下去的时候，布切尔小姐发现了频闪灯，她长按下去，让它持续闪烁了很久很久。突然间，一阵尖叫响起，人群骚动起来，向外闪出了一个惊慌的圈子，与此同时，在频闪灯的照射下，伴随着一阵"呃——呃——呃——呕——"声，黛比·沃里克呛咳着喷出镁白色的呕吐物，溅到了周围人的鞋子和裸露的小腿上。一连串的手机拍照声响起，就像某部定格的可怕电影，她的手大张着捂着嘴，像是要用手指头去堵水管口一样。最后，只剩下她一个人弓着身子站在一圈大笑尖叫的同龄人中间。直到这时，布切尔小姐才终于关掉频闪灯，踮着脚走到人圈中间，伸长了胳膊用手指尖去抚黛比的背。

"54俱乐部[1]。"赫伯恩先生说着，爬下攀爬架。

"闪光闪得太厉害了，明白吗？"音乐暂停，孩子们都在忙着用粗草纸擦拭他们的腿。体育场管理员帕基去取锯木屑和消毒剂，这都是专门为舞会准备的。"女士们、先生们，还有二十分钟。"赫伯恩先生回到了控制台边，"二十分钟，也就是说，是时候缓一缓了……"

慢歌给所有需要彼此依靠搀扶，但至少还能站得住的人提供了一个校园终审裁决的机会。《合二为一》的第一段旋律就清空了舞池。可就在舞池边缘，托实验室工作人员的福，一个隐藏的装置喷出了淡淡的干冰喷雾，借着齐腰高的喷雾遮掩，一系列紧张的谈判正在展开。莎莉·泰勒和蒂姆·莫里斯首先冲出迷雾，快活地踩着锯木屑跳起舞来；接着是莎朗·芬德利和帕特里克·罗杰斯——校园性感先锋——手永远都插在彼此的裤腰里，一副要从抽奖箱里抽出彩票来的模样；再接着是"肢体"丽莎·博登和马克·所罗门、"大长腿"斯蒂芬·尚克斯和"女王"艾莉森·奎因。

不过，在我们眼里，这些都是"老夫老妻"了。人群需要新鲜东西。遥远的角落里传来了起哄和欢呼的声响，是小家伙柯林·斯马特牵起了派翠西亚的手。人群让出一条通道，她半推半

---

1. 二十世纪七十年代百老汇著名夜总会，堪称重新定义了"夜总会"的概念，后改为剧场。

就，半个人被拖进了灯光下，空着的那只手拼命遮着脸，像即将面对审判的被告。体育馆里，男孩儿女孩儿们开始了他们神风敢死队般的追逐，满场地跑，追求者有的得到欣然应允，有的遭到拒绝，只能转身离开，面对稀稀落落的掌声努力扯出个笑脸。

"我讨厌这一套，你呢？"

海伦·比维斯坐到了我身边的横杆上，她是个艺术街区的女孩儿，曲棍球冠军，又高又壮，有时被人叫作"砖匠"，不过从来没人当面这么叫。"看，"她说，"丽莎的整个儿脑袋都快塞进马克·所罗门的嘴里去了。"

"我敢打赌，他嘴里还有口香糖——"

"就那么把它顶过来推过去，像一场微型羽毛球比赛。"

我们有过几次想要缔结友谊的扭捏尝试，海伦和我两个，只是到最后什么都没有发生。在艺术领域里，她是那种会画大幅抽象油画的酷小孩儿，画名都叫"分割"之类的，窑炉里总有她的东西在烧。如果说艺术是关乎情感和自我表达的，那我顶多也就是个"还不错的画手"，能画些精致的速写画像，打上重重的十字线阴影，僵尸、太空海盗、骷髅，都只有一只眼睛，取材自电脑游戏和动漫、科幻小说和恐怖故事，都是那种复杂的暴力画面，足以引起教育心理学家们的关注。"我想跟你说句实在话，路易斯。"海伦慢吞吞地说，手里还握着一个足有胳膊那么长的银河系雇佣兵玩偶，"你可以正经画一画男性人体，加上斗篷。不妨想一想，如果要选一些真实的东西来画，你会怎么做。"

我没有回答。跟我比起来，海伦·比维斯太聪明了，是那种毫不张扬、完全属于她自己的聪明，无须书本标榜。她也可以很有趣，会絮絮地低声讲出最好的笑话，但只在自己高兴的时候说。她的话里有太多字眼，每个字都能读出反讽的味道，我从来弄不清她说的究竟就是那个意思，还是该反过来听。哪怕每个字眼都只有一个含义，文字本身也已经够难了。如果要探究我们之间为什么没能发展出友谊，原因就是我实在无力跟上她的层次。

"你知道这个体育馆里缺什么吗？烟灰缸。装在双杠两头。嘿，现在我们可以抽烟了吗？"

"不行，还得再等……二十分钟。"

海伦·比维斯是我们之中最好的运动健将，同样，她也是个老烟枪，多多少少都干过在门边抽烟的事情，一笑起来，她的万宝路薄荷烟就在唇边上下跳动，跟大力水手的烟斗一样。有一次我还看见她按住一边鼻孔擤鼻涕，鼻涕越过女贞树篱笆，飞出去足有十二英尺远。我觉得她的发型是我见过最丑的，顶上支起，后面又长又软，两边鬓角尖尖的，活像圆珠笔在照片上胡乱画出来的样子。以五年级公共休息室的神秘代数公式计算，坏发型加上艺术加上曲棍球加上不刮腿毛，就等于对男孩儿无感。对于那个时候的男孩儿来说，"对男孩儿无感"是个强大的形容，要不就让一个女孩儿充满了最迷人的魅力，要不就是毫无吸引力。对男孩儿无感的女孩儿分两种，也只有两种，海伦不属于马丁·哈珀那些杂志上能找出的任何一个类型，于是男孩儿们也就对她没了兴趣，我倒觉得这样更适合她。可我喜欢她，希望能让她记住我，哪怕我的努力往往只能换来她的轻轻摇头。

最后，镜面灯球亮了，悬在链子上转动着。

"哈，真神奇。"海伦抬起下巴点了点缓缓转着圈跳舞的人群，"永远都是顺时针。你发现了吗？"

"在澳大利亚就反过来了。"

"赤道上的人就站着不动，非常与众不同。"《合二为一》余音散去，代之以惠特妮·休斯顿甜蜜温暖的《最伟大的爱》。"嘿呀，"海伦转了转肩膀，说，"为了我们所有人好，我希望这些孩子不会是我们的未来。"

　　"我不觉得惠特妮·休斯顿脑子里会有我们这所学校。"

　　"是啊，大概是没有。"

　　"说起这首歌，还有一点是我一直想不明白的。'学着爱你自己'，这怎么就是最伟大的爱？"

　　"如果你把'爱'换成'恨'，就好懂了。"她说。我们安静地聆听着。

　　"学着恨你自己——"

　　"——是最伟大的恨。所以说那很容易做到。最了不起的是，这法子几乎适用于所有情歌。"

　　"她恨你——"

　　"就是这样。"

　　"谢谢你，海伦。这下我就清楚多了。"

　　"当是给你的小礼物好了。"我们将目光转回到舞池中，"看样子翠丝很开心。"我们望过去，派翠西亚·吉布森一边扭捏地跳着舞，一边往后缩，手依然捂在眼睛上。"柯林·斯马特的裤子都变形了，怪好玩的。古怪的地方，很难保持形状。嘣！"海伦冲着空中哼道，"我有过一次。圣诞节卫理公会的舞会上，跟一个不太方便说出名字的人……感觉不怎么样，像是被鞋盒子戳到屁股一样。"

　　"我想男孩儿从中得到的享受比女孩儿多。"

　　"那就去树上或者随便找个什么东西蹭蹭。这太粗鲁了，我是说，这很无礼。别拿这个当武器，查尔斯。"周围有许多只手都在不同的臀上摸索，要么停留在上面，颤颤巍巍、战战兢兢，要么用力揉捏，像在揉做比萨的生面团。"这真是最恶心的景象。这么说可不光是因为我是个对男孩儿无感的人。"我调整了一下坐姿。我们不常这么开诚布公地聊天，所以还是忽略了为好，过了会儿——

"我说，你想跳舞吗？"她开口道。

我皱了皱眉头。"不想。这样就挺好。"

"是啊，我也觉得。"她说完，顿了顿，"要是你想去找其他人——"

"真的，我很好。"

"查理·路易斯，你就没什么喜欢的人吗？最后时刻了，不想去倾诉一下衷肠？"

"我真没这些……东西。你呢？"

"我？没有，我早就死心了。说到底，爱情不过是中产阶级创造出来的东西而已。那些东西——"她用下巴点了一点舞池中央，"不是干冰，是低浓度信息素的迷雾。闻闻看吧，爱情……"我们耸起鼻子嗅了嗅空气的味道，"君度和消毒剂。"

赫伯恩先生的声音响起，发出嗡嗡的回响，他离话筒太近了。"最后一首歌，女士们、先生们，你们的最后一首歌！所有人，跳起来吧，找个舞伴——勇敢点儿，伙计们！"《无心私语》响起，海伦点着头，看着挤作一团的人群——只有一个姑娘往外走了出来。是艾米莉·乔伊斯，她在朝我们走来，还不等走到我们能听清的距离，就开口说起话来。

"……"

"什么？"

"……"

"我听不……"

"哈喽！我就是说个'嗨'，仅此而已。"

"哈喽，艾米莉。"

"海伦。"

"呃，哈喽，艾米莉。"

"你们在干吗？"

"我们在当偷窥狂。"海伦说。

"什么？"

"我们在观察。"我说。

"你们看到马克把手伸进丽莎裙子里去了吗？"

"没有，恐怕我们是错过了。"海伦说，"不过倒是看到他们接吻了，真厉害。艾米莉，你见过网纹巨蟒是怎么囫囵吞下小薮猪的吗？看上去活像它们的下巴都要脱臼了，就是这里——"

艾米莉敏感地眯起眼睛斜睨着海伦。"什么？"

"我说，你有没有见过网纹巨蟒是怎么囫囵吞下小——"

"嘿，你想去跳个舞什么的吗？"艾米莉不耐烦地打断她，戳了戳我的膝盖。

"不用管我。"海伦说。

我觉得我大概是鼓了一下脸颊，长长吐出一口气。"那好吧。"我说着，跳了下去。

"别被呕吐物滑倒了，爱情鸟们。"海伦目送我们踏上舞池，说道。

呆子

我抬起胳膊，突然觉得我们这样很像下午茶会上的退休老人，站得笔直，十指交握，向着一旁伸出去。艾米莉纠正我的姿势，拉着我的手放在她的腰上。转第一个圈时，我闭上眼睛，试图分辨自己的心情。人造星光表示我应该感到浪漫；刺耳的萨克斯；意识到手下触摸到的是她的骨盆、她胸罩的挂钩……这一切本该足以点燃欲望，可我唯一能分辨出的感觉就是尴尬，我唯一能体会到的愿望就是曲子快点儿结束。爱与欲望同奚落嘲笑纠葛太深。我清楚地看到，洛伊德正在舞池边上冲着我们伸长了舌头，淫荡地晃荡；福克斯转身背对我，交叉胳膊，爱抚自己的肩胛。我调整了一下右手，冲他们俩亮出中指，我想这是个相当机智的回应了。萨克斯继续，我们转着圈离开。说点儿什么，什么都行……

艾米莉先开口。"你身上有男孩儿的味道。"

"噢。是的，这是件旧运动衫。我只有这个了。抱歉。"

"不，我喜欢。"她说着，把头埋进了我的颈间，我感觉到有一点儿湿，也许是被亲了一下，也可能是碰到了汗湿的法兰绒。除了奶奶和外婆，我以前也亲过——也许是被亲过——两次，不过，似乎"面部触碰"才是更准确的说法。第一次是在一个黑乎乎的视听展上，展览讲的是罗马遗迹的实地历史考察。就像滑雪和踢踏舞，接吻没办法只是看一看就学会，同样，也没理由说人人都天生就该对这件事无师自通。不过贝琪·博因跟着迪士尼的故事学过了，她像乞食的小鸟一样，将嘴唇缩紧，噘成一个干燥的花骨朵，在我脸上啄来啄去。电影还教导我们，没有出声的亲吻不叫亲吻，所以每一次接触都伴随着上下唇相碰的一声轻响，和电影里马蹄声的音效差不多。眼睛是该睁着，还是闭上？我一直睁着，以防万一被人发现或是撞上什么，同时瞄着她背后墙上的显示屏。我注意到罗马人已经有了先进的地暖系统。片子继续播放，上下唇相碰的声音越来越响，越来越急促，像有人在清理卡住的订书机一样。

　　至于另一次，是跟莎朗·芬德利。那就是一场挤在沙发背后的战争了，张着大嘴、怒气冲冲的鲨鱼发起了疯狂的袭击。哈珀有个"小窝"，是他家地下室的一个混凝土仓房，很有点儿臭名昭著的意思，每到礼拜五晚上就变成了类似花花公子宅邸那样的狂欢庇护所。哈珀在这里举办不对外开放的高级"DVD派对夜"，提供自家的拉格啤酒，用吸管喝，这东西已经足够把我们送到沙发背后，滚在满地的灰团和苍蝇尸体之间接吻。我从没这么清楚地意识到舌头是块肌肉，一块没有皮肤却强健有力的肌肉，就像海星的角，每当我的舌头试图对莎朗展开反击，它们俩就会像小巷里扭打的醉汉一样纠缠不清。每当我想抬一下头，就有一股堪比榨西柚汁的力量把它重新拽下去，落回到满是尘土的地上。我还记得中途莎朗·芬德利打了个嗝，我的双颊就跟着鼓了出来。等到我们终于分开之后，她抡起了整条胳膊来擦嘴。这场经历给我留下的只是一副松动发酸的下颌骨，外加嘴里的两处小伤口和舌根下的第三处伤口，再就是恶心——来自少说也有半品脱的别人的口水。可我还是莫名地兴奋，就像终于体验了某项可怕的游乐场游戏，一时间不知道自己究竟是想立刻再来一次，还是这辈子都再也不要尝试。

当天晚上她就和帕特里克·罗杰斯走到了一起，解决了我的难题。这会儿我们在舞池里擦身而过，他们俩就站在闪烁的灯球下互啃。我感觉到脖子上又多了一块濡湿，接着是一句呢喃，音乐太响，我没听清。

"什么？"

"我说……"

可她又埋进我的脖子里去了，我只能辨认出一个词："洗澡。"

"我听不清你说……"

再来一次，什么——什么——洗澡。我在猜，她是不是说我应该去洗个澡？要是他们能把音量调小一点儿就好了。"不好意思，再说一次？"

艾米莉含糊呢喃。

"好吧，"我说，"最后一次。"

艾米莉从我的脖颈间抬起头来，瞪着我，眼里燃着真正的怒火："见你妈的鬼，我说我洗澡的时候会想起你！"

"噢。真的？非常感谢！"我说，可这好像还不够，于是——

"我也是！"

"什么？"

"我也是！"

"不，你不是！就……噢，算了，忘了吧。噢，天哪！"她呻吟着，重新埋下头，可这一次，我们慢悠悠的舞步中掺进了恼怒。当一曲终了时，我们两个都大大松了一口气。突然的安静叫人难为情，舞伴们彼此退开，眼睛发亮，咧着嘴傻笑。"你待会儿打算去哪儿？"艾米莉说。

"没想好，可能跟哈珀一起。"

"去他的'小窝'？哦，好吧。"她垮下肩膀，噘起下唇吹了一下她的刘海，"我还从来没去过。"她说。我该邀请她一起去的，可哈珀的门禁很严，绝无转圜余地。沉默。片刻过后，她狠狠地在我胸膛上擂了一拳，"再见。"我被放行了。

"好了，女士们、先生们！"赫伯恩先生再一次凑到了麦克风前，"看来我们还有时间放最后一首歌！我想要看到你们所有人都到场子里来，每一个！准备好了吗？我听不到！记住，跳舞时请避开那堆锯木屑。来吧！"

这一首是"金发美女"乐队的《玻璃心》，对我们来说并不比《在状态中》更熟悉，但这显然是首了不起的好歌，因为这一次人人都在舞池里了：戏剧社的、陶瓷社的，就连黛比·沃里克都在，她整理过了，脸色苍白，站都还站不太稳当。实验室人员放出了最后一点儿干冰，赫伯恩先生调高了音量，在起哄叫好声中，帕特里克·罗杰斯一把从头上拽掉衬衣，抢在半空中甩动，期望再引发一阵疯狂——发现不奏效之后，又穿了回去。现在的新焦点是洛伊德，他钳住了福克斯的嘴，假装要亲他。小柯林·斯马特是戏剧社唯一的男性成员，现在发起了一场信任游戏，大家随着音乐，轮流仰面倒下去，其他人负责接住。长号破坏者戈登·吉尔伯特骑在托尼·斯蒂文斯的肩膀上，双手抱住了灯球，就像溺水的人死死抱住救生圈，托尼·斯蒂文斯这会儿走开了，留下他挂在半空中晃荡着，体育场管理员帕基正用拖把杆戳他。"看这边！看这边！"有人大叫着。蒂姆·莫里斯开始跳霹雳舞了，他猛地扑倒在地板上，一个旋转，狠狠扫进了还没消毒的锯木屑堆里，下一秒立刻跳起来，拼命擦他的裤子。我感觉有人在摸我的屁股，是哈珀，在大吼着什么，大概是"爱你，好兄弟"之类的，他用力亲吻我，很响亮，两边耳朵一边一下。突然又有人跳到了我的背上，我们摔作了一团，全是男孩儿，福克斯和洛伊德，哈珀和我，还有些连话都没怎么说过的男孩儿，所有人因为一个笑话哈哈大笑，哪怕谁都没听清。这是我们生命中最美好的时光。这个念头在此刻突然显得既有道理又叫人悲伤，我真希望学校永远都是这个样子，我们勾肩搭背，心中涌动着兄弟情谊热血义气，我真希望自己以前跟这些家伙聊得再多一点儿，用不一样的声音。为什么我们非要等到现在？太晚了，歌曲就要结束了："噢——噢，哇——噢，噢——噢，哇——噢。"汗水把衣服粘在皮肤上，顺着额头流下来，刺得我们眼睛发痛，从我们的鼻尖滴落。从那一片混乱中站起来的瞬间，我晃眼瞥见海伦·比维斯在一个人跳舞，像拳击手一样缩起身子，眼睛眯缝着，脸皱成一团，唱着"噢——噢，哇——噢"。就在这时，她身后有了动静，消防门被猛地拉开。原子弹爆炸一般的光亮倾泻进来，就像《第三类接触》里最后那片外星飞船的光。戈登·吉尔伯特被晃花了眼，从灯球上掉了下来。音乐戛然而止，结束了。

时间是下午三点五十五分。

我们忘记了倒数计时。此时此刻，我们站在这里，被光亮勾勒出剪影，茫然地眨着眼，工作人员像驱赶羊群一样大张着胳膊把我们朝门外赶。声音哑了，汗水带走了皮肤的温度，我们收拾起自己的东西，抱在怀里：棒球棍、蚊香盘、臭烘烘的午餐饭盒、压碎了的立体模型、抹布一样的运动衫……我们跌跌撞撞地走到空地上，像一群难民。女孩儿们眼泪汪汪地跟朋友抱在一起。自行车棚传来消息：在最后盲目的疯狂发泄中，所有轮胎都被划破了。

校门口的冰激凌车被团团围住。我们所庆祝的自由眨眼间就变成了流放——无能为力，又不可思议——我们在大门口流连不去，像被放归山野的动物一样，因为太突然，总忍不住要回头再望一望笼子。我看到了妹妹比莉，她就站在马路对面。我们现在很少说话了，不过我还是举起了手。她冲我笑一笑，走了。

我们四个最后一次走路回家。还不等这一天结束，就将它变成了一桩传奇。我们沿着铁道往下走，两边是银白的桦树，还能看到一团烟雾腾起，隐约有橘色的火光，那是戈登·吉尔伯特和托尼·斯蒂文斯举办的火葬仪式，烧掉他们的旧资料和旧制服，无论塑料的还是尼龙布的。他们像野人一样大吼大叫。我们继续走向分岔路口，往常到这里我们就要分开了。我们犹豫了一下。也许应该有个特别的纪念，说点儿什么，拥抱一下？可我们谁也不好意思首先拿出伤感的架势。这是个小城，断联比常常见面更难。

"那么，回头见。"

"回头我来找你。"

"星期五，对吧？"

"回头见。"

"再见。"

我走路回我和爸爸如今两个人的家。

无尽

　　我常常会重复做一个梦，梦到自己在无尽的宇宙中漫无方向地漂流，我觉得这是因为太早就看了《2001太空漫游》的缘故。这个梦时不时会吓到我，不是害怕窒息或饥饿，而是因为那种无力感：没有什么可以抓住，也没有什么可以与之对抗，只有无尽的空虚和恐慌，心里清楚，这一切永远都不会有结束的一天。

　　夏天也是这样。我能指望用什么来填满这些无尽的日子？尤其是每个日子还都这样无尽的漫长。最后一个学期里，我们制订了各种计划：冲到伦敦去把牛津街逛个遍（就只逛牛津街），去新森林或怀特岛来一场汤姆·索亚式的历险，背包里装满拉格啤酒，我们称之为"狂欢露营"。可哈珀和福克斯都已经找到了工作，全职的，帮哈珀的爸爸收钱记账，他爸爸是个建筑商。我们的计划不了了之。没了哈珀，洛伊德和我就只有动动嘴皮子的本事。再说了，我自己也有一份兼职，也是跟现金打交道，在一家本地加油站收银。

　　可这也只不过能耗掉每周的十二个小时。剩下的时间都留给我自由支配——用来做什么呢？工作日也能睡懒觉的奢侈很快就失去了诱惑，只留下叫人烦躁的悲伤。阳光透过窗帘照进屋子，漫长的、懒洋洋的、死气沉沉的白天摊在眼前，一天又一天，每一天都是臃肿的、狗娘养的公共假日。科幻小说（而不是科学课）告诉我，时间的运行方式是不同的，取决于你所在的位置。就在一九九七年六月底，对一个少年的下铺而言，它比整个宇宙中其他任何地方的时间走得都慢。

我们住的房子是"新家"。去年圣诞节过后没多久，我们就从"大宅"搬了出来，那是我们全家人的房子，我很想念它：半独立式住宅，所有方形和三角形的地方都像是孩子的画，有可以当滑梯的栏杆，每个人都有自己的卧室，大门里有停车位，花园里有秋千。我爸爸是怀着不切实际的乐观买下它的。我还记得他第一次带我们去看房子时的情形：敲敲墙确认砖头的质量，张开手掌贴在暖气片上体会中央供暖的骄傲。那儿还有一个飘窗，我可以坐在上面俯瞰车来车往，像年轻的君王。最叫人难忘的，是前门上一个镶嵌着彩色玻璃的小方窗，太阳升起时会变幻出黄的、金的、红的光芒。

"大宅"没有了。爸爸和我如今住在图书馆区一栋二十世纪八十年代的公寓楼里，这里的每一条街道都用一个大作家命名，好增强文化气息：伍尔夫路通往丁尼生广场，玛丽·雪莱大道与柯勒律治小巷相交。我们住在萨克雷新月街，虽说我不读萨克雷，倒也知道他的影响力不容小视。房子是现代式样的，全都是灰砖、平顶，加上无论放在屋里屋外都一样独特的弧形墙面，如果从机场上空盘旋的飞机上往下看，这一排排房子就像一条条肥硕的黄色毛毛虫。"低配版塔图因[1]。"洛伊德这么叫它。刚搬进来时——那时我们家还是四个人——爸爸宣称他爱那些弧面，说比起我们半独立式的老房子里那些方方正正的房间来，它们更加自由，能更爵士化地表达我们的家庭价值观，就像住在灯塔里一样！可要不是图书馆区的房子不再让人感觉到未来，要不是

---

1. 《星球大战》中天行者家族的故乡行星。

那些桌面大小的花园不像过去那样整洁，要不是总有购物车偶尔滑过空阔、寂静的马路，这或许真的可以是我们家庭故事的全新篇章，更别说这次搬家还大大增加了量入为出的安心感。是的，妹妹和我得合用一个房间，但高低床很有趣，况且也不会一直这样。

六个月过去了，箱子还没拆开，一个个突兀地抵在弧形的墙边，堆在我妹妹空荡荡的床铺上。我的朋友很少上门，他们更喜欢在哈珀家消磨时间，那里就像罗马独裁者的宫殿，有双喇叭的家庭音响，有划船机，有四轮摩托车和大屏电视机，有武士剑、充足的气枪、手枪和甩刀，足够抵御僵尸入侵。我家房子里只有我发疯的爸爸和一大堆珍贵的爵士黑胶唱片，就连我自己也不愿意回去。

或者说，不愿待在家里。那个夏天里，我最大的行动方针就是避开爸爸。我已经学会了从他的动静里估摸他的精神状态，进而判断他的行踪，就像猎人那样。这房子的墙壁薄得跟日本人的房子一样，只要他那边没有声音，就意味着我可以安心地把头往羽绒被里埋得更深一点儿。屋子里空气浑浊，就像没人照料的鱼缸里的水。如果到十点都还没有动静，就说明这一天是爸爸"待在床上"的日子，我就可以安心下楼。当初我们家日子还挺红火的时候，爸爸受到银行贷款购物的怂恿，照着报纸广告买了一台家用电脑，差不多就是个文件柜大小的方盒子，我敢肯定那壳子就是用硬塑料做的。如果爸爸一直待在床上，我就可以快乐地把整个上午都浪费在《毁灭战士》和《雷神之锤》的走廊和风闸舱里，同时随时做好准备，只要听到他下楼，就立刻按下显示器的开关。白天玩电脑游戏会让我爸爸莫名地火冒三丈，好像我是在瞄准他开火一样。

但大多数日子里，九点左右就能听到他开始躁动不安，在浴室里走来走去——他的浴室和我的高低床就只隔着一堵墙。没有什么闹钟能比爸爸隔着一堵薄墙贴在我脑袋边的哭泣更有效了。我会一跃而起，飞快抓起头一天穿过的衣服，像忍者一样蹑手蹑脚地溜到楼下，看一看他有没有把香烟留在下面。要是还有十支以上，我就可以放心地抽出一支，迅速塞进我背包的小口袋里。我会站在早餐台前吃吐司——这房子的又一大特色就是坐在高脚凳上吃早餐，只是就连这也早就荒废了——赶在他下楼之前出门。

如果我没能成功逃脱，他就会出现，眯着眼睛，脸上还带着枕头压出来的印子。我们会笨拙地在水壶和吐司之间推来让去，不知不觉开启我们的日常。

"这是早餐还是午餐？"

"我觉得是早午餐。"

"还真高级。这都快十点了——"

"还行吧！"

"我一直没睡着，直到——你能用个盘子吗？"

"我用了。"

"那怎么还到处都是面包渣？"

"因为我赶时间——"

"那就用个盘子！"

"这就是个盘子，就这个，在我手里，一个盘子，我的盘子——"

"把那些东西拿开。"

"吃完了我会收拾的。"

"别倒在水池里。"

"我不会倒在水池里的。"

"很好。不要倒。"

没完没了，老生常谈，愚蠢地相互挖苦、激怒，与其说是谈话，不如说是自说自话。我讨厌我们对彼此说话的方式，可我们俩谁都没有发出改变所需的那种声音，只能闭嘴。爸爸走开去打开电视。这之中或许还曾经混杂着一丝罪恶的快感。逃离需要有别的地方可去，可惜我们两个都没有。但我知道爸爸不喜欢一个人待着，所以我要出去。

大多数日子我都会骑车出去兜风，不过那不是什么漂亮时尚的自行车。我穿牛仔服而不是紧身莱卡，骑一辆老赛车，车把下弯，生锈的铁链哗啦作响，车架像是焊接的脚手架一样沉重又强硬。我握着车把的低杠，在图书馆区晃荡，懒洋洋地穿过一条条断头小巷，丁尼生和玛丽·雪莱，福斯特然后接上吉卜林，北上伍尔夫，绕过哈代。我留意休闲绿地里的秋千和滑梯，看有没有我认识的人。我沿着人行小巷骑车，来回横穿空荡宽敞的大马路，不断扑向另一面的店铺。

我在找什么？我说不出来，但多半是在寻找某种巨大的转变，也许是一个任务，也许是一场冒险，有试炼，有教训可学。但一个人探险是不妥当的，在大街上也很难找到这样的任务。我们这儿是东南部的一个小城市，说是城区吧，离伦敦太远；说是村庄呢，则规模太大；说是乡下的话，又太现代化。我们没能打造作为交通枢纽的火车站，也没有能够带来繁荣兴盛的本地传奇。相反，我们的经济依赖于飞机场和轻工业商业园区：复印机、双层玻璃、电脑组件、聚合建材……什么都有。大街（名字就叫"大街"）上有几处曾经也许还称得上新奇有趣的建筑：一个木结构的茶室，名叫"面包小屋"，一个乔治王朝时期的报刊亭、一个都铎王朝时期的药房、一个卖苹果酒的集市中心。可马路上车来车往，灰土和废气将它们熏得全都失去了光彩。我们的人行道很窄，购物的行人几乎是被压在铅玻璃橱窗上的。"逛街"是这座小城里最大的消遣，任何有心往慈善商店里捐衣服的人都会眼花缭乱。电影院如今成了地毯仓库，困在了"关门大甩卖"永无止境的时间死循环中。有好风景的地方要开车二十分钟才能到，苏塞克斯海岸更远一点儿，要三十分钟。整座小城都被圈在一条环形道路里面，像一个圆形的篱笆墙将我们通通圈住。

多年以后，每当听到朋友们动情而又满怀诗意地说起他们出生长大的故乡，说起他们如何在诺森伯兰郡或格拉斯哥、苏格兰湖区或威勒尔半岛长大，我都会发现自己甚至对于最平常、最千篇一律的"归属感"三个字都会嫉妒。我们没有身份认同感，没有独树一帜的口音，有的只是从电视里学来的某种伦敦腔，里面混进了一点点乡下口音。我不讨厌我们的小城，但无论水库、商业步行街，还是杂乱的小树林和树林里躺在荆棘丛下的发黄低俗小报，都很难让人有诗意或动情的感觉。我们的休闲绿地有个尽人皆知的名字，叫"狗屎公园"，人工种植的松树林叫"凶杀树林"。虽然我知道这些只是它们标在测绘局地图上的名字，但终究还是没人会为它们写一首十四行诗。

就这样，我在大街上闲逛，透过橱窗往里张望，希望能看见个把熟人。我在报刊亭买口香糖，趁机翻一翻电脑杂志，直到店主死瞪住我，用目光逼我骑车离开。这样一定显得很孤单，但我讨厌别人这么想。无聊是常态，可孤单就是禁忌了，所以我努力伪装成一个独行侠，一个桀骜不驯的人，神秘莫测，沉默寡言，会撒把骑车。但要在感觉孤单时显得不孤单，在不快乐时显得快乐，需要付出很大的努力，就像绷直了手臂再去抬椅子一样。当我再也无力维持这样的假象时，我骑车出了城。

在这座小城里，要去任何可以称为"乡下"的地方，第一步都必须穿过高架桥，桥下高速公路上的轰鸣声响得吓人，像是有个巨大的瀑布一样。然后，你得穿过长满黄色小麦和油菜的田地，越过布满波浪般草莓大棚的平原，最后把车骑上环绕小城的山丘。我不是热爱大自然的人，也不是观鸟爱好者、钓鱼爱好者或诗人。如果一棵树倒在我面前，我没法说出它是什么树。我没有钟爱的风景或斑驳的林间空地，但"孤单"在这里没那么羞耻，甚至几乎可以是愉悦的。每一天，我都鼓足勇气，长途跋涉，走得更远一些，一点一点扩大我活动范围的边界。

第一个星期、第二个星期都这样过去了，然后是第三个星期，在那个星期四的上午，我发现自己来到了一片草深叶长的野地上，从那里能俯瞰我们的小城。

草地

我没来过这个地方。上坡路让人疲倦，我跳下车，发现右手边有一条步行小径，很阴凉，最幸福的是，还很平坦。我推着自行车穿过林地，很快就来到了一片开阔的草坡上，草足有齐腰深，一片棕色和绿色间散落着点点红色的罂粟和蓝色的某种花。是柳兰？或者矢车菊？我不知道。但草坡很诱人，我扛着自行车爬上木头台阶，蹚着深草努力向前走。一座气派的木头大宅出现在前方，我在环形公路上看到过它，可眼前，一个正儿八经的花园就紧贴在草坡下缘。我突然有一种误闯他人领地的感觉，于是扔下自行车继续走，直到终于找到一处天然凹地，可以在里面晒太阳、抽烟、读点儿刺激的东西。

大量的空闲时间意味着：生平第一次，我要靠读书来打发时间。我开始从爸爸的藏书里找惊悚恐怖小说看，书页因为洗澡时或海滩的水汽皱成了华夫饼，性与暴力交替出现。刚开始，我觉得书是世上第二好的东西——从纸面上阅读性与暴力的激动堪比从收音机里听足球赛——但很快，我就变得囫囵吞枣起来，每天都能翻完一本书，然后立刻把它们忘掉，只有《沉默的羔羊》和斯蒂芬·金是例外。没过多久，我就进阶到了科幻小说部分，爸爸这类书少一些，多少还有点儿让人望而生畏：阿西莫夫、巴拉德、菲利普·迪克，书也残旧了。虽然说不清怎么回事，但我看得出，这些书的写法跟那些写巨型老鼠之类的书是不同的。这些被我塞在书包里每天随身携带的书似乎渐渐变成了对抗无聊的保护伞，"孤单"的不在场证明。还有一些隐秘的原因是：在我那些伙伴面前，读书就跟摆弄长笛或跳土风舞差不多可笑，可在这里，没有人会看到我。这天我带出来的是库尔特·冯内古特的《五号屠宰场》，选这本书是因为书名里有"屠宰"两个字。我安顿下来，稍稍左右蹭一蹭，一个类似军事掩体的藏身所就造好了——无论是从上面的宅子还是下面的小城，都没人能看到我。我努力带上感情欣赏眼前的风景，那是一种类似火车模型的景观，所有东西都局促地挤在一起。组成它的是种植园而非林地，是水库而非湖泊，是畜栏、猫笼、狗舍，而非奶牛场和游荡的羊群。与鸟叫声对抗的，是公路上隆隆的轰响和头顶上塔架那让人耳鸣的嗡嗡声响。但隔着这么远看去，这地方至少没那么糟——隔着这么远。

我脱下上衣，仰面躺倒，熟练地点燃我的每日一支烟，然后把书举到眼前开始读，时不时停下来掸一掸落在胸口的烟灰。高空中，从西班牙、意大利、土耳其和希腊飞来的度假小飞机盘旋着，焦急地等待一条跑道。我闭上眼睛，看着眼皮上流动的线条，它们就像小溪里飞快游走的鱼，我努力追踪，直到它们游出视野的边界。

醒来时，我只觉得脑袋昏沉沉的，太阳已经爬得老高，山头上传来的喊叫声、喧闹声和追逐尖叫声让我一下子心慌起来——民防团？是来找我的？不对。草丛里响起了窸窸窣窣的声音和惊慌的喘息，不偏不倚，正朝我靠近。我透过深草缝隙往外看，是个女孩儿，穿黄色 T 恤和蓝色牛仔短裙，跑起来裙子有点儿碍事。我看到她两手把裙子往上拉了拉，回头张望一眼，蹲下身子喘着气，前额贴在她伤痕累累的膝盖上。我看不到她的表情，但一个叫人心跳加速的念头突然撞进脑海：那座房子是个邪恶的机构——救济院或者秘密实验室之类的——而我或许可以帮她逃脱。更多叫嚷嘲弄声传来，她回头瞥了一眼，直起身子，把裙子又往上提了提，露出更多苍白的大腿，开始直奔着我的方向跑起来。不等我重新伏下身子，就看到她又回头看了一眼，下一秒突然往前一扑，脸直接着了地。

我必须羞愧地说，我笑了，只得赶紧抬手捂住嘴。片刻的安静之后，我听到她一边呻吟，一边咯咯地笑了起来。"哦！哦——哦——哦，你这傻瓜！哇噢！"她离我大概也就三四米远，喘气声时不时被她自己笑着喊痛的声音打断，我突然想起自己还光着膀子，胸膛粉红得跟罐头里的三文鱼没什么两样，更别说还满身黏糊糊的，都是汗，胸骨上还沾着烟灰。我就着躺在地上的姿势，扭动着身子穿上衣服。

山上的房子那里传来嘲弄的声音："嘿！我们认输！你赢了！回来吧！"我心想：骗人的，别信他们。

那女孩儿呻吟着给自己打气："坚持住！"

又一个声音传来，这次是女的："你干得棒极了！午饭时间到了！回来吧！"

"不行。"她坐下了，嘴里念叨着，"哦！见鬼！"她想试着站起来，可只动了动脚踝就发出一声痛呼。我把身子又往下压了压。我必须现身，但在这样的草丛里，似乎也找不到什么妥帖自然的法子可以突然跳到别人面前。我舔了舔嘴唇，用跟陌生人打招呼的口气说："哈喽！"

她倒吸一口气，靠着没受伤的腿站了起来，一转身却又倒下去，消失在了草丛里。

"听着，别害怕，我——"

"什么人？"

"只是想让你知道我在这里——"

"谁？哪里？"

"这边，深草丛里。"

"可你到底是谁？你在哪里？"

我飞快地拉好 T 恤，半站半蹲着，像躲避子弹一样穿过草丛向她挪去。"我已经尽量避免吓着你了。"

"哦，那你失败了，你这怪人！"

"嘿，是我先在这里的！"

"你究竟在这里做什么？"

"什么也没做！就看看书！他们为什么追你？"

她斜眼打量我："谁？"

"那些人，他们为什么追你？"

"你不是他们社团的？"

"什么社团？"

"那个社团，你不是那里面的？"

"社团"，听起来就很邪恶，我不知道自己能不能帮到她。想活命的话就跟我来——

"不是。我——"

"那你在这里做什么？"

"没什么，我只是……我骑车来的，顺便——"

"你的车呢？"

"在那边。我看了会儿书，后来睡着了。我没想吓到你，只想让你知道我在这里。"

她低头回去检查她的脚踝。"噢，那还真是有效。"

"实话说，这是公共步道。我跟你一样完全有权利来——"

"很好，不过我有充分的理由。"

"那好，他们为什么追你？"

"什么？哦，一个蠢游戏，别问。"她用两个大拇指试着摁了摁踝骨，"啊哦！"

"痛吗？"

"嗯，痛死了！横穿草地，真是个见鬼的死亡陷阱。我一脚踩进了个兔子洞里，摔了个嘴啃泥。"

"是啊，我看见了。"

"你看见了？好吧，那多谢你没笑。"

"其实我笑了。"

她眯起眼睛看向我。

"那个，需要帮忙吗？"我说，算是赔罪吧。

她上下打量我，是真正的从上到下打量。这是评估，我发现自己试图把手指塞进口袋里。"再跟我说一遍，你为什么在这里，偷窥狂？"

"我只是……喏，看吧，我只是在看书！看看！"我三步两步爬回我的散兵坑，拿起那本书，亮给她看。她仔细看了看封面，又把它举起来跟我的脸摆在一起，好像在对照护照一样。这下她满意了，开始尝试站起来，却眉头一皱，跌坐回去。我不知道是不是该伸手握住她的手什么的，可这动作似乎很可笑，于是我跪下去（可笑程度也并没有少一点儿），握住她的脚，有点儿像要给她穿水晶鞋的样子——她自己脚上是一双蓝色条纹的阿迪达斯贝壳头鞋，没穿袜子，苍白的小腿上斑斑驳驳，铁屑一样的黑色小点是刚冒头的汗毛茬，有点儿扎手。

"你这样没事吧？"她说，眼睛盯着天空。

"没事，只是想看看是不是——"我假装自己是个外科医生，手势娴熟地检查着。

"啊！"

"抱歉！"

"跟我说说，医生，你到底在找什么？"

"我在找你会痛的点，所以这样按压，至少看看有没有骨头戳出来。"

"有吗？"

"没有，你没事，只是扭到了。"

"我还能跳舞吗？"

"可以，"我说，"如果你真的想跳的话。"

她对着天空大笑起来。我太高兴，对自己满意极了，禁不住也笑了。"穿成这样，我也是活该。"她说着，把牛仔裙摆往下拽到膝盖上，"虚荣心。真是个笨蛋。我还是赶紧回家的好。你可以把我的脚放开了。"我慌忙扔下那只脚，傻乎乎地站起来，看着她努力把自己从地上拽起来。

"能不能请你……"

我伸手拉她起来，在她踮着脚尖尝试踩地时一直扶着她的手。她依然皱起了眉头，再试一次，我撇开头望着旁边，努力扶稳。她比我矮一点儿，但矮得并不多。她皮肤苍白，留着黑色短发，刘海倒是长一点儿，被她别在耳后，脖颈后面的头发精心修剪过，突出了她的头形，因此显得简洁又迷人，活脱脱一位从画中走下来的圣女贞德。我想不起自己什么时候这样留意过其他人的后脑勺。她单边耳朵上戴着一个小小的黑色耳钉，另外还有两个耳洞以备特殊装扮所需。我已经有意识了，所以必须模糊眼神的焦点来掩盖对她胸部的关注，自以为女孩子发现不了这样的小把戏。她的黄色 T 恤上印着"阿迪达斯"的字样，袖子相当短，堪堪盖过肩头，我能看到她的卡介苗痘印，微微凹下去，像罗马硬币上的印记。

"哈喽，我需要你的帮助。"

"你能走吗？"

"我能单脚跳，但这不现实。"

"要我驮你吗？"我说，很遗憾用了"驮"这个词，一定有更硬气的词，"或者扛着，你知道，像消防员那种？"她看着我，我挺直了身体。

"你是消防员？"

"我比你高！"

"可我……"她又把裙子往下拽了拽，"……挺重的。你举得起跟你自己一样重的分量吗？"

"当然！"我说，转身弯腰，像搭车客那样竖起大拇指，指了指我汗津津的后背。

"不。不了，那太怪了。不过，要是你不介意我靠着你的话……"

接下来，我做了一个无论从前还是之后都再也没有做过的动作，我弯起一只胳膊，抬平，另一只手背在臀后，像在乡村俱乐部里跳舞一样。

"啊，谢谢。"她说。我们开始走。

长草叶的窸窣声大得没道理，要专心找路就意味着没什么机会回头看她，可在这种情形下很难忍得住这样的冲动。走路时她双眼盯着地面，刘海垂下来遮住了脸，不过我还是能瞥见那一对蓝眼睛，一种奇特的蓝——我以前这么留意过什么人的眼睛吗？——眼周的皮肤也微微泛着些蓝，像是前一晚留下的残妆，看得出一些笑纹，也许是因为皱眉——

"啊噢！啊噢，啊噢，啊噢。"

"你确定不要我背你？"

"你还真是喜欢背人。"

她前额上爆了几粒痘，下巴上也有一粒，挑过了，要么就是挤过了。苍白的皮肤衬得她的嘴格外阔、格外红，下唇上有一道微微凸起的小口子，一道疤痕，看样子快好了。她的嘴抿得紧紧的，仿佛马上就要大笑或大哭出来，也许两个一起来，毕竟，眼下这样的走法，她的脚踝一直拐来拐去，像门轴上的合页一样。

"我真的可以背你。"

"我相信你。"

很快，我们看到那个正儿八经的花园的大门了。从这里看去，那栋荒诞的房子显得更气派、更亲切了。我很好奇："你住在这里吗？"

"这里？"她一笑，整张脸都被调动起来，完全不做作。我有一个小小的偏见，那就是不信任并且讨厌拥有一口完美牙齿的人，因为一切健康与活力看起来都是某种炫耀。我已经注意到了，这个女孩儿的牙齿幸运地摆脱了完美之困，她的左边门牙上有个小缺口，就像折了角的书页。"不，我不住在这里。"

"我想过他们会不会是你的家人，那些追你的人。"

"是啊，我们家经常这样，我、妈妈、爸爸，一到野外就——"

"啊，我不知道……"

"那是个愚蠢的游戏，说来话长。"她换了个话题，"再多问一次，你在这里做什么？"

"看书，只是找个舒服的地方看看书。"

她点点头，并不太相信。"自然之子。"

我耸耸肩。"只是希望有点儿变化。"

"《五号屠宰场》怎么样？"

"还行，没什么屠宰。"

她笑了，可我这话半真半假。"我知道这书，但没看过。没有性别化的意思，就一直觉得这是男孩儿看的书。是吗？"

我又耸了耸肩……

"我的意思是，跟阿特伍德或勒古恩比的话。"

嗯……要是她打算继续探讨文学的话，我大概还是把她推进灌木丛然后直接跑掉的好。

"那么，这本书是讲什么的？"

——查理，能不能跟同学们说说作者在这一段里想表达什么么？请用你自己的话说。

"是说一个男人的，一个老兵，被外星人绑架了，关进了外星人的动物园，可他不断回想起战争中的场景，想起他被俘虏的时候……"

——是的，这是具体事件，那它想表达的是什么呢？请继续，查理。

"里面也有关于战争的东西，德累斯顿轰炸，某种宿命——不是宿命，呃，宿命论？——认为，无论现实生活还是自由意志，都是错觉，幻觉，错觉，所以多少有点儿吓人，主要是死亡和战争的部分，但也很有趣。"

"好——的，听起来果然像是男孩儿的书。"

——换个更准确的说法。

"超现实! 对，就是这个。写得挺好的。"

——谢谢，查理，请坐。

"好——的，"她说，"好的。通常听到'外星人的动物园'我就会关机了，不过说不定我会读读看的。你读过——"

"没有，不过我看过一些电影。"

她睨了我一眼。

"我开玩笑的，我只是想说，我看书看得不多。我不是个很喜欢看书的人。"

"好吧。"她说，"那也挺好。"——接下来一句话就像是两者中存在某种关联似的——"你是哪所学校的?"

这个问题很无聊，但合情合理，我觉得还是老实交代的好: "刚从莫顿庄园中学毕业。"我说，眼睛看着她，准备好迎接人们通常的反应，就是那种听到有谁说他刚出狱时的表情。尽管没办法客观地判断这种迹象，我还是感到了一丝扭曲的恼火。"你是查茨伯恩的，对吧?"

她把刘海别到耳后，笑了。"你怎么猜到的?"

因为查茨伯恩的学生是上等人，文艺风雅，嬉皮士。查茨伯恩的学生穿他们自己的衣服去学校，复古的大花连衣裙，自己在家里烫印上讽刺句子的 T 恤。查茨伯恩的学生都很聪明，都是胆小鬼，因为聪明所以是胆小鬼，那所学校里全是只长脑子的男孩儿和女孩儿，个个都吃素食塔吉锅，用自己做的碗，碗放在自己用再生木料做的柜子里。房产中介推销起房子来根本不着急介绍有几间卧室，直接吹嘘学区位置，那是富有、自信和酷的圈子，标在地图上就像个光芒四射的辐射区。夏天的傍晚，走在那些街道上，会听到小提琴、大提琴、古典吉他声交相应和，个个都是八级水准。在我们各种各样的群体部落本能中，对学校的忠诚是最强的，超越了团队、公司和政党，哪怕我们讨厌那个地方，可这份联系始终存在，就像文身一样不可磨灭。尽管如此，我却已经开始想念之前短暂的时光。那时候我们还没变回我们各自的角色——莫顿庄园男孩儿、查茨伯恩女孩儿。

我们沉默着走了一会儿。

"别担心，我不会偷走你的晚餐钱的。"我说。

她微笑着皱起了眉头。

"我没说过这样的话，对吧？"

"是啊。"口气好像有点儿尖刻。我又试了试。"我没在附近见过你。"我说，好像我成天就在大街上闲逛看姑娘似的。

"噢，我住那边……"她含糊地朝着树丛的方向挥了挥手。

又走出一小段。

"你们学校和我们学校经常打架。"她说。

"在商业区北边，唐人街外面。我知道。我经常去。"

"去打架？"

"不，只是去看。其实很少真的打起来。大家都把刀片什么的挂在嘴上，要说武器倒也真有，可那除非是你把量角器也算进去了。多半都是小孩子互相泼泼水扔扔薯片罢了。"

"千万不要带量角器去打水仗。"

"就算这样，也基本上都是莫顿庄园赢。"

"是。"她说，"可真的有谁是赢了的吗？"

"战争即地狱。"

"在警局地盘外面打架，也很有点儿鲨鱼和喷气机黑帮大战的味道，不是吗？我讨厌这些东西。感谢老天，都结束了，我是不会想念这个的。再说了，看看我们两个现在，坦荡自在……"

"只是聊聊天……"

"和睦相处，打破了界限……"

"非常感人。"

"那么，你觉得你考得怎么样？"

谢天谢地，我们已经走进大宅子的地界了，铁门上锈迹斑斑，里面是一片有些杂乱的草坪，再往里是一座巨大的木头房子，气派得完全可以拿来当作打岔的话题。

"我可以进去吗？"

"在女主人的土地上？啊，当然可以，孩子。"

我为她推开门，犹豫了一下。

"没有你我爬不上这片山坡的，"她说，"你就是我的拐杖，大实话。"

我们接着走，手脚并用地翻过下沉式的土垒，它们被称为"哈哈"，地下隐篱，从十八世纪开始既是无聊笑话的来源，又是对这些笑话的回应。靠近了再看，景观花园已经残破凋敝，玫瑰花圃干死了，女贞树篱枯成了棕褐色，活像干得发脆的纸板。"看到那个了吗？那就是那个有名的迷宫。"

"你怎么不藏在那里？"

"我可不是外行人！"

"到底什么样的房子才会修个迷宫在里面？"

"豪宅。来吧，我带你见见主人家。"

"我该回去了，我的自行车还在下面——"

"没人会偷你的自行车的。快来，他们都是很好的人。而且这里也有你们学校的人，你可以跟他们打个招呼。"

我们穿过草坪，走向一个庭院。我听到声音了。"我真的该回家了。"

"只是打个招呼，一分钟都要不了。"我这才意识到她挽住了我的胳膊，也许是为了借力支撑，也许是为了防止我跑掉。下一秒，我们就站在了一个中心庭院里，院子里支着两张搁板桌，上面摆着各种吃的，旁边足有十来个人，都是陌生人，背对着我们——哈，"社团"的秘密邪恶仪式。

"她在这里！"一个面色红润、穿无领开衫的年轻男人大叫着，拂开了遮住眼睛的一大片头发，"冠军回来了！"他看起来似乎有点儿眼熟，可这会儿整个女巫大聚会的人都转过身来了，欢呼着鼓掌迎接一瘸一拐朝他们走去的女孩儿。"我的天，怎么了？"那个年轻人说着，扶住了她的胳膊。另一个年纪大一些的妇人皱起了眉头，她一头凌乱的白发，嘴里啧啧有声，好像都是我的错似的。

"我摔了一跤。"她说，"这个小伙子把我扶回来的。抱歉，我还不知道你的名字。"

"这是查理·路易斯。"说话的是露西·陈，莫顿庄园的，一个越南女孩儿。她的嘴抿得紧紧的，明显不喜欢我。

"见鬼，是路易斯！"另一个声音大叫。海伦·比维斯咯咯笑着，用手背把沙拉叶子往嘴里塞，"从这里滚出去，你这怪胎！"

"我只是出来骑骑车，看看风景，而且——"

"哈喽，查理，欢迎加入！"小个子柯林·斯马特说，学校戏剧社唯一的男性成员。那个留刘海的年轻人朝我走过来了，胳膊张着，胳肢窝下面有暗色的汗渍，他的气派如此果决，我禁不住朝墙边退了一步。

"哈喽，查理，你是新成员吗？我真心希望是这样！我们需要你，查理！"他抓住我的手，整个儿包进他的手掌里，拽着上上下下地晃。"吃点儿沙拉，我们来看看怎么把你加进来。"他说。我知道在哪里见过这个人了，也想起来他是谁了，所以我该拔腿就跑才对。

"五㖊深处"[1] 戏剧社

在我们最后一个学期的最后几个星期里，所有人被集合到礼堂参加一个"非常重要"的活动，说是有一些"非常特殊"的客人要来。这通常意味着某些血腥刺激的东西，也许是一场关于交通安全的讲座，有一些血淋淋的图片。上个学期，一个警察用棒球棍当堂砸碎了一棵花椰菜，演示迷幻药对大脑的影响。不久之后，一个和善却紧张不安的女士来跟我们讲健康的爱情关系中有关性的内容。礼堂大门庄严地关上，灯光暗下去。"请各位保持安静，好吗？"她一边说，一边咔嗒咔嗒地放起幻灯片来，片子都是鲜亮的粉红色和紫色，引得满场一片笑声、尖叫和惊呼。我那时正满脑子都是找工作的事情，很好奇究竟是怎样奇怪、扭曲的职业道路会把这个女人带到这里，让她带着满箱子展示各式各样阴茎的幻灯片，不安地从一个学校赶到另一个学校。"有史以来最糟糕的假日纪念照。"哈珀说。我们几个全都大笑起来，假装一点儿都不关心这玩意儿。咔嗒咔嗒，幻灯片一张一张往下走。"和雪花一样，"这位和气的女士说，"没有两个阴茎是相同的。"我好奇的是，他们怎么知道的？

"他们怎么知道的？"

"他们用显微镜。"洛伊德说着，一拳砸在我两腿中间。

所以，当我们坐下来，看到前面是一个面色红润、额前有

---

1. 出自莎士比亚剧作《暴风雨》第一幕第二场。

一大片刘海遮住眼睛、大咧着嘴笑着的年轻男人和一个差不多年纪、黑色头发紧紧绑在脑后的瘦削女人时，都不免流露出显而易见的失望。他们面前放着一台又老又旧的卡带式播放机，好像一个暗沉沉的威胁。

帕斯科先生拍了两次手。"所有人，坐下。洛伊德，所有人也包括你吧，还是说你有什么独一无二的品质可以不包括在内？没有？那就坐下。好了。现在，我很高兴为你们介绍我们今天的特别来宾，他们因其成就而特别，因其理想而特别——"

"因其需要而特别。"哈珀说。我笑了。"路易斯！查理·路易斯，你怎么回事？"

"抱歉，先生！"我说，低头看着地板，再抬起头时，看到那个年轻人正站在台上对着我笑，还友好地眨了眨眼。我讨厌那个眼神。

"我们的客人毕业于牛津大学！他们来到这里，是要跟你们探讨一个非常激动人心的话题，因此，请将我们莫顿庄园中学最热烈的欢迎致以——抱歉，稍等……"他看了看手上的记录本，"艾弗和爱丽娜，来自——"再看一眼，"'五哞深处'戏剧社！"

艾弗和爱丽娜应声起立上前，动作很大，他们的椅子都被推得贴着地板往后滑了出去。"大家好吗？孩子们，都好吗？"艾弗大声道，向前探出身子，瞪大了眼睛，活像一只娇惯坏了的查尔斯土小猎犬。"很好。"我们嘟囔。可艾弗拿出了我们在儿童节目里都看到过的那种自以为是的哄小孩儿的做派。他张开手掌搭在耳朵上："我听不到你们的声音！"

"他当然听得到。"福克斯说，"小把戏。"

"诡计。"洛伊德说，"狡诈的诡计。"

"我们再来一次！你们好吗？"一片安静。

"噢，看来你们真是很不高兴！"爱丽娜垮下了她的嘴角，头歪向一边说道。

"老天哪，这两个人！"洛伊德说。爱丽娜是欧洲大陆口音，大概是捷克或者匈牙利的，听起来像现场音乐一样，成功吸引了我们。

"我们在这里，是想为大家介绍一个奇妙的机会。"艾弗说，"这个夏天，一个大项目将来到你们面前，我们都很为之兴奋。来，告诉我——有谁听说过威廉·莎士比亚先生？所有人吗？哦，你们害羞了。好吧，让我换个方式再问一遍：在座有哪位是从来没听说过威廉·莎士比亚先生的？埃文河畔的天鹅！吟游诗人！自命不凡的乌鸦[1]！瞧啊——你们全都知道他！"

"有人能为我们朗诵一段莎士比亚吗？"爱丽娜说。一只手举了起来。是苏琪·朱厄尔，副校长的女儿。

"生存还是毁灭。"哈珀悄声说。

"生存还是毁灭。"苏琪大声说。

"这是一个问题！非常好！哈姆雷特！还有谁能来吗？"礼堂前排，书呆子学生们开始纷纷大喊：

"唉，可怜的郁利克！"

"在我面前摇晃着的，不是一把刀子吗！"

"现在，我们严冬般的宿怨！"[2]

---

1. 最早出自《伊索寓言》，讲披上孔雀毛的乌鸦自以为美丽而扬扬自得。这里是莎士比亚同时代的英国作家罗伯特·格林对前者的批评，具体含义现已不明，可能有指控剽窃之意，也可能是嘲笑莎翁没上过大学却胆敢与众家分庭抗礼。

2. 以上三句依次出自莎士比亚的《哈姆雷特》《麦克白》《理查三世》。

"爱过再失去，"苏琪·朱厄尔大喊，"总比从没爱过好。"

艾弗安慰地皱一皱眉。"事实上，这是丁尼生的。"

"是啊，是丁尼生，你这笨蛋。"洛伊德说。

爱丽娜接掌了话题。"有个事情——你们知道吗？我们每个人平时都在使用莎士比亚的语言，哪怕我们自己根本没有意识到！"黑眼睛，棱角分明，头发严厉地梳在脑后，虽然穿着套头衫和运动装，爱丽娜却一点儿也不显得活泼，倒像个刚从开放式监狱里逃出来的芭蕾舞演员。"你们在听吗？要是不听的话，那我就不说了。非常好，告诉我——有人听过'美丽新世界'这个说法吗？有几个。好，那'破冰'呢，比如说'嘿，就让我们借着这场聚会破冰吧'？"

"'心虚胆怯'怎么样？"艾弗说，"还有'已成定局'？"

"你们知不知道——"爱丽娜说。

"不知道。"福克斯说。

"——当你们说'装疯卖傻'时，就是在引用莎翁？"[1]

"谁会说'装疯卖傻'啊？"洛伊德说。

"而当你说起有关鬼敲门的笑话时，你在引用……那部苏格兰剧！"

艾弗挤了挤眼，抬手掩住嘴，假装悄声说："她说的是《麦克白》！"[2] 戏剧社的小个子柯林·斯马特笑出了声。

"喂！斯马特，"洛伊德嘘声说，"别为这个发笑，你这白痴。"

---

1. "美丽新世界"出自《暴风雨》，"破冰"出自《驯悍记》，"心虚胆怯"出自《亨利六世》，"已成定局"出自《奥赛罗》，"装疯卖傻"出自《哈姆雷特》。下文两人交替说出的话也可见于莎翁剧本，但未必是其首创，许多是当时的俗语。

2. 由于《麦克白》公演历史上曾多次发生不幸意外，以致形成忌讳，认为在剧场内直呼"麦克白"会带来坏运气，即所谓"麦克白禁忌"。

"反复无常！"爱丽娜说。

"在心灵之眼里！"艾弗说。

"笑料！"

"爱情是盲目的！"

"人情的乳臭！"[1]

"去他的吧，"哈珀说，"好了，你们说得很清楚了。"

可他们还没完。爱丽娜按下了录音机的播放键，与此同时，艾弗交叉双臂，摆出一个姿势。他们蹲下，手撑在膝盖上，脸贴着脸。一段长得叫人不安的停顿过后，微弱的嘻哈节奏响起。正当我们开始觉得害怕时，新的尝试开始了，这一次是想要说服我们：莎士比亚是全世界说唱歌手的鼻祖。

"你死透了，像个门钉！"

"直到末日，电闪雷鸣！"

"你吃空喝尽叫我家徒四壁清！"

"这佳肴足可献给神明品评！"

"我们也不喜欢说唱啊。"洛伊德叹气，"是什么让他们以为我们喜欢说唱的？"

"你反复无常！"

"这句说过了。"哈珀说。

"你让我紧张！"

"是啊，你们让我紧张。"洛伊德说。

"你欣赏过好时光！"

---

1. 以上五句依次出自《约翰王》《哈姆雷特》《温莎的风流娘儿们》《威尼斯商人》《麦克白》。

"我会杀了你，以慈悲的心肠！"

"杀了我吧，随便用什么，"福克斯说，"求你们了！"

"你是魔鬼的替身！"

"哈！嫉妒是绿了眼睛的魔王！"

"这些人真是世上最糟糕的……"

这时，帕斯科先生突然站起来。"哈珀！福克斯！洛伊德！你们到底在干什么！"

"引用莎士比亚，先生。"福克斯说。

"装疯卖傻，先生。"洛伊德说。

"出去。马上！"

"一点儿都不意外。"哈珀嘀咕道。

"我们成了笑料。"洛伊德说。

"一起葬送。"[1]这是福克斯说的，他们三个侧着身子从我身边溜边儿挤了出去。等到两扇大门合上，爱丽娜按下停止键，艾弗再次上前一步。

"好了。现在有个机会——"

"我们打算排一部戏——"

"关于帮派，关于暴力，关于归属、偏见、爱，以及……"艾弗顿了顿，抛出点睛之笔，"……关于性！"他停下来，偏着头，等待窃窃的低语传遍礼堂。"这是莎士比亚的戏剧，名叫——"

《罗密欧与朱丽叶》。也许你们觉得已经对这个故事熟得不能再熟了，相信我，并非如此。'五旬深处'戏剧社将把它带到这里，就在今年夏天，在一个激动人心的全新场地上。"

---

1. 出自《麦克白》。

"而你们……"他张开双臂，左右手各伸出两个手指，指向两边，那是个黑帮手势，"……就是明星！五个星期排练时间，四幕剧。我们将学习舞蹈，我们将学习战斗——"

"我们将学习如何存在。"爱丽娜说，黑眼珠扫过一排又一排座位，头一次，我们彻底安静下来，一动不动，"如何存在，在台上，在台下。我们所有人都要学习一些东西，关于如何行走在这世间，活在当下，活得有生气。"

"记住，"艾弗说，"'五哞深处'并不是我们，而是你们。"他合掌，十指交叉，晃了晃，就像在摇上课铃，"我们需要你们。没有你们，我们什么都做不到。"

"来吧，"爱丽娜说，"请加入我们。"

"我不是来加入的。"我说，差一点儿就大叫起来了。

"好吧。"艾弗说，"不过你还不知道这是——"

"不管这是什么，我不参与，我只是帮她一把。"我抬眼寻找那女孩儿，她正站在桌子边往一个纸盘子里装吃的，"我这就要走了。"

"好吧。你确定？我们真的非常需要年轻人加入。"

"是的，但不是我。我要走了。抱歉。再见，露西、柯林。再见，海伦。"不等他们回答，我就飞快走出庭院，穿过草坪，走过迷宫——

"等等！"

……跳过隐篱，风驰电掣般的往前……

"抱歉！能停一下吗？哦，哎，我的天……"

……我回过身，刚好看见她一瘸一拐地朝我蹦过来，软塌塌的盘子把吃的撒了一路。我站在门边等她。"看看，"她笑着说，"你害得我把粗麦粉都撒了。"她晃了晃盘子，把最后残存的一点儿倒在草上。"把粗麦粉倒在暗墙上，见鬼，这也太中产阶级了——话说回来，我只是想来跟你道个谢，谢谢你送我回来。"

"那没什么。"

"你确定不想留下来？"

"我不是演员。"

"相信我，我来了一个星期了，这里没人是演员，包括我在内。就是……好玩而已，你明白吗？一开始只是些戏剧活动和即兴表演。我发现这未必只是在推销——"

"我真的不行——"

"我想说的是，'戏剧'和'游戏'，没人想过这两个词能放在一起。"

"抱歉，我得——"

"我们下个星期就要开始正式排练了。这可是《罗密欧与朱丽叶》。"

"这事不适合我。"

"因为莎士比亚？"

"所有，那不是我的……"

拜托，别再用"事情"这个词了。

……

"……事情。"

"好吧。是吗？很可惜。很高兴认识你。"

"我也是。也许以后还能有机会在附近见到你？"

"会的，如果你明天来的话！不来？好吧。"她伸手拂了拂她裸露的腿，"该死的库斯库斯，我其实不喜欢粗麦粉。如果你改变主意的话，九点半。你不会后悔的，也可能会吧。我是说，你也许会后悔，但至少——"

"呃，我最好还是——"

"我还不知道你的名字。"

"查理·路易斯。"

"很高兴认识你，查理·路易斯。"

"我也是。那就这样。"

……

"你不问问我的名字吗？"

"抱歉，你是……"

"弗兰。弗兰西丝，有'e'的那个[1]。弗兰·费舍尔。我能怎么办呢，我爸妈都是笨蛋——好吧，他们不是，不过算了。好了，就这样吧。谢谢你。再见。"

她转身走开。我看着她把纸盘子折成了一个楔子，塞进牛仔裙口袋里。然后，她回头看了看，确认一件她肯定早就心中有数的事情——我会一直看着她。

"再见，查理·路易斯！"

我举起手，她也一样，但我再也没有回去，那是我最后一次见到弗兰·费舍尔。

我想知道，她现在在哪里呢？

---

1. 弗兰（Fran）同时是英文名弗兰西丝（Frances）和弗朗西斯（Fransis）的昵称，这里用字母"e"指代前者。

一见钟情

　　我知道她现在在哪里。我真的回去了，因为无法想象再也见不到那张脸会是怎样的情形，如果回去意味着要花上半天的时间做什么"戏剧活动"，那就是我要支付的价码。

　　可是，也有可能那并不完全是真的。也许我很快就把她忘掉了。当这些故事——爱情故事——被叙述出来，我们很难不把其中深意与必然性完全归结于无伤大雅的偶然事件。我们都乐于将事情浪漫化：一眼看去，有什么改变了，火焰燃起，茫茫宇宙中巨大的齿轮扣上了，严丝合缝，开始转动。可要说"一见钟情"的那个"情"，我总疑心，只是回溯时加上去的，就像讲故事时配上管弦乐营造出的气氛，随便的一瞥、一笑、一个搓手，都被赋予了某种象征意义，其实当时并没有。

　　没错，我是觉得她很迷人，可这念头我随便哪天见到哪个人都可能冒出来五次十次，哪怕是一个人看着电视也会。没错，我们第一次遇到时，就有一个清晰的声音在不断地告诉我："集中精神，这很重要，集中精神。"同样没错，这部分可能就是与性有关的，这个声音强调着那时候我和女孩儿的每一句对话，就像谁也关不掉的汽车喇叭。另一部分没那么热烈，更符合传统的浪漫场景，一下子快进到一个蒙太奇——牵着手，逛"WH史密斯"书店，坐在狗屎公园里的秋千上大笑——我很好奇那样一个"社团"会是什么样子、什么感觉。

　　我这辈子还从来没有（无论之前还是之后）像这样蓄势待发，

准备要陷入爱情里去。我确信，染上这样的热病能帮助我抵御其他的一切烦恼与恐惧。我渴望改变，渴望有事情发生，开启某种探险……这么说吧，陷入爱情总比解决谋杀案来得靠谱点儿。可就算我觉得她很迷人，也并没有魔法棒点在我身上，没有竖琴自动奏出美妙的乐章，没有灯光焕然一新。如果那个夏天我忙一点儿，或者在家里更开心一点儿，也许我就不会那样频繁地想起她，可我不忙也不开心，所以，我陷进去了。

我还记得当时是怎样担心自己会记不住她的脸。放开刹车，尽情飞驰在林间小道上，穿过路灯洒下的光亮，在车座上挺直了身体，风拍打着我的胸膛，我努力寻找一张可以作为参照模板的面孔，某个熟悉的、电视屏幕以外的人。可是没有人合适，还不等我骑到路口，转上回城的路，她的模样就开始渐渐模糊，就像没对焦好的照片——鼻子的形状，蓝色的阴影，豁了个小口儿的牙齿，完美的头颅曲线，精巧的痘痘和雀斑……我要怎样才能一一记住？一个俗套的念头冒出来，我也许可以到家就把她画下来：几笔线条，一个姿势，比如她拽裙子后摆的样子，或者把刘海往耳朵后面拨的样子。在此之前，我几乎只画僵尸和外星虫子。也许弗兰·费舍尔会是我第一个有价值的主题，就像海伦建议的"真实的东西"。我在脑海中反复描摹她的容貌，和努力背诵电话号码时的做法一样——鼻子的形状，蓝色的阴影，豁了个小口儿的牙齿，曲线，雀斑——

电话号码！我刚才为什么没问一下她的电话号码？

那才是我该要的。下次见面时一定要问。

下一次。

我还记得当时感觉到的强烈的嫉妒，对她的男朋友，却压根儿不知道那是谁，甚至不知道有没有这么一个人存在。当然，她肯定有男朋友，所有查茨伯恩的女孩儿都有男朋友，相貌相当，身份相称，经常一起出没他们父母的游泳池，或是夜不归宿。莫顿庄园也有人"谈恋爱"，但他们飞快地就安于某种拙劣的模拟居家生活，捧着茶坐在电视机跟前，要不就逛商店，好像沉迷在某种特别投入的过家家游戏中。查茨伯恩的学生则不然，他们颓废、野性、自由，就像《逃离地下天堂》里的纨绔子弟，或是外国的交换留学生。投票、开车、合法饮酒，在这种种通往成年人道路上的标志中，对于莫顿庄园的男孩儿来说，最难的一项是：看到胸罩肩带能忍住不去拉一下。不要犯浑——这就是等待我们通过的成人礼。就算她是单身吧，弗兰·费舍尔为什么要对一个这样的男孩儿感兴趣，像我这样的？最后，要知道，一切我曾尝试着定义为"爱情"的感情，到头来都跟装在盒子里的童年玩具一样，时过境迁，无足轻重。贝琪·博因、莎朗·芬德利、艾米莉·乔伊斯——我在想什么呢？这是全新的情感，如果说是"爱情"还为时过早的话，那我更愿意称之为"希望"。

这些全都是不能大大方方说出来的话。（跟谁说呢？）况且我也没有太多时间琢磨。因为，就在转进萨克雷新月街时，我看见了一辆崭新的红色迷你宝马，后车窗边露出的是我妹妹的脸，她在看书，正好抬起头来。

妈妈来了。

妈妈

我小的时候，父母常常说起他们是如何坠入爱河的——那时听起来还很可信。当时他们还都是学生，我妈妈学习护理，爸爸的会计学课程学了一半，却基本上已经算是放弃了，为的是加入校园乐队吹萨克斯。这类乐队的水平总是参差不齐，在这个故事里的那支乐队名叫"甲状腺肿大"，是一支朋克-放克或者放克-朋克乐队，有五个人，曾经登上朴次茅斯理工学院学生活动中心的舞台，那是他们第一次，也是最后一次演出。朋克和放克，听来就完全不搭，事实证明也是如此，可我妈妈就在偶尔没有低头看地板的一瞬间发现了一名局促不安的乐队成员：萨克斯手。看着他躲在主唱背后做出各种讽刺的鬼脸，她笑了起来，也知道了，他是会玩他的乐器的。于是，妈妈找了个机会去跟他进一步接触，那会儿他正站在吧台边上，弓着身子，拿着毛巾的一角拼命擦眼线，像个急于卸除伪装的人。她抓住他的胳膊。"那个，"她说，"真是……太糟糕了。"他盯着她看了一会儿，大笑起来。"事情就这么发生了。"我爸爸过去经常对我说，"一见钟情。"这时候，妈妈会哼哼两声，翻个白眼，砸个垫子过去。可不管怎么说，我很爱这个故事：在一个吧台边，妈妈来到爸爸身边，于是有了我。

家里有一张他们俩的合影，就在他们认识之后不久拍的，两个人都穿着皮夹克，配上香烟，站在戈斯波特的一个消防通道里，那是那一带唯一跟曼哈顿东村有点儿相似的地方。我妈妈身材娇小，黑眼睛透过黑色刘海凝望着前方，目光凶狠，气势汹汹；爸爸站在她身后，香烟举得高高的，像是在她头顶上空写她的名字，笑得露出了那一嘴参差不齐的牙：老天，看看这个神奇的女人。所有情侣都该有一张这样的照片，作为他们理想中那本相册的封面。他们一副战无不胜的模样，充满了对共同未来的激情和希望。

妈妈是一九九七年春天离开爸爸的，不过我怀疑她之前已经计划了一段时间了。我爸爸的营生是一家小型连锁唱片店，到那时终于经营不下去了，就在彻底关门之后那个悲惨的冬天，我们发现自己越来越依赖于妈妈的决断、韧劲儿和令人安心的力量。要是没有她，我们该怎么办？很自然，一想到离别，就像要在疾驰的火车上选择跳车的时机——留下来没有意义，跳下去则无法避免伤痛。

就这样，她坚持着。我还记得清理最后一家唱片店时她那敏锐、冷静的劲头，打包剩下的货品，掀起地毯，就像电影里洪水过后的人家检查损失时那样。我也记得，她在精心措辞说我们将要搬家时强打精神露出的笑容。卖掉房子可以释放一些资产——不管那究竟是什么——清偿一些债务。新房子会小一些，不一样，但也非常好，在那里我们能准备好重新开始需要的一切。喘一口气，然后重新站起来——这是拳台上的语言，爸爸跌倒了，伤痕累累，受到了打击，蜷缩在角落的凳子上。于是妈妈担起了教练的职责，专注而坚定。

那天夜里直到很晚我都没睡着，于是我下楼去，发现她在厨房里翻报纸。我渴望安慰，逼着自己说出了那个词。

"所以，我们是不是……破产了？"

我看见她的肩膀僵硬了。"你从哪里听来的？"

"你和爸爸说的。"

"我不希望你学会偷听。"

"你声音很大，所以……"

她越过椅背对我招了招手。"好吧，严格说来，是的。不是我们破产，当然更不是你，是爸爸，因为生意是在他个人名下的，但实际上——这并不是什么灾难！"我听凭她的保证安抚我整个身心。"破产只是个法律名词，是一种解决债务的方式，用在某些事情失败——不是失败——是无法继续运转的时候。这是清白的记录，它意味着不会有人来敲我们家的门。我们只是……需要清算所有东西，让所有人都能拿到他们的那一份。"

"他们的那一份什么？"

"资产，我们能卖掉的所有东西。"

我想到卷起的地毯、货架、成箱贴着"世界音乐"标签的唱片。我对债权人不抱多少希望，而且我还知道，爸爸在金钱方面正直到几乎病态。为了挽救生意，他借了很多钱，每关掉一家店铺，就必须还掉一些债务，个人信用卡上就会悄悄留下更多欠账，个人存款被注入公司账户，直到再也掩饰不住。我小时候经常把不爱吃的蔬菜从盘子里拨出去，悄悄扔到地上。爸爸的策略也并不比我高明多少。他设计了一个金字塔骗局，身在其中，既是骗子，也是受骗者，当整个计划崩塌时，他一个人站在废墟上，被待付账单、待缴租金、待发薪资惊得目瞪口呆。再也不能在酒吧里请全场人喝酒，对他来说就是很大的痛苦，没钱发薪水给员工也是……就算"破产"给了他一个清白的记录，失败本身也早已将他变成了一个罪人，一个贼。

妈妈还在坚持。"真的，这是一个变相的机遇。综合所有考虑，这其实是件好事。"听着这话，我想知道，如果有什么坏事发生，我们又该怎么办呢？

所以说，萨克雷新月街是修行，一份艰苦的修行，感觉上也的确如此。伴随着第一场大雨落下，大团大团的湿痕出现在我们卧室的天花板上。"划算"的电暖器让我们在凌晨三点大汗淋漓、辗转难眠，下午四点却瑟瑟发抖，冻青了鼻头。第一次去看这房子时，爸爸跟我们解说过，潜艇上的水兵在漫长的出勤期间是怎样挤在小舱房里生活的，是怎么只携带必需品并且用完就归位，从而避免幽闭恐惧症的。但比起极简主义生活来，我们更烦恼的是永远在找地方安置东西。我们看到的房子是不带家具的，可现在，弧形的墙面就意味着所有家具、洗衣机和电视机都必须侵占房间内部的空间，简直是要直逼到我们跟前。毫无整齐可言，一切都不对。让人恼火的小问题数不胜数：碗柜门关不上，水池太浅放不下水壶，浴室太小，就连妈妈的小短腿都伸不直。"我只想要一面平的墙，可以挂上一幅画！一个角落，一个角落，可以让我放把椅子！"无论遇到什么逆境，在大风呼啸的埃克斯穆尔高地上缩在一顶小帐篷里，在高速公路边等汽车修理工，她都能笑着面对。可现在，这种能力渐渐在她身上消失了，她会摔门，会踢墙，扔鞋子，大吼大叫："这些东西为什么在这里？这不是我们放鞋子的地方。""破船"，妈妈这么叫它。难怪潜艇兵会发疯。不是房子的错，可话虽如此，我还是想知道，还有多少原本稳固的家庭因为有问题的双层玻璃、建筑结构的缺陷而开启每一天的扭曲小愤怒，以致分崩离析。

在我们眼里，父母变成了陌生人，他们被外星人掳去，改造成了我们的敌人。从……这么说吧，从二十一岁到六十五岁，他们自然是在慢慢变老的，可我总愿意认为成年人是不变的，特别是做父母的人。不再改变，这难道不就是成年人的定义吗？可现在，我的爸爸，一个原本以风趣幽默和迷人的温柔而著称的人，开始变得越来越暴躁易怒，这种情绪，我们过去很少见识。空闲时间太多，他开始撸起袖子更换起雾的浴室镜子、漏水的天窗和垮掉的淋浴器支架。他用茶匙拧螺丝钉，把架子装在石膏板墙面上，用麦片碗调填料来修补由此产生的裂纹，拿黄油刀当抹泥刀，最后，多余的填料堵住了下水道，脆弱的墙面带来更多的摔门和尖叫。

面对这一切压力，妈妈的反应是挺直腰板，冲破禁锢。她似乎毫不费力就在城里的高尔夫球俱乐部找到了一份工作，负责帮忙组织各种活动，婚礼、周年庆典和七十周岁寿宴，等等。这是那种她过去认为狭隘乏味而不屑一顾的地方，但她向来有效率，又有说服力和强大的魅力，赚回来的钱比在病房里赚到的多得多。她对他们说，如果你经历过人满为患的老年病区里忙碌的夜晚，那么扶轮社分社[1]的年会就没什么可怕的了。事实上，它们差不多就是一回事！这是她用来说服他们的方式，很有效。我们开始习惯她星期六一大早踩着高跟鞋出门，习惯在星期天凌晨听到汽车回家。她开始涂指甲油，在电视机前熨衬衫。衬衫！想一想，我的妈妈竟然有衬衫、衬裙、铅笔裙、菲洛法克斯记事本，还有她自己的电子邮箱——这还是我第一次听说这种东西——简

---

1. 扶轮国际的分支机构。这是一个国际性的非政治、非营利性公益机构，旨在集合全球商业领袖及专业人士提供相关援助与服务。

直匪夷所思，可只要它们能让我们少为水电费发一点儿愁，那就是可以接受的。也许我们还会慢慢习惯爸爸像这样待在家里，做早餐、检查功课、大采购，他总是带着勉强的狂喜，叫人紧张。我们踮起脚尖走路，呼吸都不敢大声。

但深深的不安依旧挥之不去，比莉和我躺在高低床上，听着争吵、大叫和安抚声轮番登场，担心得辗转不能入眠。"我觉得爸爸要疯了。"一天夜里，比莉说。"疯爸爸"，这成了我们两个的密码，用来指代某些特定的时刻，那些看见他站着，大睁着眼，死死瞪着什么地方的时候。

妈妈仍坚持着。她交了新朋友，工作时间更长了。她得到了赞扬，要加班，她改变了衣服风格和发型，爸爸一定是看到了这一点，一反常态地变得尖酸刻薄起来。她一直是坚定理智的左派。现在她只想知道：新娘子的直升机有没有可能在十八航道降落？现在他们会回避彼此的目光，除了妈妈在下班时间里用她的手机——手机!——接电话的那几次，那个时候，妈妈会用一种他不再认得出的声音说话，他们会死盯着彼此，带着几乎压抑不住的怒火。那不只是爱情消失的问题，尊重和理解也在消失，我们无能为力、无法阻止，不知事情走向的恐惧开始充斥我醒着的每分每秒，让我窒息。

就在我最后一个学年的复活节，又一个平平无奇的白天过去，我回到家，屋子里一片寂静。我以为家里没人，一直走到沙发跟前才发现爸爸躺在上面，禁不住吓得大叫起来，他的脸被搓得发红，双手缩在套头衫的袖子里。

"妈妈走了，查理。"他说。

"什么，去上班了？"

"她认识了别的人。我很抱歉。"

"你在说什么呀，爸爸？"

"求你，我亲爱的，别让我说出来。她走了。她跟别人走了。"

"可她会回来的，对吗？她会回来的吧？"我见过爸爸哭，但都只是在派对或者婚礼上，因为动情而眼睛发红，从来不是这么痛苦的样子。他哭过，我敢肯定，只是那都是关上门躲在房间里。可现在，他在这里，整个人蜷成了一个球，仿佛要躲开暴风骤雨的拍打，我很希望能说自己当时本能地上前去抱住了他，想要给他一些安慰，可我没有。我只是站在一旁，隔着一些距离，扮演一个没有资格采取行动也无意卷入其中的旁观者，惊慌失措，除了逃跑什么也做不了，我手忙脚乱爬上我的自行车往外骑。

比莉刚好放学回来。"怎么啦，查理？"

"去看看爸爸。"

她瞪大了眼睛。"怎么了，出什么事了？出什么事了！"

"去！"我大叫，回头看到她撒腿跑了起来。我的妹妹，十二岁的妹妹，她会知道该怎么办的。我重重地踏着脚踏板，在家门外的环形路上来回兜圈，想看看妈妈是不是真的就这么走了。

最好的样子

高尔夫球俱乐部是一栋滑稽的建筑，臃肿浮夸，跟它的会员一个模样。整栋房子都粉刷成白色，还有雉堞，要不是旁边挨着的就是二十世纪八十年代建起来的音乐学校，倒真是个适合阿加莎·克里斯蒂推理小说的好地方。我跟着妈妈来过几次，一次比一次讨厌这个地方，须后水和金汤力的味道、吧台边的哄笑、古典管弦乐、没完没了到就连上个厕所都跟着你的《蓝色多瑙河》，厕所里都是叫人看不明白的高尔夫漫画，挂在跟视线齐平的高度上。我讨厌妈妈在这个地方的样子——举手投足，说话的声音，滑稽的马甲。"拿出最好的样子。"她会这么说。我不是个喜欢表现出恶劣模样的人，但这种说法让我禁不住想要从大堂随便哪个混蛋手里抢过一根沉甸甸的大头球棒，砸掉那些干花盘、独立小包装的黄油饼干和停车场里那些宝马和路虎揽胜的后视镜——说到停车场，我这会儿正冲进去，一路扬起碎石子。我跳下自行车，任它倒在地上车轮飞转，一头撞进大堂里。

"不好意思，需要帮忙吗？你是来找人的吗？不好意思，年轻人！年轻人，等等！"前台接待员拍响了呼叫铃，"叮——叮——叮"，我左右张望，看到妈妈从吧台那边走过来，"嗒嗒——嗒嗒——嗒嗒"，铅笔裙的轻快步伐，带着微笑——微笑！——好像我是来为公司的圣诞晚会商讨费用问题似的。

"谢谢你，珍妮特，我来就好。哈喽，查理——"

"爸爸说你走了。"

"我们过去那边怎么样？"她抓住我的胳膊，拉着我穿过大堂。

"是真的吗？"

——她像个保安，而我像是在商店里偷东西时被抓了个正着的贼，她一间间推开会议室和办公室的门，打算找个地方把我关起来。

"查理，我给你留了一封信。你看过了吗，查理？"

"没有，我直接过来了。"

"噢，我跟他说了把信给你的。"

——所有房间都有人，她一次次露出她的职业微笑，再轻轻关上每一扇门。

"妈妈，是真的吗？"我挣脱她抓住我胳膊的手，"告诉我！"

她的笑容淡了。她抓住我的手，抓得紧紧的，前额抵在我的额头上，过了一会儿，才紧张地左右看了看，走到我们背后的一扇门前，用肩膀把门撞开，一个转身，把我拽进了一个闷热的储物间，卷筒纸和擦手巾围成了隔音墙。我们站在拖把和水桶之间。

"查理，你不能来这里——"

"可那是真的吗？你要搬走了？"

"目前来说，是的。"

"去哪里？我不明白。"

"信里都写了。"她咬了一下嘴唇，"我跟他说了把信给——"

"那就说给我听！求你！"

她叹了口气，像是泄了气一样，身子贴着门滑下去，盘腿坐下。

"这些年来，你爸爸都不是个容易相处的人——"

"真的？我没有发现——"

"——对我们两个来说，都不容易。我尽全力维持，至少我自认为是这样的。我的确还爱他，我爱你们每一个人，可是……"她停了下来，蹙起眉头，舔了舔嘴唇，一个字一个字地斟酌着，"在这里上班的时候，我另外交了个朋友。"

"谁？"

"我写在信里了，我不知道他为什么没把信给你——"

"好，我会去拿那封了不起的信……"我站起来，用力踢水桶，把拖把扫到地上。

"别这样，查理。坐下来。坐下！我跟你说！现在就说！"她抓住我的手，把我拉到地板上坐下，我们的腿交缠在一起，顶着一卷卷的卫生纸。"他叫乔纳森。"

"他在这里工作？"

"是的，他负责大型活动。"

"我见过他吗？"

"没有，比莉见过，她来给我帮忙的时候。不，他今天不在，别打其他主意。"

"多久了？"

"两个来月。"

"你一月份才来这里上班！"

"是的，那时候我们就成了很好的朋友。"

我露出最苦的笑。

"查理，在这种事情上，你还不够成熟。"

"'很好的朋友'，这话听着像是你才九岁——"

"好吧，那就说'爱人'，好些吗？"

"天哪，妈妈——"

"如果你愿意，我可以像对待小孩子那样对你，你愿意吗？"

"不，我只是想——"

"要我说清楚是怎么回事，我打算做什么。我不介意你是不是生气，我料到你会生气，可还是希望你能保持礼貌，耐心听。好吗？"她用脚尖踢开一个水桶，"天哪，真希望有根烟！"

我拍了拍我的口袋。

"这并不有趣。你抽烟？"

"没有。"

"你要是抽烟的话，我会杀了你的——"

"我不抽。接着说吧。"

"我在这里认识了乔纳森。他妻子过世了，留下两个女儿，双胞胎。他人很好，非常好，我们经常聊聊天什么的。我跟他说起你们爸爸，他非常理解，因为他自己也经历过沮丧的时候，知道那是怎么回事。就这样，我们成了朋友，再后来，我们……比朋友更进了一步。别那样看我。事情发生了，查理，你总有一天会知道，结婚并不是'用尽一生去爱一个人'那么简单的事情——"

"可就是这么回事！那就是婚姻的意义。你看——"我抓起她的手，掰开她的手指，让她看她依然戴在手上的结婚戒指。她反握住我的手，把它们包得紧紧的。

"是的，是的，婚姻的意义。是的。但一切都乱了，查理，一团糟，很痛苦。人是可以对不同的人产生同样强烈的感觉的，完全真挚，而且强烈。等你再大些就明白了——"

话已出口，可我看得出，她还想吞回去，只是太迟了。它甚至比"最好的样子"更让我生气。我开始踢门，她伸手按在我的膝盖上，安抚我。"别这样！别这样！查理？听着，我毫不怀疑你爸爸是我一生所爱，你也同样不该怀疑。可现在我变成了他的护士，不是妻子，不是伴侣，而是护士，有时候——有时候，越是在乎的人，你越是会真的痛恨他，因为你太在乎他们了，所以才会恨——"

"你恨他？"

"不！我不恨他，我爱他——你没听到吗？我在信里写得比这清楚得多——"

"说给我听！"

"噢，天哪！我——"

她的声音被什么哽住了。她的眼里开始闪光，她闭上眼睛，指尖用力按在眼窝上。

"我累了，查理。我只是太累，太累了。我留下来，对他没好处……我也不能一辈子照顾他。而你，我知道我是长辈，可我还很年轻，没办法把日子都花费在……都卡在那里。"

"所以你走了。"

"暂时，是的，我搬出来了。"

"你逃跑了。"

"他也不希望我留下来！他知道乔纳森，事情都说开了，不可能再——"她呻吟着，恼怒起来，"我尽全力了！竭尽全力，你知道的，除非你希望我和你爸爸继续——我们继续年复一年地在半夜里相互大喊大叫、恶语相向——"

"我到家时，他整个人缩得像个球——"

"噢，天哪，我不是随随便便做出的决定，查理，这不是开玩笑的事情。我这么做，是因为我觉得这样最好！"

"也许是对你最好！"

"不，是对每个人！"

"残忍的仁慈？"

"算是其中一个因素——"

"就是该死的残忍——"

"够了！"她厉声喝道，嗓子里发出低低的呜咽，十指插在头发里，像是要把自己从地上硬生生拽起来，"天哪，查理，你这样也不能让事情变得更容易。"

"你想让我觉得容易？"

"噢，是的，实话说，是的，我不在乎。"她低声咆哮道，长长吐出一口气，缓了缓，调整自己。"不。你只是说出了你的心里话。"她抬手遮住眼睛，像戴上了面罩，"你想知道什么？"

"你要搬去和——"

"——乔纳森一起住。暂时，是的。"

"多久？"

"不知道。看情况。"

"我和比莉留下来跟爸爸在一起。"

"呃……"她开始咬嘴唇，眼睛看着墙壁，带着些小心翼翼，说，"目前的想法是，比莉跟我走，你跟爸爸。"

过了好一会儿我才能恢复呼吸，重新开口说话。"我能来吗？"

"什么？"

"我能跟你们一起吗？"

"我不……"

"——跟你和比莉。"

"噢，查理——"

"我是认真的！带上我。"

"我不能。"

"留下来我会发疯的。"

"乔纳森有家庭了，他有两个女儿。"

"我不介意。"

"没有卧室了。"

"我睡沙发没问题。"

"查理，我需要你留在你爸爸身边！"

"为什么是我？"

"因为……你是最大的——"

"不，你才是最大的！"

"你向来跟你爸爸很亲近——"

"不，我们不亲近，你愿意这么想只是因为这会让你感觉轻松一点儿。"

"你小时候，你们很亲近——"

"我不小了！"

"是的，可是你们可以回头，重新亲近起来。"

"我跟你更亲近，我想跟你和比莉在一起！"我努力克制自己不要惊慌，努力不让声音里流露出恐惧，可叫人难堪的是，我没发现自己在哭——

"查埋，我个是移民去了国外，我只是换了一条街住，我还在这里！你每天都能在学校里见到比莉！"

——我哭得像个四五岁的孩子，抽噎着，上气不接下气。"我们醒来时你没在。每天晚上你都不在——"

"你们会好的，你们两个。你爸爸喜欢跟你在一起——"

"那很可怕！我想跟你在一起！"

她也哭了，用力抱住想把她推开的我。"可是我能怎么办呢，查理？我爱你，可我太不快乐了，你不知道，你觉得我们是成年人就可以——我知道我很自私，我知道现在你会因为这个恨我，但我必须做些什么。我必须这样，看看接下来会发生什么——"

她突然扑在了我身上，是外面有人在推门。"谁在里面？"一个男人的声音大声问。

"格雷格，走开！"妈妈用力顶住门，叫回去。

"艾米？我得拿一卷毛巾。"

"走！走开！"

"有人跟你在一起？偷情的女人——"

她重重一巴掌拍在门上。"格雷格，求你，拜托，就——滚开！"然后回头用口型对我说："对不起！"

我们等了一会儿，凌乱纠缠着坐在地板上，仿佛这个小房间是台凌空坠到了地下室的电梯。我都分不清哪条腿是自己的，哪条是妈妈的，可她在这一团混乱中找到了我的手，用力握我的指尖，努力想笑一笑。我们挣扎着站起来。灰毛团挂在她的铅笔裙上，像肥大的毛毛虫，她用手背猛拍。"天哪，看看我。这边怎么样了？"她指了指自己的眼睛。

"像熊猫。"我说。她从货品架上抓过一整卷纸巾，先擦一只眼睛，然后是另一只。

"我会给你钱的，你随时可以打电话，我一个星期左右会打一次电话过来，看看你们是不是还活着。不，不只是活着，我是说看看你们过得好不好，有没有好好吃饭。"她像丢无挡板篮球一样把那卷纸巾扔到金属架子顶上，"我真的不觉得那有什么不同，说不定对你们来说更好。男孩儿在一起！你可以安安静静做你的功课，订正习题。我也可以帮你！时机很糟糕，我知道，但至少你不必生活在战场上。"

"我会生活在疯人院——"

"停！"她厉声喝断，"别说了！"飞快地转身背对我，伸手从高处取下来一卷毛巾，把那东西夹在胳膊下面，这一次动作很干脆，好像我只是个失败的面试者一样。

"你已经大了，应该能面对这些事情了，查理。"她拉开门，握着门把手，一动不动，"如果不行，那也好，是时候长大了。"

转角

　　她们刚离开，我紧接着就看到了这个家未来的模样，清清楚楚，无可避免：这房子变成了洞穴，满地散落着动物骨头，就像《2001太空漫游》的开头一样，爸爸和我用咕哝和号叫对话。要想避免坠入这样的返祖境地，我必须做出努力，对秩序的渴望油然而生。很快，我就学会了烘衣橱的用法，知道了恒温器怎么操作，怎么让热水器重新打火。第一批变成淡粉色的校服衬衫教会了我，把白衣服和其他颜色的衣服分开洗有多么重要；越积越高的未拆封信件上多半都写着妈妈的名字，让我有机会练习模仿她的签名。

　　我很想说我还学会了做饭。可准确说来，我学会的是如何叫外卖。丰富、平衡的饮食意味着一定要确保印度菜、中国菜和意大利菜（就是比萨）的严格循环，三天为一轮，第四天是"剩饭剩菜日"，差不多就是再加热的全球食品自助餐。所有电话号码我都了然于胸，可就连享受劣质便宜餐食的乐趣也很快超出了我们的承受能力，于是，伟大的世界美食自助市集变成了一种名为"老爹意面"的东西，一大锅夹生的意大利细面条，三根两根地粘在一起，像悬索桥上巨大的钢缆一样，装在深炖锅里，再加上牛肉粒罐头汤和半管番茄酱搅和搅和就行了，有时到了深夜，加上一勺咖喱酱就变成了"老爹马德拉斯风味意面"。我敢肯定，就算是伊丽莎白时代的水手都比我们吃得健康。但起码我们没有挨饿——通常，不等盘子在膝盖上搁稳，我们就开始拼命把食物往嘴里塞，好像比赛一样——很快，我们就跟所有用香蒜酱代替蔬菜的人一样，长出了舌苔，满脸油光却黯淡发黄。我们滑进了一种无论从哪个方面说都称不上健康的生活，但我不能否认，其中也有某种肮脏的乐趣存在。"用盘子。"要是发现我直接就着外卖餐盒吃冷咖喱，爸爸就会说，"我们不是穴居人。"——暂时不是，不过快了。

偶尔，我们也会对这样的生活做出一点儿反抗，特意走上一英里去超市，买切片白面包和价钱划算的肉，再往购物车里扔点儿扁豆、苹果、洋葱、芹菜之类的。我们走路回家，雄心勃勃，要炖一锅丰盛的浓汤，用麦粒炖菜，做在电视上看过的那些菜：塔吉锅、肉菜饭、意大利煨饭。爸爸会放上吉恩·克鲁帕或者巴迪·里奇[1]疯狂的演出唱片。"我们来收拾屋子吧。"他会说，就像我们还小、妈妈还在家里时他常常说的那样。把水果盘擦洗干净，往里面放满梨子、桃子、猕猴桃和菠萝，这也能带来携手反抗生活的快感。最后剩下的一两根香烟会扔进垃圾桶里——过后我再偷偷捡出来——烟灰缸洗干净，收到柜子最顶上。

"我们可以的，不是吗？"爸爸会说，"男生宿舍。我们可以的。"然后换一张唱片。音乐是爸爸情绪的指针，清晰又可靠，就像温度计一样。我不得不听——不，是真正的听，坐得笔直，不能看报纸，不能分心——《无上的爱》或《不可思议的巴德·鲍威尔》[2]，止反双面，因为"好电影你不会只看一半"。他会站在立体声音响旁，随着音乐摇晃脑袋，竖起一根手指："听着，来

---

1. 两人都是美国著名爵士乐鼓手。
2. 《无上的爱》是爵士乐大师约翰·柯川的专辑，巴德·鲍威尔是美国波普爵士音乐家、钢琴家和作曲家。

了!"一边盯着我的脸,看我有没有听出来。有时候,很少很少的时候,就像被潮汐挟裹着,我差一点儿——只差一点儿,就被带进去了。但大多数时候,更多的是一种纵容的修炼,努力去爱他所爱的东西。"真的很棒!"我会说,可我根本分不出好坏,只能听到一波又一波平平无奇的铙钹,打从心底里觉得跟《粉红豹》的音乐也差不了多少。

可爸爸的乐观是飘摇不定的。我很快就知道了,这样的振奋是短暂的,代价是同样程度的低落。阴郁沉闷像迷雾一样卷回来,音乐被电视画面取代,看起来既不投入,也不享受。梨子硬成了石头,桃子却烂成了浆。猕猴桃噌噌作响地冒着泡爆开,菠萝干瘪得缩成了一团。黏黏的黑色汁水不知道是什么,在果盘底下汪成了一摊。爸爸会把它倒进水槽里,羞耻再一次袭来:又失败了,在如何生活、如何行走世间的课题上,我们没能找回任何体面。于是,他出门去抽根烟静一静。

至于妈妈,我依然恨她扔下了我们,只是如今这份恨意里多了些因果逻辑的东西,它似乎成了某种需要刻意维持的东西,就像婚姻一样。最直接的是遭到背叛的刺痛,每见她一次,刺痛就更尖锐一些;还有就是耻辱,因为没能被她选中。

可我疑心自己其实还是有几分骄傲的,因为我是她在这套房子里的代表。我从来就不是一个完美的人,可也许在这个家里我能胜任这角色,所以听到她要来时,我总会很乐意,因为这样我就能创造出一个"一切都井然有序"的印象,拍松垫子,摆放整齐,扔掉冰箱里所有的快餐盒,确保爸爸装扮齐整、漂漂亮亮,要是那一天刚好不行,那就确保他彻底不要出现。有了提前通知,她的到访就有了视察的意味。我能看出,她把这一切都看在了眼里。水槽里没有盘子，很好；洗干净的茶巾、衣服都挂在晾衣绳上，看着很不错。可我并不希望她回家，因为我们其实不行。哪怕依然努力恨着她，让她为我感到骄傲似乎还是很重要。

可这一天，我遇到了弗兰·费舍尔，而妈妈出现在了厨房里，正往架子上塞各种食品杂货。我站在敞开的门口看着她，她正用指甲抠下面包盒子里一块发霉的面包皮，把它扔进垃圾袋。午后的阳光下，不知从哪里钻出来一只肥硕的绿头苍蝇，正试探着一头撞在窗户玻璃上。她一边拆包一边独自嘟嘟囔囔，发表一些小小的私人评论，都是批评和抱怨。

"哈喽。"我说。

她回头望过来。"你去哪儿了？"

不关你的事。我们的交谈总是话外有话，就像外国电影里的字幕一样容易读懂。"出去了，骑骑车。"

"爸爸也出去了？"

"看来是的。"他不在家，真是谢天谢地。

"知道他去哪儿了吗？"

"不知道。"某些疯狂的散步呗。

"他睡得好吗？"

"我想是吧。"晚上不睡。下午在沙发上睡。你的错。

"肯见人吗？"

"就找。"也是你的错。

"能照顾好他自己吗？"

"跟以前一样。"他不太刮胡子，不太喝水。他一件衣服穿好多天。你的错。

"他有没有提过要找份工作之类的？"

"说过，对。"

这话半真半假。在那些不巧我们两个都在家的日子里，每当气氛发展到难以忍受时，爸爸就会抓过纸和笔，打开电视机，调到英国广播公司图文资讯频道的招聘广告页。我们俩有谁能当燃气装配工吗？保险推销员？石油钻塔的潜水员？我们琢磨新工作的方式和小孩子一样：火车司机、牛仔、宇航员，我们这张脸能适合这些角色吗？答案五花八门，但都是否定的，过程叫人沮丧，非常不舒服。找工作不是那种可以父子俩一起做的事情，甚至比一起看性爱场面还要让人难堪。很快，我们就调回其他节目，转换话题，再也不提这一茬。眼下我就在转换话题。

"乔纳森怎么样？"乔纳森真是个绝妙的好名字，很难用嘲笑的口气念出来。

"都好，谢谢你的关心。"妈妈不动声色地回答，手掌贴在柜子门上，用力关上，一次又一次，直到它终于能好好关着。"砰——砰——砰。"她顿了顿，双手扶在台子上。"你知道住在那里最好的是什么吗？没有爵士和所有这些可爱的转角！"

"哦，你高兴就好，妈妈。"我说。可我知道，只要她肯开口说一个字，我就会立刻奔上楼去收拾好行李。她大概也知道，所以轮到她转移话题了。

"你这个夏天都在忙什么？我是说，一般来说。"

"骑车、看书。"

"看书？你从来都不是个爱看书的人。"

"哦，现在是了。"

"这些年来我们一直努力敦促你多看点儿……"

"哦，也许问题就在这里，你们努力敦促我。"

"嗯。是的，我现在明白了，是我的错。至少你经常出门。你会和其他人一起吗？"

我能说我刚认识了一个棒极了的女孩儿吗？我听说过有人能开诚布公地跟父母聊天，交谈中不会有没完没了的嘲笑挖苦和自以为是的说教。可说真的，这些怪胎究竟都是谁啊？就算我知道该怎么说，那也不是现在。我们已经听到爸爸的声音在门外响起了，明快、响亮，却不自然。"嘿，比莉！你在这里做什么？"

妈妈绷紧了身体，回身对着柜子。"别吵架。"我低声说。可爸爸已经倚在门口，努力在脸上摆出一副高傲的蔑视神情，可他根本做不到。

"还在呢，哈？"爸爸说。

"不，布莱恩，我十五分钟之前就已经离开了。"

"我回来就是因为觉得你已经走了。"

"你没看到我的车就停在房子前面吗？那不是什么大汽车，但我觉得还是足够让你看到了。"

"你这次又弄了什么过来？"

"的确，我带了点东西——吃的，不装在外卖盒里的东西。我也可以拿回去。"

"请吧，拜托了。"

"那是给查理的，主要——"

"查理很好。我们两个都很好，谢谢你。"

她的眼睛一直没有离开过碗橱。听到这话，她举起了一瓶覆盆子果酱，瓶盖没盖，白色的霉菌像棉花糖一样从瓶口冒出来。当啷一声，瓶子被扔进了水槽。

我知道接下来会怎样：音量越来越高，最后，随着门被狠狠摔上，一切戛然而止。于是我转身出门，走到妈妈的车旁，比莉坐在里面，低着头看书，一只手抵在嘴上，像是打算塞进去似的。天气还是很热，但车窗摇上去了，我只好屈起手指敲了两下窗户，就这一个动作，就比今天发生的所有其他事情都让我觉得难过。我们还亲近吗？过去住在一起时，我们吵架打闹，激怒对方，但心里很安稳；到后来，在父母变了的那些黑暗日子里，吵闹的我们变成了疲惫的同盟军，还有高低床间的悄悄话，就像身在成天醉醺醺的无能军官麾下的新兵蛋子。现在，同盟破裂了，哪怕是最空洞的家常对话也似乎变得别有意味。她在新家过得幸福快乐是一种背叛，不快乐却也不过是又一件叫人生气的事。

比莉一直等到车窗降到底才开口。"还好吗？"

"还好。"

"他们在吵架？"

"刚刚开始。"我说，看了一眼手表，好像这事也有时间表一样。

"在这里过得怎么样？"

"跟以前一样。那边怎么样？"

"很怪。"

"'双胞胎姐姐'怎么样？"假装比莉是灰姑娘，这是我们提到她的新处境时唯一能开的小玩笑了。

"双胞胎？她们是运动狂人。一打开柜子，足球啊，曲棍球棒啊，羽毛球网什么的就噼里啪啦地往外掉，像下雨一样。她们老想拉着我一起，好像我是个可怜的孤儿，她们要努力让我感觉是在自己家里，一起打打长曲棍球什么的，然后我们就能成为好伙伴了。她们整天都是：'比莉，出来跟我们打长曲棍球！'我就整天都是：'那是什么，学校的项目？不是课程表上的运动我不玩。'无论什么时候抬起头，她们都穿着运动内衣，不是在热身就是在舒缓恢复或其他什么的。她们的爸爸也一样，永远都在扔东西，停不下来。'比莉！接住！''不，递给我就好。'不朝人扔东西的时候，他们就是坐着看板球比赛，一天到晚都是这些。"

"什么，妈妈也是？"

"是的，虽然不说你也猜得到，要不了三分钟，她就开始东张西望了。她管这个叫'做出努力'，我管它叫'配合'。她甚至还去打高尔夫。说什么同甘共苦、离经叛道，说'既然我们在这里做客，愿意积极做出努力就很重要'。我是说，真见鬼——高尔夫！"比莉骂人倒是新鲜事，那样子有点儿难为情，有点儿鬼鬼祟祟，像个假装抽烟的小孩子，总之，在我看来就是不对劲儿。气氛有点儿尴尬，我们俩一起朝房子望去。

"想进去吗？"

"不。让他们去吧。爸爸还是'疯爸爸'？"

拉开车门，我钻进后座，偷偷摸摸地，像个秘密线人一样。"他大多数时候都还好，然后会狂躁一下，很晚不睡，喝酒，吃药，这些事情本来都不该做。有时候我一整天都见不到他。"我们听到从屋里传来妈妈提高了嗓门的声音，还有碗柜门的砰砰声。"我讨厌这些。我是说，是的，我以前也不喜欢，可现在是真的讨厌。"

比莉扭过身子拍了拍我的手。"要坚强，我的兄弟。"用的是《星球大战》里那种怪异的腔调。我们大笑起来。终于，我头一次尝试着说了出来："很想你。"

"哦，拜——托。"她说，然后补了一句，"我也是。"

可妈妈已经出来了，她摔上房门，爸爸立刻重新拉开，这样等会儿他就能自己来把它摔上。眼下，他站在门口，抱着胳膊，像保卫领地的农场主。我跳下车，也猛地摔上车门——我们这辈子还能再好好关门吗？——下一秒，妈妈就切换到了特技司机模式，轮胎急转，发动机转速猛推，车头掉转，开走了。

我瞥了一眼比莉，她下巴向前伸着，食指揉着太阳穴。我扬一扬手，回家，回到我的阵营。

破冰游戏

几个星期以来，我第一次设了闹钟。

但不知为什么，我失眠了（鼻子的形状，蓝色影子，完美的颅骨线条，精巧的雀斑丛），在那辗转反侧的几个小时里，我制订了一个计划：我要在早上九点半出现，加入他们那个见鬼的管他什么的社团，等到茶歇就自然地接近弗兰，午饭时间是底线，一定要拿到她的电话号码，只要号码到手，我就立刻逃跑，就像印第安纳·琼斯逃开那个大圆石头一样。我反复练习要说的话："很高兴昨天能跟你聊天，脚怎么样了？听着，嘿，不知道我可不可以……"我甚至把这些话说出了声，品味"能邀请你一起去喝杯咖啡吗？"这句话带来的感觉，努力琢磨那种美国式的懒洋洋的调子。喝杯咖啡？去喝咖啡？喝咖啡？来杯咖啡？"咖啡"这么寻常的词竟会叫人这么惶恐不安，那也许我可以约她喝茶，可"茶"这个东西，似乎总该是那些戴着系带子的老式女帽的人说的。茶太清淡平静，无性无欲，咖啡就浓烈多了，更叫人兴奋。"面包小屋"茶室里有法式咖啡壶，我想象着弗兰的样子，一手撑着下巴，一手摆弄着一颗方糖，我在讲故事，等到我好像按下炸药包遥控杆一般抛出包袱时，她一下子大笑起来，还摇晃着脑袋。"嘿，我们换个地方怎么样，来点儿酒？"

可去哪里呢？当然不能来这里，儿童高低床，沙发上躺着随时可能精神崩溃的主人。弗兰·费舍尔也不是那种你会想要带去狗屎公园里荡秋千的人，不管有没有苹果酒。请她喝苹果酒会不会不太绅士？要不换成进口拉格啤酒，高级一点儿的东西，不要罐装的？我是不是应该往带旋盖的瓶子里加一点儿伏特加？茶还是咖啡，拉格还是伏特加，瓶装还是罐装？六点时我睡着了，八点被闹钟叫醒，爬下床，冲个澡，小心不要吵醒爸爸，祈求水声能小一点儿，然后，拿出外科医生的细致把胡子刮干净。我伸手去拿凌仕香体喷雾，这款又叫"阿兹特克"（"所以这就是他们消失的原因。"爸爸会说，一边耸着鼻子闻这味道），一口气喷了大半罐，足够把两个腋窝都盖得严严实实，就像结婚蛋糕上铺的糖霜。放下胳膊时，我几乎能听到咔嚓咔嚓的碎裂声。

我把脚卡在高低床边上，像监狱里的囚犯那样，打算临阵磨枪，做五十个仰卧起坐，最终勉强做了二十个，每做一个，额头都在床板边上蹭一下。然后下楼，往嘴里塞两片面包，草草留了张便条说我一天都不在家，但没多解释（怎么解释？）。出门骑上自行车，沿着昨天的路线离开萨克雷新月街，福斯特街之后是吉卜林路，顺着伍尔夫到盖斯凯尔、勃朗特，然后是托马斯·哈代大道，绕过环形路，穿过早高峰时间里呼啸的高速公路。城外，一个白色的市政标牌标出了城市的边界，上面的标语很直白，"一座好城"（用拉丁文写的），这大概就是他们所能想到的最隐晦的表达了。

我骑在寂静的道路上，穿过好几条隧道，过了麦田……接下来的方向有点儿模糊了。我转弯早了，又原路折回，停在一个水泥浇筑的公交站台对面，那里有一条树荫低垂的小路。我横穿公路，沿着小路开始上山。天气已经热起来了，阳光切开树冠直射下来。上山的路挺长，我骑得气喘吁吁。终于能看到步道了，但我总希望这次登场能更正式一些，于是继续骑，直到看见一座小小的仿都铎式门房。两扇有五道栅栏的大门背后，一条车道蜿蜒穿越隔开房子与小路的小树林。"福莱庄园"，牌子上写着。我站起来用力蹬车，可碎石子让车轮一直打滑，我只能放弃，下车步行。车道贴着树林边缘向前伸展，渐渐开阔，连到一片老紫杉林间的草地上。

这座宅子是典型的伦敦周边诸郡风格，融合了过去一千年建筑成果的杂烩精粹：柱子和柱廊，水晶双层铅玻璃，小砾石灰浆填充着都铎式装饰性横梁之间的嵌板，颇具二十世纪三十年代的风格，常青藤间支出一个卫星电视接收器的大圆盘。如果再多些见识，我大概也不会那么震撼，但眼下在我眼里的就只有它的规模、它的与世隔绝和显而易见的古老。我从没这么强烈地感觉自己像个非法闯入者，几乎确信石子路上的动静下一秒就会引来猎犬。我想找个地方把自行车停好，一路走来，庭院里的观赏鱼池、废弃的槌球场和鸽舍都那么恢宏庄严，唯一的败笔是一辆又老又破的货运篷车，车厢侧面喷着鲜艳的飘带，飘带上架着两个面具，都是笑脸，下面是一行大字：五哥深处戏剧社。货车后门边突然冒出一个人，简直像是从门里滚出来的，还拖着两个大网袋。我僵住了，可艾弗一眼看到我，立刻就跳了过来，两个肩膀上还各扛着一个袋子。

"哈喽，是我们昨天的神秘人！我就知道，我就知道你一定会忍不住回来的。自行车丢在这里就好，安全得很，帮我拿一个，行吗？"绳编网袋里塞满了泡沫足球、豆子沙包、杂耍瓶柱，还有各式各样惊人的帽子，"我不想承认自己没脑子，不过，我这一下突然想不起你的名字了。"

"查理。"

"就知道差不多是这么个名字。查理还是查尔斯？不是恰克，对吧？你不像叫恰克的那种人。"

"查理。"

"好的，查理，我们走！"他甩甩头发，在前面带路，"你演过很多戏吗？"

"不，这个……我只是……对我来说，这是个新鲜事。我只是想尝试一下。"

"纯新人！很好，你会爱上它的，我知道你会。来吧，加入我们！"

我们循着一阵缓慢却不失节奏的拍打和击掌声往前走，穿过院子，来到一片开阔的绿地，左右两侧都有房子，我猜那一定就是大宅子那种所谓的东翼和西翼了。

"'大草坪'，我们在这里创造我们自己的维洛那市集。我知道，很难以置信，但只管等着瞧吧——他们在那里！"

那群人围坐成一个大圆圈，盘着腿，按照稳定的四四拍节奏拍打大腿、合击双掌，我的到来打断了他们。我看到露西·陈立刻沉下脸，跟柯林·斯马特嘀咕了点儿什么。柯林·斯马特，莫顿庄园戏剧社的神秘关键人物，眼下就坐在那里，吃惊得张大了嘴。我看到海伦·比维斯咧开嘴，笑着摇了摇头。还有那边，正转过头和一个男孩儿有说有笑的，是弗兰西丝·费舍尔。她绽开了明媚的笑容，张开嘴说："你来了！"——也许是："乌拉！"可我撇开了目光。这是我的策略：冷漠淡然，见多不怪，只是一个刚好对所谓"戏剧活动"有点儿兴趣的男孩儿，仅此而已。

"好了，安静，各位，安静。都看着我！眼睛看过来！我想看到你们所有人的眼睛，伙计们！"艾弗抬手比了个 V 字，指向自己的眼睛，"好，我很高兴地宣布，我们社团有了一位迟来的新伙伴。大家都来跟查理打个招呼吧，查理……"

"路易斯。"

"哈喽，查理·路易斯！"他们齐声说。我低下头，抬手扬了扬，挤进圈子里，左右都是陌生人。

"我们还不知道查理要扮演哪个角色，这个晚一点儿再讨论。现在该做练习了，是吗？是吗？"

"是！"

"今天下午，爱丽娜会跟我们讲一讲形体动作方面的内容！"

爱丽娜双手按在膝盖上，胳膊肘抬起呈九十度角。"我们将探讨如何展现姿态，如何控制身体，如何独立完成，如何相互配合，如何呼吸，如何穿行在这个世界，表现当下，要鲜活生动，对其他人给出自然、自发的反应。因为我们的交流工具并不只有语言，对吗？不必开口，我们也能表达某些东西。我们的身体、我们的脸都可以用来交流，甚至我们都不必有动作——"她定住，压低了声音，"我们——依然——在——行动。"

正常情况下，这种时候一定有人和我一起冷嘲热讽，可现在，环顾这个圆圈，我只看到一张张热切、入迷的面孔。只有露西·陈对上了我的眼睛，瞪着我，通过心灵感应发射无声的压迫。她大概是在说：你不属于这里，你是敌军阵营的，身上的制服是偷来的，看着吧，你会知道的。只要二十秒，也许二十秒，我就可以转身逃回到我的自行车旁，可转过头，弗兰在另一边也正看着我。她在微笑，有那么一瞬间，我觉得自己透过那双眼睛看懂了她。我笑了，再回过神时，所有人都已经站了起来，甩手，甩掉每一丝紧张——甩，甩，甩掉它——然后，豆子沙包飞了起来。

我们玩了"老鹰抓小鸡"和"传声筒"。我们玩了"点鼻子"和"抢椅子"。我们玩了"按图寻人""橙子猩猩""萝卜蹲""守卫钥匙",然后是"接龙"和"抢答游戏"[1]……其他人都在哈哈大笑,放开了玩闹,把自己扔得满场乱滚,而我在努力维持厌世的超然姿态,好像小孩子生日派对上的大哥哥。我要的只是一个电话号码。我甚至在裤子口袋里塞了一支笔,它无时无刻不在戳着我的腹股沟,提醒我。一个电话号码,然后我就不打扰大家了。

可要在像"是,不是,香蕉"这样的游戏里保持冷淡是很难的,何况紧接着我们就又开始甩了,甩、甩、甩,还两两结对玩镜子游戏。我瞥见弗兰和柯林·斯马特结成了对,他们手掌对着手掌。可我自己的镜子,是个中年男人,大块头,红鼻头,脸颊泛红,就像本地店铺门外真人尺寸的"快乐屠夫"。"哈喽,我叫基斯。你来演镜子。"他踮起脚,抖了抖运动裤,开始练习,"我演的是劳伦斯神父[2]。"他不动嘴地悄声说,伸出一根手指压在鼻子上,然后是另一根。我照做了。"因为这个,也许……"他把一只手放在头上——他是个秃头,只有周围还留着一圈头发,就像电影里修士的秃头。我照做了。

"从湖畔剧团选出来的。你看过湖畔剧团的演出吗?《屋顶上的小提琴手》?《控方证人》?"他放松下巴,在脸颊上敲出节奏。我照做了。"不太确定我对于这些感情实在有点儿过分外露的戏剧会是什么感觉。在湖畔剧团,我们还从来没演过前三幕。但你必须适应环境。"现在,我们鼻子贴着鼻子,我能闻到他呼吸里

---

1. 多为戏剧训练或陌生人间的破冰游戏。
2. 《罗密欧与朱丽叶》中的人物。

的咖啡味儿。"保持开放的心态，你说对吗？"

"别说话，拜托！如果你说话，你的镜子也必须说话！"

基斯拍打他的脸，拽他的耳朵，把手指头塞进鼻孔里。我在想：为什么我不能保持不动？要是她看到我这样会怎么想？

"好，请更换搭档！"

可她没有看我，甚至没有朝我的方向看过一眼。我被扔进了下一场不情愿的亲密关系中，这一次是个叫亚历克斯的男孩儿，黑皮肤，非常高，瘦得皮包骨头，带着一股子六年级学生那种厌世的老辣与成熟。这次的练习是雕塑家与模型。亚历克斯上下打量我。

"查理，我觉得，"他说，"如果由我来给你摆姿势，应该效果会更好。"

"好。"

"不要跟我对抗。"

"抱歉。"

"你在对抗，你得弯下去，保持住。"

"我在努力！"

"你弹回来了。"

"不是故意的。我努力不要——"

"老天，你的脖子紧张得……"

"抱歉。"

"像打了结的绳子。"他用大拇指按压。

"哎哟！"

"我让你紧张了？"

"没有。"

"那就放松。"

"我只是没怎么做过这样的事情。"

"是的，我发现了。"他说，一边用力掐我的小腿。

"也许我可以扮演那种人体模型，就只是……躺在地上。"

"那有什么意思？再说了，现在我才是雕塑家。别多想了！照我说的做！"

"好了。"艾弗拍了拍手，说，"雕塑家们，让我们来看看你们的作品！首先是亚历克斯和查理。"

他们聚拢过来。我是厄洛斯，摇摇晃晃地单腿立着，手里拿着弓和箭，眼角的余光看到弗兰和海伦·比维斯两个人都手撑着下巴，点着头，审视我。

"十分钟，所有人！十分钟，快！"

大家这会儿都聚在院子里，围在茶壶边说说笑笑。照我对这一天的规划，现在就是走过去说声"哈喽"然后混进人群的时候。可自信这东西不是一按开关就能来的，事实上，眼前这段路在我看起来实在是太危险，太叫人紧张，也太遥远。也许我会被接受，也许我会发现自己一头撞到墙上，旋转着被弹向无尽的虚空。还是站在这里的好，只管盯着我手中塑料杯子里的水。可站着不动也有危险，于是我端着杯子开始绕着院子边缘兜圈，像游客绕着大教堂兜圈一样——那是在欣赏建筑。眼角的余光里，我看到有人离开了那群人，快步走过来，是头一天冲我发出啧啧声的年长女子。她伸手拉住了我的小臂，嘴咧得大得惊人，笑着，一口整齐、洁白的牙齿看起来比那张嘴更年轻，眼睛又大又明亮，深棕色的皮肤多半是游艇旅行的成果，皱纹仿佛皮肤上的裂隙，很有油画感。她一定有七十岁了，个头相当小，白色的头发剪得短短的，向后梳着，宽松的白色棉布外套下看得出是一件白色长袖连体裤，像个瑜伽教练化作的幽灵。"回头茶歇小饼干一上来，只怕那些家伙就都变成饿狼了。你可得快点儿。"

"我很好，谢谢你。"

"哦，你看着有点儿郁郁寡欢，又很有魅力，一个人站着，像是契诃夫小说里走出来的人物。我知道那是你想要的，可你真的不打算一起来吗？"

"不是，我只是在看——"我指了指一扇窗户，还有排水管。

"房子？是的，它有点儿像弗兰肯斯坦的怪物，主体部分是詹姆斯一世风格的，偏偏还有那么多其他的东西，简直就是胡乱被……捏在了一起。"

"我从城里看到过它，一直还以为是个精神病院什么的。"

她大笑："噢，我看也是，在某种程度上吧。要知道，我们就住在这里。"

"啊，很抱歉。"

"没关系，你又不知道。我叫珀莉，那边那个是我丈夫伯纳德——"那是个高个子男人，很有军人风度，正拿着塑料提桶往茶壶里添水。"想参观一下吗？"没有人会拒绝参观，于是她伸出胳膊挽住我，"我们在这里住了一辈子，不过现在只剩下我们两个了。孩子们离开以后，这里就显得太空旷了些，所以你们这些年轻人能来真是太好了。艾弗是我们的侄子。这是第二年了。我们去年开始做戏剧，你看过吗？听说他建了自己的小剧团以后，我们就想，为什么不呢！只有一个条件，我说，我要一个角色。要知道，我年轻时也是演过戏的。艾弗脸都白了，我猜他以为我

091

会要提泰尼娅的角色，不，我是希波吕忒[1]——非常乏味——不过今年我是乳媪。我生来就该是这个角色。我在伦敦东区演过她。'不多不少，不早不晚，到收获节的晚上她就要满十四岁了。'我试着用格拉斯哥人的口音来念台词，觉得好玩，但发音太难了，就连很多格拉斯哥人自己都没办法说得很地道。所以，目前我就只能做到这一步了。当然，艾弗和爱丽娜很在行，他们对这个作品有一些计划——'概念'——是这么说的吗？我打赌场景会放在外太空，或者委内瑞拉的某个长途汽车站之类的地方，不过我真担心运动量会太大——不是普通的走走路那种。我对哑剧有一种特别的怀疑，明明有满满一碗柜的东西，为什么偏要去凭空模拟一个水壶呢？我最大的希望就是别删改剧本，要没有了这些语言，那还算什么莎士比亚？"

我们都同意，莎士比亚就是语言。用她的话说，她是"莎士比亚的铁杆粉丝"。不过，除了提一提他大概是这世上第一个说唱歌手之外，我也没什么可再补充的了——也没必要，因为珀莉几乎连停下来喘口气的空当都没留出来。在这个过程中，我们看过了柑橘园、玫瑰圃、假山和一些名叫"人工洞穴"的东西，一个家用轿车大小的混凝土空心沙堡，上面不规则地嵌着海贝壳。她的声音低沉、嘶哑，向我发问：你有什么梦想扮演的莎士比亚人物吗？你在哪里上学？没有一个是我想回答的，但我也注意到，自己的声音变成了那种和善的年轻人的感觉，有礼貌、谈吐得体，虽说拿到电话号码的机会在一点点流走，我却没有丝毫着急生气的感觉。等到我们参观完毕时，弗兰正在和一个头发

---

1. 两者均是《仲夏夜之梦》中的人物。

蓬乱的英俊男孩儿说话，他们的头靠得很近，他的手搭在她的肩膀上……

"罗密欧与朱丽叶。"珀莉叹道，"他们看着是不是像画儿一样？你觉不觉得他们俩在现实中也真的深深爱上了彼此？我相信这是理所当然的，至少在排演这部作品期间是的。体验派，诸如此类的。"

"好了，所有人！"艾弗大声招呼，像杂耍一样，"回来开工了！"

球戏，竹竿戏，眼罩、手帕、帽子戏。我们在平地上爬悬崖，蜷成被篝火烤干的叶子，攀上彼此汗湿的后背，用脏兮兮的手指和黏土捏出我们父母的脸，由始至终，我都纠结于如何参与其中，同时又不要太投入。接下来的游戏是语言方面的，编故事，一次用一个关键词：

　　有一次——

　　基于——

　　那个——

　　海洋——

　　那里——

　　跳探戈——

　　十二——

　　金橘树！

这真叫人抓狂，每次我们刚刚理出一点儿合理性和连贯性，就有人扔进来一些疯狂而且毫无意义的东西，把故事变得无比愚蠢……

      我——

      胳肢——

      每个人——

      谁——

      闻——

      让人昏昏欲睡——

      关于——

      树袋熊!

他们又玩开了,进入了歇斯底里的状态。洋蓟——电话——洗发水!单峰骆驼——梯子——垃圾箱!老天,这些人热爱这东西,这证实了我长久以来的怀疑:在戏剧的氛围下,人们看到什么老掉牙的破烂都会笑。

"好了,所有人,把这些都甩掉!甩起来,甩起来,甩起来!午餐时间到!"这次我不会失败。我小心计算自己的步伐,手揣在裤袋里握住笔。院子里,弗兰一个人站在桌子旁,可是——

"查尔斯·路易斯,你为什么会来这里?"海伦·比维斯一把拽住了我的胳膊,"别当我不知道。老天,你这样子,一看就知道。"

"我不知道你在说什么。"

"围着那个漂亮的完美女孩儿转来转去。"

"说实话,这跟她没关系,海伦。"

"哈!是啊,你来这里是因为你对戏剧活动有兴趣!"

"那你在这里做什么?"

"我负责布景！作品设计。去年我就参加了，很好玩。这没什么羞于启齿的，我有兴趣，我在磨炼我的技巧。我唯一没做的，路易斯，就是浪费所有人的时间。"

"呃，也许你误会我了。"

"我不会误会别人。"

"我怎么就不能是真的有兴趣？"

"对莎士比亚？哈！"

"怎么不行了？总比整天坐在家里发呆好。我们还是……我们还是等着瞧吧。"

"好啊。"她双手按在我肩膀上，说，"但如果你真的打算参加，路易斯，一定要好好去做。坐在一边嗤之以鼻没好处，现在你不是在和那些男孩儿玩耍了，你必须负起责任来！"

罗密欧

弗兰不见了，消失在院子和大草坪之间的某个地方。除非躲进林子里去，我只能加入人群，别无选择。我懒洋洋地歪着晒太阳，与此同时，罗密欧一直在滔滔不绝地谈论扮演戏剧同名角色得满足怎样的要求，他英俊的脑袋靠在他壮硕的胳膊上。同名角色，他强调，并不一定是最好的角色，可惜找上他的总是这种角色。这简直就是他的诅咒：总扮演同名角色。"同名角色"，这个词出现得如此频繁，被如此强调，以至于我都开始怀疑是不是这部剧里有个人物的名字就叫"同名角色"。看哪，同名角色公爵大人来了……

"我是说，想想《奥赛罗》吧！"他说。

那个"雕塑"过我的黑皮肤瘦高男孩儿亚历克斯大笑起来。"迈尔斯，我倒是很愿意看看你的奥赛罗。"

"嘿，那可是个大角色，我可是会拒绝的——"

"那你真是太客气了——"

"——伊阿古更好一些。就像这部戏，我的名字就在剧名里，可我很怀疑其实茂丘西奥更符合我的性格。"

亚历克斯又大笑起来。"噢，你是说我的角色吗？我在这部剧里要扮演的角色？"

"亚历克斯好伙计，你会干得很出色的。只是说到同名角色，分量太重了，好像一切都在于我一个人似的。"

我愤愤地看着他。他很帅，在我看来，是特别精神的那种老式的帅气，老派商业电影里那种，跟定格的恐龙战斗的那种。"很帅，他自己也知道。"这是我妈妈会说的话。那男孩儿突然转过头来，就像听到了这句话似的，点了点我，没叫名字。"哪个更好？罗密欧还是茂丘西奥？"

我想耸耸肩，却只是不经意了抖了抖身子。

"你演谁？"他说。

"我？还不知道。"

"你是哪个学校的？"

"莫顿庄园。"我说。罗密欧点点头，好像这差不多就可以算是答案了。

"和我们一个学校的。"柯林·斯马特说。他抱着膝盖，一直望着那男孩儿。

"对于查理来说这差不多算是头一回。"露西·陈不怀好意地说，"他的表演在莫顿庄园倒没怎么听说过。"

"我叫迈尔斯，"罗密欧说，"在哈德利希斯上学，跟我们的乔治一样。"

迈尔斯指了指稍远处一个弓着背坐着的男孩儿，他缩在墙边的阴凉地里，一边吃着香蕉，一边看一本企鹅出版社的老版《包法利夫人》。

"嗯？"那男孩儿抬眼从飞行员镜框上看过来，镜片厚得像鱼缸玻璃一样。他毫无必要地套着一件套头衫，里面像是一件白色校服衬衫，头发乌黑发亮地扣在头上，像披头士的假发片一样，皮肤有点儿发炎，嘴和鼻子周围一圈都是浆果汁一样的红色。

"乔治跟我是一伙的，对吧，乔治？"迈尔斯大叫道。

痤疮男孩儿摇了摇头。"不，迈尔斯，我跟你不是一伙的。"

话没说完就埋头继续去看他的小说,"你就是个大傻子。"

迈尔斯发出一阵兰斯洛特骑士般的爽朗大笑,冲过去一手按住乔治的胸膛,一手把香蕉捏烂在乔治的掌心里。哈德利希斯离城五英里,独立校园,高墙环伺,是那种要在校名前面缀上"小"字的私立学校。出于很合理的理由,他们的学生倾向于避开市中心,就像雪豹一样,几乎没听说过有人能近距离观察到他们的行为习性。我们在尴尬的沉默里坐着面面相觑,直到——

"嘿,迈尔斯,"亚历克斯大声说,"迈尔斯,能别这样吗?"

迈尔斯翻身滚开,在草上擦了擦手。"我们在哈德利希斯有一个真的很厉害的戏剧部。"

"你怎么是这么个蠢东西啊,帕里什?"乔治咕哝道。

"棒极了的小剧场,真正的多功能,我们有很多演出,什么都有,观众几乎就顶在你面前。我在那里演过《花红酒绿》里的好友乔伊、《阿吐罗·魏》里的阿吐罗·魏、《大鼻子情圣》里的大鼻子情圣——"

"校刊头条大标题:《蹩脚的大鼻子情圣》。"

"乔治,别挑衅我!我们刚演过《大教堂凶杀案》——"

"迈尔斯演大教堂。"乔治说。

"事实上,我演的是大主教托马斯·贝克特,那真是一场马拉松。唉,就是没有丹麦人[1],那才是我真正想演的角色。不过这个角色很重要。"

"哪个丹麦人,帕里什?"乔治一边说一边还在清理头发上粘

---

1. 即哈姆雷特,他的身份是丹麦王子。"丹麦人"(Dane)与人名"戴恩"是同一个词,因此有下文乔治的调侃。

上的香蕉，"同名角色戴恩？"

"别让我再回去教训你，乔治，你这无名小卒。"

"知道吗？你不必一直说'同名角色'，可以说'标题人物'。
'我演的是标题人物'——"

"你知道要扛起整场演出是多大的责任吗？"

"是啊，不过还有另外一个叫'朱丽叶'的名字。"亚历克
斯说，"她也非常重要。"

"嗯哼。"迈尔斯怀疑地说。

"迈尔斯，你最喜欢莎士比亚的哪段独白？"露西崇拜地说。
我看到海伦和亚历克斯双双翻了个白眼。

"你知道吗？有个很有趣的事情。"迈尔斯搓着下巴说，是真正
地搓。"你在莎士比亚的戏剧里可找不到我最爱的东西，因为——"
重点来了，"——我最喜欢的是一首十四行诗。"

"杀了我吧。"海伦嘟囔着。

"露西啊露西，"乔治也在嘟囔，"你知道你放出的是个什么
怪物吗？"

"我的情人，"迈尔斯抬头仰望天空，开口了，"眼睛一点儿不
像太阳！[1]"我仰面躺倒在草坪上，闭上眼睛，按了按，双唇被沉
默和无知粘在了一起。如果说这种关于创造力的事情是要让我们
更自由自信，那为什么我却从未像这样感到压抑和难为情？爱丽
娜说什么要学习如何行走于这世间，自然地回应他人，我立刻被
吸引了——对于一个无法穿过拥挤人群、无法和父母中的任何一
个人一起安稳地坐在沙发上，也无法做到站在喜欢的女孩儿身边

---

1. 出自莎士比亚《十四行诗》第一百三十首。

却依然保留语言能力的男孩儿来说，这是值得获取的才能。可我无法通过塑造某个陌生人的脸，或假装自己的骨头一根接着一根地消失，抑或是听某个装模作样、自以为是的混蛋嘴里冒出几句他可能烂熟于胸的莎士比亚名句来获得这种才能。我只想知道我的双手该做些什么，就这么简单。我的手该往哪里放？

如果说我的任务注定要失败，那现在看来，其中倒也原本就有些不那么诚实、不那么光彩的东西。我加入了一个不想加入的组织，完成了入会仪式，而这个组织其实也并不需要我的加入。海伦是对的：我不该浪费他们的时间。出于礼貌，我会留下来过完这一天，然后离开，两手空空，没有电话号码。弗兰的容貌会淡去，我的心悸也会，就像从一场小感冒中恢复过来。又或者，也许我会疯掉——很快就知道了。

现在，迈尔斯盘腿坐在地上，正在说各种有关国王之死的悲伤故事，我侧耳听着，阳光照在我脸上。就算学不会引用莎士比亚，至少我还可以晒得黑一点儿。

一片清凉的阴影笼在了我的脸上。"查理，我们能聊会儿吗？"我睡着了。其他人早就走了，现在是爱丽娜和艾弗蹲在我旁边，活像两个侦探蹲在海滩上的尸体旁。

"当然。"我说着，晕晕乎乎地站起来，被他们俩夹着往屋子里走。我背后汗湿了，凉飕飕的。他们看过我的资料，知道弄错了，现在他们要把我带到假山那边扔出去了。

"嘿，今天干得棒极了。"艾弗说。我不知道哪里棒了。扮成叶子，被晒成枯叶？蜷得要多小有多小？

"我们想让你看看这个。"爱丽娜说，拿出一份活页文件，"这是我们这次的剧本。当然了，你知道是哪部戏。"

我摇摇头，又点点头。

"喏，星期一是我们通读剧本的时间。什么都不用担心，我们并不是要做一场光彩夺目的演出——"

"——但我们希望你能看看其中一个角色，叫山普孙。"艾弗说，"他是凯普莱特阵营的人。"

"算是个有点儿莽撞的浪荡子。"爱丽娜说。

"但非常有意思。"

"有很多露骨的笑话。"

"事实上，这部戏就是他来开场的。"

"试一试吧。"

"不用有压力。"

这是我的机会：谢谢你们，可我不会再来了，这不适合我。可艾弗看上去是那样满怀期待，爱丽娜看着我的样子是那样殷切，我没能说出口——这并不是最后一次。我点点头：没问题，好。接下来，整个下午都花在了扮演蒸汽机上面。

当一天终了，我筋疲力尽，浑身上下都是从没想过的疼，还又爬又摸地滚了一身的灰土，却一点儿也没能接近那个有魔力的电话号码，就连最简短的交谈也没有。弗兰一定是在躲着我。剧团其他人围站在一起相互拥抱，我收拾起自己的东西和最后的骄傲。

"周末愉快，各位！"艾弗大叫道，"记住，星期一是莎士比亚日，我们要研究剧本，深入研究。九点整，在柑橘园。不过记住了，不允许表演！我们通读剧本，只是读……"

我的自行车还在原地，被抛在车道旁一棵老紫杉树下。我把剧本藏在那棵树背后，这是退出的表示。然后，我上车准备离开，可碎石子太滑，最丢脸的是，我摔倒了。我听到背后有笑声和起哄声。"附庸风雅的小人。"我暗暗嘀咕，回过头去，却看到弗兰轻快地走到我旁边。

"嗨。"

"噢，嗨。"

"你忘了这个。"被我丢掉的剧本。

"啊，是的。谢谢你。"

"我希望这是个意外。"她伸手举着剧本，好像那是一份待签的合同。

"是的，我一定是……"我左顾右盼，不想接过来。

"我爸爸每天晚上在这条小路下面接我。我是说，如果他能来的话。要是你不着急……"

我不着急。

走路回家

我们沉默着走完了整条车道，那是一段挺长的路，接着转上通往山下主路的那条林荫小道，一切照旧，我唯一听到的声音来自我自己的脑子，那声音命令我：集中精神，那很重要，集中精神。

"很可惜我们今天都没说上话。"她说。

"是啊，太忙了。"

我们继续走。

"我以为你在躲着我。"我说。

"绝对没有！我想找你来着，可每次抬头都看到你像只猫一样一个人待着，所以……"说到这里，她笑出了声——要我说，笑得也未免太过了点儿——一边抬手把头发缩到耳后。

"是吗，真抱歉。"

"要说有什么的话，我觉得是你在躲我。"

"天哪，没有！"我从没想过，做出淡然的样子会被人认为是高傲冷漠，"只是我还不太习惯。"

"我想没人能习惯。"

我们接着走。白天的热气还残留在树荫下没有散尽，空气仿佛凝滞了，朦朦胧胧的，这里一片那里一群的小蠓虫好像按在照片上的手指印。我们能听到稍远的地方传来高速公路上低沉的嗡嗡声，我也知道社团的人就在我们后面叽叽喳喳，隔了一点儿距离，一路上都跟着。

"所以，说真的，"她说，"你是不是真的非常讨厌这个？"

"我给人的感觉是这样吗？"

"有时候。你扮雕像时，我还以为你会突然——呃，怎么说——爆发。"

"我不擅长这些事情。"

"你做得很好！我觉得你的人体蒸汽机棒极了，在这类事情上我从来不会瞎说。不过就算在那个时候，你看起来也真的像是……嗯，很生气！"她又大笑起来，一边吓得赶紧抬手捂住了自己的嘴。

"呃，我说了，这不是我擅长的事情……"

"那你为什么来？"

我将目光锁定前方。

"尝试新东西，让自己有点儿事情可做。"

"远离大街。"

"远离麻烦。"

"你有麻烦吗？"

"也不算吧，只不过一直待在家里很无聊。"

"你今天觉得无聊吗？"

"那倒没有……"

"哈，那你就来对了。"

"但是很尴尬。"

"是的，所有人刚开始都这样。就像加入海外军团或是空军特种部队，你必须背一台冰箱，喝自己的小便，诸如此类的。在这里，你就必须玩帽子戏法。这样，我们所有人就都是一体的，无拘无束。你觉得你跟我们是一体的吗？"

"算不上。"

"无拘无束？"

"有拘束。"

"好吧，也许等到正式开始排戏的时候……你是哪个角色？"

"不知道，山什么的。"

"山普孙。嗯，是这样的。有很多挑衅辱骂、很多下流笑话。他是个非常非常粗鲁的年轻人。"

"哦，我的天。"

"只要别在顶腰的时候那样就行，这事还是留给朱丽叶吧。"

"你演谁？"

"就那个，"她做了个鬼脸，"就那个。"

"同名角色。"

她大笑："可是同名角色并不一定是最好的角色。"

"要你选的话，你更愿意出演山普孙。"

"那是我的梦想。"我们相视而笑，穿行在绿色海洋的柔光中，这光亮斑驳闪烁，好像石头水潭里荡漾的水波。我偶尔会有类似的观感，眼中的一切突然间变得诗意起来，我想过把它说出来，石头水潭什么的，但不确定这究竟会让我显得诗情画意，还是有点儿别别扭扭。这两者似乎有些重合的地方，所以我决定还是把这份感受藏在心里。

倒是弗兰又开口了："这个夏天真烦人，不是吗？运气好的时候，太阳出来了，天空湛蓝，可只要一秒钟，那些早就被塞进我们脑子的念头就通通冒了出来，告诉你应该做什么，该躺在海滩上，该从秋千上跳进河里，该和你那些不可思议的好伙伴们一起野餐，野餐垫铺在草地上，吃草莓，笑得肆无忌惮，像广告里那样。可现实从来就不是那样，夏天只是错乱的六个星期，感觉就像是你在错误的地方跟错误的人待在一起，什么都错了。夏天之所以这么叫人悲伤，就是这个缘故——你本该那样快乐的。要说我自己的话，我简直迫不及待想穿上保暖连裤袜，打开暖气了。至少在冬天，悲伤是理所当然的，你本来就不可能穿行在长满向日葵的原野上。事情就这样一直重复，不是吗？永无止境，永远不会是你想要的样子。"

"我觉得这话对极了。"我说。她突然一把抓住我的胳膊。

"所以你应该来演这部戏！新的体验，新的人……"她朝身后瞥了一眼，压低了声音。"我知道他们看上去有点儿……"她做了个鬼脸，"但其实人都不错，等他们冷静下来就行了。"

"我不行。"

"为什么不行？"

"我得工作。"

"那太棒了，在哪里？"

"加油站，打杂。"

"啊，一开始是什么把你吸引到那个世界去的？"

"那里的味道。我喜欢它们钻进衣服和头发里的感觉。"

"味道和糖果。"

"一点儿不错。薯片、糖果、黄色小画片……"

"你自己会买吗？不是说黄色小画片，是说糖果。"

"哦，他们会把黄色小画片卷起来包在玻璃纸里——"

"就像漂亮的小礼物。"

"——可是糖果，不。偶尔买特趣巧克力，但不买糖。"

"好吧，你是专家。收入不错？"

我扫了一眼自己的手指甲。

"一小时三英镑二十便士。"

她吹了声口哨。"上班时间呢？"

"十点，十二点。"

"好，这样的话，我们可以解决。说到底，这不是借口，事实上本来就没有借口。"

我们走到山脚下的主路边了，水泥公交站台就在我们这一侧。"爸爸一般就在这里接我。我们住在那边。"她说的是一个小村庄，约莫二十来户人家，所有房子都是白墙、茅草顶，看着叫人羡慕。是了，我心想，这就说得通了，这才对。"你愿意陪我一起等等吗？他还得有一会儿才到。"

可我意识到社团里的其他人这会儿正从我们身边走过，点着头，咧嘴笑着。我觉得自己像在做贼一样，很尴尬，只想赶紧逃跑。"不行啊，我得走了，我今天晚上要上班。"我爬上自行车，腿却绊在了坐垫上，突然笨拙无力起来。

"你没事吧？还好吗？"

"没事。我很好，很好。"

"好吧。很高兴跟你聊天。"

"我也是。"

"还有这个——"她双手拿着剧本递给我，"这下可不能说我没主动了。"

我瞟了一眼公交站，其他人都在那里，咧着嘴咯咯直笑。收回目光，我看着弗兰，像间谍似的压低了声音匆匆忙忙地说："你瞧，实话实说吧，星期一我不会来了。"

"为什么？"

我耸耸肩，盯着公路的远方："我只是不太合群。"

"是啊，人人都愿意这么看待自己。从来没有人会说，'要说我啊，我是个非常合群的人，什么狗屁我都能参与进去，我就是这样。'"

"是的，可我的情况——"

"这种所谓'不合群'，是因为你是特立独行，还是喜欢独处？"

"都有点儿吧，我更愿意这么说。"

"我打赌你是这么想的。嘿，可这没好处。"她说着，再次递出剧本，"如果你参与的事情是对的，那参与这个行为本身就不会错。"

"不是的！我今天之所以会来就只有一个原因……嗯，我能不能——我不知道，能不能请你喝杯咖啡或者茶或者其他什么的？我都可以，看你的。或者我们可以试试去个酒吧什么的，我知道一些地方，他们什么人都接待——我没别的意思，只是……只是想我们可以安安静静地找个啤酒花园坐坐，你想怎么样都行，真的，可我就是没办法演莎士比亚的东西。我会像个蠢蛋一样的，比我现在的表现还要糟糕。"

我一边说，一边看到她挑起眉毛，蹙起眉头，眯起眼睛，把头发含进嘴里咬着，又拿出来。每个表情都让我心慌意乱，逼我说出更多语无伦次的话，有些根本就只是含糊的声音，直到所有言语耗尽，就像干涸的水管挤出了最后一滴水。

"总之就是这样。你怎么说？"

等到我终于耗尽，她开口了，答案非常干脆清楚："不。"

"不？"

"不。"

"好吧。嗯，很公道。"

她耸了耸肩。"抱歉。"

"有男朋友了？"

"不是。"

"是迈尔斯吗？"

"啊？什么？不是！"

"好吧。"

"我只是觉得——"

"为什么会是迈尔斯？"

"我不知道，我只是——也许你不喜欢这个假设，那没问题。"

"也不是。"

"嘿，告诉我，一直这么猜很尴尬。"

"我没时间！我在做准备，我要研究台词……"她抖了抖剧本。

"哦，同名角色。"

"没错！我想演好。"

"可周末当然是要……"

"不，那是我跟朋友见面的时间。你想要见我的话，唯一的办法就是……"

"怎样？"

"星期一过来。"

我左右张望了一下，看到公交站台上的面孔都在望着这边。"就是星期一？"

"不，应该说是整个星期。你必须一直坚持到星期五。"

她递出剧本，伸直了手臂。而我就像个诗人一样，念叨着："见鬼。见鬼，见鬼，见鬼。"

她笑了起来："抱歉，这是交换条件。"

"那星期五我们能出去吗？"

"不。星期五我会认真考虑一下。"

"然后做出决定？"

"是的。"

"决定的依据是什么？"

"就正常那些，我们相处得怎么样……"

"我有没有什么长处？"

"不，不是。这又不是面试。"

"好吧，不是那种意义上的，也许吧。"

"不是那样的面试。"

"但并不确定？关于咖啡？"

"在商量的阶段，我能许诺的就是这些了。"

"你很清楚，这是胁迫。"

"只有逼你做让你感到羞耻的事情，那才叫胁迫。"

"那是什么呢？比如'戏剧活动'？"

"这更像是贿赂，真的，或者说激励。"她又一次递出剧本，我接过来，飞快塞进背包。

"我会好好想一想的。"我说，抬脚搭上高的那块踏板，准备蹬车出发，"再见。"

"那么，再见！"她说，同时飞快伸出手搭在我的肩膀上。我回过头，她依旧那样飞快地靠过来，脸贴着我的脸——我都能感觉到皮肤上的汗湿，可能是她的，也可能是我的，我不确定——在我耳边悄声说：

"甜蜜的忧伤，诸如此类。"

说完她就朝她的朋友们走去，中途又停下，回过头来。"星期一！"她说。

我骑车去上班，想着"甜蜜的忧伤"，真是太对了。"甜蜜的忧伤。"直到星期一上午，我才发现，原来这是剧本里的句子。

PART TWO

JULY

第二部

七月

——

我看过比这更叫人激动的戏剧。

以上帝之名发誓——不止一部!

——霍默·辛普森,出自《辛普森一家》

婚礼

　　我们决定在冬天举办婚礼，把这桩麻烦事办得开开心心。"小小的，没其他人，但绝对不是因为我们没有朋友。"尼亚芙是我的未婚妻，不过她不让我用"fiancée"这个词。"太可笑了，"她说，"这种发音，还有这么多个'e'。"

　　"很适合你。"

　　"哦，你这么觉得？"

　　"哪怕等到我们结婚以后，我还是要叫你'我的 fiancée'。"

　　"好啊，那就试试看啊。"

　　我们在一起十年了，也参加过许多婚礼：在日落时分的意大利橄榄园里，在风景如画的英国乡村教堂里，在纽约摩天大楼的顶上。尼亚芙是都柏林人，我们也许会站在一片开阔的爱尔兰海滩上，大风吹拂，新娘骑着白色骏马远远行来，就像奥玛·沙里夫在《阿拉伯的劳伦斯》里面那样，但距离太遥远，尼亚芙只能躲到沙丘背后偷笑。我完全无法想象我们俩置身任何类似的场景中会是什么模样，尼亚芙也有同感。"当我看着你的眼睛，思考你对于我来说究竟意味着什么，"她说，"我能想到的只有'婚姻登记处'五个字。"

　　"也许连这都不用。我们能在网上登记吗？"

　　"要不我们私奔吧，就我们两个，不过也许可以带上我爸妈，我们四个一起。"

　　"带上你爸妈还叫'私奔'吗？"

我们是在东伦敦一家餐厅认识的，那时那还是家热门餐厅。我快三十岁了，日子过得乱七八糟，很不健康。我当酒保，尼亚芙是经理，很快她就成了拯救我整个人生的两个人——也许是三个人——之一。我们那会儿的生活基本上是昼伏夜出，成天泡在伏特加里，很多朋友都不长久，可其中也有几个后来开了餐厅，还很成功，我们的婚礼场所就是这么定下来的——我们小小的婚礼，在一家酒吧的顶楼大厅里。规模是我们安全感和信心的证明，只有缺乏安全感的人才会去骑白马，而我们只要低声说出"我愿意"，然后与朋友们聚一聚，就行了。我们只打算邀请十个人，后来变成二十个，再后来三十个。如果把桌子摆在广场上，大概能容下四十人，足够了。

　　夜里，我们俩靠在床上看客人名单，人数停留在了三十八。

　　"可这些全都是我的朋友。"尼亚芙说。

　　"也是我的朋友啊。"

　　"可你难道没有学生时代的老朋友想要邀请的吗？"

　　"不，这样就好。"

　　"或者前女友？"

　　"我为什么要做这种事？你又为什么会想要我这样？"

　　"我想见那个谁谁谁。"

　　"谁？"

　　"你知道的……"

　　"不知道。"

　　"莎士比亚姑娘。"

　　"她叫弗兰·费舍尔。"

　　"我还是没办法相信你竟然真的演过戏。"

"'我还没到这里，您仇家的仆人和您的仆人——'"

"别。"

"'——就已经打成一团了——'"

"停，拜托，我不喜欢。"

"'——我拔出剑来想分开他们。就在这个时候，那个火暴性子的提伯尔特——'[1]"

"但愿当初你不是这么演的。"

"差不多了，不过后来再也没演过。"

"真是戏剧界的损失。"

"我知道。真是悲剧。"

"你遇见她的时候是什么样的？是像电视里那样一见钟情吗？"

"不，第一眼最多是有点儿遐想。"

"'一眼遐想'？这也是莎士比亚的台词吗？"

"我只是想说，就那个情况而言，还不至于用上'钟情'或者'爱'这种词。人是会变的，不是吗？在那个年纪，你完全就是另外一个人。这个嘛……也完全是另外一回事。"

"所以啊，把她请来吧。"

"我是不会请弗兰·费舍尔来参加我们俩的婚礼的。"

"为什么不？既然她是那么棒的人。"

"我根本不知道她在哪里！"我说，在那一刻，这是实话，"我已经……二十年没有跟她联系过了！"

"可我想见她！"

"你就不怕我在婚礼宣誓时跑掉？"

1.《罗密欧与朱丽叶》第一幕第一场中班伏里奥的台词。

"所以我才希望她在现场，来点儿《四个婚礼和一个葬礼》[1]的氛围，增加一点儿紧张气氛和危机感。"

"她多半已经结婚了，说不定孩子都有了。"

"所以呢？上网找找看，这又不难。"

"我说了，这样就可以了。我都没再想过她。"

这些年来，我目睹了"怀旧"文化是如何在现代科技的推动下兴起的，也注意到了，单单是"过去"两个字，本身就被赋予了某种疯狂膨胀的意蕴，以至于朋友们在一起，但凡提起学生时代最后一个暑假就禁不住要热泪盈眶。我尽可能不多回顾自己的过去，不是因为自认为那段日子比别人更不快乐，也不是有什么创伤，而是觉得没有必要。在我人生相对不太快乐的时候，我将"过去"当成了精神寄托，就像依赖酒精一样依赖它——无怪乎两者总被联系在一起——至今回想起千禧年新年夜那晚喝醉之后打给弗兰妈妈的那通电话，我的肩膀还禁不住要一直缩到耳根。她好吗？我能要她的电话号码吗？"听我说，查理，"她那时候说，和蔼又冷静，"明天上午再打给我。如果你还想要，我会很乐意告诉你。"

我没打回去，再也没跟克莱尔·费舍尔通过话。既然如此，现在我又有什么理由要走回头路呢？在这个生活终于有了些样子，终于开始稳定起来的"现在"？我没有相册，没有日记，没有旧通讯录。我拒绝使用社交软件，没必要拽出过去来填补现在的空缺。三十八位来宾够了。

然而，就在婚礼前一个月，来了一封邮件，是一张脸谱网站

---

1. 一九九四年英国喜剧电影。

的截屏，召集"五哞深处"戏剧社一九九六年至二〇〇一年的成员在伦敦聚会。截屏图片上方写着一句话，来自我的伴郎：

"这可不能不去，你说呢？到时候见。"

苍鹭

也就是在这个夏天，我的犯罪生涯开启了。

我工作的加油站在城边，是进入高速公路前的最后一站，公路横贯人工松树林，漫长又笔直。我得到这份工作全靠麦克，一个在高尔夫球俱乐部前台跟妈妈调情的大胸脯本地商人。麦克拥有一个连锁企业，下辖三家小型加油站。"连锁企业"，他热爱这个说法。"连锁企业这东西啊，"第一次在他乱糟糟的小办公室里见面时，他就对我说，"就像个家庭。生意大，但必须有人样儿。"要说麦克自己的样儿，最抢眼的就是一挂大胡子了，看上去沉甸甸的，简直要把他的五官都坠得往下走了。他总是一边说话，一边用食指的指背去捋胡子，像要哄它们睡觉一样。我知道，这份工作是他跟妈妈调情的一部分，他鼓励我把它当成一段"学徒训练"。我可以直接拿到现金，也没必要太在意国民保险、假期和病假工资之类的东西。如果愿意的话，学期一结束我就能立刻上班。照麦克的说法，这是"双赢"。于是，我在最后一门考试结束的当天就上班了，一周十二个小时，一小时三英镑二十便士。

但正如每一份工作都伴随着任务、职责和一套制服一样，每一份工作也都有它自己的空子可钻，要不了多长时间，你就能找到办法补偿自己那令人发指的工资。作为连锁企业的特色之一，麦克引入了流行的刮刮卡，刮中即返现金，但大多数情况下，你都只能拿到一套廉价的仿水晶香槟杯作为安慰奖。身为收银员，我会给每个消费达标的客人递上一张刮刮卡，站在一边看着他们用硬币刮开涂层，然后，作为常规仪式，为驾车者送上一套六个闪亮的香槟杯。每二十张卡中倒也会有一份现金大奖，不过根本别指望自己可以就站在那儿偷偷把它刮出来。所有奖品都是有记录的，我背后头顶上的安保摄像头会确保这一点。

可就在我第一次独自当班时，上下班高峰里突然拥进来的人群让我忙得晕头转向，于是，有那么一两次，我忘了把刮刮卡递给着急的客人，后来就变成了三次、四次，或者五次。如果我算一算，再用身体稍微挡一挡的话，就大有可能把这些多出来的刮刮卡攥在手心里偷偷塞进口袋。

等回到家里，锁上卧室门，我才按捺住怦怦直跳的心，刮开那些薄薄的涂层。很快，四个一套的刻花白兰地酒杯就是我的了，然后是四个拉格啤酒杯，然后什么都没有，然后——十英镑！比我三个小时的工资还多。自己去领奖太冒失，但我可以假装忘记给人抽奖卡，比如说，每四张里扣下一张。只要我小心记下少发的数量，只要我能背对着摄像头偷偷把它们塞进口袋再带走，就没什么能阻止我寻找一个同谋。作为我最好的朋友，马丁·哈珀显然是最佳人选。

再过了几个星期之后，我根本就不发刮奖卡了，除非有人主动问起。要是那样，我就一拍脑门，假装忘记了。所有无人认领的卡片都被我塞进了口袋，我的动作僵硬得像个蹩脚的业余魔术师。出于某种格外强烈的对于污秽的偏执，我会躲在臭气熏天的客用卫生间里，把它们通通藏进内裤里。我每星期去一次马丁·哈珀的家，把那堆卡片带过去。我们躲进他的地下"小窝"，关上门，把音乐放得震天响，然后开始刮奖，像老式黑帮歹徒一样盘点我们的赃物。最大胆的一周里，我们刮出了七十英镑、三十六个香槟杯和二十四个高球杯[1]。

当然了，这之中毫无正当性可言，至多就是一种经不起推敲的模糊感觉，觉得需要有人来给加油站一个教训。是的，我的收入都是不过明账的，但麦克一直对我很好，人也和气。不过，话说回来，麦克并没有损失哪怕一枚便士或一个客人，大部分人从来到走都对此一无所知。有谁是受害者呢？这本来就是个运气游戏，谁能说他们就一定会比我更有运气刮出钱或玻璃杯呢？再说得哲学一点儿，在涂层刮开以前，这些钱根本就不存在，所以除了中奖的机会（甚至都不是中奖本身），客人也没有任何损失，跟森林里正在倒下的树或关在盒子里的猫一样。这些脑力体操让我头晕目眩，但却很有必要，只有这样才能说服我相信这项罪行中没有受害者，也全靠这样，我才能熬过凌晨三四点或者五点的负疚时刻。

如果把这些钱花在家庭开销上，或许也能让我感觉好一点儿，一个有担当的、高尚的儿子，可事情没这么简单。自从破产以后，爸爸就有了永远签不完的字，付一张账单或是买一双新鞋的要求都能轻易让他陷入恐慌和忧郁中。我有时也会想象自己递给他一卷钞票——给，爸爸，数数看——可没有哪种情况能不让他的自尊受伤，甚至两个人都陷入难堪境地的。就算我要帮忙，也必须是悄悄的。比如爸爸给我现金去买日用杂货或订外卖，那我就可以自己掏钱，然后把他的钱悄悄塞回他的钱包里，这很能让我沾沾自喜一番，感觉自己孝顺极了，简直算得上是个深藏不露的耶稣了。

---

1. 一种平底直身玻璃酒杯，造型瘦长。

可这种愉悦转瞬即逝，大多数时候，我都把钱花在了喝酒、玩电脑游戏和买球鞋上，好让自己免受"买不起"的屈辱。偷窃让我不再感到贫穷，除开那些罪恶感和提心吊胆不说，它也给了我昂首挺胸的底气。我可以在轮到自己时买单请酒，没用完的钱都被卷得紧紧的，塞在高低床架的空心铁管里，就像监狱里囚犯偷偷藏起越狱的工具一样。

那个星期五晚上，我告别弗兰，骑过那段环形路，换上绿色尼龙制服，跟同事马乔莉聊了几句，接过她的班，站在收银机前。六点到七点半是最忙的时候，接下来打破清闲时间的是一群居民区的小孩儿，他们沿着马路冲过来，进门就直奔货架边抓糖果，不是入店行窃，更像明目张胆的打劫。我大声劝阻，"请不要这样""请把东西放回去""你们必须付钱"，他们则蜂拥而出，站在店外的窗户边，一边看着我虚张声势地做出要报警的样子，一边把巧克力和薯片往嘴里塞。

接下来又是一段清闲时间。我从背包里拿出剧本，盯着封面看了一会儿。翻开它就像翻开试卷一样，里面是我绝不会说的语言，一种丰厚却陌生的语言，有着古怪的语法结构。我看了看人物表，在挺靠后的位置才找到山普孙的名字。然后，我翻开第一幕第一场："有两个家族，是声望差不多的门户。"

我合上剧本，走到糖果架前，站在监控摄像头的盲点上飞快地吃掉了一块特趣。

我翻了翻《男人装》。

九点差十分，一辆破旧的大众汽车开了进来。哈珀走下他哥哥的车，左右看了看。我把剧本藏在工作台下面，飞快进入角色。接下来的演出必须全程不动声色，严肃冷静，就像在勃兰登堡门下的阴影里一样。

"你好。"

"你好。"

"今天过得好吗？"

"很好。"

"我哥哥刮到了一些钱，能兑现吗？"

"当然！我能看看卡片吗？"

"可以，给。"

我以专业的细致度检查了卡片，从收银机里取出现金。哈珀嘴边露出一个傻笑，挤了挤眼。他收好钱，回到他哥哥的车上，开走了。接下来的一段时间很难熬，我心神不宁地坐着，总觉得会听到警笛声，总想象会有一队警车冲进前面的空地，手铐哗啦直响，一只大手护着我的头把我往警车后座上塞。

但什么也没发生，有时我会好奇，这算得上完美犯罪吗？在我看来，这个小诡计里只有一个漏洞：每刮出十镑现金大奖，就该送出足以装备一个小酒吧的杯子。一开始我总把它们偷偷放进背包带回家，直到所有橱柜都塞满了这些我们根本用不到的库存玻璃杯。它们不是那种能一代代传下去的东西，都是批量生产的，危险程度堪比菠萝手榴弹，这些所谓的"水晶"质量差到一点点不小心就随时可能直接炸开，哪怕只是用来喝个冷饮这样"非常规"的用法。这让夏天里享受冰啤酒的快乐也变成了某种类似俄罗斯轮盘赌的游戏，可我还是把它们往家里带，直到有一天，我发现爸爸跪在地上，拿着畚箕和扫帚在清扫碎玻璃片。"我打赌，再有一次它们就要把我的脸削掉了。拜托别再带这种东西回家了,行吗,查理?"必须另做安排了。九点钟,关掉油泵和前场的灯,我拍拍藏在内裤里的那堆刮刮卡,走进储物间,摸黑装了满满一背包玻璃杯,都足够做个小型枝形吊灯了,就和《罗密欧与朱丽叶》的剧本放在一起。我小心翼翼地骑上自行车离开,避免任何颠簸或碰撞,唯恐哪个杯子扛不住炸开,引发连锁反应。我想象过那样的后果,我的尸体后背上插着一溜的高球杯和香槟杯碎片,沿着脊柱排开,就像剑龙的棘刺一样。我想象那堆血淋淋的证据被交给我父母,他们会同时被悲痛与窘迫折磨得不知如何是好——"我们在他的内裤里发现了这些刮刮卡。"

我不停地骑行,沿着人工松林中的公路前进一英里,穿过一小片七零八落的杂树林(就是"凶杀树林"),然后掉转车头,转上一条木板小道,摇摇晃晃地再骑上一段,藏好自行车,伏下身子,像突击队员一样潜行,拐进另一条小路,小路尽头是休闲水塘。那是个半工业水库,恶臭扑鼻,一潭死水,表面像糊了层白蜡似的泛着银黑的光泽。如果有什么能从那水面上冒出来,与其说是鳟鱼,倒更有可能是一只死尸的手。去年夏天,作为毕业挑战,我们在这里见证哈珀的哥哥下水,他跳进去,本来打算在这黏稠的水里游一圈,可几乎只一眨眼的工夫就跳了出来,眼睛红红的,流着眼泪,皮肤好像水獭皮一样蒙着一层类似沥青的东西,打多少肥皂也洗不干净。现在,在这夏日夜晚的星光下,一只孤零零的苍鹭守卫在水塘边,耸着身子,像卡通片里的恶棍一样,单腿陷在淤泥里。我蹲伏在岸边,身陷蠓虫群中,侧耳听了一会儿,确认没有其他人的动静,这才大胆站起来,打开背包。第一个玻璃杯落到水面,苍鹭从泥沼里拔起脚,飞走了。又一个落下，然后再一个。我一直瞄着一个地方扔，想象着一座香槟杯、高球杯、高脚杯和白兰地杯堆成的金字塔缓缓沉入腐朽木头的黑色泥浆之下，再往下，是猛犸象和剑齿虎的骨架。我想象着，在遥远的未来，考古学家们为这发现而绞尽脑汁：这么多一模一样的玻璃杯，究竟是怎么来的？却怎么也不会想到，曾经有一个胆战心惊的少年，独自站在这里，内裤里塞着一大堆刮刮卡。

还有最后四个拉格啤酒杯，我留下它们作为礼物。哈珀总有朋友在"小窝"里聚会，我们总会喝得酩酊大醉。

肉桂

　　绕过环城公路，穿过市郊商业区往北，就到哈珀的家了。那房子周围简直就是一片工地，遍地都是各种建筑材料和车。我把自行车停在前院那一堆轿车、四轮摩托车、木料、砖头、货车和哈珀妈妈用来代步的小马自达之间。

　　"嘿——嘿，"马丁打开门说，手里抓着啤酒，"犯罪大师来了。"他一把拽过我，给了我一个拥抱，然后退开一步，伸长手臂抓着我，"你确定没人跟着吧？喏——"一卷钞票被塞进我的手心，卷得紧紧的。"我给你五十镑，因为我爱你。"他双手捧着我的头，像拉手风琴一样又挤又揉，然后亲了一口我的头顶，"一股子汽油味儿，你该洗头了。来吧，伙计们都在'小窝'里。"

　　一桶一桶的白色乳剂和一麻袋一麻袋的灰泥石膏整整齐齐地排在门厅里，我们左手边是宽敞的客厅，一面墙的热带鱼缸旁是一台平面电视机，薄得出奇。时髦的哈珀夫人慵懒地倚在一堆白色拼接皮革上，就像《疤面煞星》[1]里的米歇尔·菲佛[2]。在我们定期的"最性感妈妈"投票中，哈珀夫人总是无可争议的赢家，这让她儿子有一种复杂的自豪感。"晚上好，哈珀太太。"我拿出我的好孩子腔调，说。

　　"查理，我跟你说过了，叫我艾莉森！"

---

　　1. 一九八三年上映的美国犯罪电影。

　　2. 美国好莱坞女演员，出生于一九五八年，代表作有《我是山姆》《纯真年代》《现代爱情故事》等。

"别叫她艾莉森。"哈珀说,"那太怪了。"

"这些是给你的,艾莉森!"我说着,掏出那四个没扔进烂泥塘的拉格啤酒杯。哈珀呻吟一声,翻了个白眼。

"谢谢你,查理,它们真精致。"

"那就是库存的垃圾,"哈珀说,"放块冰进去就会炸开。"

"我敢说那一定不是真的。"艾莉森说。

"是真的,"我说,"但很少发生,只要尽量把杯子拿得离脑袋远一点儿就好了。"艾莉森大笑,我感觉自己也算得上是从容老到、精于世故了吧。

"放在那边吧,迷人的小伙子。"艾莉森说。

"是啊,回头我们再扔掉。"哈珀说,捅一捅我的肋骨,推着我赶紧穿过门厅,"差不多了,你这变态。"

"可她真的很喜欢我啊。"

"她生了我,你这怪胎。"

"艾莉森,我爱你!"我回头冲着门厅那头低声说。我们翻过一堆轻型砖,那是准备用来进一步扩建房子的,工程已经在进行了。哈珀先生亲手建起了这座房子——或者说,是他的工人亲手建的——他像搭乐高积木似的,随时都在任意更改或扩展平面设计图。我们推开悬挂的塑料帘子,穿过新建好的双层车库,继续向下,便走进了一个人间天堂。

哈珀"小窝"的设计概念来自美国电影,最后生成了这样一份蓝图:宽敞低矮的空间里,一张台球桌、一套鼓、几把电吉他、举重器械、一部划船机、和另一台巨大的平板电视,以及叫人眼花缭乱的录像带、DVD影碟、游戏机碟、黑胶唱片、CD唱片和全套《马克西姆》[1]收藏大全，外加一个冰箱——传说中的"自动采购"冰箱，里面有着永远吃不完的杯面和玛氏巧克力棒。没有任何自然光和自然风能钻进"小窝"，反倒是睾酮素会透过通风口被泵出去，或者说，只是有时候会。因为有个人名叫洛伊德，眼下他正歇斯底里地疯笑着把一个豆袋垫子闷在福克斯脸上，一罐拉格啤酒汩汩地流到遮盖着水泥地的旧地垫上。

"喂，快放开！"在某种意义上，哈珀就是我们生活圈子里最有钱的中产阶级了，他爸爸是"温室之王"，这也让哈珀自然而然地成了"温室王子"，不过他始终保留着一口伦敦东区口音，遵循最地道的行动派准则。我们都这样，只是多少会根据具体情况有所调整。到了"小窝"，我们就变成了彻头彻尾的手推车卖货郎："嘿——嘿！先别忙着打你们的仗，'无名小子'来了。"

"无名小子"是另一个外号。叫名字自然也可以，但外号要受欢迎得多，那是一套意蕴丰厚、错综复杂的仪式化体系，绝不逊色于太阳王[2]宫廷中的任何部分。哈珀比较幸运，得益于"高贵"的血统、优雅的举止和好看的长相，他就是"王子"；又因为他永远不停地在拨开遮住眼睛的乌黑顺滑的头发，他也被叫作"海飞丝"或"蒂姆"，后者是洗发水"蒂沐蝶"的简称；有时候，他会戴一条灰白、粉红和橘色珊瑚做的项链，于是又叫"糖果男孩儿"或"海滩男孩儿"。福克斯，理所当然就是"非去死"；不过他有一次喝醉了，承认自己曾经闯进高尔夫球场，把阴茎插进球洞，"想看看是什么感觉"，于是，这番供认让他有了"老虎

---

1. 英国男性杂志，一九九五年创刊。
2. 即法国国王路易十四，也称"路易大帝"，欧洲历史上在位时间最长的君王。

伍兹""一杆进洞""皇家特伦球场""操草坪的人""看守者威利"等一系列外号。一次著名的午餐时间口臭事件让洛伊德变成了"垃圾桶吹气人",或者就是"垃圾桶";又因为鹰钩鼻子,他也是"开罐器""猴子扳手"或"猴子",短卷发又让他成了"泡泡",但随便哪个名字都可能开启一场持续好几个小时并且愈演愈烈的大混战。

"放开它,'猴子'!"哈珀说。

"是他先开始的!"洛伊德说,"他翻着眼皮看我,好像我是他脑子里那些高尔夫球场似的……"

"什么味道?"福克斯在垫子下面大叫。

"好像我是皇家圣安德鲁斯[1]……"

"今天是垃圾日?有人在外面清垃圾吗?"

"我不是你的球童,福克斯。"洛伊德说着,连膝盖一起跪上去压着。

"快住手!""王子"说。

"你今晚的发型看上去真是棒极了,王子殿下。"洛伊德说,"谁给你做的发型?"

"给你烫头发的那个姑娘。'泡泡',赶紧放开他!"

"放开他!"我说。

"谁在说话?"洛伊德说,"有人在那里吗?我听到声音了。"

"我听到沙锤声了。"福克斯说,"谁在玩沙锤?"

"'无名小子'在玩。""王子"说。

---

1. 英国乃至全球最古老的高尔夫球场之一,也是高尔夫球赛管理机构及规则制定者之一"皇家古老高尔夫俱乐部"的所在地。

"无名小子""无名先生""隐身人"，诸如此类，不一而足。有一次，我说起自己的名字来自爸爸最喜欢的爵士音乐家查尔斯·明格斯，事情便一发不可收拾，从"查理·名鸡"到"卷毛·名鸡"，再到后面干脆就是"名鸡"。"市政委员"是另一个外号，因为我住在图书馆小区；此外还有"高低床小子"和"囚徒"，因为我到现在还睡高低床，不过这些通常都不会出现在大乱斗一开始的时候，毕竟只有"市政委员"还勉强算是个能接受的名号。

"'市政委员'到了，"洛伊德说，"看到有楼上楼下的房子，他可真是兴奋啊。"

"我家有楼上楼下，洛伊德。"

"高低床可不算楼上楼下。"洛伊德说，这话让在场的人全都猛地倒抽了一口冷气。洛伊德总会把事情做得太过头。我有一张我们几个在"篝火之夜"[1]的照片，那时我在学摄影，用了长曝光，画面上哈珀拿着他的烟花棒画了颗爱心，福克斯在写他自己的名字，而洛伊德在夜空中胡乱画的却是"Fuck You"这两个词。这就是我对他的印象，那种会用烟花棒写"Fuck You"，会把石头藏在雪球里的小子。

我别无选择，只能跟着跳到他们身上去，存心用胳膊肘去按压洛伊德的肩膀，"王子"也跳到我身上，最大限度地发挥台球桌的功用，我们哼哼着，把手指塞进其他人的胳肢窝里，尖叫，大笑，直到喘不过气来。我们全都听说过"男孩儿比女孩儿晚熟"的理论，还曾为此大声争论，可眼下我们就是这样，证据确凿。

---

1. 又称"盖伊·福克斯之夜"，英国公共节日，时间是每年的十一月五日。

通常，开场酒都是拉格啤酒，我们用吸管喝，因为"氧气能让它们更烈"。如果有烈酒，啤酒罐里通常就会装满了伏特加或金酒。几年前，一个雄心勃勃的年轻食品技术员设法将酒精的刺激和软饮料那种叫人咂舌舔嘴的香甜融合起来，调出漱口水的蓝色、红灯的红色或树蛙的绿色，不过那都是为特殊场合准备的。洛伊德和福克斯很想试试，可我满脑子都是球棒和花椰菜。天晓得，难道路易斯脑子里的化学物质还不够危险吗？至于"王子"，和他爸爸一样，在关于毒品的问题上完全是清教徒的态度，认为它们是嬉皮化的、软弱的；醉酒则不一样，是热闹好玩的、男孩子气的，总之，任何不至于闹到住院程度的东西都是可以允许的。

不过我们还是竭尽全力探寻酒精的极限，有时哈珀的"小窝"里会弥漫着好像科学实验室一样的严肃气氛。我们细闻慢品或是一口闷，混着喝或是咕嘟咕嘟地用最快的速度往下灌，要是没效果，我们就去厨房柜子里搜寻。将入门级的香辛料肉豆蔻碾碎并且以工业方式批量加工熏制，据说可以营造仪式的效果。或者肉桂？牛至？把生香蕉中间那层白色的果皮烤干？我们硬是剥下过一大把香蕉皮，黏糊糊的，像蜡一样，挂在暖气片上烤上一整夜，第二天晚上再收下来，一边放《黑客帝国》，一边沉默、虔诚地熏出甜香、低悬的烟雾。也许是那些香蕉太熟或者太生了，总之什么也没发生。

可我们只是用吸管喝拉格啤酒，玩游戏机，大笑，像公园里的狗一样相互扑打。我猜是因为这样才好玩，可有时我也会发现自己在试图勾勒另外一个世界，在那里，友情会以其他方式表达，而不是对着彼此的脸打嗝。我从不怀疑我们彼此喜欢，甚至是彼此爱着的。对于哈珀，我另有理由心怀感激并对我们两个的友情坚定不移，要知道，在最近的一系列灾难事件中，他始终在以他的方式不露声色地关照我。

可我们的玩笑到头来总会变得太过分，出于一种我猜想或许应该称为"群体动力学"的东西，气氛会变得越来越紧张。从认识的第三年开始，我就认定哈珀是我最好的朋友，私心里觉得另外两个家伙只能算是我们俩的小跟班。其实他们也一样，都觉得哈珀跟他们最要好，其他两个都是跟班。这种类似争宠的行为会把每一次打闹都推向决裂的边缘，特别是洛伊德。但无论如何，即便不喜欢彼此，我们终究还是伙伴。我能把弗兰的事告诉他们吗？有莎士比亚什么的掺和在里面，事情就变得棘手了，我要么得撒谎，要么就得假装这整件事完全是个玩笑，是我的阴谋诡计。要是有机会跟哈珀独处，或许还能跟他说说，可更难的问题或许在于，我要怎么想象弗兰和我的朋友们一起出现在这间屋子里？似乎不太可能，尤其是在眼前这样的场景下：哈珀站在门口，拿着一瓶伏特加，抱着一箱子果汁和一套车轮模样的古怪东西——那是二十四个香料玻璃罐，施瓦茨牌的，瓶口都卡在一个有缺口的木头转盘上。哈珀转动转盘。

"先生们，游戏时间到。"

香辛料轮盘赌的时间到了，草药猎人登场。我们严肃地围成一圈，每个人手里抓一把茶匙，福克斯第一个转，当转盘越来越慢，他闭上眼睛，喃喃祈祷，轮盘停下，他伸手抓起手边最近的瓶子看标签。

"马郁兰！"

一种意大利香料，很适合作为开场，唯一比它还要柔和的就只有欧芹了。他舀了满满一勺灰扑扑的陈年碎草叶，一气塞进嘴里，我们拍着地板喝彩，他扮着鬼脸嚼了一会儿，最后用伏特加配橙汁冲了下去。"跟比萨差不多。"他耸一耸肩。接下来就轮到我了，我眼看着轮盘转过龙蒿叶，转过罗勒、香菜、百里香、莳萝、细香葱，最后停在了……

"白胡椒！"

"不——"

哈珀轻叩着瓶子把那些小圆球倒出来，小心地堆在勺子里，逃不掉了。拍地板和起哄又开始了，这堆东西到了我的嘴里，有点儿像沙砾，倒也还不至于讨厌，我开始嚼，一边说着"没什么大不了的"，一下、两下、三下，每嚼一口，这些草籽都释放出辛辣的味道，刺激着我的鼻腔，又烫又黏的泪水涌出来，糊住了我的视线，我的嘴僵得不行，几乎没办法吞下橙汁伏特加，也尝不出味道，我的嘴被麻醉了，血冲进我的耳朵，音乐声更响了……

……我一边大笑，一边咳嗽，喉咙像着了火一样，那些"沙子"和着酒浆被咽下去，有些干脆直接在我食道的褶皱里安下了家。我没法吞咽、没法呼吸，感觉不到自己的舌头，洛伊德指着我，比所有人笑得都厉害，我记下了，过会儿一定要还回去。

轮盘重新转动起来，这一次是"王子"。"细葱，细葱，细葱，"他嘀咕着，"千万要是细葱。"也许是伏特加的缘故，总之，"细葱"这个词让我觉得可笑得发疯。"细葱，细葱，细葱……"可最终他转到的是……肉豆蔻，一种圆滚滚的帝王级香料，他拿起瓶子，倒出一颗在手心里，抛到空中仰头去接，像吃花生一样，咔嚓咬碎，微笑着，直到突然露出苦相，吐出舌头，那上面全是被咬碎的软木屑，于是他也大口地灌起伏特加，把它们全都冲了下去。

现在，轮到洛伊德了。"来吧，来吧，来吧……"他嘟囔着，希望是欧芹，祈祷是薄荷……

"藏红花！太好了。"

我们发出嘲笑的嘘声，因为藏红花实在是太没意思了。"藏红花男孩儿。"福克斯说。同时，洛伊德将两三朵藏红花放到舌头上，耸了耸肩。

我们又来了一轮，一直在喝酒，就没停过。福克斯又转到了个简单的：莳萝。"气味像胳肢窝。"他说着，咽了下去。我转到薄荷，尝着像一顿油腻的周日午餐，抽干了我嘴里的所有水分，我多喝了一杯橙汁伏特加，多亏了哈珀，这一杯大半都是伏特加。他自己转到了小豆蔻，古怪，不讨厌，一股子咖喱餐厅的味道。对咖喱的兴趣差不多可以就此打消了。到洛伊德了。我有些醉了，光是看着轮盘转动就头晕。轮盘慢下来了，大家越来越紧张，我们猛拍地板，"噢噢噢噢噢"，接着，所有人都歇斯底里了，笑得仰面躺倒在地上，因为……

"肉桂，该死的肉桂。"

肉桂是怪物，是大杀器，是香辛料里的炭疽热，哈珀小心翼翼地装了几乎要漫出来的满满一勺，庄重地递给洛伊德，后者死死盯着它，像个正在蓄力，准备一拳击穿空心砖的功夫明星。他集中精神，鼻吸，嘴呼，小口呼了好几次。勺子在他手里了……

……在他嘴里了，他翻转勺子，抽出来，没张口，眼睛瞪得大大的，两手抱在头顶，嘴唇噘了起来。时间一秒一秒过去，有那么一会儿，看来像是没问题了。可紧接着，他的嘴猛地张开，就像嘴里有炸弹爆开了一样，一蓬红色粉末喷出来。我们笑得比之前任何时候都厉害，捧着肚子，伸着手，满地打滚，屋子里弥漫着"砖灰"。他又咳又呛，急急忙忙地要找水喝，我们赶紧拿走所有的玻璃杯和玻璃瓶，左躲右闪，他来回追着我们跑，气急败坏。我手里抓着一瓶水，他喘着气大叫："给我！"

我把水高高举过头顶。

"快给我！"洛伊德整个人朝我扑过来，抱着腰把我推倒在台球桌上，我能感觉到台球硌着脊柱，这下就很难笑出来了，因为我也在咳嗽。可就算被粉尘扑了满脸，眼睛也扎得疼，我还是笑着，竭力伸长了手，把瓶子举得远远的。洛伊德涨红了脸，两个鼻孔里喷着烟，像卡通片里的公牛一样，握着拳头猛捶我的肋骨，我努力推开他的手。"哦！好了好了，给你！"我把瓶子递过去，让他可以清清喉咙。

但和平时刻已经过去了。我扔下瓶子，伸手去推洛伊德的脸，可他还在打，我被他的表情吓到了，那有点儿像我爸爸生气时的样子。突然，一颗台球到了我的手里，沉甸甸、光溜溜的，叫人安心。我努力屈起膝盖顶住洛伊德的胸，奋力把他往房间另一头一推，同时坐起来，胳膊一抢，手腕扬起，冲着他的头就把台球砸了过去。

太多夜晚都是这样结束的，好像只有闹过了头才能停下来一样。

这一次，台球撞上石膏板，砰的一声，砸出了一个巨大的洞，然后，在这个它刚刚砸出的凹洞里停顿片刻，这才静静地滚落到地板上。肉桂粉还悬浮在空气中，像是左轮手枪上冒出的烟。我左右看看，咧开嘴，看到我最好的三个朋友都蹲着，抱着头，一言不发，直到洛伊德开口：

"该死的，路易斯，你个神经——"

"我没想砸你!"

"不,你就是这个意思!你差点儿杀了我!"

"哇噢!"福克斯站在墙前,伸出手指探了探那个洞的深度,"看看这个!天哪,路易斯!"

"那没什么。"哈珀说,"那墙就是石膏板而已。你没事吧?"他伸出手,安抚地按在我肩上,模样很认真。那一刻,我感受到了对"王子"的爱,不知道是不是该说没事。

"没事,没事,只是一时手滑了。"

"你手滑了,真的太对了。"洛伊德说,"干得漂亮,你这不入流的投手!"

"洛伊德……"

"要是你真会打的话,我就已经死了。"

"洛伊德!"

"我会赔偿修墙的费用的,"我说,"应该赔偿。"

"别在意这个。"

"你赔不起,你这头蠢猪。"

"洛伊德,够了。"

"你这个疯子,路易斯!"

"我该回家了。"福克斯说。

"对,我也该回家了。"我说,好像一切都跟我没有关系似的。可一站起来,我才发现自己需要坐一会儿——不,得在沙发上躺一会儿。只是转了个头,整个"小窝"都开始旋转,颠簸起伏,墙也扭动起来。我闭上眼睛,感觉就像钻进了人们用来为宇航员做重力测试练习的机器里一样,等到重新睁开眼睛打算跟福克斯说再见时,就连时间也模糊了,因为福克斯已经不见了,于是我又闭上了眼睛。我听得到声音，但血在耳朵里澎湃汹涌，声音太大，我分辨不出他们说的究竟是什么。当我再一次睁开眼，尝试站起来时，沙发垫仿佛变成了流沙，一个劲儿地把我往下吸，哈珀不得不出手拽我一把。

"老天，路易斯，你是真的醉了。"

"这就回家了。"

"是的，应该回去了。"

我冲洛伊德伸出一只手："再见，伙计。"

可洛伊德没看我。"哦，再见。"

哈珀领着我走在走廊上，房子里很安静，灯光昏暗。

"嘿，嘿！现在就我们俩了，我想跟你说——"

"嘘——"

"我是想告诉你，我认识了一个女孩儿……"

"什么？现在不行，好吗？"

"好，我打电话给你。晚安，哈珀先生、哈珀太——"我冲着黑暗里大叫，被一架梯子绊了一下，脚陷在里面，把它拖到了门厅里。

"嘘！他们睡了。"哈珀嘘声说。

"我想跟你妈妈说再见……"

"嘘。"

时间又耍了个小把戏，转眼我就被传送到了门外的台阶上，哈珀的手还搭在我的肩上撑着我。

"查理，你还好吧？"

"什么？什么？还好。"

"你确定你能回家？"

我跟他说我已经好了，只是还有一点儿晕。

"一点儿什么？"

"一点儿晕。"

"你说的是'熏'，'一点儿熏'。"

"什么？不，一点儿晕。"

"好，好。你的包。"

"爱你，兄弟。"我说，这个冒犯的字眼儿是含糊嘟囔出来的，他可以听见，也可以听不见。再后来，就只剩下我一个了。

我的自行车躺在车道上，可有人动了坐垫高度，我怎么也没法把腿抬到那么高跨上去，我骂了几句，摔下来，又咒骂起来，最后终于找到了解决办法：只要站在车子两侧，再把它扶起来，让座垫去够我的屁股，那就行了。这里到我家也就十分钟路程，我渴望我的床，我的血管里中了毒，它就是解药，或者换血机，把血抽干、清空，再注些好血进去，一些干净的血。如果现在回家，就算我能努力把钥匙对准锁孔插进去，也没法睡觉，闭上眼我就会发现自己又被绑在了离心机上。再说了，要是爸爸还醒着呢？要是他睡在沙发上呢？要是我非得开口说话不可呢？我害怕这样的念头，于是对自己发誓，再也不要了，我再也不要像这样生活，从明天开始，我要重新开始，我会变得干净、诚实、善良，我会焕然一新，变得更好、更好、更好，就像爱丽娜说的，我会找到一种方式，行走在这世间，活在当下，活得有生气，找到这样的一条路。

可眼下，我大概是没有办法阻止眼前的道路像绳桥一样上下左右晃荡了。闭上眼，转一转眼珠，我以为能有用，可是没用。于是我瞪大眼睛，盯着黄线，把它们当成轨道，却又发现我对物理定律都失去了信心，没法相信只是这样一上一下地蹬着踏板就能保证我笔直向前。因此，经过休闲广场时，我放慢了速度，慢到自行车倒向一边，我任由自己跟着倒下，再从车底下爬出来，顺便休息休息。

青草垫在我背后，凉凉的。星星在天空中绕圈子，划出光亮的轨迹，像是跳进了多维空间一样。我张开胳膊，努力用手指抠住依旧热烘烘的地面，免得自己飞起来，飘进虚空里去。我闭上眼睛，努力寻找一切能固定住自己的东西，我找到了弗兰·费舍尔，我们道别的样子，我想开口却开不了口时她嘴角上若有似无的笑意，就像她真的能理解我一样。虽然还不清楚该怎么做，但她似乎就是我那同样还不清楚究竟是什么的问题的答案。但那个时候，一切于我而言都是不清楚的。还是先休息一会儿吧。我松开手，翻过身，失去了意识。

半夜时，我隐约有个奇怪的感觉：爸爸在我旁边，睡衣外面罩着外套，温柔地对我说话。他身后停着一辆车，门开着，没熄火，车头灯照亮了公园。他像消防员那样把我抱起来，摇摇晃晃地走到车旁，把我放进后座，载我回家，音箱里是查特·贝克[1]在唱歌。还有个印象，是我对着马桶在吐。再有一个，是我抱着膝盖坐在那个小小的浴缸里，温暖的水从喷头洒下来，落在我的背上。这一切都像梦一样，可我的的确确知道。第二天早晨，当我醒来时，浑身都是瘀青，毒药依旧在我的血管里肆虐，可不知怎么的，我躺在自己的床上，盖着干净的被单，穿着从还是小孩子的时候起就再也没有穿过的睡衣裤。

---

1. 美国卓越的爵士小号手和歌手。

爸爸

我人生的前十一年都是在爸爸的陪伴下度过的，虽然这么说未免显得这个过程有点儿太一本正经、太健康了。

那时他还是个音乐人，萨克斯乐手，至少理论上算是。在妈妈的鼓励下，冒着爷爷奶奶的滔天怒火，他放弃了会计学业，开始在各个乐队间游走，一周演出三晚或四晚，有时是爵士，有时是翻唱。白天是空当时间，可以"做他自己的音乐"。我们三个住在朴次茅斯一个购物商场楼上的租赁公寓里，楼下住的是个屠夫。妈妈在公立综合医院工作，需要倒班，所以我最初的记忆就是无穷无尽的悠闲时光，我忙着让塑料小兵在地毯上站稳，爸爸用萨克斯管和电子钢琴跟着唱片扒曲谱，那架钢琴小小的，他坐在后面就像坐在小孩子的小号课桌边一样。那大概算一种高级的卡拉OK吧，遇到弹不出的段落或是找不准的和弦，他就拎起唱针，挪回去重放，他经常这么干，不断重听，萨克斯抱在胸前，不住点头，再试弹。据说常听巴赫和莫扎特的小孩儿大脑发育更快，能拥有更敏锐的分析能力，可没人知道，一天听五六个小时比波普[1]的小孩儿会怎样。显然，这并没能让我早早变酷或是变得悠然自在——其实刚好相反——但对于我来说，的确有那么些专辑跟儿歌一样耳熟能详。《蓝色列车》《响尾蛇》《出发，爵士！》和全明星演奏会合辑、《直行，没有猎人》，都是那时候在那三个

---

1. Bebop，兴起于二十世纪四十年代初中期的爵士乐演奏形式。

138

小房间里陪伴着我们父子相伴时光的背景乐。我爸爸不是热爱户外活动的人，只是考虑到为人父母的职责，有时也会带我到当地的休闲广场上走一走。那地方冷清得像军用机场一样，浅水池总没水，滑梯也不滑，可怕的男孩儿们占领了所有秋千，于是，在我的催促下，我们总是很快就掉头回家，家里有煤油取暖器发出叫人昏昏欲睡的光，电视开着但没有声音，"加农炮"阿德雷配上《纽扣月亮》，德克斯特·戈登搭配《砰砰一家子》[1]。

有时我什么也不做，只是看着爸爸吹萨克斯，一个高却不帅的男人，有点儿驼背，脖子向前探出，突起的喉结在他笑起来或者吹萨克斯的时候会一伸一缩地弹动，跟塘鹅吞鱼的样子差不多。照理说他还年轻，却像个老古董，那种战后时期的产物，属于咖啡吧和全民兵役制时代[2]的人，而不是六七十年代生人，虽说那才是他成长的年代。即使才二十多岁，他的脸上却早早有了皱纹，像是塞在袋子里被忘了很久的东西，他的皮肤毫无紧致可言——要是揪住他的脸，往两边一扯，那张脸就能被拉开到吓人的地步，像澳大利亚伞蜥一样，我猜这就是吹萨克斯的代价吧。可他有一双美妙的眼睛，棕褐色眼眸，很温和，常常多愁善感，每到这个时候，他就会用这双眼睛看着我们。他善良和气，很受欢迎，很招人喜欢，他是那种会跟陌生人说话，会对老太太伸出援手的人。我非常爱他，爱我们一起住在那套公寓里的日子。

赶在妈妈下班到家之前，他会过来，和我一起在粗糙的地毯

---

1. 《纽扣月亮》和《砰砰一家子》是英国儿童动画片。"加农炮"阿德雷和德克斯特·戈登都是著名的爵士乐家。

2. 全民兵役制在英国现代史上只实行过两次，一次是一战期间，一次是一九三九年至一九六〇年间。

上玩一会儿"士兵堡垒"的游戏，小小表现一下他的关注，用社工那种做作的关切口气问几个问题，或是敷衍了事地带我背一背字母表，只是总到不了"M"就早早没了耐性。我爸爸喜欢说自己是自学成才——没完没了地使用"自学成才"这个词简直就是"自学成才者"的标签——照妈妈的说法，就算他真是自学的，那也是有人充当了老师的角色。但爸爸仍然坚信好奇心在教育中的价值，因此，我通过拿叉子捅进吐司机认识了电流，通过吞乐高了解了消化系统，通过洗澡时放掉浴缸里的水懂得了排水量。他不是那种会亲自动手做风筝的父亲，但如果他做了，我应该就会在电缆塔下跌跌撞撞地放风筝了。他偶尔也会有几个学来的小把戏：削掉大拇指啦，从我耳朵后面拿出东西来啦，鼻子被咬掉又装回去啦——我非常容易满足。然后，他就又回他的音乐里去了。不是说他漫不经心，只是他很……散漫，很容易分心。

再后来，上学以后，我才发现，大部分父亲都是可怕的教官，很有距离感，叫人望而生畏，会每天晚上冲进门来检查作业装备和营房秩序，他们的出现让人紧张。在我的记忆里，爸爸总和我在一起，绝大多数时候我们都是并肩完成我们自己的小小任务，一起喝茶和果汁，吃便宜的小饼干，喝水壶里化学制剂一样的粉红色甜饮料，那是用水壶烧开水做的。我的幼年是凌乱、邋遢、无序的，这也是一种福气。

他们一九八四年结婚，我也在他们的结婚照里，三岁，穿一套滑稽的灯芯绒三件套西装。爸爸打着细领带，站得僵硬笔挺。妈妈穿一身讽刺的白色衣裙，侧身站着，怀着妹妹的肚子高高隆起，正挥着拳头开玩笑地打爸爸。至少，我们是把它当成玩笑看待的。如今我的朋友们在组建家庭之前都要谨慎地做好万全准备，奠定事业基础，贷款买房，确保有足够的卧室。而我的父母，在他们二十出头的年纪，选择了随心任性。我还记得那些疯狂的聚会，公寓里挤满音乐家和护士，硝基遇上甘油。我还记得我帮陌生人点香烟。

假期到来，比莉出生了，我们一下子变成了四个人，抬脚就可能踩到玩具，每个人都随时可能被吵醒。原本还处于舒适范围内的混乱变得让人紧张焦躁，以至于上学几乎都算是一种解脱了，因为爸爸在门口哭得好像我是被流放了似的。"我真想……"他修长的手指捧着我的头，像捧着奖杯一样，"要是你不介意的话，我真想把你的脑袋摘下来，随身带着，一刻也不分开。可以吗？"

以上都是我妈妈的回忆，在她声称"因为我和爸爸很亲近所以一定能好好相处"的那天说的。说实话，像这个星期六这么特别的日子，总难免会让人想起一些这样的片段。我床边放着一个托盘，上面有一杯温热的茶、一听冰可乐和放在餐巾纸上的阿司匹林。窗户开着，露出一片蓝天，宣告今天是个好天气，可直到下午我才能勉强完成下楼这件事。爸爸蜷在立体声旁边，和平时一样，脑袋紧紧贴着音箱，手指在空气中弹动，那是萨克斯的位置，奥奈特·科尔曼[1]像是直接在我脑袋里演奏爵士乐似的，狂暴又混乱。

"声音能关小一点儿吗？拜托。"

他扭过身子，宽容地似笑非笑。"玩得很开心吧？"

"是的，谢谢爸爸。"

---

1. 美国爵士乐家，先锋音乐家。

"我说，查理，你在外面待了一整夜才回来，浑身肉桂味儿……"

我是怎么回来的，这个秘密没被提起，也不会再提起，对此我很感激。回头我还得给哈珀打个电话。在好玩的情况下，暴力没有问题，但失控到那个程度……我得道歉。拨开脑子里的迷雾后，我想起了石膏墙板上那个洞的模样，也记起了桌球脱手那一瞬间的快感。我必须给洛伊德也打个电话，再向他（还有我自己）保证，我本来就是没想打中他的。但眼下，我只能蜷在沙发角落里，尽量保持脑袋不动。不是说年轻人是不会宿醉的吗？可现在就连碰一碰沙发，甚至碰一碰空气都能让我浑身疼。"你知道，适量饮酒是可以做到的，你没必要伤害自己的身体。"

"我知道！"

我再也不喝酒了，要不就只跟说话做事都温文尔雅的成熟精致的人喝，像弗兰那样的人，他们只喝葡萄酒——葡萄酒，不往里掺烈酒，用专门的杯子喝。眼下还有额外有一份负罪感：我本来打算用这一天的时间来读《罗密欧与朱丽叶》的。我没指望能让她眼前一亮，但也不希望显得太像个傻瓜，所以才记挂着怎么也得翻一翻剧本……

万幸，太棒了，天阴下来了。这就意味着爸爸可能会问："想跟我一起看电影吗？"

我们看电影时很自在。和朋友一起时，我们很少会看除了太空、丛林、未来世界或综合以上元素之外的电影。可在这样的日子里，我只想看看爸爸的电影，漫长、宏大、熟悉。从我小时候开始，我们就有一套固定的电影清单，一遍一遍地轮着看：朱莉·克里斯蒂、亚历克·吉尼斯、约翰·米尔斯、理查德·伯顿演的英国电影，意大利式的西部片和黑色电影，《斯巴达克斯》《海盗》和《第三人》之类的电影。我们买不起影碟，但图书馆里有，从架子上把它们找出来是爸爸的消遣之一。"我找到了《西部往事》《血染雪山堡》和《教父2》。"

看完至少要九个小时，足够度过酒精的代谢期，让我们捧着茶一直待到夜里。他挪到沙发上，在我身边坐下，伸手就能碰到我。

"开始了。"他说。我们安安静静地坐着，和谐友好，在熟悉的对抗、交锋、枪炮和爆炸中放松下来，酒精渐渐挥发、消散，这是和爸爸共度的愉快的一天。

山普孙

星期一，好天气没了，我躺在床上，听着雨声哗啦啦个没完，像是整个夏天的雨都一口气落了下来。《罗密欧与朱丽叶》的第一次排练九点半开始，八点四十五分，雨依旧喧腾，天色昏沉得好像十二月的下午。也许这就是个信号。天气变化的唯一意义就是要悄悄向我传达信息，雨水拍打着窗户，那就是按在我胸前阻止我的手，告诉我：去那里没好处，你会像个傻瓜一样，忘了她吧，待在床上。

前一天，我花了整整一个下午的时间尝试了解这部戏，准备应对考试——赢得弗兰认可的考试。我选择了算是我们家花园的水泥方块地，坐在帆布躺椅上，尽可能坐得挺直，像个学生的样子，从包里拿出剧本，从开场诗开始读。

　　　我们的故事，发生在美丽的维洛那，
　　　有两个家族，是差不多声望的门户……

我打定主意要慢慢来，要把每一句的意思都吃透了再往下读。开头还不错，是明朗、简单、常见的英文，文字像线索似的一个牵着一个出来，可渐渐地，我发现自己开始抓不住了。

　　　……文明的鲜血令文明的手脏污……

鲜血怎么会是"文明的","文明的手"又是什么东西？谁的手？"文明"，在这里指的是"市民"，还是"有礼貌"，还是"市民内战"？一个句子里有两个"文明"，也许两个"文明"都同时包含三重意思，也许那就是重点，也许那就是所谓的"文字游戏"。我想起英语老师赖斯小姐说过，面对莎士比亚的诗，无论哪一首，都不要把它们看作需要翻译的东西："那不是外语，是我们的语言，是你们自己的语言。"可总得有个什么办法让这些句子变得能让人看懂吧？准确说来，这不是翻译，更像猜谜语。一个字一个字地来，我想出的答案是："在内战中，市民的鲜血弄脏了本该融洽友好的手。"

嗯，听着好像差不多了。

可这才是剧本的第四行，我想起了那个盯着"明天，明天，再一个明天"[1]昏昏欲睡的漫长下午，文字本身的声调韵律所带来的愉悦感被无数需要解读、释义、参阅脚注的短语切割得支离破碎，还有那些尤达大师式的需要重新理顺的倒装句。"如果你觉得头疼，别担心，"她说，"这很正常，就跟运动之后肌肉会疼是一样的。"也许我用力太猛了，也许莎士比亚就像那些曾经流行一时的"三维立体画"：你必须找到聚焦和放松之间的平衡点，然后画面才会浮现出来。"噢，我懂了！"教室前排座位上有人会叫起来，可我不懂，我只是坐着，体会着越来越强烈的愚蠢感和挫败感。弗兰·费舍尔也会这么艰难吗？其他人也会吗？

......悲惨凄凉的陨灭

---

1. 出自《麦克白》第五幕第五场。

三个随机堆在一起的词，那"猪伞卫星"估计也差不了太多。我翻了翻页码，一共一百二十四页，这辈子也读不完，我决定效仿诸位前辈，集中攻读我自己的部分，也许这里面就有什么能让弗兰满意微笑的。

山普孙：葛莱古里，要我说啊，咱们可不能搬黑煤。
葛莱古里：对，那我们就成挖煤苦力了。
山普孙：我是说，而要是我们冒起黑胆汁来，我们就拔剑动武。

我把剧本摔在水泥地上。"我是说，而要是我们冒起黑胆汁来，我们就拔剑动武。"就算是在伊丽莎白时代的英国，黑牙齿的农奴也会转着脑袋相互问："他刚才说的什么？什么黑胆汁？"我完全能想象那个画面。难怪有人说里面都是笑话。黑胆汁、黑领圈、挖煤苦力，都是笑话。还有，为什么"而"后面没有那个"且"？为什么？

我闭上眼睛，提醒自己，我只是去读一读剧本，又不会真的去演这个角色，这只是个手段。"嗨，这只是个手段。"我大声说出来，从地上捡起剧本，继续读。中间有些东西我觉得可以称得上是"下流"了，像是"处女膜"啊、"少女"啊，还有那句"我赤裸的武器已经拔出来了"，我禁不住一缩，因为知道说这句的时候一定还得指着自己的腹股沟。"还好你不是鱼，否则你就是咸鱼干了。"我将不得不说出这句话，当着弗兰的面，当着露西·陈、柯林·斯马特和海伦·比维斯的面。

山普孙：我要咬我的大拇指，要是忍得了，这就是他们的耻辱。

亚伯拉罕：你是在冲我们咬你的大拇指吗，先生？

山普孙：我是咬我的大拇指，先生。

亚伯拉罕：那你是在冲我们咬你的大拇指吗，先生？

说来说去，一直在说大拇指。我冲着莎士比亚咬我的大拇指，指甲叩着牙齿背面，嗒嗒地响。也许山普孙后面能有些好词。我往后翻了几页，台词，台词，台词，感觉像回到了教室里，脑子只能浮在表面上乱跳，就像丢在厚实冰面上的鹅卵石。

我又一次合上剧本，闭上眼睛。小时候，我拆开过一个坏了的旧手表，雄心勃勃要帮爸爸修好它，最初面对复杂任务的满足感很快变成了厌烦，接着是挫败，到最后，我只能硬把那些齿轮、弹簧什么的通通塞回去，再用胶带把整块表缠起来，悄悄丢进了下水道。

星期一早上，九点，雨还在下。

再不出发的话，我也就不用去了，可如果说下雨是让我放弃的暗示，那同样也可能是对我决心的考验。神圣的超自然力量给了我一份骑士的使命，一个任务！我听到墙那边爸爸进洗手间的声音。想到我们两个，一早看着电视，说着这场雨……

我迅速起身穿好衣服，拽出旧防雨校服，推上自行车，转眼就站在了房门外，一头扎进了瓢泼大雨里，就像顺着水道冲进河里的小船。还不等骑到小巷尽头，我整个人就像从湖里捞起来的一样了。发胶从我精心打理过的头发上流下来，扎得眼睛疼。每一次踩下脚踏板，那条特意挑选的牛仔裤都在磨我的大腿内侧。雨水落在夏天的柏油路面上，变成一种灰色的化学浆液，所有过路的汽车都在把油腻腻的污水往我脸上甩，刺得我眼睛火辣，视线也模糊了，等不到面对通往庄园的那条陡峭山路，我就已经打算掉头回家了。去他的骑士任务。可我还是蹚着哗啦啦往下流的水，把车骑上了山，穿过几道门，把车推过湿漉漉的碎石地，扔在草坪上，走路去找柑橘园。我记得那是个很大的温室，里面什么也没有。我绕着庄园兜了一圈，找到了它，把脸贴到玻璃上，透过凝结的水珠看一看里面，找到温室大门，冲了进去。

……发生在美丽的维洛那，
有两个家族，是差不多声望的门户……

他们坐在曲木椅子上，围了一个大圈，这会儿全都回过头来看着我。我站在那里，张着胳膊，衣服贴在身上，往陶砖地上滴着水。

"他赶到了！"艾弗说，"热烈的掌声！"稀稀拉拉的掌声响起，混在擂鼓一般的雨声里。"别急，查理。我们重新安排一下，然后从头再来。只要几分钟时间，大家坐在自己位子上别动就行。"我踢踢踏踏地穿过一堆翻转的雨伞，走到露西和那个眼镜男孩儿乔治中间的空位上，把背包扔在脚下，伸手进去，拎出了一张纸——那本来是我剧本的封面，至于剧本，已经变成了一堆纸糊——不知哪里有人笑出了声。

"喏，用这个。"爱丽娜说，一本新剧本顺着圆圈传了过来。我瞥了一眼弗兰，她的头发也湿了，全都一丝不乱地捋向脑后，像八十年代乐队里玩电子合成器的乐手。我本该很爱这一幕的，可海伦刚好碰了碰弗兰的胳膊肘，伸出手，像是等着收钱的样子。弗兰往后仰了一下，手指伸进口袋里，拎出一枚硬币递给她……

"查理，能聊一句吗？"艾弗和爱丽娜在我旁边半蹲半跪下来，艾弗的手按在我湿漉漉的膝盖上。"听我说，我们遇到了一个问题。"艾弗压低了嗓门说。

"哦。"

"那个女孩儿，我们本来打算让她演班伏里奥的那个，记得吗？她退出了。"

"哦。"

"我们在想，查理，"爱丽娜说，"你能不能补缺，接下她这个角色。"

"哦？"

"至少在通读剧本的时候。"艾弗说，"之后我们再看。"

"哦。"

"你了解过这个角色吗？"

"是的。不，我是说，我真的没办法……"

"你知道剧情，对吗？"

"是的！是的，是的，当然，是的！"

"别担心表现问题，"爱丽娜说，"我们现在对你是真正的零期待。"

"这话的意思，我们是说，西蒙——"

"查理。"

"——查理，我们对你抱有非常大的期待，但不是今天。今天还不是竞争奥斯卡的时候，明白吗？只要……把它完成。"

"你们还是想让我来读？"

"山普孙，是的。用不同的声音来读，或者——我的天！"

"什么？"

"查理，站起来！"

"呃，怎么了？"

"看啊，各位，看。"艾弗拉着我的双手把我拽起来，抬起我的胳膊，好像准备跳华尔兹一样，"看！你在冒气！"

果真，我两只胳膊都在冒出潮气，全身都是——我的身体在烘烤浸透了雨水的衣服。所有人都大笑起来，发出惊讶的啧啧声，拍着手，我站在那里，浑身热气腾腾，像站在阳光下的吸血鬼。

"你们知道这是什么吗，各位？"艾弗大声说，"这就是'献身'。"

怯场

"我是迈尔斯，我演的是罗密欧！"

"……我是珀莉，我演乳媪！"

"我是伯纳德，负责开场和王子。"

"哈喽，我是艾弗，我是导演，也扮演凯普莱特亲王。"

"我是爱丽娜，联合导演、编舞，扮演凯普莱特夫人。"

"弗兰，朱丽叶。"

"亚历克斯，茂丘西奥。"

"我是海伦，舞台设计，在找到演员之前暂时顶一下葛莱古里。"

"各位早上好！我是基斯，我会带来我的劳伦斯神父和其他几个角色。"

"我叫柯林，扮演彼得和卖药人！"

"哈喽，我是查理。我要读的是，呃，山普孙，还有，今天暂时充任班伏里奥。"

"我是露西，演提伯尔特。"

到这里，所有人的眼睛都转向了两位新来者，一对时髦的中年夫妻，肤色健康，非常优雅，俨然一对特工夫妻档。

"哈喽，各位！我们是约翰——"

"——和莱斯莉。"

"我们是基斯的朋友，"约翰说，"来自世界知名的湖畔剧团！"

"我们受邀来扮演年纪比较大的蒙太古阁下和夫人。"

"我是蒙太古夫人！"约翰说，自己先哈哈大笑起来，"开玩笑！不是的！不是！"

"太棒了！棒极了。好了，我们重新开始吧。记住——这话怎么强调都不为过——今天只读剧本，不要表演！"

"是啊，他们一直在这么说。"乔治说，"瞧着吧，没人坐得住的。"

"伯纳德，等你准备好？"艾弗说。伯纳德清了清嗓子，正了正鼻梁上只有看书时才戴的眼镜，俨然一副要宣读购物清单的模样。我们开始了。

"'……发生在美丽的维洛那，有两个家族，是差不多声望的门户……'"

这段之前看起来缓慢冗长的开场白，如今飞快就过去了，我自己的台词像堵高墙一样竖在眼前，而这整个过程中，我唯一想的就是，班伏里奥到底是谁？飞快地翻了几页剧本，我看到他的第一句台词就紧接在我自己本来的角色后面。班伏里奥是我放弃的借口。他的第一段对话就是和我的角色山普孙说的，不知道我是不是应该用声音来区分这两个人，不同的口音，顺便展示一下我的能力极限？

什么能力极限？我翻过一页，看见班伏里奥的名字顶在一大段话前头。还有，为什么海伦要向弗兰要钱？为什么她要笑？为什么他们现在全都在看我？……因为到我的词了。

"'葛莱古里，要我说啊，咱们可不能搬黑煤。'"

葛莱古里的角色是海伦读的，幸运的是，这个对话的对象就算不比我差，至少也不比我更好。"'对，不然我们就成挖煤工了。'"她念得含混不清。我们两个好不容易念完这段，终于到了班伏里奥上场的时候了。

我采取的策略是，尽可能把字分开读，一个音一个音地读，就像踩着水里的石头过河那样，不做任何语速和重音的变化："分——开，笨——蛋。收——起——你——们——的——剑。你——们——不——知——道——自——己——在——做——什——么。'"

可有人在冲我大吼，是露西·陈，扮演一个叫提伯尔特的角色，从她怒气冲冲念台词，还拿钢笔戳我胳膊肘的样子来看，也是个不怎么喜欢我的人物。

"'什么？剑都拔出来了还说和平？我痛恨这个词，就像我痛恨地狱，痛恨所有姓蒙太古的人和你！看剑，懦夫！'"

显然，露西打定了主意要对艾弗的"不表演"指示置之不理，可我继续一个字一个字地往外吐，就像往自动售货机里塞硬币一样："'夫——人，在——崇——高——的——太——阳——透——过——东——方——金——色——的——窗——户——往——外——看——之——前——一——个——小——时——的——时——候……'"

然后，就直接进入了和罗密欧对台词的下一个场景，对话仿佛无穷无尽，迈尔斯又是叹气，又是嘲弄，又是大笑——那种很假的笑，如果写下来，那就是：哈——哈，嚯——嚯。雨已经没再那样擂鼓似的砸在玻璃上了，实在不用这样大喊大叫，可他我行我素，拽着忠诚的班伏里奥一起进入卜一幕。这一幕的台词越来越多，读也读不完，我开始想：我的天，这个角色根本就是主角啊。我的台词怎么就不能少一点儿呢？拜托，让我少说点儿吧。

下一位是珀莉，那位和善的女士，这幢房子的主人，她领着我们踏上了一段英伦群岛的公路旅行，从伦敦东区到米德兰地区、纽卡斯尔，一路北上，我这才知道，原来乳媪是个"喜剧性的调剂人物"。接下来又是艰难的一段，我要讲述提伯尔特的死亡，我说得磕磕巴巴，跟小孩子玩纸牌一样，然后，感谢老天，班伏里奥终于闭嘴了，我可以安心待在一边听着了，直到最后，好几个小时过去了，我们终于来到最后一句：

"'……古往今来多少离合心伤，能好似朱丽叶与罗密欧这般悲凉。'"

一阵沉默，一阵尴尬的左顾右盼。剧本合上。艾弗声音黯然，说："好，有不少表演，显然大家都做了功课。我们……我们要开始精益求精，挑出中间的不足之处了。好了，各位。十五分钟，所有人。休息十五分钟。"

整组人站起来，舒展一下胳膊腿。头一次，我对上了弗兰的眼睛，她抿嘴一笑："做得好！"我太尴尬了，实在没法走过去找她，再说还有罗密欧拦在我面前。

"怎么样，班伏里奥，感觉如何？"

"很好。你非常出色。"

他挥挥手表示不值一提。"头一次通读剧本，我还在研究，你懂的吧？我还可以更好一点儿。不过，看起来……"他伸出一只大手按在我肩膀上，"我们有很多对手戏，嗯？我是说，很多。"

"是的，我注意到了。"

"所以，我是否能确认一下，你不是真的要像那样来演，是吧？"

我根本就不会去演。就只在消灭我那几段台词的间隙里，哪怕像我这样一个非专业人士也能看出来，这事前途黯淡，有没有我搅和在里面都一样。

首先，像我自己、海伦和伯纳德这几个，要么不是演员，要么不适合当演员，要么对此一窍不通。其次，人数最多的那一拨，演员架势十足，端着上流社会的华丽腔调，声音忽高忽低、忽上忽下，停顿和重音都很奇怪，就连坐在那里的样子都很傲慢，叫我想起了操场上假扮国王和王后的小孩子。也许演戏就是这样，扮演国王和王后，但得是什么样的观众才会心甘情愿来看呢？

说到弗兰·费舍尔，我也许不够客观。总之在那个时候，在温室里，我觉得她绝对是我生平见过的最伟大的演员，在我看来，她的光彩就在于她没有做的那些事。她没有装腔作势，没有用力过度，没有刻意憋出完全不同的声音来扮演她的人物。和迈尔斯不一样，她也不会断错句……所有人都错了……然后又用假装自然的口气一股脑儿读完一大段；她也不会含糊嘟囔或是丢掉什么东西。不知怎么的，那些我看了又看、看了又看却还是不知所云的文字，被她一读，就突然变得动人、急切而又真实了。"'快快跑过去吧，踏着火云的骏马，把太阳拖回到它的安息的所在！'"她念道。虽然我还是弄不清这些骏马从哪里来，为什么他们会踏着火云，太阳安息的所在又是哪里，但在那一刻，我想，是的，我知道你在说什么。

天才不是那种会吸引到我的东西，说不定刚好相反才对，我更倾向于厌恶、嘲笑或逃离那些天生有专长的人，可只要她一开口，整个房间的人就都被吸引了。我脑海中已经有形象浮现出来：一个女孩儿，站在阳台上，以今天的眼光看来，似乎又有趣，又热情，聪明却有些任性，反叛而又性感——对我来说，这个词很叫人挣扎。如果不具备这些特质，你又怎么能把它们演出来？

明明没有却硬要表现，那就像是要阐述一个你从来没想到过的观点一样。跟朱丽叶比起来，罗密欧就是个满腹牢骚的笨蛋。她在他身上看到了什么呢？

她身边围了一小群人，对此迈尔斯明显很是愤愤不平。"她不错，可以演好这个角色。"说完，他扬长而去。我害怕得不敢跟她说话，所以决定去外面走走。

"嘿，查理。"她趁我经过时说，"干得不错！"我瑟缩了一下，赶紧走开了。

太阳出来了，阳光的猛烈程度跟先前的雨差不多。爱丽娜和艾弗站在门外，头凑在一起，正在争论一个问题：我的问题。

"哈喽，查理。"爱丽娜说，她的头发紧紧绑在脑后，把眉眼都吊了起来，显得有些凶，"怎么样？你自己什么感觉？对于新角色？"

"呃，嗯，我不太确定……"

"是啊，感觉你还在摸索！"艾弗说。

"就像是十成里面你只看懂了一成。"爱丽娜说。

"爱丽娜！"艾弗说。

"你有没有考虑过做舞台监督？"

我马上就要被开除了，这让我感到了莫大的解脱。"如果你们想让其他人来演——"

"不！不，我们很希望你能尝试一下。"艾弗说。

"再说了，眼下也没别的人选。"爱丽娜说。

"当然这并不是理由！"

"嗯……"

"我们希望你能坚持下去，至少一个星期吧。"

"好。"我想走开了。

"不过,我能不能问一下,"艾弗压低了声音,说,"你以前究竟演没演过戏?"

我大笑:"你觉得呢?"

"那么,"爱丽娜说,"查理,你为什么会来这里呢?"

"噢,为了认识些新的人?"我开始东张西望,想找个借口离开。那位扮演茂丘西奥的亚历克斯离得不远,坐在一条长椅上,手上揉捏着一根香烟,呢帽倒扣在头上。新的人。我冲亚历克斯扬了扬手。

"没问题,你会非常棒的。"艾弗说,"很快。"

"如果不行,"爱丽娜说,"相信我,考虑一下舞台监督!"

我又扬了一下手。在学校时我就学会了:身为男孩儿,去赞扬另一个男孩儿的相貌是不合适的,哪怕只是想一想都不好。可亚历克斯实在是漂亮到了极点,身材修长,举止慵懒,像个舞者一样。无论在角色还是现实里,他都是那么愉快的模样,单边嘴角上挂着一个弯弯的小括弧。眼下,我觉得他那副有趣的样子都是冲着我来的,可他却直接用手抹了抹长椅上的雨水。

"来,一起坐坐。"我走上前去,觉得该问他要个签名才对——直到很久以后,只要和亚历克斯在一起,我都还有这样的感觉。

亚历克斯·阿桑提,他是另一个有天赋的人,他一开口我们就感觉到了。还在低年级时,有一次我们的法语老师打包票说,只要功夫下得足够多,就一定能达到出神入化的境界,到时候,外国腔完全消失,我们说话、思考甚至做梦时都能完全沉浸在这种全新的优美语言中。我从没感觉到自己有哪一刻稍稍接近这种境界,到最后,开考半个小时我就交卷离场了,但这个说法很吸引我。和弗兰一样，亚历克斯说起话来也有同样的一种东西，直接明了。我不知道春梦婆[1]是谁，也不知道她为什么不会出现在舞台上，但我知道他在表达什么，我觉得应该让他知道这一点。

"你很擅长这个。"

他毫不在意地挥了挥手。"只是相对而言。"

"不，是真的，我是认真的。"

他把肩膀高高耸起，再落下。"也就是我一个外行人的标准水准吧。"他说，"你也不错。"

"我狗屁不通。"

他大笑："只要把你自己看成是……还没成形的陶坯就行了。"

"我觉得他们要开掉我了。"

他叩着我的膝盖，一下一个字。"你——做——得——挺——好。而且，他们不能开掉你，艺术委员会不允许。这是一种体验！通过莎士比亚改变年轻人的生活！只要你出现在这里，就进入其中了，只要你自己愿意。"

"噢，他愿意，不是吗，查理？"说话的是海伦，她不知什么时候蹭了过来。"他非常愿意，弗兰甚至还为这个和我打了个赌。"她亮出那枚硬币，用两根手指拈着，"弗兰说你不会来，我说你会，我跟她赌了一个英镑。我赢了。"她揉了揉我的头发。"感谢老天！"

"怎么回事？"亚历克斯说。

"查理陷入爱情了。"

---

1. 又作"麦布女王"，英国古代民间传说中的仙后。莎士比亚在《罗密欧与朱丽叶》第一场第四幕中将其描述成仙子的助产士，将人心中最隐秘的欲望幻化成梦境。朱生豪先生译作"春梦婆"，故沿用。

弗兰过来了。"海伦，闭嘴吧。"我反驳。

"他爱上了戏剧，不对吗，查理？这就是他来这里的原因。噢，嗨，弗兰！我刚刚正在说查理对戏剧有多着迷。"

"真的？"弗兰说。

"最近才开始的。"我耸耸肩，"但你们知道，更多是作为观众。"

海伦咧嘴笑了。"我都数不清，在学校里时查理和他的伙伴有多少次，嗯——我不知道，烧掉别人的家庭作业，然后这个男孩儿就会说：嘿，这简直就跟《海达·加布勒》[1]里一样。"

"海伦……"

"我们不得不告诉他：查理，别再说那些戏了，哪怕就停一分钟呢。可是，不行，品特这个，斯托帕德那个，契诃夫、契诃夫、契诃夫[2]……"

"噢，真的？"亚历克斯说，好笑地歪着头，"你最喜欢哪部？"

时间一分一秒过去。"太难选了。"

"《樱桃园》，不是吗？"海伦说。

"'果园'不错。"

"哈！'果园'。"海伦扑哧一笑，"没错，他们就是这么叫的，查理和那些男孩儿，果园。有想星期六跟我一起去伦敦的吗？我买了'果园'的日场票——"

"我们是不是该去吃点儿东西了？"我说完，匆匆溜掉了。

---

1. 挪威剧作家亨利·易卜生的四幕剧。

2. 哈罗德·品特，英国剧作家，二○○五年获诺贝尔文学奖。汤姆·斯托帕德，捷克出生的英国剧作家、编剧。下文提到的《樱桃园》是俄国戏剧大师契诃夫的最后一部作品。

开端

这还是我们四个第一次聚在一起,亚历克斯、海伦、弗兰和我,奇怪的是,后来做了什么,很多我都不记得了。比起吃了一顿焗鹰嘴豆来,我印象更深的是打了一场不成模样的羽毛球,不分队,没有网,球是捡来的,羽毛掉得七零八落,球拍也是草地上捡的,只剩下一半还绷着线,其实差不多就是空框了。我也记得,我多惊讶自己竟能乐滋滋地参与其中,而不是和其他人一起站在旁边干看着。正是这些细小的瞬间开启了无尽的友谊,但这并不是说其中有什么是自动自发或轻松得来的。既然在莎士比亚上失败了,那擅长羽毛球就显得分外重要了。"查理,你看起来好认真啊。"弗兰说这话时,我正空挥着没线的球拍,咒骂自己。

下午,我们回到曲木椅子围成的圆圈中,将注意力转回文本——一直都是"文本",不是"戏剧"。

"在我们开始之前,请记住,"艾弗说,"虽然这个本子叫作《罗密欧与朱丽叶》,但它其实是关于这个世界里的每一个人的。对于罗密欧来说,没错,当然,那就是罗密欧的故事;对于朱丽叶来说,是她的故事;而对于帕里斯——噢,那就是一部关于帕里斯的戏剧!我们所有人都拥有这些了不起的激情,这些奇妙的属于每个人的故事、隐秘的爱与恨。因此,对于乳媪来说,它就是关乎乳媪的;对于仆人来说,它就是仆人的故事。那么,对于班伏里奥来说呢?"

艾弗看着我，满怀期待。

"就是关于……班伏里奥的戏？"

"对！就是这样！因为，和在现实生活里一样，从来就没有'配角'这种角色的存在！"

迈尔斯在我身边发出了怀疑的动静。这段天下大同的说法当然很好，完全没有问题，可人人都知道，这是关于罗密欧的戏。我们会在八月里拿出一个夜晚的时间去看一部名叫《班伏里奥和卖药人》的戏吗？我不知道自己会不会，毕竟，我就是班伏里奥。作为一个角色，他看起来实在空洞得很。没有逗趣的笑话，没有家人，没有爱情，无论跟谁说话，似乎都那么无聊或叫人生气。他的每句话都跟其他人的行动有关，不提供信息时，他不是在恳求别人停止打斗，就是在重复观众早就知道的东西。他是罗密欧最好的朋友，但你大可以断言，罗密欧更喜欢茂丘西奥。要是班伏里奥在这部剧里突然闭嘴，恐怕也很难想象有谁会在意。山普孙至少还有咬大拇指这样的东西，而班伏里奥就是个小跟班，一个规矩人、旁观者，人们对他倾吐秘密，但没人觉得应当听他说什么。真是神奇，真的，那些素不相识的人竟能把我表达得这么好。

那天下午有种在学校上课的感觉，两点四十五分，同样难以抵挡的昏昏睡意。在维洛那，他们会睡个午觉，可我们还得继续。我耷拉着脑袋，可还得拼命打起精神，绞尽脑汁地指望自己能有点儿敏锐、聪明的表现，能让弗兰印象深刻，展示一下我并不具备的深刻洞察力，可我没本事把那些角色当成活生生的人物来讨论，或者把它们当成和我们一样的人。"要说我，"露西坚持道，"我就是为打斗而生的。"阳光洒在玻璃屋顶上，温暖着静止的空气，我努力想在她身上分辨出那个生物课时坐在我前面的沉默姑娘。讨论继续，大家轮流发言，也许我可以闭上眼睛稍微眯几秒钟……

我猛地惊醒过来。之前我就打定了主意，不到弗兰说话绝不看她，可往往越是肚子里没货的人话越多，她却偏偏只是抱着双膝，下巴搁在膝盖上，一直在听。

话题最后转到了"偏见与隔阂"，艾弗采取了一种沉默而真挚的态度，身子前倾，双手紧握，俨然一名年轻的神父。

"那么，是什么将我们分割成了不同的阵营？成为不同的群体？这里说的不是在戏剧里，而是普遍意义上的，在现实生活里。究竟是怎样的不平与偏见将我们分开，不只是爱人之间，还包括朋友之间的隔阂？另外，请记住，没有错误答案。"

"没有错误答案"是另一样人们常常挂在嘴上却并不当真的东西。有些答案就是错误的，人人都知道，也许除了迈尔斯。他学着艾弗专注的模样，坐在椅子上，探出身子。

"是的，嗯，比如种族主义。"迈尔斯说，还特地补充说明，"根据肤色来评判他人。"

"哈！"亚历克斯笑了一声，"我觉得这话说得有点儿晚了，选角的智慧。看看你身边吧。"

"不是就这个作品而言的——再说了，这里有你，有露西……"

"所以是所有白种人对两个非白种人。"露西说。

"是白种人对所有其他人种。"亚历克斯说。

"前提是白种人被默认为——"露西说。

"我只是提出来，作为一个主题。"

"——除非你们中有谁把皮肤涂黑。"亚历克斯说。

"没人需要涂黑！"艾弗说。

"我知道！"迈尔斯说，"只是不同的演员阵容会呈现出截然不同的作品。"

"在不只有一个亚洲人的小城里。"露西说。

"好，算了！"迈尔斯举起双手，说，"天哪，我还以为没有错误答案呢！"

"好了，我们继续。还有什么令人们之间产生隔阂呢？记住，我们说的是普遍情况，不一定要跟这部戏有关。"

"我可不可以说年龄？"珀莉说，"我觉得不同代的人之间有非常大的鸿沟，无论在戏里还是生活里都是。"

"很好，很好，很好。"艾弗说。年长些的成员都在拼命点头，年轻些的似乎都巴望着赶紧跳过这一段。

"阶层。"乔治说，手捂在嘴上。

"在生活中，也许是的。"爱丽娜说，"不过在戏里，莎士比亚特别指出，他们'门第相当'。"

"或者说，与之相关联的文化。"乔治说，"审美、音乐，文化部落。"

"'模糊'乐队与'绿洲'乐队。"

"北部与南部。"

"不！"爱丽娜皱眉，"别再唱什么地域的调调了，求求你们了。"

"东苏塞克斯和西苏塞克斯。"

"可他们都是维洛那城的，所以——"

"足球！"基斯，我们的劳伦斯神父，说，"就像曼联和曼城，阿森纳和托特纳姆热刺这样。"

"来吧，热刺！"柯林·斯马特唱了起来。

"噢，拜托。"露西说。

"教育。"海伦说，"就像我们在不同的学校，莫顿庄园的男孩儿总在商业区那边痛揍查茨伯恩的小子们。"

"他们没有总是痛揍他们。"弗兰说。

"噢，不，我们是的。"海伦大笑着说，"总是。"

"嘿！"弗兰说着，踢了踢海伦的椅子。

"莫——顿庄园，莫——顿庄园。"柯林又唱了起来。

"成熟点儿吧！"露西说。

"不，这样很好。"艾弗说，"我们可以借用这种攻击性，借用这种感觉。"

"但问题难道不是——"我惊讶地发现这个声音是我自己的，"抱歉——难道问题不是，其实并没有理由吗？我是说，在这部戏里。所有人一辈子就是打斗，这也许很荒谬，却也是一种我们能冠以名目的东西。戏里的冲突并不是因为哪一边是上等人或黑人或白人或者诸如此类的东西，只是因为那就是他们一直在做的事。打斗、辱骂、砸东西。主要是男性。他们只是混乱而且愤怒的男人。"

艾弗接受了这个说法，点点头，我低下头继续看地板。讨论继续，最后大家决定，蒙太古一方应该可以穿红色 T 恤，凯普莱特一方或许是蓝色，这样大概就足以说明问题了。

兴趣爱好：社交

"哈喽。"她说。

"嗨。"

"我想我可以跟你一起走。"

"好。"

"除非你想快点儿骑车下山。"

"不，一起走吧。我喜欢这样。"

就这样，一起下山成了我们的惯例，就像读书时和某个人一起上学，一开始害羞、一本正经，到后来便成了习惯。沿着车道，越过门房，走下长长的林荫小道，小心地跟前面的人保持一点儿距离，不急不忙地走到山脚下。

地面已经干了，但树下的空气里还残留着雨水的清爽、残叶的清新和泥土温暖的味道。我们先聊了些个人经历之类的话题，都是那些表格上能找到的问题。我在哪本男性杂志上看到过，要让女孩儿喜欢你，聪明的做法就是让她们多聊她们自己。那上面的建议是："提问，让她们觉得你有兴趣。"所以很快我就知道了，她的父母分别叫格雷厄姆和克莱尔，她非常爱他们，没有人能比她更爱自己的父母了。"我的意思是，我不会叫他们的名字或是用其他什么称呼，我们这样并不古怪。"格雷厄姆·费舍尔是铁路方面的一个什么管理人员，为人务实、严肃，经常加班——"可他至少确保了每一趟列车都准时准点。这是他的保留笑话，唯一的玩笑。他是个真正的父亲，你知道我是什么意思吧。"克莱尔是一名图书管理员，在隔壁小城上班，是个爱风雅、爱读书的人，也是她最好的朋友——"我知道，这听起来很怪。也许我应该多交一些朋友。和我的同龄人做朋友，而不是生下我的那个人。不管怎么说，我妈妈她是个能让人开心的人。我很幸运，可以跟她无话不说。当然有很多事情我也没告诉她，不过并不是不能说。我们不会相互抱怨，至少现在还没有。我敢肯定会有的，早晚有一天。"我通常会对有着漂亮牙齿和自信笑容的人心怀疑虑，同样，看到能跟父母亲密和谐相处的人，我也禁不住要疑心：一定是有什么秘密，才能这样将他们绑在一起，说不定是吃人。听起来她甚至连她的哥哥都喜欢，他年纪大一些，非常聪明，在谢菲尔德大学里学数学。"他是个聪明人。他们就是这么叫他的，'聪明人'，当开玩笑一样，你一定能想到，我喜欢这个名字。"

时不时地，她也会留出空当来让我说说我的事，可我总能拎出某个事先准备好的问题，像在拖拉机游戏里翻纸牌一样把它们扔出来，然后，在她回答时准备好下一个问题。这让我们的闲聊变得有些紧张，多少带上了几分质询的味道，好像我在指望着她一不留神供认出一系列本地的入室盗窃案似的，而其中所需要付出的心神则意味着，我无法始终像自己希望的那样认真倾听。

"那么，查理，不如说说——"

"那你想当演员吗，你想过吗？"也说不定她已经察觉到我的伎俩了。

"我？天哪，不。更确切地说，我不知道。我的意思是，我喜欢表演，这是我在这里的原因。你也是因为这个才来——"

"当然。"

"不过也因为我喜欢这些人，喜欢排练和这些台词。这里面所有那些老套的剧情我都喜欢。在谷仓里演戏！三个星期，还什么都没准备好！我爱这一切，但这么说大概有一点儿炫耀，如果我说我讨厌它，那一定是在撒谎，我很害羞，但其中是有一点儿……任性的，不是吗？一点点疯狂，一点点自负，像是从头到尾都在嚷嚷'看我，看我'。"

"你很擅长演戏。"

"不，没有。"

"你很厉害。这么说吧，像我自己，每个字都明白，但就是很迟钝。"

"我不觉得这话有哪一点是对的。可不管怎么说，你觉得——"

"那你想做什么呢？"

"成年以后？"

"成年以后。"

"你听起来真像个就业顾问。"

"我这人很无趣吧？"

"不，我只是……我非常喜欢法语，但就我所知，那不算一份工作，对吧？真希望只要抽抽烟、谈谈情就能拿到工资，谁知道呢，这有点儿刻板印象了。我还想过也许可以从事法律方面的工作，那就可以戴着假发发言了，不过如果是这个理由的话，那我还是当演员吧，我现在不想当是因为，哦，算了。"她挥挥手放弃了这个话题，"还早呢。只是突然就近在眼前了，不是吗？现在就是要'做出你的选择'的时候了，可那不过是'放弃可能性'的另外一种说法。你每做出一个选择，就能听到远处传来一连串关门的声音。他们跟你说，你想做什么就可以去做，喏，除了下面这些……"

　　没人跟我说过我想做什么就可以去做。计算机科学、艺术、平面设计——理论上，这些是我可以涉足的领域，我有时候也会陶醉于想象自己在一个摆满了绘图板的办公室里，面对其中一块，袖子高高卷起，虽说我还不知道要在那板上画什么，但我喜欢这个想法：做些需要创意也要求技术含量的东西，握着一把铅笔，涂抹出深浅明暗。可这个想法在六月份被舍弃了。事到如今，哪怕只是试图想象任何有关这个九月之后的东西，我都会感到飘摇的恐惧：只有我和爸爸两个人坐在沙发上，看着电视里的招聘频道找工作，膝盖上放着我们的马德拉斯风味意面，永远如此。要说天赋，我会用交叉线条画阴影，我会玩《毁灭战士》，我正努力晒黑我的皮肤……还是换个话题吧。

　　"那为什么不就做你最擅长的呢，当个演员？"

　　"你真是太好了。"她耸了耸肩，把头发别到耳朵后面，"问题是，在这里我可以演朱丽叶，可在外面，我不知道，也许就只能演乡下姑娘和挤奶女工。我以前的一个英文老师，他总是真心诚意地鼓励我，你知道，他是一个真正的人生导师，就像奇普斯先生[1]那样的。我们参加过一些学校的竞赛，朗诵莎士比亚和诗歌，他说——这是原话——说我有一张漂亮脸蛋，很招人喜欢，但被婴儿肥遮住了轮廓，没人能看到。"

　　"可你根本就不胖啊。"

　　"可要以演员为职业的话，显然就太胖了。"

---

1. 英国小说家詹姆斯·希尔顿著名中篇小说《再见，奇普斯先生》中的人物，故事讲述一名原本并不成功的老师渐渐成长的历程。小说在一九三九年和一九六九年两度被翻拍成电影。

"不是这样的。"

"因为有很多胖的女演员？"

"不，因为我觉得你很……"在这瞬间的停顿里，我飞快地扫了一遍我的词库，说"美丽"太正式，说"好看"太平淡，说"棒极了"太流俗。"俏丽"？太矫情。"有魅力"？太直露。

"……可爱。"我说，话一出口就犹豫了。我说得像是"可——儿——爱"，三个音节。

"噢。"她说，"嗯，好吧。"

不应该就是"可——爱"两个音节吗？

"那么，你怎么想呢？"

晚了一步。我分心了，让她抢先提出了一个问题。"你打算从事专业表演吗，还是说……"眼看问题就要结束，她却突然停下来，笑出了声。

"这可不大好。"我说。

"我知道。抱歉。"

"我觉得自己还挺不错的。"

"是的，你是真的挺不错！我很抱歉。"

"而且这才是我第一次读。"

"真的？那倒真是叫人惊讶了。"

"倒也没什么好惊讶的，我只是想尝试一点儿不同的东西。"

"是个选择。"

"是的，我想把他演成一个说话一字一顿的人，就像受过很严重的伤一样。"

"撞到头。"

"那是他的——你们管这个叫什么来着？"

"他的背景故事？"

"他的背景故事。他以前被——我不知道行不行——也许被提伯尔特的马踢到过头。"

"是个大胆的全新尝试。"

"我也觉得。"我们一路走，一路咧着嘴笑，"剧本通读之后，迈尔斯来找过我，说：'你不是真的要像那样来演吧，是吗？'"

她哈哈大笑："我看到了。我还看到你读台词时他的样子，他看起来真是气坏了，就好像在说：'别指望我会跟这样的人合作！'"

"我觉得他这纯粹就是嫉妒。"

"面对全新的天才。"

"面对全新的、纯粹的天才。"

"对，就像人们第一次看到马龙·白兰度时那样。"

"没错。那并不糟糕，只是太新，他应付不来。"

"你没有经验。"

"这倒是，我太缺乏经验了。"

"很危险。"

"太危险了。"

前面的人停下来回头看，我们俩放慢脚步，免得撞上他们。

"那么，"我说，"既然我这么缺乏经验……"

"继续。"

"我能不能现在放弃？"

她往我肩膀上重重擂了一拳。"不！你一定要坚持下去！"

"这没有意义！"

"为什么没有？"

"因为我做不来！"

"你可以学，会越来越好的，这才是你第一次读呢。"

"问题不在这里，我不明白我读的都是什么。老实说吧，我甚至都不喜欢戏剧。"

她笑了："哦，真的吗？那你为什么会回来？"

"你知道为什么！你开了条件诱惑我！"

我们沉默着走了一小段，眼睛盯着前方。过了一会儿，她用胳膊肘轻轻推了推我，我转头看她，又撇开视线，虽然不是特别快，但还是错过了她的微笑。

"不是诱惑，是激励。"

"随便什么吧。"

"而且我也没说我会答应。"

"你说了。"

"我说我会考虑。我会考虑的，利用这一个星期的排练时间。"我扭回头，叹了口气。"好吧，这样如何？午餐有一个小时，我们找个安静的地方，一起读读剧本，一句一句研究。"

"你要教我？"我说。

"是的，这可是很不好熬的。"

我再次叹了口气。我不想再被谁教育了，至少不是跟我同龄的人、我喜欢的人，可是……

"相信我，我是个很好的老师，严格，但是公正。来吧，会很有趣的。再说了，还有谁能把这个角色演出你想要的样子呢？"

"好吧，那倒是真的。"

"我们需要你，这也说明了我们是多么求才若渴。"

我们已经走到了山脚下。其他人都已经在公交车站上等着了，这会儿正看着我们。"抱歉，我好像一直都在说我自己。明天轮到你。"

"好，到时候再说。"

"那么，明天见。"她说。

"明天见。"海伦大声说。

"明儿见！"亚历克斯说。

"回头见，查理。"乔治说。

"明天见。"基斯、柯林和露西都在说。我在他们的目送下骑车离开，这下好了，别无选择了。

我把期限放宽到这个星期结束。

剑

到目前为止，我这辈子总共就看过半部戏。

我们娃娃脸的英语老师赖斯小姐安排过一场教学观摩课，带我们坐车到伦敦去看国家剧院日场的《如此世道》[1]。就满满一车十五岁的半大孩子而言，选择这样一部充满诙谐文字游戏和对于王政复辟时期社会风俗的尖锐讽刺的戏，实在很大胆。不过我们都喜欢南岸区的水泥大台阶和走道，在拱廊下呼啸来去，为玩滑板的人喝彩。这是个玩激光对战游戏的好地方。一直到喝着"葡萄适"饮料，嚼着果味软糖，在观众席里坐下时，我们都还处在电量满格的"蝇王少年"[2]模式。票房有欠考虑地把我们安排在了正厅最前排的座位上，很快，战争爆发了，一方是4F班，一方是演员和其他观众。我们人少，演员受限于他们的角色和专业素质，这是一场实力悬殊的比赛。很快，无数麦丽素就穿过了演员与观众之间那看不见的"第四堵墙"，演员们不知不觉被拉进了一场足球赛，每当有巧克力直接砸中舞台，场内就一片喝倒彩声。每当康格里夫的笑话传到我们耳边，我们就冲着台上的花花公子大笑，不是因为快乐，而是嘲笑。于是，那演员明显开始对自己的表演失去信心，眼睛盯看别的地方，就像酒吧里试图避免

---

1. 英国剧作家威廉·康格里夫的五幕风俗喜剧。
2. 《蝇王》是诺贝尔文学奖获得者、英国小说家威廉·格尔丁的作品，讲述一群流落无人荒岛的少年尝试自我管理的灾难故事，这里用以表示学生们兴奋、无纪律的状态。

打架的人。其他演员没那么容易被吓住，他们勉强压抑住愤怒，咬牙念出台词，哪怕在爱情场景里也一样。

哦，那场战斗持续了很久，太久了，中场休息就像沙漠里的海市蜃楼，看着越近，离得越远。随着挫败感不断增长，演员的声音越来越大，我们的现场评论也失去了趣味。我们被投诉了。中场休息时，赖斯小姐把我们集合起来，她几乎要哭了，告诉我们她是多么尴尬，我们的行为是多么可耻。乐趣突然消失了。我们大多数人都没再回去看下半场——赖斯小姐不愿再管我们做什么，也不想再看到我们——我们在南岸瞎逛，往泰晤士河里扔小石子。回程路上，整个大巴的后半部都像警车后座一样，我们永远也不知道那对机智的年轻恋人后来究竟怎么样了。

如果说这世上有一种东西名叫"戏剧传染病"，那我一定是天生免疫的。问题不在于"演"，我很乐意看到人们在电影或电视里扮演其他人，什么片子我都照单全收。可所有那些令戏剧与众不同的、特殊的东西，像是近在咫尺的距离、饱满的情感情绪、灾难含而不发的暗示……对我来说似乎都过于羞耻了，那太强烈、太直白、太刻意了。

其次，一切门类的所谓"艺术"似乎都总会带着点儿自命不凡、自诩优越、自我陶醉的味道。参加戏剧或乐队的表演，把你的照片挂在走廊上公之于众，把你的小说或诗歌——但愿上天能允许——发表在校刊上，就等于宣告了你的独一无二和自信，那会让你变成靶子。枪打出头鸟。保持沉默，把一切创造的野心都藏在心里，这是基本常识。

特别是男孩儿，唯一能够被接受的天赋就是运动，这方面的天赋是好的，可以张扬，可以夸耀。但我的天赋在其他方面，更可能不在任何方面。我唯一擅长的是画画，确切地说，是涂鸦，当它停留在技术层面，不涉及自我表达时，是可以接受的。半个剥了皮的橘子的静物画，映出窗户的眼睛的特写，星球那么大的宇宙飞船，这些画里没有任何自我的影子——没有美丑、情绪和自我揭示，有的只是绘画技巧。包括其他一切表达的形式，唱歌、跳舞、写作，甚至朗诵或说一门外语，都会被归为娘娘腔，那是属于上流社会的，在莫顿庄园中学，很少有东西能比这样的组合更加耻辱。所以我们学校的戏剧表演几乎从来都是女孩儿的天下，她们穿着长裤，粘着胡子，憋出低沉粗哑的声音来说话，就像倒退回了伊丽莎白一世时期，演戏的男孩儿是不体面的，演莎士比亚的尤其是。莎士比亚是用诗歌表演的戏剧，这世上所有的格斗拳击和刀枪剑戟合起来也无法改变这个事实。

所以说，我算是加入了一个异教团体，就连看上去都像：一大早的阳光下，在一幢隐蔽的大宅子里，人人都穿着宽松的衣服，赤脚站在草地上，围成一个圈。

"……现在，所有人都有，我要你们回归站立位，从尾椎最后一节开始反卷，一次一节，立起来……好，现在起，起，起，向着太阳……"

没有人会知道我在向着太阳进发。我提醒自己，让我站在这个地方的理由，就在我右手边一点点距离开外……

"查理！"爱丽娜叫道，"眼睛，请注意！集中精神！"

爱丽娜完全没有艾弗那种西班牙猎犬一般的灵活，她总弄得自己一副怒气冲冲的失望模样，就像发现自己竟然被莫名其妙地安排到儿童派对上表演的卡巴莱女歌手。当她在我们中间穿梭时，我们会整个人都变得僵硬。她会戳一戳我们僵硬的膝盖，把我们的头再朝着地面压下去一点儿，压得我们的脊柱咔咔作响，还把她的手指探进我们的肋骨间，检查横膈膜的参与程度。我甚至都不知道我身上还有个东西叫"横膈膜"！

"深呼吸！切实地去感受空气。别忘了呼吸……再往前卷一次。查理，你怎么能做得这么随便？"

作为最后的小小反抗，我穿的还是牛仔服，而不是其他人那样的背心和运动裤，到头来却纯属作茧自缚，行动起来不是太累赘就是太紧绷。亚历克斯干脆穿了一身连体衣，但舞蹈服装实在是超出了我能接受的底线。要是从自行车上摔下来怎么办？

"不能像你这样动。不懂得正确调动身体，你就没办法表演。明天请提前做好准备工作。"

从现在开始，这就是每天的常规日程了，一大早开始，集体热身，然后大家一起讨论当天的安排。排练可能在这座庄园的好几个地方同时展开，因此，当乳媪和朱丽叶跟着艾弗待在柑橘园温室里时，凯普莱特和蒙太古两帮人就要跟着爱丽娜待在果园，像黑豹一样潜行，像眼镜蛇一样出击。一个巨大的三角铁挂在树上，每当它被敲响时，就代表一个环节结束。不能有任何其他关于时间的提示，不能戴手表，有手机的人不能带手机——这说的是亚历克斯和迈尔斯，两位六年级进修生。在不需要排练的"自由活动时间"里，我们被要求去马厩找海伦和她的舞台设计团队，帮忙搭建场景、染衣服或者出去做宣传。

接下来的这个星期五下午，所有人都要在大草坪上参加一场有关制作和佩戴面具的集体手工活动。怎么看这事也不会有什么好结果，我一整个星期都在为那完全可预见的前景烦恼，就像预约了牙医手术。就在这时……

"蒙太古们，凯普莱特们，快——来选你们的武器！"

我们来到果园，被告知可以从一大桶扫帚杆和竹杖里挑几样。"试试你们的武器。"爱丽娜说，肃穆得好像绝地武士一样，"看看它们在你手里分别是什么感觉。让你的武器选择你。我希望你们随时把它放在看得到的地方，无论在这里还是在家里，无论你去哪里。我希望你们把自己的姓名缩写刻在上面，晚上把它放在床边，如果愿意，你可以在把手上做些装饰。我希望你们能给它起个名字！"我看看手里那根锯短了的扫帚杆，又抬头环顾四周，想找个人一起笑一笑。可露西在掂量她那根棍的分量，柯林伸出一根手指正试图找到他那一根的平衡点。亚历克斯在用大拇指的指肚横捋过竹杖，试他想象中的剑锋。至于迈尔斯，好像在对着拖把杆窃窃私语。就连乔治，通常最警醒也最冷淡的那个人，也在兴致勃勃地前后挥舞一根细长的榛树枝，想要抽出嗖嗖的空响来。

无可否认，佩着宝剑昂首阔步会令人油然生出某种满足感，哪怕那其实只是一把旧扫帚，其中的愉悦也和将哈珀的气枪扛在肩上、把玩他父亲留下的锋利的斧头或将袖珍折刀掷出去扎进树干时的没什么不同。更棒的是，我们还每人分到了一条宽皮带，可以低低地挂在胯上，就像美国西部电影里的枪手那样。照爱丽娜的说法，这么做的理论依据在于，佩带武器能改变你走路、站立、就座以及一切举动的姿态。虽说一上午的大半时间都花在了磕磕绊绊适应这东西上，好在终究还是有效的，我摆出架势，手按在想象的剑柄上，等待喝上一杯鲜榨果汁，吃上一块饼干。我琢磨着，也许可以用粗绳子缠一下，再用胶水固定，这样能好拿一些，或者也可以稍微削出一点儿剑锋的模样，再把另一头缠一下，或许还可以刷点儿漆——"'他们就是这样驯服你的，这种异教团体。他们就是这样消磨你，让你屈服的……'"

后面的排练中会有适当的格斗训练，用仿真剑，但现在，我们大摇大摆地冲向门外的自助餐，就像我们将要扮演的精力充沛的意大利贵族青年一样。自助餐是珀莉和她的神秘雇员好心提供的一系列素食：铺着油润奶酪的土一样的焗烤全麦意面，羊粪蛋一样高高堆起的鹰嘴豆，沙砾似的谷物上面盖着一层豆子的沙拉，都已经被晒热了，快发酵了。旁边一张桌子边，乔治正弯着腰用力切一条结实的红褐色自制面包，像在锯谷仓大梁似的。珀莉很慷慨，但在她的厨房里，显然味道没有正常运作的健康肠道来得重要。而同样胀气的肠胃则在鼓励我们：所有人都需要好好做一下舒缓运动。

"显然有很多粗粮。"乔治说，他终于锯下了一块。

亚历克斯在锲而不舍地往芹菜秆的凹槽里填鹰嘴豆泥，他说："我敢说，总有一天，我们能一节脊柱一节脊柱地蜷曲身体，同时拉屎。"

我发现了一根绿得跟青柠檬一样的香蕉和一串干巴巴的葡萄。弗兰走到我身边，拿着剧本。

"你给它起了什么名字？"

"什么？"

"你的剑，它叫什么？"

"斯蒂克。"我说，"我打算叫它'斯蒂克'。"

"选得不错。"

"不是我选的斯蒂克，是斯蒂克选了我。"

"那么，我们去找个安静的地方吧，你和斯蒂克觉得如何？"

我一手握着剑柄，一手端着那碗葡萄，跟着弗兰朝草坪走去。

皮格马利翁[1]

我们挑了一棵树，树枝低垂，投下一片阴凉，离我们第一次相遇的地方不远。那时我手里夹着一根香烟，正在看书，没穿上衣，也许她还以为我是个博学的人。不过就算是那样，发现真相也花不了她多少时间。

"我想我们可以直接先读一遍，一句一句来，就先看看感觉，可以吗？"虽说我们都希望尽可能随意些，可她的态度里总难免带着些老师的意味。我不想再当学生了，曾经的焦虑卷土重来。"你准备好了就开始。"她双手枕在脑后，闭上眼睛，"我听着呢。"

我舔了舔嘴唇，开始读："'我到这儿的时候您仇家的仆人已经打起来了——'"

"别把逗号省略掉。标点符号是你的朋友，不是唯一的朋友，但很有用。另外，'ere'是什么意思？"

"'当'？当我到达——"

"或者说是，'在此之前'。"

"所以'当'是错的？"

"都行，但'之前'比'当'好一点儿。"

"在我到达之前——"

---

1. 皮格马利翁是古希腊神话中的塞浦路斯王，爱上了自己雕刻的美女雕像，美之女神阿佛洛狄忒应其所请，赐予雕像生命，此后两者结合生下一个女儿，名叫帕福斯。后世心理学中有"皮格马利翁效应"，大体是说在一定情况下，人们的表现会受到他人期待的影响。

"更像是在说'甚至在此之前'。那么，他这么说是因为……"

"是辩解？他不想被责备？"

"他们在做什么？"

"打架。"

"不对。"

"打成一团。"

"所以那是……"

"近距离打斗。"

"所以……"

"用剑打？"

"的确是用剑打，所以……"

"'在我到达这里之前，您的敌人们就在这里挥舞着剑互相打来打去了。'"

"不光是敌人。"

"你敌人的仆人。"

"所以他是个……"

"势利小人？"

"有可能。他也可能是——"

"上等人。身份比他们高的人。"

"现在再读一次，稍微加一点儿表演。"

"'我还没到这里，您的——'"

"别用那么滑稽的声音，就正常说话那样。"

"我是故意的，那叫什么来着……'设计'？"

"是的，可我就在这里，"她眼睛都没睁，抬起手，有那么一会儿，胳膊就搁在我的腿上，"只要告诉我发生了什么就行了。"

"'我还没到这里，您仇家的仆人就已经打成一团了。'"

"有点儿意思了。再来。"

"'我还没——'，你知道这部分还有很多页吧？"

"到后面就简单了。"

"你来读一次。"

"不！"

"就读一次，我模仿你。"

"我不能代替你完成你的部分。"

"是的，但你可以示范一下，我来学，任务还是我的。读吧！"

"不！"

我用脚推一推她："来吧！读一下。"

"就这一次。"她叹气，"'我还没到这儿，您仇家的仆人就已经打成一团了。'"

我照着她的语调和重音重复了一次。

"好了。我们继续，怎么样？"

于是我们继续，小心地往下读，直到说到了"性烈如火的提伯尔特"："'他劈砍空气，它们没有害处，只会发出嗖嗖的嘲笑。'这样可以吧？"

"挺好的，一点点来。"

"'withal'是什么意思？"

"我不太确定，但不用计较。"

"是'此外'？'还'？"

"也许是'虽然如此'。"

"那究竟是哪个呢？"

"那不重要，我听得明白。"

"所以空气是无害的。"

"因为……"

我想起了乔治在果园里挥舞榛树枝的样子，用力空劈，试图劈出嗖嗖的声音，脸上露出无助的笑容。四百年前的男孩儿也这样吗？

"'他把剑舞得嗖嗖响，但是什么也没砍中，听起来就像是空气在愚弄他一样。'"

"对极了。所以……"

"所以？"

"所以说，人们说这个，其实意思是那个。表演就是这么回事，真的。你知道你想说的是什么，但只能用交给你的台词去表达。"

我点点头，然后说："能再说一遍吗？"

"好。"她翻过身，面对我，"没问题。我的意思是，假设我说：'我恨你。'不是你本人这个'你'，而是虚指的'你'。我可以说：'天哪，我真是恨你。'也可以说得像是其实在暗恋你，或是我觉得你很恶心，或很漂亮，或者，嗯，比如说你引起了我的兴趣。我只能说'我恨你'，可我的意思可以是'我真想吻你'，而你——不是说你本人，而是'你'——会明白我真正的意思。不是那么直白的方式，但一样很清楚，借助的是成千上万甚至可能连我们自己都没有意识到的或无法控制的细微暗示，我们的坐姿、眼睛的动作，有没有脸红，诸如此类……你会明白我真正的意思。不是你本人这个'你'，而是观众。这样清楚了吗？"

我想到了一个曾经听过却从来没想过要用到的词。"所以说，就像是……潜台词？"

"不光是潜台词。反讽、暗喻，所有这些东西，它们全都一样，不直接说出你真正的意思，但依然能表达出来。"

"我觉得如果人人都尽可能简单直接地说出自己的想法，事情会容易些。"

"也许。可那样的话，又要到哪里去寻找诗意呢？"她重新躺下，把最后一颗葡萄扔进嘴里，"什么时候人们才会都说真心话呢？人们平常说的话，百分之七八十都是——倒也不至于是谎言，但……总之是倾向这方面的。完全诚实地说出自己的感受，我觉得这会让人发疯。再说了，挖掘真正的东西这件事本身就很好玩啊。"

我想了一下，这会不会就是我这辈子最深刻的对话了。不只是因为我用上了"潜台词"这样的词语，更因为我意识到了，一场有关潜台词的对话本身就可能还藏着潜台词，其中的复杂程度堪比站在电梯里两面相对的镜子中间，叫人头晕。她推一推我的腿："再读一遍给我听。"

"'他把剑在头顶舞得嗖嗖作响，劈砍空气。那是无害的东西，至多只是嘲笑他的装腔作势。'"

"你已经懂了，这就顺当多了。这真是相当……有趣，不是吗？"

"好吧，别笑太大声就行。"

"我说的'有趣'是另外一个意思。"

"哦，好吧。"

我不知道另外一个意思是什么，也许她也知道，才会立刻就给出解释："不是让人哈哈大笑的那种笑话，而是有想法地加以表演，即兴发挥。就是说，要么他很聪明，要么他觉得自己很聪明，要么他想让蒙太古夫妇俩觉得他很聪明。这都是你能运用的东西，前提是你愿意。"

"我可以戴一副眼镜。"

"像聪明人那样？"

"你觉得太明显了？"

"不，我喜欢这个主意。看看你，你有那么多关于角色的大胆设想。"她突然停下，把什么东西吐到了手心里，"抱歉，这葡萄坏了。我们继续。"

胡闹

这天下午，弗兰要和她的罗密欧排练，我们则吵吵嚷嚷地拿着剑回到果园排演开幕第一场。咬大拇指这码事转到了约翰和莱斯莉身上，从湖畔剧团来的新成员，照基斯的说法，他们"差不多算得上半职业的，是本地戏剧界的引路明灯"。他们确实有年轻人的活泼劲儿，休息时永远挂在彼此脖子上，手插在对方的口袋里。

"我看他们大概都是情场老手。"乔治说。

"半职业的。"柯林说。

"本地戏剧界的引路明灯。"亚历克斯说。

"考虑到年龄问题，"露西说，"他们的确是相当感情外露了。"

他们约莫三十五六岁的样子，可永远不知疲惫，热情洋溢，我很乐意坐在树荫下看他们两个咬大拇指，下午就这样过去，像古老的维洛那城里的任何一个下午一样，潮湿黏腻，叫人昏昏欲睡，转眼便到了散场的时候。所有人都聚到了车道上。露西在尝试让她的竹棍在指尖上立住。柯林倚着他的那根，像弗雷德·阿斯泰尔[1]一样左右摇晃身体；乔治正在扫帚柄上签名，用的是他直插在上衣口袋里的钢笔——活脱脱一帮街头恶棍。

弗兰说了要等我，可她被罗密欧绊住了。一天下来大家都累得筋疲力尽，他就势脱掉了上衣，这会儿正靠在他那辆老旧的白

---

1. 美国著名舞蹈家、歌手、演员，被认为是电影史上最具影响力的舞蹈演员。

色大众高尔夫上，剑挂在屁股后面，没完没了地说话，只有举起他那个走到哪儿带到哪儿的大水瓶子大口灌水时才停一下——他简直就是一只装箱运输途中的海豚，绝对不可以没有水。迈尔斯有一副好身材。"好身材"，这是唯一合适的词，肌肉轮廓清晰，明暗分明，就像我的画一样。他也学会了那些总爱光膀子的十几岁男孩儿钟爱的小花招，右手抓住左臂肱二头肌，好凸显出结实的胸肌。喝水时，水珠顺着他的脖子滑过胸膛，我听到露西的棍子掉在地上的声音。

"把你的眼珠子塞回去，露西。"柯林说，露西拾起剑去戳他。

弗兰百无聊赖地朝我这边看了一眼。"一分钟！"她比口型，竖起一根手指。我看到迈尔斯抓住弗兰的胳膊，我的手开始伸向我的扫帚柄。可就在这时，弗兰突然重重拧了一下迈尔斯的乳头，就像拧收音机旋钮一样。他大叫一声，笑起来。弗兰过来了。

"老天，我看他是永远不会……多谢你等我。我们走吧。"

我把剑横过来固定在自行车把上："你以前就认识他吗？"

"不认识，不过感觉上像是已经认识了一辈子似的，你知道我什么意思吧？我觉得他人不坏，只是太难沟通。你发现了吗？不管是谁在说话，他都一个劲儿抱着他的水狂喝。所以我猜，他就是不愿意花时间听人说话。"

"你们刚才在说什么？"

"说角色的要求。他好像很不安。'我只是不知道我是不是适合。'这是他说的。他其实就是希望被反驳。"

"他长得很好看。"

"我想这对他来说不是新闻，没什么惊喜。"

车轮碾过碎石子的声音在我们身后响起，我们闪开，让迈尔斯的车开过去，他赤裸的胳膊搭在摇下来的车窗上，挥了挥，懒洋洋的，像立体声里的鲍勃·马利[1]。

"有点儿雷鬼，"弗兰说，"没什么金斯敦的味道。搬到了泰晤士河上的金斯敦。"

"他在'胡老'。"

"是'胡闹'[2]，鲍勃，你得把后鼻音发出来。话说回来，谁会光着膀子开车啊？皮座椅那么热。到他下车时，皮肤肯定会变得跟烤鸡一样。嘿，别的不说，我敢说他一定做了胸部除毛。他的第一个大动作，'要关注自己。罗密欧一定要像鳗鱼一样光溜。'我是说，他是很健壮没错，但相信我，女孩儿并不像男孩儿们以为的那样喜欢这些东西。人体跟挂在肉铺墙上的示意图没什么区别。西冷、牛里脊、臀尖肉、牛腿肉……"

"我想露西喜欢，感觉她有点儿被他迷住了。"

"哦，那是一定的，他是个大块头猛男。大块头的切达干酪，大块头的木头。不，不是木头，是石灰岩。"

"那你呢？"

"我？"

"你觉不觉得……他很有吸引力？"

她似笑非笑地瞥了我一眼，随即转回头去。"在戏里，会的。现实生活里？"她轻轻抖了一抖，"这种男孩儿，他们都……全都一个样，都是行走的简历。冬天打橄榄球，夏天打板球，参加

---

1. 牙买加音乐家，国际巨星。
2. 鲍勃·马利的一首歌曲，出自其一九七七年的经典专辑《出埃及记》。

辩论队，正在申请牛津剑桥。还有什么值得探索的？我宁愿——噢！"

我的扫帚把不小心捅到了她的腰眼上。"这太离谱了。"我说着，拿起它来，准备像投标枪那样投出去，"我要把它扔了。"

"你不能！你必须跟它形影不离！"

"我不会跟它形影不离的，我要把它扔进林子里去。"

"爱丽娜知道了会怎么样？来，不如我们这样……"

我们刚好走到了门房跟前，那是一栋石板屋顶的乡间小屋，车道在这里跟下山的小路交会。她把那根棍子藏在门框上面，又犹豫了一下。

"你要干吗？"

她左右看了看，确认没人在附近之后，抓住门把手使劲儿一转，那螺丝都是松的，把手差一点儿就被拽了下来。门上的油漆都斑驳了，木头也朽了，侧过身子用力一撞就能撞开，可她却伸长了胳膊沿着门框上缘摸索。"有了！"她摸下来一把大钥匙，红色的，锈迹斑斑，像是童话故事里的东西，"这样好吗？"

钥匙卡住了，她推了推，门应声打开，露出里面昏暗的单间小屋。地上铺着褪色的老地毯，小小的落地窗前悬着灰蒙蒙的黄色窗帘。屋里冷得像在冰箱里一样，唯一的家具是一张巨大的棕色老式长条沙发，皮子都皲裂了，露出里面的马毛。

"这是珀莉关押人质的地方吗？"我说。

"去年夏天演《仲夏夜之梦》的地方。'救救我们！'"她拽上门。"还是老样子。"弗兰说，"幸好我知道。"就为这一句话，在接下来的几周里，我还会常常来。

棕色瓶子

回到家，屋子里一派闷热死寂，我不得不拼命压抑立刻掉头出去的冲动。从周末开始，悲伤就像雾气一样弥漫在这屋里，无孔不入。而现在，他在卧室里，背对房门躺在被单上，窗帘低垂。

"你睡了？"

"只是眯一下。昨天晚上睡得很糟。"

"那白天就不要睡。"

没有回答。

"外面很舒服。你确定不想——"

"我很好。"

"你想要点儿什么？"

"不，一切都很好。"

我在门口踟蹰不决。换个比我聪明、比我好的人，大概早就知道该用什么样的语气说话了。坦诚、从容，不带一丁点儿的害怕、愤怒或刺激，也许可以走过去看看他的脸。可空气是那么浑浊，尘埃飘浮在黄昏的光线中，我不知道该说什么，也不知道该怎么说。还是带上房门，努力忘掉他就在里面吧，这样更容易。

我下楼打开电脑玩游戏。

"有点儿难过"，这是我们会用的说法，而不是他自己那个"悲伤"，那是他脑子里的东西。担心，忧虑。有点儿低落，有点儿沮丧，有点儿丧气。失望，遇到了挫折，天气不好，受到打击，信心有点儿受挫了，手头紧张。真的，我们创造诸如此类扭捏含蓄的表达和委婉说法的本事实在是惊人，好像在参加一场规定不允许说出某个特定词汇的客厅游戏。

当这个词跟其他某些专业术语放在一起时，比如"临床"，比如"慢性"，这就触及了令人不安的医学边界。毕竟，如果它都严重到足以进诊所的地步的话，精神科病房和精神病院显然也就不远了。我们总是竭力把他的情况归结于当下的现状，生意失败、破产、婚姻破裂，以此自我安慰。一下子遇到这么多糟糕的事情，当然会有一点儿暴躁，会有一点儿沮丧和难过。等情况好转了，悲伤自然也就消失了。

可问题的根源远不是这么浅显。他人生的两大挚爱就是音乐和我的妈妈，如今两者都背弃了他。放弃自己的抱负开始做生意时，他还可以安慰自己，妥协是为了家庭。可如今，就连他的妥协也失败了，这不是你挥挥手或者往前走几步就能过去的事情，虽说我们都爱这么说。

有时候，我会希望他能为了我振作起来。悲伤和忧虑是会传染的，何况才这个年纪，我难道不是也有大把的烦恼吗？何况还很叫人厌倦——这样的麻木与烦躁，关在屋子里度过的时间，顶着红眼睛，突然爆发的无理的、怀恨的怒火以及随之而来的窘迫时刻。厌倦了有个"疯爸爸"在屋子里转来转去地生闷气，厌倦了听他的长吁短叹、自怨自艾、怨天尤人，厌倦了走出房门之前要先窥探揣测他的情绪。

最近的两个新发展让揣测情绪这件事变得越发困难。爸爸过去一直是人们常说的那种"社交饮酒者"，有一点儿嗜酒，但只在社交场合喝，以健康的方式。他会在爵士演奏会上喝酒，但只在自己演奏的部分结束之后喝，从不超过三品脱，之后就开始讲故事，说笑话，拨弄啤酒杯垫，用火柴玩一些小把戏。

可现在，他每天都喝，喝烈酒像喝啤酒一样，慢条斯理地一个人躲起来喝，仿佛这是一个秘密的个人嗜好。我说不清这让我有多惊慌，如果他问我要不要一起喝，我一定会拒绝，不是因为我不喜欢酒精——老天知道，根本不是这么回事——而是因为我不想喝他的酒。不管是连带效应还是副作用，总之，喝了酒就意味着自怨自艾、自我反省、昏昏沉沉，而现在，还加上了更多的怒气冲冲。在我还很小的时候，看到我打翻的果汁、墙上的乱涂乱画或是摔碎的盘子，他最多只是烦躁地笑一笑，抓狂地拽他自己的头发。可现在，就像是发现了一种全新的情绪，他张开怀抱拥抱愤怒，就像其他中年男人全身心投入马拉松训练或乡间徒步一样乐此不疲。

对于家庭规矩的任何一点点最微不足道的违背，比如地板上的外套、水槽里的杯子、忘了冲的马桶，都会引来一场可怕的、扭曲的暴怒，然而最最可怕的，是其中还伴随着后悔。哪怕是在他咆哮怒吼时，你也能看到他发红的眼眶和他对于这种失控的恐惧——我为什么要这样？这不是我。然而，就在他发现了"愤怒"的时候，我也发现了"激怒"的乐趣，那让我觉得自己终于长大了，能够挺起胸膛咆哮回去。我们两个都找到了可怕的新声音，我承认，有时候我是在故意激怒他，就只为了获得把怒火扔回他脸上的那份满足感。那是一种肮脏、卑劣的愉悦，就像在动物园里用力敲玻璃吵醒睡觉的动物一样，唯一的安慰就是，每次爆发过后，我们两个都会格外斯文客气，头对脚、脚对头地躺在沙发上看老电影，直到他睡着。

除此之外，还有另一个新情况。如今，他的床头小桌上多了一堆棕色小瓶子，为了"恢复正常"，他开始接受药物治疗了。看到这些药瓶，比我更有见识的人或许会感到高兴——有人在帮助他了，为他提供专业的指导。和破产一样，处方药看起来或许吓人，但至少是有所行动的。假以时日，我们也许终究能渡过难关。也许他会再也用不着它们。

可没人告诉我这些。受电影和电视剧的影响，每次看到装满药片的棕色小药瓶，我总禁不住会想到人们仰起头，吞下所有药片的场景。很少有事情能比父母接受药物治疗更有冲击力，很快，那些瓶子就开始成为我的噩梦。他一出门，我就进去检查那些瓶子，按下盖子，旋转，打开，倒一粒药片在手里，想找……我也不知道找什么，但我的确注意到了用药警示。"遵医嘱服用。可能引起嗜睡反应。服用期间不可饮酒。"真的，他还不如在床头放一把上满子弹的手枪。

如今，我的恐惧与焦虑清单上又加入了这一项，它们整夜整夜地缠着我，直到天亮。就跟现在一样，在这些夜晚里，我总会想，关于年龄的最大谎言一定是：青春是无忧无虑、无所畏惧的。

天哪，难道就没人记得吗？

文化

"'夫人，在尊贵的太阳开始透过东方金色的窗户往外张望的一个小时之前……'"

"再来一次。"

我们每天都在同一棵树下碰面，有条不紊地工作，那过程就像穿越丛林吊桥，快活地从一块板跳到另一块，势能越垒越高，然后，一脚踏穿某块朽烂的桥板，我绊倒了。

"'尊贵的太阳开始透过东方——'我做不到。"

"不，你可以的！"

"我觉得好傻！"

她翻身爬起来，靠在树上。

"可你明白它的意思！"

"我也不傻。"

"我不是说你——"

"他的意思就是黎明前。"

"完全正确！"

"那为什么我不能只说'黎明前'三个字就行了？黎明前。"

"因为剧本就是这么写的，这样更好！想象一下，太阳的笑脸探出窗口……"

"好，那你来念。"我把剧本扔到深草堆上说。

"可这些不是我的台词，"她说着，捡回剧本，"是你的。"

"只到这个星期五为止。"

"胡说八道。来吧，在这个场景里，他是在对谁说话？"

我接过剧本。"蒙太古夫人。"

"正是。大老板的妻子。所以他说话的方式一下子就完全改变了，这是因为——"

"他想在她面前有所表现。"

"也可能是他害怕或者喜欢她。"

"那是哪个？"

"我不知道！那取决于你。"

所以，我是努力要在弗兰面前有所表现。如果不能靠天赋或才智做到这一点，那就靠持之以恒和不屈不挠吧，我的回报就是每天和她一起走路下山。

我继续既有方针，对她展开问题轰炸，很快我就知道了她在学校里最好的朋友都有谁：苏菲（很好玩的人，应该见一见）、珍（很酷，我也许会喜欢她）和尼尔（跟他无话不说，但只是朋友）。我知道了她喜欢什么音乐，也都是很老的，都来自她妈妈的密纹唱片。尼克·德雷克[1]和帕蒂·史密斯[2]、妮娜·西蒙[3]和"地下丝绒"乐队，还有我不清楚的老迪斯科音乐——也许是太新了，所以我没听过。她经常听《罗密欧与朱丽叶》的原声唱片，不是因为电影，那部电影她"喜欢，但还说不上爱"，而是为了最后那首"电台司令"乐队的歌。我摆出心目中电台司令的样子：耸起肩膀，皱起眉头。她最爱的电影也是我觉得应该算是"世界电影"

---

1. 英国民谣歌手。

2. 美国歌手和诗人。

3. 美国歌手、钢琴家和作曲家。

的那一类，贾木许和阿莫多瓦导演的，漂亮的年轻人，戴大框眼镜，在东京或巴黎、马德里或纽约东村里抽着烟。她很喜欢波兰导演基耶斯洛夫斯基的一部跟颜色有关的电影。她对于书籍的品位严重受到普通中等教育证书考试大纲的影响，最爱 T.S. 艾略特、简·奥斯汀和勃朗特姐妹。她也喜欢托马斯·哈代，但觉得与其说他是小说家，更应该算是一名诗人。对此我只有点头的份儿，因为对于我来说，他只是一个街道名，想到他，我只会觉得：哦，那是一条大道，不是月牙形的小街。

简而言之，她就是一个人足以自夸的终极典范，而我据此来调整自己的口味：把《钢琴课》提到《宇宙威龙》前面，泰式绿咖喱提到油炸虾球前面，至于她讨厌的——施瓦辛格、连环杀手电影、昆汀·塔伦蒂诺——则悄悄藏起来，排除到视野之外。她的一切关乎文化的喜好都受到父母（尤其是她妈妈）极大的影响。我觉得这很奇怪，我们这个年纪的人难道不是个个都是刻意要和长辈不同，好彰显自己的个性和喜好吗？我向来以抵制爵士乐为原则，作为反击，我的选择是吉他音乐，大量基本的、可预知的和弦，都是四四拍，没有切分音、转调和即兴发挥。这是可想而知的反抗，很孩子气。如果实在觉得快要喜欢上任何爸爸的音乐了，那么最重要的就是藏起这个秘密。我希望我的发现是属于自己的，哪怕心底里知道它们并没有那么好。

不过，也许这就是她得以成长为如今这个弗兰的诸多标记之一吧。费舍尔并不是有钱人家，但他们懂得很多东西，会休假去长途徒步，会用葡萄酒配肉吃，用新鲜香料调味，会去剧院，所有这些不可思议的秘密知识都会随着那些上好的家具和昂贵的厨具传承下去。我没有被吓倒，或者说，我决心不要被吓倒，但除了爵士乐，我并没有类似的东西可以继承，所以我就只是听，到最后，我知道了所有她喜欢的地方（里斯本、雪墩山国家公园、纽约），她想去的地方（柬埔寨、柏林），她的音乐造诣（钢琴五级，中提琴三级，正在考虑放弃后一项，毕竟，有谁会说"弗兰，给我们演奏一曲中提琴吧"？），还有她和朋友组的乐团，有时候叫"野蛮的爱丽丝"，有时候叫"夏天的哥特人"，取决于他们有多认真。"我们在查茨伯恩夏季音乐节上表演过，好像很快就能做出点儿名堂来了似的。"

"噢，既然你们已经在音乐节上演出过……"

"明年是整个地区的校园联合音乐节。"

"哪种音乐？"

"我们专门做那种谁都不知道的。我在台上大叫：'下面这首歌大家都会！来，跟我们一起唱起来！'然后所有人都面面相觑，耸一耸肩膀。"

我喜欢回家的这段路，我们慢慢地走，时间一点点过去。我仍然觉得自己是被教导的，被无声地教导什么才是"酷"，但我不介意。音乐、书籍、电影乃至于艺术，在这个年纪上，这些东西似乎都拥有某种凝聚力。就像一段新的友情，他们会改变你的人生，等到时机成熟——总会成熟的——我会往里面加入一些新的东西。日子一天天过去，聊天越来越轻松，所以我常常会糊弄掉某些问题。

"你妈妈和爸爸是做什么的？"

"嗯？"

"你不太说起他们。"

"哦，我妈妈在高尔夫俱乐部工作。她以前是护士，后来帮爸爸做生意，现在她负责安排婚礼啊活动啊之类的事情，不过我没和她住在一起。"

"你和你爸爸住在一起？"

"嗯哼。妈妈四月份的时候带着妹妹搬出去了。"

"你没提过这个。"

"是的。"

"天哪，我真是头猪。"

"怎么了？"

"只顾着喋喋不休地说我这样我那样，天哪，可你都没跟我说过你的事。"

"你之前问过，是我打岔岔开了。"

"是的。为什么呢？"

"岔开话题？我不知道，和爸爸住在一起感觉有点儿古怪，不是吗？"

"哦，那倒未必。"

"未必，但的确是这样，总好像有哪里不大对劲儿。"

"他是做什么的？"

"目前他没有工作。"

"他失业了吗？"

"破产了。什么都没了，房子、存款。"

"那他以前……"

"在商业街上开唱片店。"

她一把抓住我的胳膊。"'黑胶视野'！我爱那家店！我以前都是在那里买唱片。"

"谢谢，但它倒闭了。"

"我知道，我看到了，就在圣诞节之后。这真是太遗憾了。

等一下，我认识你爸爸——很好的人，个子挺高，有点儿……皱巴巴的。"

"是他了。"

"总在店里放非常前卫的爵士乐，真正狂野的东西。我再小一点儿的时候，他还会放那种疯狂但很精彩的非洲放克或者老派布鲁斯。他会闭着眼睛，点着头打拍子。等到我拿着'男孩儿地带'之类的去结账时，他就会接过去，露出那种……有点儿发自内心的悲伤的微笑，说，'噢，我的孩子……'"

"是啊，那就是我爸爸。"

她眯眼看着我的脸："那才是我认识你的地方！"

"哦，总的说来，我更像妈妈。"

"究竟怎么回事？"

"商业竞争，大商场的低价策略。我想他高估了本地的爵士市场。"

"那他现在在做什么？"

"现在这个时间？"我看看表，"他要么在睡觉，要么在看《倒计时》[1]。"我说完就立刻感到一阵恶心，这番姿态太做作了，像这样去看表，拙劣地做戏。事实上，我已经好几天没有见到他了。出于某些我没法坦坦荡荡说出来的理由，总之，我不想回家，但也不想继续待在这里，现在不想，聊天已经被同情和伤感侵蚀了。

"哦，真可惜。"她最后说，"我爱'黑胶视野'。生意场很残忍，不是吗？所有了不起的东西最终都会倒下。"她拉住我的胳膊。"我们还可以再走一段。也许你想再多聊一点儿？"

---

1. 英国一档游戏竞赛节目。

爵士区

在"黑胶视野"还活着的时候，我们的家族企业曾经是有那么些了不起的。

爸爸自己的音乐热情早就消退了。他唯一还坚持参加的爵士演出都是"三分律"的，那是一个三人小乐队，在本地一些相对开放的俱乐部演出，都是那种成熟优雅、设施服务完善的地方，常常有人要求他们演奏得轻一些。为了赚钱，他还在一个以华丽闻名的婚礼乐队里演出，但他越来越讨厌这份工作，因为他们喜欢的是八十年代萨克斯表演那种矫揉造作的风格，翻着眼球，头往后仰，用两根手指头比枪，要多做作有多做作，要多傻有多傻。他曾有志成为推动英国爵士复兴的一分子，而不是在某个周年庆典上伴着老虎机的动静闷闷不乐地嘟嘟嗒嗒，就像在扶轮社圣诞派对上吹一首暴躁的《无心快语》。

但他也不想继承家族产业。"黑胶视野"是一个迷你连锁店，有三家分店，都开在郊区小镇的商业街上，我的祖父母一直想把它们脱手。"独立唱片店"这个名字意味着专注与专业，这种地方应该是精品店，但我祖父母对音乐的感觉跟五金店老板对水桶的感觉差不多。音乐是一种商品，"黑胶视野"的每家店铺都一样老旧，卖中庸的音乐，顾客都是去不了"大商店"的本地人。在转行做这个之前，祖父母开的是文具店，他们保留的还是文具店的思维，还是照样从老渠道进各种杂七杂八的东西：低俗难看的生日贺卡，彩色皱纹纸做的图腾柱，各种能在批发商那里引起爷爷的注意，让他觉得可以和那些标着"流行经典""新奇唱片"以及印着"舒缓音乐"标志的轻音乐一起放在货架上的东西。迪斯科和朋克、金属和摩登、后朋克、电子流行以及早期的浩室音乐时代轮番登场，可店里卖得最好的始终是理查德·克莱德曼和《音乐之声》原声碟。如果你真想找些风笛音乐的磁带或古老的钢丝唱片，那整个镇上唯一的选择就是"黑胶视野"，一家为不那么在乎音乐的人开的唱片店。

郊区的商业街曾经是这类商店的天然聚集地，糟糕的设计，没有效率，不合理，杂凑，橱窗暗淡，灰扑扑的，星期三关门半天。但这十年来，零售业的环境没那么友好了，音乐零售领域更是日新月异，变化快得叫人眼花。他们是不是该放弃磁带，专营唱片？还是要放弃单曲唱片？太复杂了。于是祖父母找到了爸爸。他们说，带着两个孩子住出租屋是不负责任、不成熟的。他放弃会计专业就够糟糕了，这个国家里也就五个——最多十个人能靠演奏萨克斯为生，全都是专业院校毕业的，人脉背景都没法比。爸爸是个业余爱好者，奢望他能成为其中之一，这太傻了。再说了，音乐零售店是个稳定的行当，人们总是需要音乐的。回家帮忙就能换来贷款买一套体面的房子，为什么不呢？

体面在召唤。一周五天，隔周一个星期六，上班，结账，招呼客人，算工资——真那么糟糕吗？他还是可以追求他热爱的东西，在周末和晚上。而且不会一直这样，等到业务回归轨道，他就可以退居幕后，请几个经理来打理店铺，自己回去演奏。妈妈更犹豫一些，担心暂时的东西会变成永久。她跟公婆一直处得不好，总觉得他们霸凌、压制他们的独生子，用义务来捆绑他……我们租的房子墙很薄，隔壁有什么动静都能听到。

但妈妈还是让步了，于是我们回到爸爸长大的小镇，搬进了一栋有结实墙壁、能透过彩色玻璃看日出的大房子。祖父母功成身退，住到了南威尔士海岸边的一栋度假屋里，一幢平房，两把躺椅，一面海景窗。那时我十三岁，愤世嫉俗地想象着路易斯奶奶和爷爷在 M4 公路上快活地大笑，两个二手车推销员，终于脱手了一辆大破车。也许他们是真的为我们好。不管是哪种，总之，爸爸在他三十五六岁的年纪上当上了一家公司的总经理，却发现自己根本不具备经营它的能力。

他满怀改革者的热情接下公司，把我们全都拉进去，将生意变成了路易斯家的家庭项目。他一直受不了店里陈腐杂乱的气氛和凄凉荒败的橱窗，赤裸裸的灯管照亮脏污的拼接地毯，还有俗气的促销礼品。所有人都记得，一个真人大小的詹姆斯·拉斯特[1]等身立牌永远守卫着收银机，它是第一个要离开的，连同那些再多折扣也甩卖不掉的无功无过的无趣柔情歌和过时的所谓"新奇唱片"。而最急迫的，是立刻接手整顿他父母留下的"爵士区"，那里有铜管乐队和早就没人记得的那些电影的原声唱片，也有非白人的作品：埃拉·菲茨杰拉德、鲍勃·马利，外加尼尔·戴蒙德《爵士歌手》的原声碟。

专业化，这就是我们的未来。是的，仍然会有波普、摇滚和畅销榜上的唱片出现在商店，可从现在开始，主打将是爸爸热爱的音乐。在紧张刺激的一个月里，三家店全都"店铺装修，暂停营业"。伴随着银行贷款的大笔赤字，商品全部更新成了 CD 唱片和黑胶收藏碟，整整齐齐地排列在定制的松木架子上。我们请

---

1. 德国作曲家，轻音乐大师。

了一个星期五的假，加上整个周末，从一家店赶到另一家店，按照时间顺序把所有唱片整理好。信用卡贡献给了一套顶级音响装备——让顾客听到最完美的音乐是很重要的——我们从善如流地在迈尔斯和蒙克、明格斯和柯川[1]的音乐中轻声哼唱，赞叹它们的力度与质感。"听听这个，孩子们。"他会说，一边轻轻放下唱针，像钟表工匠一样精准，接着，喇叭和镲的熟悉声浪便迎面扑来，带着它们那令人费解的吸引力，就像咖啡或橄榄。就像咖啡，就像橄榄，我们也会爱上爵士乐。与此同时，他会为我们兄妹穿插一些硬波普和披头士，为妈妈穿插大卫·鲍伊。我们快乐地拆开唱片包装，就像在圣诞节的早晨拆开礼物，密封的 CD 唱片光亮无瑕，像外科手术器械一样，黑胶唱片沉甸甸的，老派又奢华；罕见的一百八十克日本纸封套，皮边盒子的外带包装。如果说我还在疑心爸爸买这些东西其实是自己想要而不是为了客人，那在看到他有多高兴以后，一切都值了。妈妈也很高兴。可萨克斯终究是乌烟瘴气的午夜俱乐部里孕育出来的性感东西，呜呜嗡嗡，声名狼藉，是绝对不可能进入萨里郡和苏塞克斯周边的商业街和购物广场区的。相反，他会满怀热情地向客人给出推荐，卖给他们，满足他们自己都还不曾察觉的需求。星期天，我们回到了城里的总店，用碳酸饮料和外带快餐填肚子，一口气干了十四个小时。最终完工后，他让我们躺在走道间的地板上，头对着头，将最后一张唱片放在了唱盘上。

"真滑稽。"妈妈说。

"听着吧！"

---

1. 均是美国爵士乐手。

"我站着也一样能听，布莱恩。"

"嘘——闭上眼睛。"他放下唱针，走过来跟我们一起躺在地毯上。

《感伤情怀》，约翰·柯川和艾灵顿公爵的版本。我喜欢这一版，老式钢琴的金属敲击声，轻快鼓声中温暖柔和的萨克斯。有旋律，不太长，但也足够妹妹窝在爸爸的臂弯里睡着。没有人多说话，音乐本身就是祝福，为我们的新事业祝福。一曲终了，我们静静地站起来，锁上店门，迈步走进一个全新的阶段。

可很难想象再有比九十年代中期更不适合波普复兴的了，这个时候，唯一能听到的钢琴是浩室音乐里支离破碎的和弦，唯一的萨克斯是电子合成样本。弗兰·费舍尔买"男孩儿地带"时，我在叛逆地听吉他，叫我爸爸大为丧气。但独立零售店的经营压力之下没有清高的余地，所以他也只能咬着牙卖这些，同时把"现代爵士四重奏"[1]的音量再调大一点儿。

有一阵子，这个策略似乎奏效了。人们喜欢我的爸爸，我看在眼里，也以此为乐。那时他神气十足，拥有一种当初他努力想要成为音乐人时我们从没见到过的职业道德。他的乐观是会传染的，我们都被他的信心感染了。那是我们家黄金时代的开端，如果要说爸妈在什么时候最有他们自己的风采，让我最愿意记在心里，那一定就是这段时间了。

第一家店的关闭像是一种资源整合，一种精明的商业举措。省下的店租和佣金可以用来支付贷款利息，忠实客户不会介意跑一段路来买东西，更别说现在的店铺比以前有吸引力得多，货品

---

1. 酷爵士音乐团体。酷爵士，二十世纪四十年代兴起的爵士乐形式。

如此丰富、如此现代。这些套话是我从爸爸和他远在度假小屋里的父母那紧张、漫长的通话里听来的——他知道他在做什么，不会让任何人垮掉。他太不愿意让人失望了，结果发现他根本做不到裁员这桩事，于是他们被重新安置到其他店里。周末巡店时，我们总能看到他们挤在店里，在昂贵的喇叭放出的《蓝色的种类》的乐声中，靠在收银台边扎堆聊天，人数比客人还要多三倍。

但开始关店同样标志着一种我们拒绝为之命名的情形的开始。天晓得，爸爸从来就不是什么神一样的人物，咖啡和失眠让他开始显露出困惑，他疲惫不堪，像是始终在挣扎着想要摆脱什么。在他肩胛之间的某个地方，仿佛生出了一个巨大而紧张的结，那是客观存在的东西，肌肉虬结的鼓包，他一天到晚都会不自觉地去揉按，转动肩膀，关节咔啦啦作响。有时候，早上出门上学之前，我能透过卧室门缝瞥见他整个人背靠着衣柜，贴得紧紧的，像是被什么实实在在的可怕东西钉在了那里一样。我想，不会有什么比这更让我害怕的了，时间仿佛凝滞了，叫人迷惑，我会站在楼梯平台上，屏住呼吸，等着他甩掉那东西。至少，他表面上依然和蔼可亲，迷人又有趣，但这只是坏事来临之前刻意表现出来的那种明朗幽默。

六个月后，第二家店也关门了。妈妈开始扮演更加积极的角色劝说爸爸，与专业化比起来，多样化才是生存之道。我们开始卖电池、各种电线、精致的礼品包装纸和贺卡。可对爸爸而言，这是文具的诅咒，是可怕的倒退，他沮丧极了。只有音乐不行吗？爱在哪里，激情又在哪里呢？为什么在他的音乐里听不到？自信退进了莽撞反抗的阴影，再化作酸溜溜的妥协。"查理，你知道我该卖什么吗？复写纸、衬布衬裙、花边桌布、墨水台。墨水台里的钱都比这里多。"

妈妈完全没有这样的自伤自怜和挫败感。她说，正确答案应该是咖啡。她有时会在休息日里逃去伦敦会会老朋友，就是在那里，在伯维克街市场边的一家咖啡馆里，她灵光闪现，有了这个计划。"苏活"实际上算是一家大咖啡酒吧。为什么不跨行拓展一下业务呢？买一台二手意式咖啡机、一些曲木扶手椅、几张旧课桌，再放点儿音乐就行了。"这放的是什么音乐啊？"客人会问，然后我们就可以把唱片卖给他们。如果他们不问，那咖啡的利润也够高。竞争对手只有一家发霉的"面包小屋"茶室和一家廉价小餐馆"奥威尔国"，我们不可能失败。

"查理，你会去的，对吧？你朋友也会？"

"我不喝咖啡。"

"这话也对。但你还是会去的，等你——"

"我不会做这个的，艾米！"

"为什么不做？"

"因为那是餐饮！我不是干餐饮的。"

"你也不是干零售业的，可你也学会了，不是吗？"

"呵，显然没有。"

"但你会做咖啡。再往盘子里放个小圆面包能有多难？"

"我不想卖小圆面包，我想卖唱片。"

"可是没有人想买，卖不出去，它们太贵了。就试一试吧。我会帮你的，我们都会。你只管看着吧。"

和银行谈下一步贷款的会面约好了，可这一次再不是一年前那样的和风细雨。仅仅拿出一沓《战火兄弟连》已经不够了，况且也不可能指望我爸爸跟大商场里那些"买二得三"的促销优惠去竞争。所以，他们拿出了一些新的东西，伯维克街背阴处的一份小产业，夹在"觅乐"户外用品店和SPAR超市之间。我还记得他们出发去见银行经理的样子，爸爸穿着结婚西装，妈妈穿一件奶油色的褶边衬衣，像穿着化装舞会衣服的小孩子。我还记得他们跌跌撞撞地进门，眼睛瞪得大大的，兴奋得好像刚干完一票入室盗窃大案的罪犯。我还记得接下来几个星期的忙碌混乱：客厅里堆着二手椅子，一包包的冰冻牛角面包——死硬的面团，灰蒙蒙的，像农业饲料——放进烤箱就能变得金黄，还有商用装的超大包燕麦粉，这样妈妈就能批量做出许多燕麦饼，一块燕麦饼的利润率甚至能超过咖啡和包装纸，我们家重新回归了忙碌的和谐。我还记得那台二手咖啡机，圣托里尼豪华型的，管道、刻度盘、阀门，怎么看怎么像一个模型蒸汽机。最鲜明的记忆，是我放学回到家里，走进厨房，闻到温暖的糖和融化的巧克力的味道，所有平面上都蒙着一层凝结的黄油雾气。

他们花钱如流水，一定也有各种担忧恐惧，可我们还是觉得一切都在掌控之下。"贫穷但快乐，只不过不是那样的快乐。"这是我妈妈挂在嘴上的玩笑，我们能保持好心情全靠她。那时候我是那么爱我的妈妈啊，因为她的决断、韧性和雄心壮志，她是发动机，让我们能坚持走下去。没有她的家是无法想象的。她不在意钱和身份地位，不在意前院的花园是什么模样，她在意的只有我们大家都好。爸爸当然也很崇拜她，甚至依赖她，也许有点儿太依赖了，但不管她怎么取笑调侃，我从不怀疑，她依然是爱他的。他们彼此拥抱亲吻时，我和妹妹会抱怨着转过头去，但打从心底里觉得，这是多么叫人安慰，多么理所当然啊。

"蓝色音符咖啡馆"在这一年九月份我生日的那个星期开张

了，爸爸提议两件事一起庆祝，办一场开幕派对，全家一起，再邀上朋友和老主顾。派对上有圣诞彩灯和蜡烛，爸爸和他的乐队一起演奏，这是他最后一次在公开场合演奏，弱化了他的爵士风格，演奏出了婚礼的喜庆。妈妈唱歌，有人在跳舞，等到连酒吧都关门之后，有好奇的面孔凑在窗玻璃上往里看。我们自我感觉在镇上出名了，很成功，我们是死气沉沉的商业街上一座小小的灯塔。我从大家喝剩下的杯子里找酒喝，找到什么喝什么，到最后实在是昏沉得厉害，想不起那个晚上后来还发生了什么。

可我还记得爸爸拿起麦克风，说了一段话，说到他年轻的乖儿子，还有他漂亮的女儿比莉，那么聪明，有妈妈的灵气，说到在经历艰难的两年之后，他对这个奇妙的新企业的期望。这段演讲是从电视里各种庆典上七拼八凑出来的，很伤感，我觉得——我知道——我有点儿落泪了。也许每个家庭都有这样转瞬即逝的时刻，不必多说什么，大家只是相互照顾，为彼此着想，我们共同工作，相互守护，我们爱彼此。如果能一直这样就好了。

可我爸爸的乐观放错了地方，没等颁奖就早早发表了获奖感言。到了圣诞节，最后一家店也关了，只剩下不断从一家失败企业转嫁到另一家之后累积下的可怕债务，无处躲藏。

舞台的笑

队伍每天都在壮大，不断有新面孔加入大草坪上的圆圈中。

"哈喽，我叫萨姆。"一个穿无领衬衫配马甲的英俊吟游诗人说，"我会负责为大家配乐，同时扮演几个小角色！"

"我是格蕾丝。"他身边那个苍白的女孩儿说。她的一头长发一直垂落到长裙低低的腰线下面，照乔治的说法，这是那种你能看到她张开双手拥抱独角兽的女孩儿。萨姆和格蕾丝——西蒙和加芬克尔，这是亚历克斯对他们的称呼——都是艾弗的朋友，来自"牛津中世纪社团"，不知道这样一个社团究竟是干什么的，为什么会有人加入，很难想象，但也算是能窥见一点儿大学世界的模样吧。也许就是因为这个，他们才有机会接触到各种鼓啊、竖笛啊、弦乐器和小铃的乐器军火库，也才能来为我们负责配乐，为演出加入——照他们自己的说法——很酷的现代夜总会音乐节奏。

"真见鬼。"亚历克斯说。我们是"戏剧活动周"里斑白了头发的老兵，会对新人冷嘲热讽，小心戒备。

"吟游诗人。"海伦嗤之以鼻，她已经默默组建起了自己的专业团队。

"哈喽，我叫克里斯，我会在舞台设计方面协助海伦。"

"哈喽，我也叫克里斯。"（接二连三的爆笑——真是的，这些家伙）"我也是协助设计以及舞台监督！"克里斯和克里斯都有同样细软的头发，同样蘑菇色的肤色，屁股上同样挂着大串的钥匙和叮当作响的铅笔刀，穿着同样的黑色牛仔裤，裤子上挂着同样的典狱长款式的银色链子。珀莉家靠庄园边缘的一处外屋已经变成了技术组的总部，海伦站在一块建筑师用的那种巨大绘图板后面发号施令，在那里，他们有自己的玩笑，说出来就哈哈大笑。那地方本身就像一个场景，就像计算机黑客或连环杀手的巢穴：可乐罐，软木屑，脏兮兮长出了毛的马克杯，吃了一半的意大利面，挤空了的强力胶罐子，空的包装袋，剪刀、手术刀和成卷的细铁丝。在这堆乱七八糟的东西中间，你能找到他们自己的三明治机和一些白面包、奶酪片和布朗沙司，这让所有人都很羡慕。但"演员禁止入内！"的漫画体手写告示就贴在门上，更让人望而却步的，是刺耳的哥特摇滚（克里斯的选择）和汩汩的迷幻音乐（克里斯的选择）混在一起，音量全都开到最大，足够挡住一切进攻。

私人辅导一直在持续，每天回到草地上，翻开剧本，一场一场、一句一句地练习，持续到我已经开始期望弗兰会失去兴趣。"我们是在练习我的台词！"海伦帮我拍掉背后沾上的干草叶时，我坚持声明。但老实说，弗兰的屁股或脑袋也的确会让我时不时地分神，当她解说抑扬格的重要性时，我却想着如果凑过去吻她不知会怎样。"你可以亲吻这本书。"朱丽叶在剧里这样说。如果真的可以，我是真的很想亲吻那本书。

"你在听吗？"弗兰说。

"在听。"日子一天天过去，我的确有进步。就像看带字幕的外国电影会让你误以为自己懂那门语言一样，跟弗兰一起经历这些场景也能带来同样的错觉，我发现自己读起剧本来没那么磕巴了，有时甚至可以滔滔不绝地一口气念完大段的台词，这让我自己也很吃惊。和弗兰一起读剧本就像跟一心想让你赢的对手打羽毛球，他会善解人意地把每个球都送到你的手边。害羞和窘迫慢慢消退了。我还是不知道该把手往哪儿放，但不再像辨认视力检查表最下面一行那样费力地说话了。

当然，只要我被换掉——几乎是可预期的——这一切就都是白费功夫。藏在群戏场景中是一回事，但要开口说话，还要让人听见，就完全是另外一回事了。在我的想象里，艾弗和爱丽娜一定在背后忙着疯狂地约人见面，湖畔剧团、小天鹅戏剧爱好者协会和粉笔字演员协会，寻找任何可以取代我的男孩儿女孩儿或男人女人。星期一时，我无所谓。到了星期四，我不确定了。

这天是我和罗密欧第一次对戏，大多数时候都是我点着头听他说，有时也得笑一笑，所以需要练习。我们仰面躺在果园的草地上，草长得挺高。

"'啊哈哈哈！'像这样？"

"我喜欢。我喜欢这个微微的摇头。"弗兰说。

"像是说：'罗密欧，你笑死我了！'"

"是的，这个我明白，不过下巴还要再放松一点儿。"

"哈——哈！"

"噢，查理，伙计，你还真不擅长这个。"

"好吧，那你来。"

"好啊，看着。"弗兰大笑，很自然，"这个怎么样？"

"还算不错。"

"哦，因为我没有绷紧下巴？好了，去你的，丹尼尔·戴-刘易斯[1]。我不懂你为什么不能就只管放开来大笑，拍拍大腿什么的。"

---

1. 英国著名演员，十三岁即登台演出戏剧，职业生涯屡获大奖。

"像这样？"

"没错，类似小迪克·惠廷顿[1]那样的东西。"

"拍大腿。好吧，也许可以试试。"

"或者你也可以自然一点儿。做你自己就好。"

"要是做我自己，那我就不会在这里了。"

"可我们已经在这里了。"她说，"我们都在这里。"屋子那头，三角铁响了。"看来，今天的练习时间结束了。"

"谢谢你。"

"为了什么？"

"为你又教了我该怎么去笑。"

"哈。"

我们一起往回走。"你感觉怎么样？"她说。

"有点儿紧张。我很肯定，这一次过后他们就要把我换掉了。"

"胡说八道。"

"第一幕那会儿，只要我开口说话，就能看到爱丽娜捏着鼻梁摇头，虽然摇得非常慢。我说'分开，笨蛋！收起你们的剑！'时，我发誓，她用手指头塞住了耳朵。"

"就算这样，他们也不会换掉你。"

"可要是换了呢？"

"那我就退出演出。我们全都会退出的。我们罢演。"

"你会为了我这样吗？"

"不。不，也许不会。"

"哦。"

---

1. 英国民间传说中的人物，原先是个穷小子，后来成了富翁和伦敦市长。

"呃，我都练过台词了。"

"非常感人。"

"可他们不会换掉你的，所以你不会有事。"

"可如果他们……"

"怎样？"

我们走到房子跟前了，珀莉为排练腾出了一个大房间，法式落地窗敞开着。"我们还能一起出去喝咖啡吗？"

"你对咖啡还真是执着。"

"或者晚餐什么的？"

"晚餐，那有点儿奢侈。去哪儿吃？"

"不知道。'渔夫'酒吧？"

"牛排之夜或者星期天的自助餐怎么样？"

"你说了算。听女士的。"

"非常诱人。"

"我们也可以就……见见面。"

"你觉得我们没有见面？"

"你知道我什么意思。"

"因为我现在就在看着你啊，大实话。"

"我是说离开这里以后，没有这些……"

"他过来了。"迈尔斯正往这边来，一边走一边大口喝水，"全英国最水润的年轻演员。他穿的什么？"那是一件篮球衫，领口深到胸骨下面，两侧挂空。"那是无板篮球服。好了，祝你好运。对了，你最好的朋友叫什么名字？现实生活中的？"

"哈珀。"

"那就想象你在和哈珀说话，想象你们俩都遇见了心爱的姑娘，准备要聊聊这个话题。"

这算是另一种字幕吗？

"好。"

"你们聊过这些东西，对吧？"

"其实没有。我们基本上都是在打打闹闹。"

"好吧，假装你们聊过。这一幕其实就是这么回事，两个年轻人开诚布公地谈论他们的感受。这场对话发生于一五九四年，想象它现在依然在重演，想象一个能让你不那么压抑紧张的世界。"

即兴发挥

自从跟洛伊德打过那一架后，我就再也没能联系上哈珀。星期一和星期三是我在加油站上班的日子，我继续偷藏奖券，留着准备交接，可他一直没出现。短信也没有回音，我不知道是不是有些东西越了界。这些年里，我们彼此施加过的身体和情感暴力写下来足够列出一张长长的清单——推人下码头、扔鞭炮、气枪打到留疤——球台上那点儿事实在算不了什么。还有一次游戏，我们称之为"阿金库尔战役"[1]，大家站在哈珀家房子后面的空地上，轮流蒙上眼睛，把三个专业的钨金头飞镖往天上扔，扔得越高越好，其他人各自找个地方，站着不能动，缩起肩膀，闭上眼睛，等着飞镖落下来。除非有人受伤而且伤得够重，否则游戏就不停，果然，没过多久，就听得一声闷哼，福克斯站在那里，头顶上竖直插着一根飞镖，那东西是洛伊德扔的，他抱着肚子蜷成了一个球，笑得气都喘不过来。这些全都是常规状况，"典型的洛伊德"，没人觉得不好，但用台球去砸别人的脑袋……

事到如今，我不得不开始设想没有哈珀的人生。在我们家步步落败的混乱中，他始终表现出沉静、亲切的样子。虽说我几乎连一场称得上私密或坦诚的谈话都想不起来，可他却以十几岁少年那种独特的无声方式传达出了关心的感觉，不知用了什么方法，还将这信息也传达给了其他人。那是一种无言的掌控，即

---

1. 英法百年战争中英军的一场重大胜利战役，发生在一四一五年十月二十五日。

便不是出于好意，至少也不太残忍。那时我甚至觉得自己有点儿爱上哈珀了。我在图书馆里看过一本页角都卷了的书，讲"生命的真相"之类的东西，里面说，性冲动在少年时期是相当普遍的现象。我知道寄宿学校里这种事很多，莫顿庄园中学难道就不能有自己的版本吗？与弗兰的相遇打破了这个理论，但我还是知道，我想念哈珀。

他知道弗兰吗？"现在的情况是，哈珀——马丁——我已经搅和在了这件——好吧，这件莎士比亚的事情里面。别笑，那里有个女孩儿，和其他人都不一样，她很有意思，是那种真正的聪明，还很酷，我们可以一直聊天……你该见见她！"可哪怕只是想一想要如何把这些东西付诸语言，上面的设想就烟消云散了。我不得不承认，它们还是更适合眼下这种文艺复兴的场景。

"'用你的哀伤告诉我，谁是你爱的人？'"

"'怎么，难道我要呻吟苦叹着告诉你吗？'"

"'呻吟苦叹？什么，不，只要好好告诉我，那是谁。'"

"好，非常棒，我们在这里停一停。那么，告诉我，你们两个是怎么理解这两个男孩儿的关系的。"

迈尔斯似乎知道得很多，我回归到往常在课堂上的沉默状态，听他补全我的背景故事，说那些年我们一起在维洛那中学上学，我是如何尊敬他，如何也许——迈尔斯推测——也许还有点儿爱上了他。

"非常好。"艾弗说，"现在，我想要你们想象一段发生在这之前的对话，就你们两个，在这幕剧开始之前，讨论有关爱情的话题。"

暂停。

“自由发挥时间。”

“抱歉，艾弗，”我说，“你是要我们……”

“抛开剧本，即兴发挥。”

“以这些……以这些人物的身份？”

“没错。”

“用那个时候的语言？”

“我没问题。”迈尔斯说。

“是的，但不用纠结这一点，查理。放松一些，不需要那么严格的历史感，更重要的是你和对方的关系，就……编一段就行。”

“好，我们来吧。”迈尔斯两手一拍，说，“有一次演《第十二夜》时有人临时忘词，我就即兴发挥了——差不多，呃，一页半的戏吧，一样是抑扬格。我敢说，如果把那段记下来，没人能看出跟原著有什么不搭的——”

“不。”我说。

“不？”

“我做不到，艾弗。”

“不管怎么样，先试试看。”

通向庭院的门都关着，不过也许我可以直接撞破玻璃——

来不及了。迈尔斯已经过来了，用他赤裸粗壮的胳膊一把搂住我。“‘班伏里奥，你可还好？我四处寻你，走遍了这美丽小城的每一个广场、每一条街巷。’”

“‘啊，亲爱的罗密欧，’”我说，脸贴在他光滑赤裸的胸膛上，“‘我在……在家里，和父母一起。’”

“‘我们还是不要谈论父母吧，让我们来谈谈爱情！’”

“‘啊，爱情。’”我说，“‘你是如何看待爱情的呢，亲爱的罗密欧？'"

"'你是知道的，爱情、诗歌、歌谣，我一概不屑。可你呀，班伏里奥，是个谜。你从没有过隐秘的爱情吗？一个你心爱的人？求你，说一说吧，我难道不是你亲爱的人，真正的朋友？'"

"棒极了。"艾弗低声说，"这太棒了！"现在，他们两个都在看着我了，而我在搜肠刮肚，看看天花板，看看地毯，再看看天花板，想找出点儿可以说的东西。

"'啊，爱情。关于爱情，我的经验告诉我……它来无影去无踪……因为爱情就像某种东西……我可以……拿起或者放下。我能说的，亲爱的朋友，就是这么多。'"

"好了。"艾弗叹了口气，"让我们记住我们学到的东西。"

我学到的东西就是，听和点头才是最适合我的。谢天谢地，这一幕基本上也就是听和点头，我花了一个下午来弄明白这一点。罗密欧声称爱上了某个人，而我的反应——班伏里奥的反应——就是要指出，森林里还有很多棵树。

"'忘了吧，别再想她！'"

"'噢，那你教教我，要如何忘记，不再想她！'"

我不得不交给迈尔斯做主，他才是真的能掌握这些"噢""啊""唉"的人，将它们化作咏叹。他满屋子窜，蹲下，跨坐在椅子上，随心所欲地拉过窗帘或灯罩来发挥。我竭力跟上去。"尽量找准段落，查理，"艾弗说，"不要超前，也不要落后。"但边走边说超出了我的能力范围，更别说手里还握着剧本。至于另一只手，我没法把它塞进牛仔裤口袋里，就只能任它挂在皮带扣上软绵绵地晃荡，像个轻佻的牛仔。另一边，迈尔斯已经找到了他的各种定格动作，简直就是个专业的摄影模特。他不是和我一起演戏，而是围着我打转，就像围着一张咖啡桌。

但当虚荣滋长，精神聚焦，一种极富感染力的信念也随之诞生。一旦我们"让它扎下根"并且"纵容它成长一会儿"，就会发现，面对他揽在我脖子上的胳膊和擂在肩膀上的拳头，我都不再畏缩了。弗兰说了，想象你是在和你最好的朋友说话。我这么做了。很快，艾弗就改变了坐姿，整个身体都向前探了出来，他被吸引了，认真专注，啃起了手指关节。爱丽娜也来了，严肃地抱着胳膊，但没再皱眉头、捏鼻梁或是摇头了。

"干得不错，小伙子们。"这一天结束，艾弗说，"非常大的进步。"一种从未有过的骄傲油然而生。出门时，迈尔斯用力搂着我的肩膀，把他神奇的水给我喝。"我想我们是上轨道了。"还有一只手也按在了我的肩上，只是经过时顺手轻轻地拍一拍。"有人背地里用功了！"爱丽娜说，脸上露出了淡淡的微笑。我知道，我安全了，可以留下了，只要我愿意。

此刻正在假山花园围墙边等着我，开心地笑着，用脚后跟踢着石头，准备下山回家的人，是弗兰·费舍尔。

忘了吧，别再想她？噢，那你教教我，要如何忘记，不再想她！

我坐在加油站的收银机后面，低声练习莎士比亚。

"'夫人，在尊贵的太阳开始透过东方金色的窗户往外张望的一个小时之前……'"

油站前院里响起一声汽车喇叭声，是哈珀，从他哥哥的车里走出来，车后座上还有两个人影，低低地俯着身子。我赶紧藏

218

起剧本，顺便检查一下剑是不是也藏严实了。哈珀进来，我的戏开场。

"我哥哥在刮奖卡上赢了点儿钱，现在能兑现吗？"

"当然！我能看看刮奖卡吗？"

"可以，给。"

我从收银机里取出现金。"恭喜！"我说，可他已经走出去了。我看着他穿过前院，到了这个时候，我终于还是忍不住抛开角色，绕过柜台冲了出去。

"抱歉！能说一句吗？"我们僵硬地站在大堆的袋装烧烤炭旁边，哈珀不安地瞄了眼那辆用来逃跑的车。

"怎么？"

"只是想知道你还好吗。"

"我很好。我记得你说有监控的？"

"是的，不过没关系，只是防备有人不付钱就走，没人会看。好久没见你了，自从——"

"我路过时去过你家。你爸爸说你出去了，他说他也很久没见到你了。"

"是的，我……他还好吗？"

哈珀笑了："我不知道，他是你爸爸，跟平常一样吧。我们该走了。"我听到发动机的轰鸣声，看到他哥哥敲了敲手表，看到躲在后排座位上的是洛伊德和福克斯。我抬手打招呼，但没人理我。

"那个，洛伊德还在生我的气？"

"有一点儿。"

"好吧。呃，我晚一点儿过来拿钱。"

"不，别过来，太晚了。"

"噢，好吧。"现在还不到九点。

"我现在就给你，但以后我不想再做了。"

"好。"

"我跟着爸爸干活收入还不错。我不需要这个，其实你可以都拿走。"

"不，你拿一半。"

"不，你比我需要它们。"

"这里？现在？"

"钱就在我手里。我悄悄塞给你，不用担心。"

我想了一会儿。"好吧，小心点儿。"我们握了握手，我的手指感觉到了钞票，于是直接把手塞进口袋。移交似乎很顺利，低调又谨慎，只是日后当它们变成指证我的证据时回头再想，这一系列动作都是那么鬼鬼祟祟的：我瞥向监控镜头的眼神，无缘无故而且僵硬变形的握手。还有，最简单的问题：一个工作人员，为什么要站在油站空地上跟一个他从没见过的客人握手呢？

在镜头前表演，精简动作是第一要诀。

前途

凯普莱特家族在打圆场棒球，对手是蒙太古家族，珀莉是凯普莱特家的，正俯低身子，双手握着球棒，架在肩膀上，像个斧头杀手。

"你站得太直了，珀莉。"迈尔斯说，他是投球手。

"迈尔斯，我六十八岁了，拜托，别来教我该怎么打棒球。"

"可那太高了，应该低一点儿才行。"

"迈尔斯，我会照着你的脸来打这个球。"

"不，别往脸上打！"亚历克斯大叫。

"好吧，随你高兴。"球出手，是个很不错的好球，珀莉击中，球向着湛蓝的高空飞去。在她跑起来之前，弗兰、柯林和基斯已经离垒开跑，在叹息和欢呼声中滑进了本垒。

乔治最后出场，带着明显的厌恶拾起球棒。"团队运动。法西斯行动。我来这里的唯一理由就是想要避开集体运动。"

他没坚持多久就轮到我了。经过了羽毛球上的失败，对我来说，能否让弗兰觉得我在棒球场上出类拔萃似乎就非常重要了，可我却直接把球送进了几米开外的露西手中。很快，蒙太古队的其他人也一一败下阵来，两大家族横七竖八地躺在草坪上，沐浴着早晨的阳光。

我答应弗兰待一个星期。一个星期的时间刚好长到足够放弃，又不至于影响别人，这是我的盘算，她一定也知道。可我离开的念头一天比一天淡，让我坚持每天回来的理由不再只有弗兰。这个团体里的每一张面孔都清晰起来，我开始喜欢这些人，甚至开始想象，有朝一日，我想到他们时用的称呼不再是"这些人"。就像口音会传染一样，我发现自己也慢慢学会了这个团体的作风，反讽，淘气，不动声色。他们开玩笑时脸上可以纹丝不动。他们说起话来好像随时准备着有人会记录下来，聊天变成对白，里面满是引用和内行的幽默。他们也会相互戏弄，但没有恶意。习惯了嘲笑和辱骂这样粗陋的武器，我不确定自己是不是应付得来这样一种方式，可常常在我随口说了什么之后，所有人都会哈哈大笑，我体会到了打出"好球"，把球送上蓝天的感觉。可聊天也同样常常会突然转向我无法参与的方向，每到那时，我都感觉自己被排除在外了。

　　他们在讨论预科学校的事情。考试结果会在排练的最后一周出来，如果不出意外——人人都知道那是肯定的——弗兰、露西、柯林、海伦和乔治都会进入六年级生的预科学校，加入亚历克斯的行列。哈珀和福克斯更愿意假装有别的打算，但我知道，他们也会去，老朋友和新朋友汇聚一堂，而我不会得到邀请。眼下，话题飞快地推进到了未来，他们假装一切都不确定，但人人都知道，那是金光闪闪的、有保障的未来，因为他们都是会读书的孩子，聪明、勤奋、有天赋。再过两年，他们就会离开这个小城，去到那些以夜生活、音乐、文化，以它们活跃的政治舞台和咖啡馆闻名的城市。他们会在烛光下的卧室里展开富有内涵的谈话，会结交新的朋友，朋友会介绍他们认识更多朋友，依此类推，越来越多。旧的羁绊需要放开，为新的让路，他们要灌溉友谊、人脉和机遇的大树，让它越来越枝繁叶茂。这种人为的危机感是不堪忍受的。那不是关乎阶层和教育的问题（或者说，不只关乎阶层和教育），而是关乎其他看似没有关联却更珍贵的东西：信心。

我也有过能够参与这类交流的机会，但被我搞砸了，现在我能听到脑子里的声音变得尖酸刻薄、怒气冲冲。比起戏剧学校来，大学是不是更稳妥的选择？这是亚历克斯疑惑的。读医科的话，需要付出的会不会太多了些？露西问。嫉妒是有腐蚀性的，可至少，嫉妒那些你讨厌的人时，其中还存在着某种生机盎然的东西，可若是嫉妒你喜欢的、你爱的人，留下的就只有酸涩和孤独了。不想让人看出这些酸涩，我起身走开，不张扬，但也不是悄无声息——屁股上挂着一根扫帚柄时，做什么都很难悄无声息。

我走到果园，躺在最远的那棵苹果树下，闭上眼睛，很快就听到了草叶窸窣的声音。

"再不回来的话，你的甜菜根就要凉了。"弗兰说。

"你都吃了吧，真的。"

许多苹果还没熟就掉了下来，硬邦邦地硌着我的背，很不舒服。但我没动，只听着弗兰盘腿在我身边坐下。

"逃避这个话题不是你的问题。"她拽着草叶，说，"的确很无聊，不是吗？考试结果，希望和梦想。"

"不，那没问题，只是我没什么可说的，就是这样。"

"我想大家都觉得你会去当专业演员。"她说完，又等了一会儿，"查理，这会好些吗？还是说……"

"差不多吧。你能过来我很高兴。"

"我听说你经历了一段难熬的日子。"

"谁跟你说的？"

"露西、柯林……"

"噢，老天。"这种时候没什么比被人谈论更糟的了，也没什么能更好。

"他们没恶意的，也没有沾沾自喜或什么的。他们只是说……大家都很担心，就这么多。"

"哦，我的确搞砸了。"

"也许比你想象的好——"

"是啊，人们总是这么说，好像我只是在谦虚似的，但不是的。我是说，就是真的搞砸了，直接走出去交白卷。历史考试时我在画画，甚至从头到尾都没翻开过试卷。所以，你知道，除非是有另一个人乔装打扮成我的样子坐在阅读理解卷子跟前……"

她沉默了好一阵子，对此我很感激。

"说到底，考试都是狗屁，不是吗？我是说，那不过都是些技巧罢了，就像纸牌技巧一样。我跟你说吧，有的人，像迈尔斯，他们从头到尾都选A，整张试卷上都是A、A、A，活像是见了鬼似的……尖叫，但他还是……好吧，他不笨，但显然也不是什么聪明人，他只是学到了这么个花招。我想说的是，有问题的是考试制度，不是你。再说了，反叛很好啊，真希望我也能这样。很多次我都想把书桌上的东西通通扫到地上，走出门去，可我太循规蹈矩了。"

我礼貌地接受了，她这么努力地为我的失败找到了"叛逆"的解释，让我安心。虽说其实我并不是刻意在表达什么叛逆，我对正规教育制度没什么不满，也没有明确的动机。我很高兴能在这套制度下顺利成长，当然，也许在另外的环境中我会表现得更好，甚至有可能相当出色。

"那么，究竟是怎么回事？"最后，她说。

"我觉得我是在表达一个观点，只是到现在我也没搞清楚那究竟是什么。我们该练台词了吗？"

"今天不了。当时是怎么回事？跟我说说吧。"

"我想……我想我是有点儿疯了。"

考试

我们都有点儿疯了，以不同的方式。

就我而言，最明显的表现在学业方面，我当初的承诺早就开始消散，可如今，在这个大考临近的时候，速度似乎越来越快。最后一次家长会时，赫伯恩先生对我爸爸妈妈说："我们很担心，几乎可以确定，查理是无法通过考试了。"爸爸越发瘫软在了椅子上。妈妈来拉我的手，可我抽开了，继续摆弄我的校服领带，把它卷成一个紧紧的小卷，松手，散开，再卷。

"我们不明白。"我妈妈说，"他一直学得很好。"

"以前是，可现在不是。我们努力过了，真的努力过了。查理，我们努力过了，不是吗？你觉得这样难道不是很公平吗？"

那天晚上，等到妹妹睡着之后，妈妈走进我们房间，跪在我的床边，我面对着墙壁，她双手拢着我的后脑勺。"想谈谈吗？"

"不，我要睡了。"

但每天晚上我都睡不着，白天昏昏沉沉，头晕恶心得像在倒时差，也许只是我以为的时差。我脑子里阴云密布，像蒙了雾的镜子。起雾——这么说大概很蠢——我又一次给出了错误的答案，说出的话越来越不知所谓，除了我，应该没人会这么说话，大家只会说："愚蠢的小子，蠢，蠢，蠢，蠢，蠢。"我趴在课桌上，迷迷糊糊，几乎睡着，课本像梵文一样难懂，于是我的目光会移到页边的空白处，然后是课桌的纹路。我掉进了曾经看到的爸爸那种说不出话的僵直状态，心里喊着："不，天哪，我不要也这样。"

妹妹的疯表现为封闭自己。她几乎不说话，午餐时在学校图书馆，傍晚就去公共图书馆，只有很少那么几次，我看到过她在外面，一个人远远地躲在操场尽头。她向来都是我们两个中更聪明的那一个，可现在，书成了她用来挡脸的东西，有时候她甚至会把书拿倒。在生活更风平浪静的时候，我们会为了电视机遥控器或睡觉时间的不公平而争吵，如今看来，那些争执都是那么无谓，那么鸡毛蒜皮，可是我们也不知道该用什么来代替它们，我们在走廊上遇到却一言不发。有那么一两次，我看到她缩在墙角避开我。有那么一两次，我也一样。

妈妈的疯是某种病急乱投医的狂热补偿。在她搬出去之后，每周总有三四次，我会发现她等在校门外，摇下车窗招呼我过去，说要带我去"面包小屋"喝茶吃蛋糕。我爬上车，被自己的妈妈拐走，与此同时，我的妹妹多半正一个人走在回家的路上。

到咖啡馆坐下，一等到蛋糕上齐，茶杯什么的就会被推到一边，刚从本地文具店买来的崭新复习指南被掏出来。"那么，我们今天应该学什么？"

"妈妈，我自己复习就行了。"

"法语怎么样？生物呢？"

"我不学生物。"

"你得学。"

"不。"

"啊，真是浪费钱。"她把资料扔到地板上，说，"好吧，英语。《蝇王》，对吗？"她拿出《约克笔记》[1]，随手翻开。"跟我说

1. 英国普通中等教育证书考试和高级水平考试最通行的文学科目复习资料。

说……《蝇王》里'猪仔'这个人物。"

要以教育者而言的话，妈妈最大的天赋就是传递焦虑和无力感。她以前从来都是把教育的事情扔给老师，现在却像睡过头误了航班的人，胡乱把衣服往行李箱里塞，不肯接受飞机已经飞走的事实。

"动词 voir……"

"意思是'想要'。"

"不是'想要'，'想要'是 vouloir，就像在《Voulez-vous》（你想要吗）里那样。查理，这甚至都不算法语，只是 ABBA[1] 而已。'Voir'。加油，你知道的。"

"好吧，'看'。"

"对了！ Voir，过去式。快！"

"……"

"快点儿！"

"J'ai……"

"加油，J'ai……"

"我不知道。"

"你知道的。"

"嘘，声音小点儿。"

"可你是知道的！"

"妈妈，你说我知道不等于我就真的知道！"

"可你以前学得那么、那么好！"

"妈妈……"

---

1. 瑞典著名流行音乐组合，*Voulez-vous* 是他们的歌曲。

"我们一直相信你是真的学得很好。"

"那不是真的!"

"或者,至少比这样好一点儿吧。来吧,法语一定要学。你这五年都在做什么!放下你的茶。这里,看一眼答案,三十秒,然后我们再试一次。"

就这样,她因为我的无知而焦虑,我又因为她的焦虑而满脑子空白,接着她就会因为我的空白更加焦虑,到最后,声音越来越大,我们之中总有一个人会大发脾气,不是她就是我,那是"面包小屋"里从没有过的骇人场面。我们会在火花四射的沉默中驶过我们曾经的老店铺,回到新房子,我会在那里下车。时间一星期一星期地过去,距离考试还有五个星期、四个星期、三个星期、两个星期——就像炸弹上倒数的计时器。终于,在还差最后一个星期时,她把车停在新月小街顶头上,刚好是我们新家看不到的地方,问:"爸爸怎么样了?"

"老样子。"

她点点头,啃着手指关节。"嗯,他只是需要重新找到对什么东西的热情。"

"什么,你是说,爱好什么的?"

"不!他在考虑工作吗?"

"有时候。我不认为他现在可以去工作。"

"为什么不行?"

"哈,他疯了,妈妈!"

"别那么说。"

"好吧,他的精神状态不太健康。"

"他这段日子过得很艰难。"

"是啊，要起床，要刷牙……"

"好了，我知道！但我能怎么办呢，查理！你来告诉我我能怎么办，我照做。"

我不喜欢父母来问我该怎么办，何况就算我有答案她也不会听。她只是趴在方向盘上，蜷着身子，用掌根按眼睛。"我知道这个时机太糟了，我知道我应该在，我讨厌把什么都扔给你，我恨这样，可就算我在也没有用，我做不到，那是不可能的，那会是一场彻头彻尾的大战。我会把事情搞得更糟的，查理！你知道那是什么感觉吗？明知道你会让别人那么不开心。"她哭了起来，直到这时，我的态度才缓和下来。我想去拥抱她，却被安全带拽了回去。我慢慢转身过去，试图愚弄这个刹车保护装置，却还是卡住了。我被安全带困住了——

"解开它！"

"好！"

"下面，按开就行，拿掉！红色按钮！看在老天的分儿上，查理！来……"

我小心地避开变速杆，感觉她的脸抵在我的脖子上，湿的。

"我是个糟糕的母亲，是吧？"

"不是。"

"以前是？"

"没有。"

"可我是个糟糕的老师，对吗？"

"是的，你是个糟糕的老师。"

她埋在我的脖子里吸了吸鼻子。"我真的很爱你。你会好起来的。"她说，"你是个这么聪明的男孩儿。"

可惜她也是个拙劣的演员，完全不会掩饰谎言，这句话里透出的犹豫让我连滚带爬地逃下了车。我理了理肩上的书包，挥一挥手，走过这短短的距离，来到家门口，掏出钥匙。这是每一天里我最害怕的时刻，却也让我满怀期待。

因为爸爸的疯是最触目惊心的那种，可能性叠加着可能性，最后变成确信：他会自杀，而我将是发现这一幕的人。这念头在我脑子里生了根。我常常在夜里设想这种场景，白天在学校也挥之不去，等到放学后，离家越近，忧虑便越强烈。他会在卧室还是门厅，在浴室还是躺在沙发上？在他一切都好的那些日子里，这根本就不是问题，他会微笑着看我出门上学，在门口动情地拥抱我。如果说有什么的话，其中的灾难元素更可能在于（又一套滥俗的电视剧情）自毁行为的前兆往往就是这些看似感人，其实却麻木无神、平静无波的姿态。"我爱你，儿子，不要忘记这一点。"然后，当你回到家里，一个信封（依然是滥俗剧情）放在桌上，立在盐罐和胡椒瓶中间。不，没有比父母说出"我爱你"更清晰的灾难预警了。

我的青春期头脑在这类通俗剧上有无尽的创造力，真希望能把这种脑力转到其他地方去。然而事与愿违，这些糟糕的场景越来越根深蒂固，越来越像真的，在转动钥匙开门时我都禁不住手的颤抖，总忍不住早早提高嗓门大叫："爸爸，我回来了！"有时候他在沙发上看黑白老电影。有时候睡着了，可能在楼上，可能在楼下，我就要去查看一下，确认他是正常的那种"睡着"——那些棕色瓶子都还在，盖子盖得好好的，周围看不到酒的影子。如果他不在家，那就只有看到他回来我才能安心，于是会禁不住主动开始絮叨我们家的日常闲聊：晚上吃什么，看什么片子。

"你不是应该复习吗？"他会说。

"我在学校复习过了。"我会说。

"现在是关键时候了。"他会说。话题到此打住。只要有可能，我就会试着逗他笑，对着电视发表评论，嘲笑讽刺，不管屏幕上出现的是什么。如果不奏效，如果他看起来像是没有听我说话，如果他侧躺着，或是又灌下一杯威士忌，那我就会努力诱惑他上楼。

"别睡在这儿，爸爸，上床去睡吧。"

"我想看完结尾。"

"你看过了。去，上床吧，别在沙发上睡着了。"

"你去吧，儿子。"

于是我起身上床，细细回想之前看到的有关酒精和药一起服用的警告，然后，担忧再度开启。

从头到尾，我都不记得自己曾经真正将"抑郁"这个词说出口。那是禁忌，我不会将我的恐惧与困惑告诉朋友或老师，就像不会说出我的性幻想一样。诚实是危险的，哪怕哈珀并不会用它来伤害我，至于洛伊德，就很值得怀疑了。

若干年后，我终于向尼亚芙说出了一些——不是全部。她对我说，听上去我像是我爸爸的看护者。这个词立刻就让我退缩了。"看护"意味着同情、诚实、无私和奉献，这些美德我全都没有，一个也没有。我当然不是想用这个故事来窃取她的敬意，敬意本该是赋予那些真正付出了关心照顾的人的。我爸爸越是要求同情安慰，我就越是可怜蔑视；他越是想要我出现，我就越是消失不见。他吓到我了。没被吓到的时候，我又只是满心愤怒——愤怒于我内心的平静和专注的力量偏偏在我最需要它们的时候被夺走，愤怒于自己会连开门这样的日常小事都害怕。还有厌烦，厌烦他行尸走肉的样子，厌烦他浑身上下那仿佛苍蝇绕着脑袋乱飞一样的心不在焉、心烦意乱，厌烦看不到改变的可能。我不想要诸如人生楷模这样滥俗的东西，我要的，只是一个可以每天早晨都起床的人，他要有能力微笑，既不让人毛骨悚然，也不僵硬做作。

我为爸爸所祈求的一切好的东西，终究都是为了我自己，而我最想要的，是他能变回从前的模样。在我最美好的童年里，他风趣、快乐，充满了爱。可如今，就连他的好心情看起来都是不自然的——他有什么可高兴的？我怪他让我们贫穷，怪他逼走了妈妈，怪他害得我学业失败。在应该是他为我担心的时候，我在担心他。他难道看不出这不对劲儿吗？那时的我不是看护者。"怨恨者"，有这个说法吗？"同居的怨恨者"？

这才是正常的，尼亚芙向我保证——要是没这种感觉就奇怪了。但当最后的自暴自弃袭来，我再也忍受不了那些身体上的改变了：他的肉体完全颓丧了，苍白、潮湿，像是被药膏捂住的皮肤，肩膀下垂，嘴角上有着难以形容的点点白斑，脚指甲像是从动物的角上刨下来的。人们说微笑可以点亮面孔，那么不幸就会让他变得面目可憎，至少在我看来是这样。有时候我甚至懒得掩饰自己的厌恶，我会皱起鼻子，甩掉他的胳膊。我以年轻人的自命不凡感到奇怪：为什么一个成年人却不能自己照顾好自己？人们为生命的这个时期写下过无数赞歌，我难道就没有权利享受快乐、欢笑、任性，而不是恐惧、愤怒、厌烦吗？

在另一方面，"看护"几乎就是个反讽，因为有时候——这是我永远不会说出口的事情——我心底的某个部分甚至会期待一场大灾难降临。我再次收获安慰：所有孩子都会想象他们父母的死亡，只是极少会基于这么逼真的情况罢了。至少，如果他出了什么事，我就能得到关注与同情，我觉得这是我所渴望的。至少，我能面对一些实实在在的东西，不管它们究竟是什么。直到现在，我依然为这些念头感到震惊羞愧，唯一能让我好过一些的辩护就是，我对爸爸的爱和恨比我所认识的任何人都深，后一种情感的强烈程度与前一种成正比。我只能那样去恨他，因为我曾经同样那样深地爱着他。

还有一件事也该提一提，那是发生在妈妈离开的那个春天，他们冲突最激烈的时候。那天夜里的争吵就是一则灾难的预言：指控，反击，轻蔑地说出残酷的人身攻击，那些话一旦出口便覆水难收，会让吵架的人未来再也无法生活在一起。我躲回房间复习，倒不如说只是茫然地盯着课本，什么也看不明白，指尖按着太阳穴往里摁。妹妹躺在我身后的高低床上，早就习惯了在这种时候戴上爸爸昂贵的耳罩式大耳机，免得听到那些最糟糕的话，可今晚，我们卧室薄薄的地板震得像喇叭一样。邻居家里一定也是这样，因为头一次，真的有人打电话报警了。

比莉先看到警车的蓝色灯光。我们走到楼梯平台上，站在最高一级台阶上往下看，正好看到爸爸震惊又窘迫地打开房门，把警察让进客厅。我的父母并排站着，像是故意搞破坏时被抓个正着的小孩儿。事情真的已经到这一步了吗？我们真的成了那种会被邻居抱怨的家庭？现在，楼下的声音柔和了："不，警官，我们明白，我们现在没事了。"我想冲着下面尖叫："不，他们有事，他们一直都是这样！"可我只是跺着地板走进浴室，声音大得警官们一定都能听见，然后丁零当啷地在柜子里找阿司匹林，砰的一声甩上柜门，往手心里倒出两片药，接着又倒了一片，停了停。我重新打开柜门，翻看各种药剂软管和很久以前的咳嗽糖浆的黏糊糊的瓶子，找到了一个装着对乙酰氨基酚口服液的棕色瓶子。我把药丸扔进嘴里，喝了一大口那脏兮兮的液体，伸长脖子把它们通通咽下去，然后，为了加强效果，又拧开一瓶药水，这一次是我小时候吃的睡前咳嗽药水，已经过期好几年了，想来应该更浓稠，毒性更强了吧。听着楼下传来警察离开时关门的声音，我仰头把这个也喝了下去，被化学药剂的甜味刺激得龇了龇牙。我故意把包装盒放在马桶水箱上，为了强调，又把棕色药瓶也放在旁边，算是营造一个绝望抗议的小小场景。脚下，我的父母在尖厉、急促地低声说话。妹妹躺在高低床的上层，假装睡着了。我在她下铺躺下，双手交叠在胸前，怀着期望，像躺在墓穴里的人。

这一幕就发生在爸爸开始接受治疗之前，可我不知道自己会不会有胆量拧开那些特殊的棕色瓶子的瓶盖。我很怀疑。我想象过自杀，也想象过杀人，就像是某种脑内演练。如果说我曾经把黄油刀又厚又钝的刀锋抵在自己手腕青色的血管上，那么，在脑子里琢磨要把克里斯·洛伊德的尸体埋在哪里也不过是同一回事。甚至就在大口吞下那些很久以前的咳嗽药水时，我也知道，祛痰剂远远不至于致命，父母的关心与懊悔才是主要目标。把他们拉在一起，一直在一起。

但早上醒来我就后悔了，觉得很难堪，于是冲进浴室，却发现妈妈正等在那儿，一手拿着药丸的吸塑包装，一手用指尖拈着那个黏糊糊的瓶子。

"查理，是你吗？"

"嗯？"

"我说，查理，我是不是可以请你不要这样乱放东西？"她把糖浆扔进垃圾桶。"已经过期了。如果你头疼，那就吃阿司匹林或者扑热息痛，而不是两个一起吃，它们不是没禁忌的。还有，把——东——西——归——位！"

既然连这样浮夸的表演都无法引起关注，那就需要更戏剧化的东西了。很幸运，几个月之后的考场就是绝好的机会。

其中有些东西——不是全部——我在这个夏天里慢慢讲给了弗兰听，但在果园时，我只是确认了自己学业惨败的事实。

"等级'F'，一塌糊涂。我只是觉得你应该知道。"

她沉默了一会儿。"你觉得我该知道什么？"

"我不希望你错把我当成我其实不是的那种人，以为我会去到我根本去不了的地方。"

"好吧，看来你是在警告我离开。"

我耸耸肩："也许是吧。"

"好吧，的确，我通常喜欢在跟人交往之前先问问他的成绩。这确实是一个以分数为基础的简单体系，但如果你在实践和面试中表现出色——"

"不是的，除非有哪个蠢蛋——"

"评估是长期的，真的。"

"也许我就是笨——"

"唯一让你显得笨的时候，"她说，"就是你说你很笨的时候，明白吗？"

"我想是吧。"

"很好，就是这样。"

我重新闭上眼睛，用胳膊盖住脸，但依然能感觉到有影子移过来，听到她挨着我坐下时草叶的窸窣声。

"今天晚上出来吧。"她抓住我的手说。

"就我们俩？"

"不，所有人。我们大家一起出去。"

"那可不怎么样。"

"是的，但别自己跑开。"房子那边传来三角铁的声音，"记住，今晚要一直跟我待在一起，哪里也不要去，查理。你要记住，这非常重要。没有我，哪里也别去。"

面具

胶合板箱子上蒙着布，克里斯和克里斯满脸肃穆地把它搬过来，好像搬的是约柜[1]。

"好，那么，这就是我们最近忙活的东西了……"

"我喜欢这个环节。"乔治说，"这个时候看起来才是最真实的。"

"还有很多工作没有完成……"

"把模型展示出来吧，海伦，亲爱的。"爱丽娜说。

布被拉开，等待迎接"哇"和"噢"。我也加入其中。克里斯和克里斯是那种会在"霍比罗比"工艺品店里流连不去的男孩儿，沉迷于将超大尺寸的东西做成微缩模型的独特乐趣。模型很精致，是一个灰白色的迷你号街角，歪斜扭曲，房子喝醉了酒似的向前斜探出来。那是软木、苔藓和"破屋废宅表现手法"的杰作。海伦站出来，好像木偶戏演员一样俯视着她自己的作品。我们全都伸长了脖子。

"这有点儿像个现代的意大利小镇，经历过地震，就是剧中那一场。"

"'那场地震距今已经十一年了。'"珀莉说。

"不错，所有建筑都变形了，仿佛随时可能坍塌成一片废墟。人们只顾着争斗对抗，没有进行任何重建修复。发现了吗？这是个隐喻：有阳台，有走廊，但也意味着某种不确定的危险。当然，

---

1. 古代犹太人存放上帝约法的圣柜。

我要强调的是，一切都很安全，我们不会害死你们中的任何人，到时候会有一些垂直支撑的东西，看起来是实心的，但基本上都是脚手架和防尘板。我们用的是洗衣房的概念——很老套，我知道——主要是内部陈设方面，我们会拉上布单，绷得像船帆一样紧，看……"

海伦一拉绳子，我们大声喝彩。

"我们会挂上这些灯泡，直接用灯泡、绳子串起来挂在屋顶上，像派对上的小彩灯那样。针对第三幕的大战，我们参考的是意大利足球赛，孩子们如何在市民广场上玩耍，当有大型国际赛事时，大家如何趁着晚上摆放好这些椅子来看比赛，就是一个社区的样子，这是我们想要那场大战呈现出来的样子，类似新闻里能看到的那样，折椅飞来飞去，燃烧棒和烟火被扔上天空——这些我们还在做——至于劳伦斯神父的几个场景，我们会放在这棵树下，整棵树都刷成灰色和白色，只除了树叶，那会是整个布景中你们唯一能看到的绿色，因为它意味着某种自然、青草、花园以及——不管怎么说吧，那是罗密欧和朱丽叶定情的地方。最后，这些是你们每个人的形象设计……"

她拿出一沓超大号的卡牌。

"基本思路是，我们希望所有人看起来都很酷。"

"谢天谢地。"亚历克斯说。

"我们觉得红色和蓝色有点儿太直白了，因为我们希望能表达出查理的那个观点，就是差别只在于人物的内心，所以，蒙太古这边会是这样的灰白色，凯普莱特这边是这种淡蓝色——我画画是真的很烂。准备好了吗？你们这些混蛋，对我温柔点儿。"

她翻开第一张牌。是弗兰，一眼就能认得出来，穿着一件暗淡的浅灰色连衣裙，或者是睡裙，或者寿衣之类的。卡片被发下来传看。接下来揭晓的是迈尔斯的罗密欧，下巴朝天，苍白的夹克搭在一边肩头上。然后是凯普莱特夫妇和蒙太古夫妇，都穿着硬挺的正装和酒会礼服，各家族人物一个接一个展示，面貌都只用寥寥几笔勾勒。所有人物都在咧嘴微笑、大笑，清晰可辨，定格在开战前的激昂姿态中。"我们将现代与某种隐约的时代感相融合，所以你们可能会有一件漂亮的正装外套，配上伊丽莎白时期的靴子和牛仔裤，再加上白色轮状皱领，毕竟我们还是希望能切合主题的，伙计们。当然了，也因为这年头人人都这么做。总而言之，我只是希望尽可能扔掉过去二十年来所有皇家莎士比亚剧团作品的影子。"

迈尔斯在此之前几乎从没正视过海伦的存在，这会儿却伸长了胳膊，把自己的画像举得远远的，细细端详，像在鉴赏早期大师的作品一样。"回头我能留下自己这张吗？"他说。海伦几乎藏不住她的笑。

多年以后，我在整理旧东西时找出了海伦画的那张班伏里奥，戴着圆框小眼镜，侧耳倾听。我已经很多年没看过这幅画像了，那一天，我第一次对自己笑了。这是你在任何一所学校的艺术室墙上都能看到的那种东西，藏在一堆巨大的眼睛、铅笔打阴影的旧鞋子和映在勺子上的自画像之间。哪怕在那时，我也能看出那鼻子很奇怪，胳膊弯曲的角度有些别扭，而且她是真的不会画"手"，根本就是两把小泥铲。但那还是第一次有人正经为我画像，没有额头上冒出个奇怪的东西。再次看到它时会笑，是因为我想起了当时自己有多爱它，有多为我的朋友感到骄傲，我们又是如何分享了她的骄傲。

"会非常棒的！"露西为她身上的那些红色皮装激动得发抖。

"海伦，"我说，"你真是无与伦比，我以前都不知道。"

"去你的，查理。"她说着，红了脸。这又是一件我以前不知道的事。

"请为我们的设计团队热烈鼓掌！"艾弗说。紧接着，大概是为了防止我们太安乐懈怠，"所有人，面具工坊！"爱丽娜开始召集。

果园已经被改造成了类似闺房的模样，树下放好了毯子、枕头和大张的素色牛皮纸，每个枕头旁边都放着几罐糨糊。面具是要用在凯普莱特家的舞会上的。

"这也是一种放松练习，"爱丽娜说，"所以我们会慢慢来。我们要听鸟叫，听虫鸣，听树木的声响。但更重要的，这是对面部的深入研究，就像法医检查那样，在我们自以为什么都没表现出来的时候，其实表达了什么。现在两两分组。"

"结对分组！"艾弗大叫，这四个字总能引起一阵慌乱，因为有必要显得并不慌张而更加紧张。礼节要求我们不能直接扑向我们喜欢的人。再说了，整整一个下午都用来往弗兰脸上贴沾湿的小纸条？这有点儿超负荷了。她通常都和亚历克斯组队，天才跟天才在一起，留下我们其他人如饥似渴地围在旁边，每个视线交错的瞬间都意味深长。就像抢椅子游戏一样，混乱只持续了一小会儿。乳媪珀莉接纳了柯林·斯马特；海伦锁定了爱丽娜，看上去高兴极了；露西挽住了迈尔斯的胳膊；约翰和莱斯莉，我们这里的波顿和泰勒，坚持熟人搭档；基斯，我们的劳伦斯神父，永远乐于帮助团队中的年轻人，这次却不得不和伯纳德配成对，这位前禁卫军士兵这会儿正强装镇定地面对他严峻的首次面具工厂前景。

就剩下乔治和我了。

"我想这大概就叫作抽草茎游戏了。"

"别傻了，这很好。你想先来吗？"

他摘下眼镜，镜片的厚度足有他手指粗细。没了眼镜，他整个人显得懵懂又脆弱。他眨了眨眼，把眼镜插进上衣口袋里，像是准备要蒙眼射击一样。

他叹了口气："我想是吧。"

也许是我的想象吧，可我总觉得和乔治之间有某种亲近感。他缄默、冷淡、处处留心，虽然很少说话，可一旦开口，人人都会专心听。就连绝少夸奖别人的迈尔斯，也有一次说乔治是"真正的天才"，一个伟大的作家，无敌的雄辩家，生平难得一见的小提琴演奏家。也许这就是我们说话不多的原因，我能跟这样一个人说什么呢？不过，他很少将这些才干运用到表演中，也从不利用他的学识狠狠打击别人。相反，他只是安静地坐着，看着，一手�``下巴，或嘴、前额，或鼻翼侧面，总之，任何当天他红肿的脸上最痛的地方。看他排练时的情形，帕里斯这个角色似乎是罗密欧的某种对立面——就算世上只剩下这么一个人，朱丽叶也绝不会想要和他在一起——她"宁愿看见一只癞蛤蟆，一只真正的癞蛤蟆，也不愿看见他"，乳媪如是说。这样的婚姻，是真正的比死还要糟糕的命运。"'噢，与其嫁给帕里斯，不如叫我从那边随便哪座高塔的雉堞上跳下来！'"朱丽叶如是说。我在想，这个角色有多难选，要怎样才能让人看到一个十几岁的少年就觉得，"是了，这就是我们的癞蛤蟆了"。

在我们旁边，专注的肃穆气息已经降临果园，这正是艾弗很想放些驰放音乐[1]来加强氛围。乔治枕在枕头上，十指相对，每一块肌肉都紧绷着，很明显，他需要很努力才能忍住不把双手捂在脸上。"天哪。"乔治从鼻子里哼道，"撇开做面具不说，我想这世上没什么比驰放音乐更让我紧张的了。"

"我爸爸说它们是为不爱音乐的人准备的音乐。"

"他是个很有智慧的人。你爸爸是做什么的？"

"他以前有一家唱片店，现在失业了。那么，你爸爸呢？"

"公务员，在驻外机构工作。"

"这样啊。我们可以开始了吗？"

"来吧，别客气。"

我开始把刷了胶的纸往他脸上贴，这活计跟小学手工差不多，把纸条糊在气球上，然后用针扎破。现在，乔治的额头就是那个气球。"都不用涂油了。"他说。

"我们还是期望一切顺利吧，我可不想让你这个样子回家！"我用一种紧张又轻快自信的声音说，就像一名勇敢的急救站护士。

"当然，要说最好的办法，就是找个袋子。只要一个牛皮纸袋子，把我的脑袋整个套进去。"

我沉默着继续。

"或者绷带。整个裹起来，像木乃伊那样。"

我开始往他的鼻梁上贴纸。

"说不定等你把这个揭下来，我的皮肤就会变得干净得不可思议。也许墙纸贴就是我一直在找的——"

---

1. Chill-out music，一种电子音乐风格，以其轻柔的音色和舒缓的氛围而著称。

"乔治，你该保持沉默的。"

"是吗？好吧，不说了。"

"你该去听树的声音。"

"好，我去听树的声音。"

我开始糊第二层纸。在莫顿庄园的时候我们也会这么折腾其他男孩儿，他们的脸被外科手术服、漂白剂、热烘烘的法兰绒衬衣和收敛剂弄得红肿发热，都是那些在周末也穿校服、在夏天也捂得严严实实的男孩儿，笨拙胆小，午餐时会像角斗场里的基督徒一样凑在一起。私立学校的作弄会斯文一些吗？他不像能太太平平挺过来的样子。

"你和弗兰怎么样了？"

这问题吓了我一跳，我一边琢磨着该怎么回答，一边朝她的方向瞥了一眼。亚历克斯正跨坐在她的胸前，用手指头在她的眼窝上掏洞。

"还不错。"

"你们好像很亲近。"

"算是在朝着这个方向发展吧。"

"你喜欢她？"

也许这就是驰放音乐的险恶之处了，对话开始有点儿过于私密了。"是的，当然。"我嘟囔道，"人人都喜欢。"

"查理，我在这里用'喜欢'这个词，是个委婉的说法。"

我没说话。

乔治舔了舔嘴唇："我的意思是——"

"我知道你什么意思。我们不该说话的，乔治。"

"但你可以。"

"喜欢她？是的，我的确很喜欢她。"

"是啊。"他说，"我也是。"

"哦，很好。"这是真话，我见过他跟弗兰说话的样子，沉静，专心致志，手指轮番遮住脸上各个地方。我还看到过他抑制不住的小小骄傲，每每出现在成功让她笑起来的时候。挺多次的，比我成功的次数多。

"顺便说一下，我并不介意。这不是竞争。我觉得她很喜欢你。"

"那这个'喜欢'是不是委婉的说法呢？"

"我想，你会知道的，总有一天会知道。"

我们沉默了，一直持续到他的半张脸都消失在纸下。他鼻孔边上的鼻窝里有个珍珠大小的白斑，眼睛边上发了粒硕大的青春痘，拉扯得脸都变了形。感觉那东西摸上去会是热的，但我下定了决心不要犹豫，我猜，这大概也很勇敢吧。

"很抱歉让你做这个。"他说。

"我不介意。"

"这很恶心，我知道的。"

"没那么糟。"

"所有这些，你就不该遭这份罪。"

"才不是这么回事。"

"我都能感觉它在嗞嗞冒泡。要知道，我有时候会想，要是有把刀，我大概会把这整张该死的脸都砍下来。"说到这里，他做了个鬼脸，动作太大，半干的纸都开裂了。我意识到真得找点儿别的话题来聊聊了。

"你眼睛很好看。"

"是啊，大家实在找不出东西来说的时候都这么说——"

"你看，乔治，我不知道该说什么。这对我来说也很怪，但我觉得你有一张真的挺不错的脸，好吗？它很有……表现力。"我想，这话大概是那个时候我对另一个人能说出的最奇怪的东西了。

片刻的沉默。

"你说得对。"乔治说，"做这个时，我们的确应该保持安静。"

又是片刻的沉默。

"谢谢你。"他说。之后直到做完，我们都没再说话。等到面具干透，我轻轻把手指插到纸下面，一阵令人满意的吸气声传来。乔治用手腕揉了揉眼睛，粗粗扫了一眼。"安第斯山地势模型图。"他说，"把它拿开，别让我看见。"我把面具和其他人的放在一起，接下来到我了。

整个过程放完了两套驰放音乐合辑，然后，所有人站在一起，眼神迷蒙，搓着脸上角角落落里还残留的胶，打量着那一排好像某种奇异作物一样晒在太阳下的面孔。

"噢，这太变态了。"海伦说。

"看看，你们每个人看着都棒极了。"珀莉说。

"真是一群怪胎。"亚历克斯说。

"我的很棒。"迈尔斯说。

"你做的那个，还是你自己那个？"我问。

"都是。"

"迈尔斯！"弗兰说。

"多有趣的一群人，个性都不一样。"珀莉说。

"我觉得我们都很漂亮。"柯林说。

"噢，柯林，求你了。"亚历克斯说。

"死亡面具。"乔治说。

"感觉像是连环杀手的地下室。"弗兰说。我在一堆面具里认出了她的那个。在我看来，那就像博物馆里珍贵、美妙的手工艺品，会让我很想偷走的那一个。

"查理，"海伦悄声说，"绝对绝对不要告诉其他人我们刚才做了什么。"

"好了，每个人都做得很好。"艾弗说，"很棒的一周。不过，等到星期一，就是我们该加速的时候了！距离带妆彩排只有两个半星期了。白天的练习时间要加长，我需要所有人脱稿，做好充分准备。准时到，诸位！星期一见。现在结束。解散！解散！"

可有什么不同了。没人想离开，我们无所事事地在车道上磨蹭，期待有什么计划突然冒出来，把这一天拉得再长一点儿。

"这样好了，我们去'渔夫'酒吧。"弗兰拉住我的胳膊，说，"记住了，没有我在，哪里也别去。"

"渔夫"酒吧

在本地所有酒吧中，"渔夫"酒吧是最聪明的一个。"锤子与钳子"也还算行，那是个地下酒吧，是镇上所有酒吧里最不太平的，在那里喝酒是种胆战心惊的体验。

总的来说，"渔夫"就文雅多了，那是镇子外围一栋新修的都铎式农舍小屋，白墙，新铺的茅草屋顶，像景点一样的酒吧，附带大停车场。天花板很低，人造木料裸露着，每到星期天，人们就拖家带口地拥在炉子边或舒服的小房间里饱餐他家大名鼎鼎的畅吃自助餐，不限量的肉，配上浓淡两种酱汁。在我们家还算快乐的时候，父母也会带我们来，我们会坐下大嚼薯片和粉红多筋的火腿，配碧域 55 气泡果汁和堆成山的炸薯条。而对于年轻客人来说，最有吸引力的就是啤酒花园，一块没怎么精心护理过的草坪，斜斜地连到一个人工湖边——那其实就是个大水塘，坏脾气的钓鱼者（我猜这就是"渔夫"其名的来由）蹲在边上一直守到夜里，喝一品脱装的啤酒，警惕地盯着，看有哪个年轻人胆敢跑过来"把鱼吓走"。那个春天，在本该复习功课的工作日傍晚，我有时候会和哈珀一起跑到这里来，在晚风里瑟瑟发抖，把藏在哈珀夹克里的朗姆酒加进我们"清白"的可乐里。那会儿我们不觉得这有任何不对或是愚蠢的地方。法律只是指导条例，十八岁的年龄限制为的是管住十四岁的人。不成文的共识早就达成了：只要不被逮住，就没有问题。

这个星期五，我们所有人——年轻的、年长的，"五哩深处"

戏剧社的每一个成员——去的就是这个地方，我们从满地灰土的草坪上拖过两张木头野餐桌拼在一起，围着坐下。本着负责任的精神，艾弗拒绝为年轻成员购买任何酒精度超过柠檬啤酒一半的东西，我们只好加倍地喝，除了两篮没炸透的薯条之外什么都没有，聊天的声音很快就大了起来。这就是我们最美好的岁月，或者说，是这样一个时代，所有聊天似乎都该努力说成脱口秀，所以我也向海伦、弗兰和亚历克斯说了我的莎士比亚即兴演出的那段故事——"说到爱情，我的经验全是碰巧得来的"——并因为他们的哈哈大笑而感到心满意足。喝得越多，我们笑得越开心，直到大概是醉到了一定程度，就像开关一拨，谈话开始走向忏悔与剖白。

比方说基斯，大概是正处在痛苦的分居状态中，是他自己的错，去年出演《屋顶上的小提琴手》时和一位演员发生了一段风流韵事，演他女儿的姑娘，你能相信吗？（"常规剧情！"亚历克斯大叫）可他依然爱他的妻子，依然希望她能重新接纳他；露西，在跟迈尔斯说她为拿到高分压力有多大，迈尔斯说，是啊，我知道那是什么感觉，因为如果他在什么事情上不是最出色的，就必须为自己找出一个无懈可击的好理由；柯林·斯马特，这个以往总被我们看作无趣、软弱的书呆子而遭到排挤的家伙，说出了他兄弟因为卖毒品进了一家少管所；甚至还不等我消化这个消息，大概是一瓶白葡萄酒的作用吧，珀莉开始说她和伯纳德有多孤单，孩子和孙子孙女们都在新西兰，说有我们这些年轻人在他们多高兴，说年轻人如何让他们也得以保持年轻。稍稍停顿之后，一个急切的声音在我右手边响起，是爱丽娜向弗兰说起了她当芭蕾舞演员的花心男朋友回到维也纳去了；与此同时，我左手边的亚历克斯正忧心忡忡地说到不知该怎么跟他的加纳父母坦白自己的恋情。"他们很开明，"他说，"但没有那么开明。"

大部分时间我都只是坐着，听听这个，听听那个，像坐在一排电视机前一样。这样的推心置腹之中存在着某种会传染的东西，我在想，是不是也该加入进去，拿点儿什么出来？再也见不到我的妹妹了，被最好的朋友驱逐了？讨厌妈妈却还是期盼她回来？担心爸爸会自杀，我其实是个偷钱和库存玻璃杯的小贼，搞砸了考试，整晚睡不着觉，对无从想象的未来充满恐惧？

这太严重了。这些关乎我内心世界的东西里没什么适合听众摆弄着啤酒垫来听的，唯一我觉得不那么沉重的、可以分享出来的秘密，就是我对此刻正坐在我身边的女孩儿那喷涌不绝的强烈热情，我们的臀和腿紧贴着，她光裸的胳膊不时擦过我的胳膊，她的手托着脸颊——"哦，但愿我是那手上的一只手套……什么什么什么……"——身子向前倾着，听喝多了的珀莉拉着她的另一只手，说她的朱丽叶有多漂亮，多有天赋。弗兰没把这表扬当回事，但那是事实。坐在我身边的，是我见过的最聪明、最明亮、最光彩夺目的女孩儿，是我生命中一切污糟卑下的解药。我从没像渴望和弗兰·费舍尔在一起这样渴望过什么，不管这个"在一起"究竟意味着什么，可这能和谁说呢？当然不能是弗兰·费舍尔。

迈尔斯端着一托盘喝的回来。"薯条！"海伦说，"你忘了薯条！"

"还有香烟！"亚历克斯大叫。

"不！"艾弗说，"绝对不能抽烟！"

"噢，我很愿意来根烟。"爱丽娜说。

"爱丽娜，我们得负责！"

"有点儿吃的更好。"珀莉含糊地嘟囔道,"用来下这些白葡萄酒。来,我这里有钱……"

"不,我去吧。"我说着,把腿从野餐桌下挪出来,不巧绊了一下,便伸手在弗兰肩上扶了一把,却发现她在那飞快的一瞬间也抬起手来,用指尖碰了一下我的手。老天,我真想大声喊出来!当然。

我朝吧台走去,只觉得脚下被晒得热烘烘的土地变成了沼泽。钠光灯已经亮起来了,我看到飞蛾和蟥虫在被电灯烤热的空气里飘飞,像燃烧后的余烬一样。我醉了,醉得都懂得观察了。酒吧间里空气凝滞,有醋和热油的味道。我低头钻过屋檐,再挺直身子,清了清嗓子,准备跟老板娘说话。"我要薯条,谢谢。两份,不,四,不,六份。再来八包坚果,四包盐焗的,四包干焙的。"我听上去就像一个喝醉了的演讲课老师,"还有四包盐醋味儿薯片。"这一堆东西不便宜,不过我有钱,兜里还有刮奖卡,柠檬啤酒让我无所顾忌。

"孩子,你多大了?"

"十八。"我像行贿一样把钱塞进她的手掌心,"我们要的只是薯片而已!"

她叹了口气,递给我一个大木头鱼,鱼肚子上印着数字"九","这是你们的号码。留心听着,我们不会叫两次。"

"这 次的薯条能炸透点儿吗?上次的里面都是生的。"

"别得寸进尺,年轻人。"她说着,挥挥手赶我离开。我抱起那堆袋装零食。这么多小吃——我会得到英雄一样的迎接,可转头却看见啤酒花园里靠酒吧间门口的条凳上坐着一家五口,三个女孩儿,其中两个长得一模一样,不知被她们爸爸说的什么逗得哈哈大笑，不用过去我就知道那第三个女孩儿是我的妹妹，跟着我妈妈和她的新男朋友一起出来的。

他们还没看见我。乔纳森陶醉在他们的笑声中，拿着半块薯片当勺子舀小碟子里的塔塔酱，我想了一下要不要缩回来从正门绕过去，然而——

"查理！"妈妈喊我了。

"哈喽，查理。"比莉立刻绷紧了脸说。

"哈喽，年轻人！"乔纳森说，他身材精瘦结实（"他会去运动健身。"比莉跟我说过），穿着领尖上都钉着纽扣的泰德贝克牌衬衫，短头发，有点儿胡茬，像我那个老的"机动部队"玩具兵一样。我们只在高尔夫球俱乐部遇见过一次，当时他像对待客人的投诉一样对待我的轻蔑，现在他也很自然地拿出了这个态度，耐心、谦逊，立刻站起来，双手在卡其工装裤上擦了擦才伸出来握手。可我抱着东西，腾不出手来。于是他转头介绍女孩儿们："你见过双胞胎了吗？"

双胞胎抬起头。我想象过，在另一个平行时空里，妈妈带上了我，我是个闷闷不乐却魅力无穷的叛逆者，鸠占鹊巢的那个"鸠"，不知她们爸爸的反对是否会带来一种怪异、黑暗的张力，一种禁忌的浪漫。也许就是因为这个，妈妈才觉得还是放弃我更好，我太危险，不该出现在那户人家里。可现在，面对她们冰霜一般冷漠的面容，幻想破灭了。"嗨，你好！"一个说。"很高兴见到你。"另一个说。都是查茨伯恩女孩儿，健康、神采飞扬，红脸庞看上去像是刚刚才收起了网球拍。她们低下头，继续挑挑拣拣地吃配菜沙拉。

"你在这里做什么？"妈妈忙着问话。

"就是出来玩玩！"我说，很暴躁，暴躁带来了窘迫。比莉垂下眼帘，咬着吸管开始吸杯子里的饮料。

"你星期五应该上班的。"

"换班了。"

"这样啊，那你和谁一起来的？"

"就几个同伴。"

"那些男孩儿？叫他们过来打个招呼吧！"

我瞥了一眼那边的桌子。两位乐手也到了，萨姆和格蕾丝。萨姆正把六孔小笛举起来放在嘴边。

"不是，其他朋友。"

"我认识吗？"

"你也用不着非得认识我的每一个朋友，不是吗？"

"没错，但我可以对他们有好奇心。不可以吗？"

站在这里我也能听到萨姆的笛音隐隐飘来，让人心痒，是一首吉格舞曲。妈妈顺着我的眼光望过去："说真的，谁会把竖笛带到酒吧来？"

"狗不会喜欢的！"乔纳森说，女孩儿们笑起来。说真的，谁会被自己爸妈的笑话逗笑啊？

"那不是竖笛。"我厉声说，"是六孔小笛。"

"我认错！"乔纳森举起双手说。我真想把他工装裤上的口袋通通撕下来。比莉把饮料吸出了很大的声音。

"比莉，亲爱的，"妈妈说，"我想你的杯子应该空了。"远在我们那一桌上，格蕾丝加入萨姆的行列，敲起了手鼓。

"我得走了。"我说完，晃了晃手上的花生。

妈妈难过地摇了摇头。"好吧，你去吧。很高兴能在这里有个小小的偶遇。"

"再见，比莉。"比莉露出一个人质般的紧张笑容。我慌忙地避开了妈妈注视的目光。

我就不该去吧台。我没能守住弗兰身边的位置——"没有我在，哪儿也不要去。"她说过的——现在她挪到了桌子的另一头，跟海伦和亚历克斯一起，远远躲开了这边的新鲜大玩法。格蕾丝和萨姆在用中世纪吟游诗人的方式吹奏流行金曲，眼下是薇格菲尔的《星期六晚上》。在福莱庄园的草坪上我还能忍受这种剑桥"脚灯戏剧社"式的娱乐，可在这里，我们早已习惯了看到人们坐着B翼星际战机过来。我伸手拿起饮料喝了一口。连同花生一起带回来的还有我满腹的怒气，不只是生妈妈和她男朋友的气，还有比莉，她在星期五晚上跑出来，开心地哈哈大笑，面对的是——他现在算是她的"继"父了？我们已经到了"继"的地步了？

一曲终了。

"来个《天国的阶梯》！"

"不，来个《点火器》！"

"《当鸽子在哭泣》！"

"查理？"是弗兰，沿着桌子的长边伸过手来，用口型问：你还好吗？

"查理？"是妈妈，站在我背后。

所有人都停下，转头看了过来。"哈喽，各位，我是查理的妈妈！"

"哈喽，查理的妈妈！"他们说。

"哈喽，"艾弗说，"想一起吗？"

我看看弗兰，她微笑着，正准备要站起身来："是啊，来，一起坐吧……"

"不，不用了。只是想说句话。查理？"她往一边走去。我跟着她，一直走到水塘边。

"那个，你怎么样？"

"很好。"

燕子冲进水面上成群的蠓虫中。

"最近是有什么事吗？"

"没有。什么事也没有。"

"我这么问，只是因为那些人我一个也不认识。"

"哦，我认识！"

"查理，你以前从来不认识吹什么'六孔小笛'的人。"

我踢开一些碎石子，捡起几块小石头，拿起一块扔向水面。"我认识露西·陈，我认识海伦·比维斯和柯林·斯马特，他们都是我们学校的。"

"双胞胎说她们知道那个查茨伯恩的女孩儿。"她朝着弗兰的方向点头示意。

"我们都不在学校了。"

"可你从来没提起过他们中的任何人，查理，那不会是……"她伸手搭住我的胳膊，压低了声音，"不是基督教团体之类的东西吧，是吗？"我大笑起来，她抓紧了我的胳膊。

"哈！你是怎么问出这种话的？"

"只是看起来像，他们全都热情得过头。我不介意的，那是你的精神归属问题，我只是想知道！"

我又扔出一块石头。我猜，告诉她自然也没什么。这不是什么奇怪得不得了的事，尝试些新鲜东西而已。

"还是说，是个异教团体？我不是想干涉你的计划，查理，我只是太担心了。"

可我还没做好重新跟妈妈交心的准备，我依然愿意看到伤害存在。"不是异教团体，也跟你没关系！"

就是这样。

"跟我没关系？"

"是的，没关系了。"

我又扔出一块石头。"你是想打那些可怜的鸟吗？"她说，见我没回答，叹了口气，"你爸爸怎么样？"

我扔出一块石头。"我没怎么见到他。"

"多久？"

"从星期一开始。"下一块石头远远地飞过了水面，我瞥了她一眼，想看到她的认同，可她看起来很担忧，心不在焉。

"为什么？"她一手按在前额上问道。说到底，我就是她的耳目，确保她安心的存在。

"我只是不太待在家里，就这回事。他很好，我们只是没说话。"

"为什么不说？"

"我回家的时候他都睡了。"

"你都去哪儿了？"

"和这帮异教徒在一起，那很花时间。"

"查理，认真点儿——"

"那些宗教仪式和其他所有东西——"

"我只是问你在哪里……"

"就像我说的，我在哪里，跟你没有关——"

"为什么没有？"她突然暴怒起来，"你在想些什么？"我拿起一块鹅卵石继续扔，可她一抬我的胳膊，剩下的石头全都落进了水里。"我在尽力跟你一起努力，查理。拜托，至少请知道，我尽力了。"她转过身，抱着胳膊，垂着头，朝酒吧走去。

我待在水边没动，看着那些燕子，正义的冲动退化成了懊悔。桌子那边，"五哗深处"已经进行到了英国民间小曲，一曲华丽悦耳的《玫瑰，玫瑰，红玫瑰》像是永远也唱不完。我没有办法回到那样的情境中去。就算能回到弗兰身边的那个位置，我也会为自己承认这么久没见过爸爸而心神不宁。他没有表现过喜欢我的陪伴，但他也不会喜欢一个人被扔下，整整四天，那感觉一定像是禁闭一样。我听到也感觉到了背后的脚步，一只手按在我的后背上，把我往水上一推，又拉回来。

"逮到了！"是亚历克斯，后面跟着海伦和弗兰。

"看看你，一个人闷闷不乐。"海伦说，"这些黑乎乎的水里藏了什么秘密？"

"'我在为我的生活戴孝！'[1]"弗兰说。管他什么意思呢。

"再也不会了。"亚历克斯说，"他有我们了。"

"亚历克斯有个计划。"海伦说。

"这个圈子的规则是，"亚历克斯说，"一旦民谣出场，就该是离开的时候了。我们这样，查理，去告诉所有人你要回家了，就说：'晚安，各位，回头早上见。'然后去这个地方。"他递给我一张纸片，从他的剧本封面上撕下来的，"我们已经叫好出租车了。在这个地址门外等着我们。"

---

1. 出自契诃夫的剧作《海鸥》。

"这是什么？"

"一个聚会。"海伦说。

"我说的是'真正'的聚会，闲人免入那种。"

"我谁也不认识。"

"你认识我们。"弗兰说。

"我不需要换身衣服什么的吗？"

"照理来说是需要的，但没时间了。"亚历克斯说，"这样就……可以了。"

"其他人去吗？"

"就我们几个。我们在邀请你进入我们的小圈子，你该感到非常荣幸才是。"

"我不知道是不是应该——"三天，不，到现在四天了，他一个人在家。

"停！"海伦说。

"我得——"

"不要说话，不要说话，不要说话！"

"来吧，"亚历克斯说，"我们这是在浪费时间。"

"我们回头见。"弗兰说。

"你答应过的，记得吗？"

亚历克斯直接按着我的肩膀，把我掉转了个方向，推着我朝其他人走去。他将手搭在我的肩膀上，嘴凑在我耳边。

"噢，查理，你难道看不出这是怎么回事吗？去！快去，趁他们还没开始下一首歌，去道别。"

松林屋

那房子在林荫大道上，或者照大家平常的说法，叫"百万富翁街"，在那个时候还是很能说明些什么的。那是个长满松柏的比弗利山庄，住的都是各个行业的领军人物、本地新闻节目里的发言人、受人尊重的大佬、几名在七十年代侦探剧中大获成功的演员。门牌号这种东西，对于这条街来说未免太不够格调。取而代之的，是每栋房子都有它们各自的名字，充满了想象力，透着可以模仿的乡村风味和几丝国民托管组织[1]的气息：大理石屋、石头村舍、山峰屋、冬青树屋。我的小纸片告诉我去找松林屋，我花了不少工夫在宽阔寂静的街道上穿来穿去，从一边到另一边，辨认冬青树篱后面那些大宅门柱上的标牌，直到终于找到一扇巨大厚实、坚不可摧的钢铁大门，大门刻意做成铁锈效果，就像太空飞船的空气闸门。

时间流逝，二十分钟，半个小时，午夜渐渐逼近，我像个夜贼一样在大门外游荡。警察原本就格外关注百万富翁街，我的钱包里还塞着从收银机里偷出来的刮奖卡和钱。要是我在接受查问时崩溃了怎么办？我坐在路沿上，听着自动喷头的滴答声，看着蝙蝠在紫蓝色的大空卜跟跄翻飞，一只狐狸愉快地边着小步跑到了街心，像是也在寻找派对一样。分针越过了数字"12"，我已经冷静透了，于是跨上自行车打算离开。

---

1. 英国公益机构，负责英格兰、威尔士和北爱尔兰的历史古迹与自然景观的保护。

一辆小型出租车开来，亚历克斯的整个头都从车窗里探了出来。"不不不不！原地停下！"他们拉开车门，连滚带爬地跌到了路边草坪上。每个人都换了装扮：第一个是亚历克斯，穿着灰色缎子衬衫，领口开到胸骨上；然后是海伦，穿着白天的工装，但头发用发胶定成了不规则的石笋形状，眼睛下面画了两条粗粗的黑线，大概是粗头签字笔画的，比普通妆容更隆重；最后是弗兰，穿着黑色宽松直筒裙，基本上可以算是睡裙了，上下都有蕾丝花边，脚上还是那双阿迪达斯运动鞋。

　　"我们先去我家换了身衣服。"亚历克斯边说边掏钱付车费，"希望你不会介意。"

　　弗兰一个劲儿地拽裙边："你觉得怎么样？"

　　"很可爱。"我说。

　　"她这样子难道不是很迷人吗？"亚历克斯说，"这是我母亲的晨衣。从弗洛伊德的角度解析莎士比亚！"

　　"亚历克斯，我觉得这有点儿太随便了。"弗兰说。

　　"胡说。这是内衣外穿。"

　　"我是外衣内穿。"海伦说。

　　"我不太确定是不是该穿这个。"弗兰说着，指了指肩头露出来的红色胸衣肩带。

　　"不，不应该。脱掉！"亚历克斯说，"你是和朋友在一起。"

　　"我不这么认为。"

　　"那就等会儿再看。夜还长着呢。"

　　"这个也怪怪的……"她碰了碰自己的嘴唇，她的口红涂成了蝴蝶的形状，边缘扩出来，像是用手指抹开的，"你觉得呢？亚历克斯画的。"

"棒极了。"我只能这么说。

"这个感觉有点儿……像小丑。"

"要的就是这个感觉,"亚历克斯说,"这是日本艺伎风。伙计们,这是正儿八经的派对,不是《龙蛇小霸王》那种结业舞会,你们得花些心思。考虑到这一点……"他从乐购超市的购物袋里掏出一个平平整整的白色方块,平托在手上,像托着托盘那样,摆出魔术师的架势,拎住一角,一抖,方块瞬间变成了一件衬衣——"给你的。"

"我穿不了这个。"

"查理,你现在跟个报童似的,他们是不会让你进去。穿上。"

"在这里?"

"害羞的话,你可以到汽车后面去换。"

我用指尖拈过衬衣,稍稍走开几步,转过身去。要在调动每一块肌肉的同时脱掉 T 恤并不容易,当 T 恤从头顶掠过时,我意识到,早晨喷在胳肢窝里的"阿兹特克"早就失效了。我用 T 恤擦了擦自己脏兮兮的脖子和胳膊内侧。把这样的自己塞进这么干净的东西里简直就是亵渎,它还带着烘衣橱的味道,贴在我的肌肤上,感觉昂贵、厚实,凉凉的。我在学校穿的白衬衫都是那种一包三件、机洗免烫的涤纶的衣服。这一件的标签上写着"迪奥"。我打算把它塞进裤腰里——

"不,就这样。"海伦说,"米,让我们看看。"我转过身,动了动肩膀,努力把手露出来。

"就是这样。"亚历克斯说,"都准备好了吗?"他招呼我们过去,站在监控摄像头下面。"大合影!笑一笑,说'十八岁'!"我们调整表情,拿出各自最成熟的面孔。亚历克斯按下对讲按键:

"哈喽，布鲁诺！是亚历克斯。我带了几个朋友过来，可以吗？"时间静止了一会儿，我们保持姿势不动，终于，伴随着一阵工业化的低沉隆隆声，巨大的空气闸门向两边滑开。

摇曳的火光照亮了木板铺成的私家车道，尽头处浮现出一所大房子，低矮，很长，烟色玻璃加上炮铜，仿佛一张昂贵的咖啡桌。我立刻想到了老动作片里毒枭的房子：外围某个地方，值守的警卫戴着墨镜，手指轻按在耳朵上，被拖进女贞树丛里扼死时，另一只手才刚刚伸进夹克里面。

"见鬼，亚历克斯。"海伦说。

天井里——我敢肯定，这地方一定有个更好的名字——时髦的男男女女聚成了时髦的群体，就像建筑模型上的塑料人像，舞曲声从不知隐藏在树丛中什么地方的喇叭里飘出来，宅邸名字中的"松林"挡住了外界窥看的眼睛。房子另一头有长方形的荧光灯正不断变幻色彩，由粉到蓝，到绿，再到红。还有一个游泳池，目前还空着，但万事俱备。

"我要再说一遍，真见鬼。"

"我知道，好吗？"亚历克斯说。

"我们是不是该带点儿东西？"我说。

"四罐时代啤酒，加一盒集锦盒带？"亚历克斯大笑，"这不是那种派对。"

"是狂欢派对，对吗？"海伦眼睛一亮，说，"你带我们来参加狂欢派对。"

"那要到很晚了。在那之前，这就是个愉快的派对，和本地圈子里认识的人聊聊天什么的。"

"我都不知道我们还有个本地圈子。"我说。

"查理，你不该知道的。如果有谁问起来——不过他们不会的——那你们就都是大学生，而且根据某个古怪的统计算法，你们都刚好满了十八岁。"

"我没法假装我在上大学。"

"不，你可以的！想象一个没那么多暴力，人人都喝咖啡的学校。"他认真地一个一个把我们看过来，像占卜者一样，"弗兰，下个学年你希望能……在杜伦大学学习心理学；查理……地理学，谢菲尔德大学；海伦……体育教育和政治，拉夫堡大学。你想成为一名体育老师！"

"哈。"

"这么说来，亚历克斯，"我说，"我们这是混进来的吗？"

我以前也混进过很多派对，在镇上各个地方各种房子里办的都有，蒙太古家的人偷偷混进了凯普莱特家的舞会。我们会说"我们是斯蒂夫的朋友"或者"斯蒂芬妮叫我们来的"。我去过的一些派对，到最后就像遭遇了维京海盗的入侵，一大群人一起闯进去，冷酷无情，疯狂地大肆破坏——唱片和手提包被偷走，酒柜的锁被撬开，水槽从墙上脱落下来，腊肠卷滚得满地都是，草坪上沸反盈天……等到父母又惊又怒地回到家中时，见到的就是这么一幅景象。我去过一些上了本地新闻的派对。有一次，一架直升机甚至就在头顶盘旋。是不是所有的家庭派对到最后都是这样？警灯闪烁，粉红色的盐东一堆西一堆地堆在地毯上，好像鼹鼠的窝。

"我们会被赶出去吗？"

"不会，因为你们不是混进来的，你们是我亲爱的朋友，从剧团来的。我要去跟布鲁诺打个招呼。去吧，去交际吧！去！"

去！"他消失在屋子里，我们被扔下了，我们三个，站在这个全新世界的大门口，目瞪口呆。我从没在一个地方同时见到过这么多迷人的男人和女人，他们风格各异、魅力十足。我很怀疑，这些人真的是我在"面包小屋"茶室、"博姿"药妆店、SPAR 超市、"船工和鱼"酒吧和"金牛犊"中餐馆见到的那些邻居吗？这些男人的亚麻外套下是昂贵的 T 恤或开襟衬衫，女人们穿着时髦的夏装或颇有些讽刺意味的复古连体衫裤，就像我爸爸无可奈何摆上货架的浩室音乐唱片的封面画。连中年人看上去都很酷，身侧端着饮料站在那里，薄荷味儿的薄雾也许来自温水泳池，要不就是万宝路薄荷烟的烟雾，又或许只是金钱那叫人喜爱的光芒。"这跟卫理公会的舞会太不一样了。"海伦说。我意识到要很努力才能控制自己不盯着一个身材凹凸有致、穿红色 PVC 猫女装的女人看。就在这时，一个帅得好像模特一样的男人冲着我们走过来，手里的托盘托到齐肩高。

"他过来了！"海伦说着，抓住了我的胳膊。

"蘑菇国王饼？"模特说。我们乖乖地每人拿了一块，低下头去。

"见鬼，"海伦拿起那小点心一边往嘴里送，一边说，"家宴服务生！"

"在我们那里，"弗兰说，"这东西叫'酥皮馅饼'。"

"噢，臭的。"海伦把那东西吐在手心里说，"跟泥巴似的。腊肠卷或者奶酪菠萝有什么不好吗？"她小心地把这肥料扔进了一盆竹子盆栽里，"可怕的雅皮士。我吃不了这个。我去看看他们有没有品客薯片。"

另一个托盘经过，矮墩墩的杯子里盛着绿色的外星雪球，我拿了两杯，暗自祈祷侍应别问我要身份证。就剩我们两个了，弗兰和我端着玻璃杯，噘起嘴，伸长了脖子凑到杯口，试着啜了一小口。弗兰绷紧了下巴，眼睛瞪得大大的。"我说，我想要酷一点儿，不要做鬼脸。别做鬼脸，别做鬼脸，别做鬼脸……"

"基本上就是青柠味儿的雪泥，报亭就有。"

"报亭那边会在杯子口上抹盐吗？"

"如果你要的话。收银台下面就藏着一大罐餐厅用的那种Saxa 盐。"

她又啜了一小口："龙舌兰。你发现了吗？如果有哪种酒曾让你喝到吐，之后再喝你就一直会吐。"

"噢，我喝吐过的酒那可太多了，所以……"

"嘿，詹姆斯·邦德。你还是喜欢喝这个吗？"

"我不确定你是不是会喜欢这个。"

她拍拍我的胳膊："你真是个老手。"

"是啊，我可是很有经验的。"我把吸管拨开，免得它一直戳我的脸，"话说回来，这酒很不错。"

"的确。"她说。我们坐在一盆仙人掌的盆沿上，欣赏眼前的景象。"我觉得自己好像黛西·布坎南。"

"黛西·布坎南是谁？"

"她是杰伊·盖茨比的初恋情人。盖茨比后来成了大富翁，成天在家举办这样热烈美妙的大派对，就为了让黛西重新爱上他，离开她的丈夫。我不会说后来发生了什么，总之非常悲伤，而且很让人生气。"

"下一本我就读它。"我说。她提到过的每一本书、每一部电影、每一首歌，我都会去读、去看、去听。

"天哪，我需要一场派对，可我还是为其他人难过。我们一定不能说出去。我讨厌小圈子，除非……你知道吗？除非我被邀请加入圈子。这种时候，圈子就太棒了。你们在莫顿庄园有这些东西吗？小圈子。"

"当然，我们只是不用'圈子'这种说法。"

"你加入过吧？"

"算是，其实就是一群男生。"

"是的，柯林也是这么说的。他说你们差不多称霸全校了。"

"他这么说吗？"

"露西也说了，只是她说他们老是给她起外号，像是什么来着？'四十二号'？跟中餐馆菜单上的编号一样，可那根本说不通，因为她其实是越南人，或者说她父母是。"

的确是这样。大家提起她来总是说"四十二号"，比叫她大名的时候多得多。其他还有"船家丫头"，还有我一直没弄明白来由的"佛陀"，我想不起自己这么叫过她，但我知道，我也不会提出抗议。

"柯林说什么了？"

"他说他被说成胆小鬼之类的。"

"我没说过——"

"他们没说你说过。"弗兰伸手按住我的手，"你以为我在指责你吗？不是的。"

"我从来没说过那些话。"

"我知道。她只是说有些男孩儿这样。"

"那多半是洛伊德和福克斯。"

"还有哈珀。我记得，因为听你说起过他。"

"他是我的朋友，但那并不意味着他就不是个混蛋了。"

"我知道。"

"洛伊德不算真正的朋友，只算朋友的朋友，只是跟我们混在一起。现在他连话都不跟我说了，我都不知道他们中还有没有人肯搭理我。"

"真的？为什么？"

"我大概是往他头上砸了个台球什么的，砸得很重。"

她哈哈大笑："没打中？"

"是的，但我不是故意的。"

"为什么？"

"他对我说了一些话。"我耸耸肩，"一些乱七八糟的东西。"

"噢，那你没打中真是太可惜了，听起来他就像个真正的王八蛋。"她大笑着说，"抱歉，抱歉。"

"不，说得太对了。"过了一会儿我问，"你和露西什么时候聊到这个的？"

"那不重要。你千万别生露西的气，她不是在搬弄是非。会说到这个，只是因为……"

"继续说。"

"她说她现在比以前喜欢你了。她说你第一次和我一起出现时，她是真的很讨厌你，因为，呃……学校里的那些事情。没想到你原来不是她想的那个样子。"

"那是另外一次，其他人。"我说，感觉是有那么回事。

"我真的不是想显得多一本正经或是爱说教，我也可以是个泼妇——相信我，真的可以。"她抿了一口酒，做个鬼脸，大笑，"我只是想确认我们会不会那个，确认我没有误会你的意思，就这么多，还是忘了吧。"

"那个"，她这么说，还在继续说。我却听不进去了。那个——

"……应该真的去结交……"

那个，那个……

"……找点儿别的东西喝，龙舌兰绝对不是个好主意。"

哪个？

"……我敢说，就算在墨西哥，也绝对不是。你想来点儿什么软饮吗？"

"哪个？"我说。

"什么'哪个'？"

"你刚才说'我们会不会那个'，'那个'是哪个？"

我感觉她的胳膊贴在了我的胳膊上："你知道是哪个。"

"可是，请说出来吧。"

她笑出了声，伸长了腿，指一指脚尖。"这不是你会说出口的那种事情，是直接做的。"这我就明白了。今晚晚些时候，我们会接吻，唯一的问题是怎么才能做得恰到好处——那是小问题——像书上写的亲吻那样。"拜托……"

"你没有误解我的意思。"我说。

"是啊，我也不觉得是误解。我们进去吧，看看他们还有什么可以喝的。"

她挽住我的胳膊，我们从其他客人中间穿过，人人都微笑着点头示意，又有趣又宽容的样子，就好像我们是偷穿了大人睡衣来参加派对的小孩子，还偷抽大人的烟，偷喝他们的酒。我暗自温习我的台词：地理学，谢菲尔德大学地理学专业。是啊，很厉害的大学！我很兴奋，非常高兴，真是太谢谢了。我们穿过玻璃滑门，走进厨房。厨房四面都是玻璃，像水族馆一样，水槽和操作台在屋子正中间，真是神奇的设计，所有锅碗瓢盆都巧妙地挂在钩子上，像精心设计的打击乐组一样。锃亮的黑色大理石台前，调酒师正在调制更多的鸡尾酒，酒杯排成了排，红的、橙的、绿的，像是柔光版的红绿灯。我们趁他背过身去时赶紧拿了两杯红色的，到安全距离之后才低下头，凑到杯口边，味道像是刚从冰激凌车里拿出来的火箭棒棒糖。我们小心翼翼地端着它们走下玻璃台阶，进了一间休息室，这是一个半下沉式的房间，像挖出来的，还是玻璃墙，不知道"温室之王"哈珀先生会怎么说。"这根本就是个该死的大型温室！"

休息区周围都是大台阶，像角斗士电影里的古罗马元老院，台阶上随意放着垫子和小地毯。海伦也在，怀里紧紧抱着一钵薯片，像抱着自己的孩子一样。亚历克斯正在讲故事，一群人簇拥着他，有人微笑，有人大笑。自信和天赋并不完全是一回事——迈尔斯是我见过的最自以为是的男孩儿，表现却完全是拙劣的——但两者似乎的确存在某种联系。我很好奇，能让所有人全神贯注而不是只能在别人发表长篇大论时插空说两句，那该是怎样的一种感觉？这里的音乐更轻柔，是地中海伊维萨风格的巴萨诺瓦。我们很高兴能站在一边慢慢喝我们的饮料，看着那些老练的人，听着——

"我的朋友们！"突然，亚历克斯说，"过来这边，别害羞。"听众全都转头来看我们。"这位是我们的朱丽叶，才华横溢的弗兰西丝·费舍尔。这位是班伏里奥的扮演者，查尔斯·路易斯。海伦和我在努力设计一份夏日的浪漫。这么说没错吧，海伦？"

弗兰翻了个白眼："亚历克斯，住嘴吧。"

"可罗密欧在哪儿呢？"一个光头男人说。他姿态优雅，是个中国人，戴黑色粗边框眼镜，穿黑色衬衣。"你怎么没和你的罗密欧在一起？"

"罗密欧不适合朱丽叶。"弗兰边说边走过去坐下，那个男人伸手去搀她。

"我是布鲁诺。"男人说。

"布鲁诺，你家很漂亮。"

"谢谢，我很幸运。非常欢迎你们到来。你是……？"

"班伏里奥。"

"啊，沉浸式！不过现实里是……？"

"查理。"

"查理，弗兰西丝，你们俩和这一位一样都上大学了吗？"

"是的。"弗兰说。

"我没有。"我突然不想说谎了。

"结果还不知道呢。"弗兰说。

"那么，查理，你现在是在做什么？"

"工作了，兼职。"

"在哪儿工作呢，查理？"

"嗯，一家加油站。"

"噢，哪家？"

"环城道上的一家。"

"我经常去那里，前几天还很高兴地刮奖刮到了几个非常漂亮的水杯。"

至少我没偷他的刮奖卡。"噢，别往里面放冰块，它们会直接在你眼前爆开的。"

"明智的忠告，我会记住的。下次我来加油时——"

我觉得应该想办法换个话题了，试试我的提问技巧，直接叫他的名字。年纪大些的人喜欢这样。

"那么，布鲁诺，你是做什么的？"

"我制造销售家用电脑。"布鲁诺说。我吃不准接下来该接着说点儿什么。

"我家也有一台家用电脑。"我尽力了。

"哦？哪一款？"

我报了型号和品牌。"爸爸照着报纸广告的推荐买的。"

"是啊，他们是我们的主要竞争对手。我们是王安电脑。"

"他们的不大好用，你们的好多了。"

"这话说对了。你会成功的，查理。很高兴你们能来。你们看起来就是迷人的一对儿。"

"噢，我们还不能算是真正的一对儿。"弗兰说。

"我们不久前才刚认识。"我说。

"我看不出这有什么关系。看看你们两个，大胆爱吧！没时间浪费！说起来，怎么游泳池里一个人也没有？"

"我们不确定是不是可以用。"弗兰说。

"当然可以，那就是它的用途。"

"我没带泳衣。"海伦说。

"我的天哪！年轻人怎么可以这么规规矩矩？"布鲁诺说着，一口喝干了他的酒，"现在我要去推人下水了。"他几步跳上大台阶，跳进了花园。亚历克斯和海伦咧着大大的笑容朝我们爬上来。

"亚历克斯，"弗兰笑着说，"你确定他觉得我们没问题？"

"当然，只要别说出去……"

春梦婆

音乐听来似乎更美妙了。在音乐上，我的朋友和我向来都有点儿道貌岸然的老学究气，我们讨厌舞曲，因为任何不需要吉他的音乐都是没有技术含量的，乏味、单调重复，只是"嘣嘣嘣"个没完。哈珀的小窝也不是跳舞的地方，那里只适合点头和咬下嘴唇。

可我们还从来没走过这么远。屋外，露台上的灯光为舞池套上了一圈边框，舞池里全是人，密密匝匝地一直挤到了最边上，活像个救生筏；四个角落里的大喇叭仿佛凸透镜聚焦光线一样将声音聚拢过来。亚历克斯高叫着，拉起海伦的手钻进了人群中央，弗兰和我对视一眼，跟在后面。海伦是最出色的舞者之一，叫人惊艳。她非常专注、严肃，眼睛紧闭，拳头紧握，喃喃自语，甚至带着几分愤怒的味道，好像有谁竟有胆量去打扰她一样。对于亚历克斯而言，跳舞是一种自我诱惑，时不时地把手滑进衬衫里，解开纽扣，揉捏自己的胸肌、屁股或腹股沟。我禁不住有点儿期待看到亚历克斯拍开亚历克斯的手。我有我的姿态——双脚立定，胳膊收紧，两手交替抬起落下，有点儿像挤牛奶那样，这种跳法就算在挤满人的火车车厢里也不会妨碍到任何人。与此同时，弗兰却狂野极了，她疯狂地笑着，胳膊抬起，双手插在自己的头发里，我能看到她腋窝下短短的腋毛根。她看到了我的眼神，笑得更厉害了，嘴张得大大的，两手按上我的肩膀，说了句什么。

"什么？"

"我说，这太疯狂了。"

"是很疯狂。"

她又说了句什么。

"抱歉，什么？"

她把我拽过去，嘴贴着我的耳朵："我说，我真的很高兴有你在这里。"我们就这样跳了一会儿，慢慢离开人群，来到了救生筏边上，紧紧拉着彼此。谈论别人的气味很容易显得自己像个变态，可我的确早就留意到了她的气味，某种夏天一般温暖的青绿色的气味。若干年后，在一个悲伤的可怕日子里，我又想起了这个气味，那么鲜明，那么清晰，甚至让我觉得弗兰一定就藏在屋子里的某个地方。"我的天，那是什么？"我问。"'青草'，盖璞出的。"她说。我感到了一丝丝失望，这样自然的气味原来只是身体香氛，弗兰身上的青草气息原来也不比我的"阿兹特克"更天然。可那个时刻，在那个舞池里，我依然觉得那是最棒、最精致的气味。我努力克制自己，不要像只獾一样伸长了鼻子去东嗅西嗅，而是将我的前额抵在她的额头上。她双臂环着我的脖子，抱着肘弯，就像我在电影里看到过的那样。

可音乐太快了，我们的额头总是撞上，还挺疼，于是我们分开了一点儿，回身朝人群中间挤去。这时轮到亚历克斯和弗兰落入彼此的怀抱了，他们相拥起舞，双腿交缠，跳起了一种老式拉丁舞步。我觉得有点儿妒忌，我们还没这样跳过舞。海伦拍拍我的肩膀，转了转眼珠，我们笑起来，一起跳起了一种有点儿玩笑味道的舞蹈。渐渐地，玩笑没有了，我们也伸出胳膊拥抱着彼此。那怦怦怦的声响像是软锤敲在我的胸膛上，没过多久，我甚至都敢把手抬到肩膀的高度，让我的脚离开地面了。

海伦在我耳边说了句什么。

"什么？"

"我说，你有没有感觉到什么？"

"完全没有。"我说。

时间变得有点儿奇怪了，我说不清我们究竟是跳了二十分钟还是两个小时。我决定出去待一会儿，再找点儿东西喝。跳舞跳得我有些头晕，整个人也轻松了，来到吧台边时，我发现自己都可以跟素未谋面的陌生人聊上几句了，这是以前从来没有过的。我跟一个很和气的女人聊了会儿，她二十多岁，正在接受护理训练，我说我妈妈以前也是个护士，我们聊了聊关于护士的话题，也聊了聊妈妈们的事。接着，我开始跟她男朋友聊天，他是一个非常好的人，为布鲁诺工作，我们聊得更多的是电脑。不知怎么的，我提起自己弄砸了考试，唯一有希望的就是计算机科学和艺术专业。他说，嘿，那就去做这个，学计算机科学和艺术，为什么不呢？既然那就是你擅长的，既然那就是你的天赋所在，人人都有天赋，你要做的只是把它找出来，然后发掘它、运用它。这话在我听来真是天大的智慧——这样一种态度，你应该做你擅长并且享受的，而不是你不擅长并且讨厌的。虽说这并不适用于爸爸，他那是一场惨败，可未必不适合我，毕竟，这是电脑，不是爵士乐。我决定就照他的话去做，我在想，多奇怪啊，就这么和人坦诚、轻松地交谈，明明我平时并不擅长这类事情。就这样，等到这位有识之士离开去找他那个和气的护士女朋友之后，我发现自己竟然能跟那位穿着红色 PVC 猫女连体紧身衣的女士说话了。我对她说她看起来非常迷人，她说谢谢你，是低沉醇厚的意大利嗓音。我们聊了聊意大利南部和北部的区别，甚至还有更有趣的，我们说到了穿脱 PVC 猫女装有多麻烦，说到那其实不是 PVC 而是乳胶，说到乳胶和 PVC 的区别，想去洗手间时会怎样，不过她说这种情况不太会出现，非常奇怪。她说，你会变得像因纽特人一样，如果没法上厕所，那你就不会需要去，另外，你会出很多汗，都积在里面，你看。她把拉链拉开了一点儿，让我从领口把手指伸进去感受一下。很丝滑，有汗水，有滑石粉，你能同时体会到干与湿的感觉。我觉得这是我这辈子有过的最了不起的聊天，伴随着乳胶的吱吱声，就像细细的尖叫，直到话题改变了方向。她问，你有没有被绑起来过？我说没有，只有一次，我最好的朋友哈珀曾经用睡衣腰带绑住我，为的是对着我的脑袋放屁，但那跟性没关系。她说，不，我的朋友，只是你以为跟性没关系。正当我纠结在这话里时，海伦出现在我身后，胳膊勒住我的脖子，对她说，这个人是不是在骚扰你？又说，查理，你这该死的跑到哪里去了，记住你为什么在这里，这是你的机会，查尔斯·路易斯。可我们只是聊了会儿 PVC 和乳胶的区别，我说。海伦说，我一定相信你们是这样啦，你这肮脏的家伙，不过快来吧，你在浪费时间。等我回头去说再见时，那个女人已经消失了。不过那也很好，因为海伦拽着我回到舞池中，弗兰一直在那里，看到我时她又叫又笑，张开双手，像是多少年没有见到我了似的。我们一起跳舞，就像她刚才和亚历克斯那样。她的十指在我脑后交缠，我的双手环在她的腰上，你中有我，我中有你，腿脚交错。她的胸脯压在我的胸膛上，心脏在我肋下怦怦地敲。越过她的肩头，我能看到亚历克斯在跟一个男孩儿说话，亲吻他，领着他从舞池向泳池走去。我退后一步重新看向弗兰，她眼睛闭着，汗湿的头发贴在前额上，她在笑。我说，你有没有感觉到什么？她睁开眼睛说，没有。我说，你这是什么意思？她说，噢，查理，我想我忍不住了，来吧。她拉着我的手，拖着我钻出人群，穿过草坪，朝树丛走去，一直走到灯光的尽头——

——直到这时，她才停下脚步，转过身来。当她双手捧住我的头，说"吻我"时，哪怕音乐依旧轰响，我还是听到了我们两个人的呼吸声和血液冲上头颅的声音。于是，我们亲吻，一开始很轻柔，她的嘴很柔软，有酒和柠檬的味道，然后更沉醉专注，她的嘴微微张开了一点儿，这一次不再牙关紧咬了，一切都好极了，没有任何不对，无论这里还是这世上任何其他地方，而且，噢，这一次，这一次就跟书上写的一样。

过了一会儿，她退开半步，看着我，喘着气，手还在我的脖子上。"有什么我们可以去的地方吗？"我们发现了一面可以靠的墙，在接近大门的地方，没有灯光，没有玻璃，偶尔有服务生出来抽根烟。我听到黑暗里有人冲着我们指指点点，在笑。"别停。"她说。我把手上移了一点儿，放在她的两肋上，阿桑提太太的睡衣在这里到了尽头，弗兰的肌肤开始出现，她引着我将手放在她的胸上，我想我的心脏大概是停止了跳动。我们一直在接吻，越发热烈，直到弗兰大笑着退开，用手腕蹭了蹭嘴唇。

"我想他们管这个叫'激吻'。"

"还好吗？"

"想什么呢？"

我的手还按在她的胸上，说话时保持这个姿势好像很奇怪。怎样才比较得体？我是不是该把手拿开，待会儿说完了再放回去？她会注意到吗？可她抬手按住了我的手，不让我动。

"我的口红还有吗？"

"早就没了。"

"在你嘴上了。"她说。

我们接着亲吻，我的拇指滑进了她的睡裙里，接着，微微有些别扭地插进了她的胸衣里。又一次，我等着她把我的手推开，可她却更用力地抵住了我的大腿，只是我依然无法完全忽略我胳膊的扭曲——胳膊肘向一旁支着，就像支在壁炉上那样。就在这时，有一个侍者看到了我们，笑着大叫："加油，孩子!"她退开了。

"我们应该……"

"我知道。"

"可我不想。"

"再一分钟。"我说。

亲吻的间隙里，我在想，是不是该跟她说我爱她？我还没有说过这样的话，或者，严格说来，我对哈珀说过，当时烂醉如泥，还对一些死物说过，一块比萨，一件生日礼物，但没有一次是真正认真的。再没有比这更值得认真的时候了。就是现在，突然之间，仿佛重新拾回了遗忘已久的字眼，一个藏在你脑海深处却始终触摸不到的词语，我想大声把它说出来。

可我还是有些犹豫。一方面是害羞——哪怕在这样的心神激荡之下，我也无法完全摆脱这个句子带来的廉价和随意感。除了窘迫，我还有一种几乎算得上骑士精神的老派想法，总觉得这些话不该随便说出口。这句话就像一个心愿，一个召唤恶魔的古老神秘咒语，使用起来必须慎之又慎。况且，就算将来我会说上一千次一万次，第一次终究也只有一次。还不是时候。我往后一靠，倚着墙，看着她。不知怎么的，她的模样有些不一样了，眉眼五官的比例变了，灯光浅淡，她的面容反倒更明晰了，就像做视力检查时验光师往镜框里插进镜片那一刻的感觉。我从没这样近地看过什么，于是，我说出了另一个强烈的感受：

"你真漂亮。"

她没有笑，也没有揶揄我，样子相当认真。"你醉了。"她说。

"真的没有。"我说，"就算我醉了，这句话也是认真的。我从没见过有谁能比得上你，哪怕只是一丁点儿能比得上的也没有，完全没有。你是……最了不起的造物。"

她重新凑上来亲吻我，这一次更轻，像是安抚。"我们去找他们两个吧。"她说，然后牵起我的手，我们回到灯光下。

那一夜余下的时间的的确确就像蒙太奇一样，哪怕在当时也是。回到舞池里，看到朋友眼中的疑问，我们给出了答案。弗兰把我拉向她，捧起我的脸，吻上来。"喏，开心了？"她大声说。他们放声大笑，海伦翻了个白眼，不等我们俩分开，我们四个就抱作一团跳起舞来，直到衣服被汗水浸透，贴在身上。"游泳池！"亚历克斯大叫。也不知他是怎么做到的，一边跑一边就脱掉了鞋子，轻快地一头扎进水里，水花四溅。海伦全副武装，沿着台阶一步一步走下去。这是我这天第二次脱掉上衣了，这一次没那么局促。我虔诚地把那衬衫放在干燥的草地上。可弗兰说："你不能穿着这个下水。"于是我转过身，脱掉牛仔裤，意识到真该庆幸这天穿的是我最好、最简单的那条内裤，个人感觉算是经典款的那条。我们手拉着手，助跑了几步，惊叫着跌进水里。池水给人感觉清新又美味，灰蓝色调，有一点点黏稠，有点儿像金酒。有那么一小会儿，我们一本正经地站在泳池中央，不知道接下来该做什么。那时我还是个游泳好手，正想把自己哪怕最微不足道的天赋也亮出来，表演几下划水。可不管是扑下去来个自由泳还是倒下去来个仰泳，似乎都不太对劲儿。

"不用说，这一池子基本上就是所有这些人的洗澡水。"海伦说，"这些汗流浃背的老家伙。"

"海伦，别这么恶心。"亚历克斯说。

"所以呢？我们就站在这里，瑟瑟发抖？"海伦说，"是这样吗？"她一拍水面，仿佛一个信号，弗兰返身朝深水区游去，我跟在后面，潜到水里，强行睁开我刺痛的眼睛，看她用慢动作翻筋斗，一次，两次，三次，黑色的睡裙在她身边翻卷缠绕，仿佛洇开的墨水。我换了一口气，奋力游得更近一些，炫耀地想要展现人鱼般的从容优雅，却不小心蹭到了池底。我们浮上水面，又换了一口气，再潜下去，在水底亲吻，一开始紧闭着嘴，然后张开，看着咝咝作响冒出的气泡笑了起来。我们浮出水面，我重新吻住她，但一切激情都是有限度的——

"你要擦擦鼻子了。"我说。

"什么？"

"你这里有些东西——"我指了指她鼻孔下面玛瑙绿的东西，已经快到她的上嘴唇了。

"好吧，抱歉，真性感。"她用手背抹了一把脸。"你发现了吗？"她说，"在水下的时候？"

"发现什么？"

"好吧。注意听音乐！"那是我不熟悉的迪斯科，管弦乐队，很华丽。"现在，我们下去！"她说。我们沉入水下，什么都没变。某种精巧的音响系统消除了水的隔阂，音乐跟刚才一样响亮、清晰。我们惊讶极了，想尝试跳舞，滑稽地努力跳出迪斯科舞步，抓紧彼此，好尽量多在池底待一会儿，直到我们的肺活量再也无法支撑。她的睡裙丝滑漆黑，她的肌肤沁凉，起了一层鸡皮疙瘩。我把手放在她的大腿根上，没一会儿，就感觉她的手在我腿间握了一把，她笑着，飞快地一蹬腿朝水面冲去。我伸手去抓她的脚踝，但她已经跑开了，这下我不得不面对新的问题了：要怎么才能不引人注意地爬出泳池？"别摸，别跑，忍住。"亚历克斯大叫，我只能就那么站着，酷酷的，一副若有所思的样子，把我的勃起用力抵在池壁上，希望它能像夹在门缝里的手指一样被阻断循环。

不知怎么的，我们就回到了屋子里，只有我们四个，手里拎着鞋子，衣服还湿着，头发贴在头皮上。我们到处找东西喝，从一个房间窜到另一个房间。等到终于在拼接矮凳上安稳下来时，其他客人依然用宽容有趣的目光看着我们，仿佛这只是一个普普通通的星期五晚上。弗兰的头靠在我肩上，她的头发散发着好闻的氯气味儿。我有了一种奇妙的感觉，满怀善意，心胸豁然开朗。所以，当亚历克斯对着一小群安静的听众朗诵起春梦婆那段台词时，我一点儿也不觉得尴尬，反而很平静、很坦然，而且惊讶地发现每个字我都听得懂。

也许是一个小时，也许只有十分钟，我们闭上眼睛躺着，听着音乐，时不时听一听身边的谈话。派对已经进入最后阶段，弗兰和我回到外面想透透气。著名的松树林如今在微微透亮的天空下现出了剪影。舞池里空荡荡的。她的手滑到了我的后背上，我扶着她的臀和肩胛骨，但这会儿的音乐太轻柔了，盖不住乌鸫的啼叫，这是世上最动听也最糟糕的声音，我们只能紧紧贴着彼此。

"'今天已经是明天了。'"弗兰说。我记起了剧里的一幕，那对爱人在埋怨晨曦的到来，寻找各种借口——云雀的叫声其实是夜莺，晨曦的光亮其实是流星——我想，这时候来上两句也许是聪明的做法。可我的脑子太迷糊了，一句词也背不出来，胡乱篡改关于云雀彗星之类的东西只会让我显得好像疯了一样。

另外，我压了整整一夜的念头到这时终于冲破阻碍冒了出来，紧随其后的是另一个更加可怕的猜想，我突然感到前所未有的清醒。焦虑是会表现在肢体上的，就像是突然想起家里的浴室水龙头已经开了整整一个星期那样。弗兰察觉到了我突如其来的紧张。

"怎么了？"

"我已经五天没有见到我爸爸了。"

"他去哪儿了？"

"哪儿都没去，这才是关键。"

"对不起，我不该拉你来这里的。"

"你在开玩笑吗？我当然要来。"

"但不管怎么说，现在走吧！反正我也得回家了，赶在他们起床之前。"

"我们是不是该跟其他人道个别？"

她亲了亲我："不，我们直接走。他们会知道的。"

我们把鞋子拎在手里，穿过湿冷的草坪。地上到处散落着鸡尾酒杯、香槟杯和空酒瓶。走出大门，我打开自行车锁。弗兰住的村子离这里有四英里，我琢磨着，也许她可以坐在车座上，我来骑。可是，就像水下的亲吻一样，这也是那种在屏幕上比现实里美好的事情。轮胎气不足了，我们两个的体重把车胎死死压在了柏油碎石马路的路面上，只能走路了。弗兰有时会爬上自行车让我推着她走，像女王一样。

我们穿过高速公路，头一次沉默不语，仿佛地球上就只剩下了我们两个。当街道让位给乡村时，我们不时停下来，投入彼此的怀抱，田园绿野，草茎扎人，晨露湿润，车轮空转，仿佛主人遭遇了严重的意外，被抛进了峨参丛中。有一次，我们俩都尿急了，弗兰无忧无虑地跨站在一条排水渠上，我就站在不远处，整个过程似乎持续了很久，远远超出了必要的时间。"天哪，我像匹马一样。"弗兰大笑，我也一样，心里想着，噢，看看我们，站在一起尿尿，下流又老到。很自然，亚历克斯昂贵的衬衣如今已经成了块破布，沾满了斑斑点点的草汁，臭烘烘的。后来把它塞进洗衣机里加热洗涤时，我才发现上面还少了一枚珍贵的珍珠纽扣，应该是落在了 B 级公路边的某块草地上。

要说这段路程，用"摸索"太恶心，"游逛"则听来轻佻，但无论用什么词来表述，本来一小时左右的路程最终花去了我们将近三个小时的时间。当我们终于抵达时，村庄已经醒了，股票经纪人已经遛着狗去取周末的《每日电讯报》了。前面就是弗兰的家，独栋小屋，白墙，框格窗上装点着花园里长出的玫瑰。

"到了。你想进来吗？见见格雷厄姆和克莱尔。"

"噢，现在才七点半……"

"来吧，我们去把他叫起来，把这个新闻告诉他们！"

"噢。好吧，如果你觉得这样——"

"我开玩笑的，查理。"

"好吧，真好玩。"

"我的意思是，你会见到他们的，但……"

"那你现在要怎么跟他们说？"

"我会说我在莎拉家过的夜。他们大概知道这不是真的，但对于这种情况他们向来很冷静，也许是假装的吧。'在莎拉家'差不多是一种暗号，表示'我很抱歉，但不用担心'。"她拉起我的手，在亲吻的间隙里说："真希望能带你上去，去我的房间。把你偷渡进去，藏在里面。"

"我没意见。"

"我们可以等到他们出门，到时候我就告诉你，然后我们可以在床上待一整天，听到汽车声我就把你塞进衣柜。"

"我吃什么呢？"

"我会把自己盘子里的东西省下来给你吃，就像小说里那样，偷偷从门缝下面塞给你。"我们精心制订计划，不厌其烦地亲吻，可我的下巴开始疼起来了，弗兰的嘴唇边被磨得像起了皮疹一样，小丑妆似的红红一圈。"你该走了。"我说。

"我知道。"她说，下一句话说得更认真，"不过这事我们必须做得更聪明些。"

"所以，你是想先保密？"我有心理准备——我听说过的大多数亲吻都伴随着"绝不说出去"的誓言——可弗兰只是哈哈大笑。

"不！胡说。不，我想告诉所有人！我的意思是，我们不会像打广告似的到处宣扬，但也不隐瞒。我们对待这个的态度要……酷。"她亲了亲我，"我们对所有人都很酷，除了我们彼此。"

"那你打算怎么跟人说？"

"我遇见了这个男孩儿，我喜欢他，真的喜欢，其他……我们就顺其自然，看看会发生什么。你觉得怎么样？"

"很好。我今晚要上班，到九点，然后……之后我能来找你吗？"这是个玩笑，但也不完全是。

她大笑："不。"

"那明天。"

"不！星期一，排练之后。"

我知道，最好不要流露出失望的样子，但我的脸上一定是有什么异样，因为她握住了我两边的肩膀。"别担心。我们会协调好的。"我们站着亲吻，紧紧相拥，仿佛我马上就要被流放到曼多亚[1]去了。我想，也许我能稍稍冒失一点儿。

"'甜蜜的忧伤。'"

"什么？"

"甜蜜的忧伤？"

"噢。"

"你知道，分离是如此——"

"是的，我听懂了，这是我的台词。我刚才只是没听清。"她嘟囔了一句什么。

"什么？"

"我说：'发音清楚很重要。'"

"是很重要。"

"的确。"我们又吻了一吻，"好了，可以了。星期一。"

"星期一。"

"再见。"

"回头见，再见。"

我的车胎撑到现在已经彻底瘪了，没法骑了。于是，我在这

---

1. 《罗密欧与朱丽叶》中罗密欧杀人后被判流放的地方。

个夏日的清晨里走路回家，带着全新的决心，虽说它们并非完全出自理性的头脑，具体是这样的：

既然我能和弗兰·费舍尔在一起，既然她都能努力接受我和我过去所有的错误，所有的肮脏败坏、古怪离奇和烦恼忧虑，那么，我当然也可以变成一个更好的我，一个全新的、无比优秀的、堪为典范的我。我过去不是那个我想成为的人，但没道理说这就是不能改变的。新的人生阶段开始了，就像秒表一样精准。从现在开始，我将不再被"不存在"定义，那是我所缺乏的。在剧中，乳媪列举了罗密欧的优点：诚实谦逊、英俊迷人、善良温和。虽说"英俊"不适用于我，可没理由说我就不能拥有其他几项，甚至在上面有所增补。我也会变得很有智慧，变得勇敢、高贵，变成一个对抗不公的斗士。我会很有趣（这也是能够下定决心做到的事情吗？），但不是傻，不是小丑。我会不计后果，但不是不负责任，我会受人欢迎，但不逢迎讨好。我会读更多好书，洗心革面，我会用才华与热情来刷牙，我会每天运动健身，坚持下去，打造不同的自己，自信，坦诚，早些起床，好让每一天都尽可能过得充实。我要买新的衣服，变得更时髦漂亮，剪短头发，不再偷窃，对爸爸更宽容，对妈妈更谅解，为比莉当一个更好的兄长。我会吃沙拉，吃鱼。我会多喝水——喝很多水，一天两升，没人能比我喝得更多，就算是迈尔斯也不行。

在这个温暖明媚的夏日清晨，一套足以改变人生的新年计划瞬间成型。全新的人生，这不是可以草率对待的小事，是个巨大的工程，可我等不及要开始实施了。真希望我的背包里带着耳机和随身听，这样我就可以为这一刻配乐，找出一曲自强不息的颂歌。如果有必要，我要把这套计划写下来，钉在墙上，就像一张公告，敦促自己坚持下去，陷入爱情——我找不到其他语言——就像被推上舞台，站在聚光灯下，在那样众目睽睽的审视之下，确保一切绝不出错是非常重要的。从现在开始，我的生活里将没有指责，我会以不同的方式行走在这世间。路牌上写着"一座好城"，我想：是的，也许它是一座好城，也许它可以是。

　　家里，爸爸躺在沙发上睡着了，窗帘低垂着，马克杯和盘子在他周围排成了一支小型舰队，电视里放着星期六的晨间流行音乐录影带。我用力把窗帘拉开，让阳光照进来，落在他的眼睛上。他眨眨眼，抬起手，嘴一张，发出一声含糊不清的"啵"。

　　"查理？"

　　"嗨，睡美人。"我推开窗户。

　　"你回来啦！我一直在等你。"

　　"我刚进门。我去参加了一场派对。抱歉，应该提前告诉你的。"从现在开始，我要更体谅。这个男人的烦心事够多的了。

　　"和谁一起？你的兄弟们？"

　　"另外一些朋友。我得先送他们回家，晚一点儿慢慢跟你说。"为什么是"他们"，不是"她"？我会更诚实、更坦率，我会改变声调语气，和爸爸像朋友一样说话。"我中途去买了点儿面包和鸡蛋。"黑麦面包，红皮鸡蛋，散养的。"我来做早餐。另外，我还买了这个。"一袋子考究的橙子，温暖，散发着香气，六个小小的太阳，来自 SPAR 超市。我从碗柜最里面找出榨汁机。从现在开始，我们每个周末都要吃橙子，就像地中海人一样……

　　"你还好吗？"爸爸说。

　　"什么？"

"你喝醉了？"

"没有，只是……很高兴。没问题的，对吧？"我猜想，既然悲伤可以传染，那或许快乐也可以呢。希望如此。

爸爸挣扎着爬起来，抬起双手搓了搓脸说："这不大寻常。"

"的确。"

"我都不知道我是不是喜欢这样。"

"别担心，"我说，"很快就知道了。"

第三部

八月

———

你看见他的时候他在做些什么？他说些什么？他瞧上去怎样？他穿着些什么？他为什么到这儿来？他问起我吗？他住在哪儿？他怎样跟你分别的？你什么时候再去看他？用一个字回答我。

——威廉·莎士比亚《皆大欢喜》

爱情

　　爱情是无聊的。在不相干的人眼里，一切爱情都是相似而普通的，初恋更通通都是腺体激素引发的笨拙的冲动。莎士比亚一定很清楚这一点，在这样一个全世界最有名的爱情故事中，恋人真正幸福快乐的篇章——除了之前的铺垫蓄力，除开之后的冲突矛盾，仅仅只是彼此相爱、无忧无虑的部分——不过寥寥几页。几页，几乎就只是一个小宣传册的篇幅，渴望与失望之间的一个小小插曲。初初坠入爱河者之间的信任与亲昵，只属于两人的玩笑的诞生，为疑心与不安而坦白忏悔，保证与誓言……人们能接受的也就这么多了。如果莎士比亚真的曾经写过恋人怎么聊他们最爱的食物，怎么拨弄他们肚脐眼上的小绒毛，或是怎样真诚地解读他们心爱歌曲的歌词，那至少在定稿中将它们删掉是明智的。

　　开头和结尾，渴望和失望，那才是故事之所在。至于爱情状态本身，特别是年轻时的爱情，就像听人讲述他们的跳伞经历或某个古怪离奇的梦，解说一张改变人生的模糊照片，太遥远了。体验越是紧张，我们越不乐意听，我们为他们人生的改变而高兴，那一定很叫人兴奋吧——好了，可以聊点儿别的了吗？

　　所以，最好是设想只有我们自己，两个人，不说话。我们亲吻，闲逛，这才是真正美妙的——那样美妙，我都无法理解成年人为什么不把时间都花在这些事情上。我猜，这大概是我们所有人都要穷尽一生去寻找的答案，还要设想，当我们停下来，留出足够的时间交谈，谈一些更加开放、更加深刻的东西，让它们自由流淌，比这世上曾经有过的一切谈话都更热烈、更有趣、更认真，而且意义深远——那不只是说话，而是真正的交谈。设想我们比认识的所有人都有趣，当弗兰因为我而大笑不止，甚至尿湿了自己，确切地说是尿湿了牛仔裤时，那将是我一生中最最骄傲的时刻之一。设想没有什么是三心二意的，无论激情还是担忧，无论欲望还是恐惧。设想我们精挑细选，热爱彼此的音乐，就算不是真心，也要假装出热爱的样子，我们静静聆听尼克·凯夫[1]和斯科特·沃克[2]吟唱我们的故事，听妮可[3]和妮娜·西蒙试唱新曲，那将是我们的歌，那歌曲令我们流泪——还有那些平常看起来傻乎乎甚至让人排斥的举动，像是牵手、当众激吻、把嘴里的口香糖传来传去，全都不再恶心。设想我们从未想过要生在另一个地方，遇见另一个人，分离的每分每秒都是虚度，无法想象有什么情况能让我们不作此想。还有更多，不比一本小册子更丰厚，这是无可奈何的事情。最要紧的部分不会被说出来，却也不会被遗忘。

首先，我需要再次见到她，到我们下一次见面还有四十八小时，我体会到了科幻小说里的时间概念。周末缓慢地向前蠕动，像是到了另外一颗遥远的星球。"因为一分钟便是许多天。"朱丽叶说。我开始理解她了，最美最真的台词都是她的。这部剧里有许多个瞬间都让我禁不住好奇：莎士比亚是怎么知道的？这就是其中之一。

四十八个小时，四十六个，四十四个。天哪，想想看，如果被

---

1. 澳大利亚摇滚歌手。

2. 美国歌手、词曲作者和制作人。

3. 德国摇滚歌手。

流放到曼多亚的是我，我要怎样将这些慢镜头依次填满？我知道这多少也算一种考验，我必须保持足够的自制，远离电话，不放纵自己干脆穿过小镇跑去她的村子。相反，我只能在高低床的下铺上忍受入骨的疲惫、下巴上的酸痛，和令人辗转反侧、心痒难耐的不安，并熬过闷热潮湿的漫漫长夜，一边是发自灵魂的渴望，一边是军营里那种汗湿的、毫无诗意可言的冲动煎熬。"痛苦"这个词似乎被滥用了，被随意用在无数有关爱侣分离的描述中，但最适合它的，当然还是星期六晚上在加油站里盯着空荡场院的夜班时间，唯有当初回家路上在公交站和树篱旁的那些惊世骇俗的清晰回忆才能稍稍宽解我身为爱人的偏执。四十二个小时，三十六个，二十四个……我也许无法将它尽数诉诸言语，但总忍不住想起那句"快快跑过去吧，踏着火云的骏马……"。

　　星期天，情感已经满溢，令人遗憾的冲动之下，我想，也许我可以凭记忆把她画下来。在此之前，我画过的绝大多数眼睛都只是空落落地悬在骷髅的眼窝洞里。我尝试画出她的模样，倒也不算太不像，但我知道，那种大众普遍认可的传统魅力不会是弗兰喜欢的，眼睛太大太湿润，嘴唇太丰满。诚实一点儿吧，我对自己说，但我这一次的尝试的确着落在了感官上，变成了那种监狱囚徒会用香烟购买的自制色情作品。最好的一次，我画的是她在水下翻卷的姿态，脚趾紧绷，丝滑发亮的黑色睡裙在她的腰肢下飞扬飘拂，紧贴着她的胸脯。有了这样一幅黑白画，我真的足以自傲了，特别是对她那对挺立的乳头的勾画，侧面视角，用我的零点四毫米笔芯的"红环"自动铅笔勾出简简单单的黑色线条。

　　四个小时，三个，两个，一个……星期一早上九点整，她出现了，第一次推上了她的自行车。似乎有某种转变已经发生了，她看来甚至比我记忆中的更迷人——女孩儿的容貌会因为亲吻而改变的吗？她放下自行车的方式很让我心动，那是一辆细车架老式赛车，直接倒在我的车上面，让我感到了一股奇异的刺激。

"嗨。"我说。

"哈喽。"她说，微笑着。

我们都同意应该表现得若无其事，可不知怎么的，还不等排练开始，消息就已经传开了。

"你们两个，周末过得不错哦？"露西说。

"哈喽，爱情鸟。"基斯说。

"噢，班伏里奥，你真是一匹黑马。"去柑橘园的路上，迈尔斯说道，还在我的锁骨上拧了一把。

"啊，我觉得这很美好，两个年轻人走到了一起。"珀莉说，"每一季都会有这么一对儿。"

就连艾弗和爱丽娜也像是知道了。"我想我们也许应该把你们两个分开！"艾弗夸张地挤了挤眼说。那会儿我们正在分组，准备排练凯普莱特家的舞会，这是第一次全员出动的大场面。

爱丽娜的想法是，用传统的宫廷舞开场，双手叉腰，挥舞白色手帕，随着剧情推进而渐渐变得激烈、狂野、现代，直到罗密欧与朱丽叶终于看到彼此，所有人瞬间定格，保持姿势不动。除了玛卡莲娜[1]和霍基-科基[2]之外，我还从来没正经跳过舞，到了这个时候，光是弄明白什么叫"前""后""左""右"似乎就已经很难了，我开始疑惑，是不是"你好"表示"到此为止"？也许

---

1. Macarena，由"河流二重唱"所创作并演唱的西班牙语拉丁流行舞曲。
2. Hokey-cokey，英国传统民间舞蹈。

"晚一点儿再说"的意思是"再也不必说"？在正式的舞蹈过程中，有那么一会儿我要拉着她的手，我想知道该如何解读交缠的手指和她的大拇指在我手心里画的圈。我自己的拇指也找到了她的掌心，疯狂地摩挲回去，我希望那是性感的。"回头等我一会儿。"她回过头说，"可以吗？"

午餐时，我跟乔治走在一起。"我说，听说该跟你道恭喜了。"他说。

"天哪，乔治，怎么回事？为什么每个人都知道？"

"消息总是传得很快。人们号称他们做戏剧是为了表达思想和艺术，其实全都与性有关。所谓结业晚会，说到底也就是一场狂欢会。至少，人们期望如此。"

"呃，其实还什么都没有。也可能，你知道……就只是……"

"就只是一场夏日幻想。"

"我想说的是'亲吻拥抱'，只是一场派对上的亲吻拥抱。瞧着吧。"

"哦，你要知道，我并不在意。好吧，我的确在意，但我不会因为这样就变成怪胎，跟踪你们俩回家什么的。我……很为你高兴。"

"谢谢，乔治。"

"也很生气。"

"很公平。"

"但什么也别说，行吗？别跟她说我的事。我总还是有些骄傲的。"

我说我明白。

我们都很努力，午餐约会的时间也没有了，漫长的一天过去，等到我们终于能够碰面时，已经是在停车的地方了。那两辆自行车依旧交叠着，踏板嵌在辐条中间，刹车线缠绕着车把。"看啊，我们俩缠在一起了。"她说。我想：哦，这太过分了。

"我觉得我们可以找个地方，我和你，去对对我们的台词。"我说。我们推车准备出发，就在这时，海伦和亚历克斯追了上来。

"全员到齐！"海伦说。

"你们俩感觉怎么样？"亚历克斯说，"有没有失落，有没有崩溃？"

"没有，我很好。"弗兰说。

"有点儿难过。"我说。

"我猜你就是。"亚历克斯说。

"亚历克斯……"弗兰说。

"那么，我们现在去哪儿？"海伦说，"我们四个，一起。"

"其实，"弗兰说，"查理和我要准备去对一对台词。"他们的笑声一直冲到了树梢顶上。

"'对一对台词'。哈，我还从来没听过有人这样来表示——"

"亚历克斯，成熟一点儿。"

"不是，我觉得这主意棒极了。海伦和我跟你们一起去。"

"抱歉，我们俩骑车。"我说。

"我们可以跟在旁边跑！"亚历克斯说，"带上我们吧！"

"我们跟你们一起！"海伦说。

"我们要走了。"弗兰大叫，"再见！"

"明天见！"我也大叫着直接站在了踏板上。

"可我也想对对我的台词！"

"再见！再见！"

对台词

就这样，接下来的两个星期里，我们晚上一起出去练习台词。

在我看来，没什么比弗兰·费舍尔骑在弯把的意大利赛车上更酷的事情了。只要可以，我们就并排骑，阳光透过树冠洒下来，像古老的探照灯光一样。有时我们只骑一小段就停下来，亲吻，跟跄，跌跌撞撞地跳下车。我们在树林里和灌木篱笆后面对台词，没有传统的干草垛，我们就躲在包裹着黑色塑料布的稻草卷的阴凉里，新鲜的茬口扎在我们背上，像钉床一样。一天晚上，弗兰偷偷从家里带了一瓶红葡萄酒出来，用圆珠笔把瓶塞捅进瓶里，酒液有果酱的感觉，在太阳下晒了一天，温温的好像热茶一样。我们轮流大口大口地喝，喝到晕乎乎的，嘴唇也粘了起来，努力忍住不要大笑。弗兰含了一大口，过到我嘴里。"喜欢吗？还是只觉得恶心？"她说。大半的酒液都顺着我的脖子流了下去。

前一晚的记忆和下一晚的期待支撑着我熬过那些越来越紧张的漫长排练。我们一个一个场景地过，成果……不太好，但比一开始的哗众取宠和装腔作势好多了，古怪的做作腔调消失了，故事和人物渐渐从黑暗中浮现出来。现在，大家会对视了，会触碰而不瑟缩了，会相互激发敦促了。我从没加入过管弦乐队，未来也不会，但不妨把这件事想象成一部大交响乐曲的排演，预测你喜欢的部分，找到些东西来帮你熬过沉闷无趣的段落，努力演奏好自己的部分，为的是让整体更出色，哪怕没有一个听众会注意到你。我意识到，窘迫本身比认真努力更叫人窘迫，所以，我竭尽全力去做。不知从什么时候开始，无论是在我自己的意识中，还是在他们的眼中，我也成了这个团体的一分子。既然这就是弗兰热爱的，我又有什么理由不愿融入其中呢？

虽说很难想象有比我更不客观的评价者，但我是真的越来越坚信，她是有史以来最了不起的演员。我爱她的眼波流动与手势动作，仿佛追随飞入房间的鸟儿一样追随心中所想；我爱她凝立沉静的姿态，爱她全然有条不紊、确信自己言出有物的模样。我爱她能将台词说出完全不同的韵味，到了下一次还能再推陈出新的样子。我总是坐在椅子上，探出身子看着，从没有哪怕一个瞬间感到过一丝的妒忌和自卑，只是为她做到的这一切而骄傲，还有一点难以置信：我们竟然在一起了。

但白天我们从来没有机会接触，只能进行一种若有所指的柏拉图式交流。可更大的痛苦却是要坚守这一法则，就像屏住了呼吸，只能等到向其他人挥手道别时才松一口气，沿着暂时还没人的小路冲出去，寻找一个新的隐秘地方，去"对台词"。有时，出于负罪感和恐慌，我们真的会对一对台词，我临时充当她脑子不灵光的替身罗密欧，说那些圣徒啊双唇啊祷告啊之类的词。

"'生下了嘴唇有什么用处？'"我说。

"'信徒的嘴唇要祷告神明。'"弗兰说。

"'那么我要祷求你的允许，让手的工作交给了嘴唇。'"

"'你的祷告已蒙神明允准。'"

"'神明，请容我把殊恩受领。'"

"然后是舞台说明，说'他亲吻朱丽叶'。"

"是的，但我们不必照做。我们只是对台词。"

"迈尔斯是一定会做的了。"

"他会，但我们有约定，绝对不许伸舌头。"

"一定要确保他遵守。"

"噢，我会的。"她说着，吻了吻我，"不过，你读懂了吗？"

"他想让她相信，吻和祷告是一样的。"

"太保守了。"

"还有，她是圣洁不可侵犯的。"

"或者假装是。如果她不愿意，就不会让他吻她。我想她其实想要更多，无论那是什么。这是我对这个角色的理解和诠释。"

"朱丽叶是期待的。"

"真心期待。"她说，我们再次接吻，"不过，你看出它的形态了吗？"

"什么？"

"台词。这是一首诗，十四行诗，最后是一个对句。"

我数了数："我没发现。所以说……"

"所以说，差不多是这样：他们相会，用诗开启对话——不光是说完要说的话而已，还要有完美的韵律和格律形态，最后的对句就是那个吻。真是绝妙，不是吗？"

"我们要再来一遍吗？从头开始。"

哪怕在充满死记硬背的单调学习中，我依旧爱听她说话，虽然还不太确定，但必须承认，我甚至开始爱上这种语言了，像期待歌曲中的变调或渐强一样期待着段落的递进。那不只是含义上的（我依然常常有错漏），更多在于它们本身所具备的音乐性，音高、语速、声调的变化，那是一种韵律感。"我的慷慨如大海般浩荡！""黑夜的面罩罩在我的面上！""将他带去，分散成无数的星星！"我白天也听，晚上对台词时还听，日日如此。那时我的头脑更容易记住东西，直到现在，我还能背出不少长篇段落。我想不出是在怎样的环境下才能有这样的事情发生，但它们就在我的脑子里，就像水泥地面将干未干时被写上的字。她也是第一个说我"有趣"的人，这是我得到过的最高赞美，因为这正是我期望的赞美。不是在脱口秀场上，而是和朋友在一起，人不多，这才是最重要的。

我想赶在天黑前送弗兰回家，但小路上没有路灯，骑车下山太危险，我们选择走路。这是八月的下半月了，我开始感觉到白昼在加速变短，叫人害怕又愤慨，我们还能一起拥有的夏天仿佛变成了一条海岸线，不断被海浪蚕食侵吞。太阳的迁徙是追逐情侣的时间窃贼，像秋天的浪一样，侵蚀着季节脆弱的岸——你看，诗意是会蔓延的。这些东西如今越来越多地出现在我的脑海里，这些文字、想法和感受通通交织在一起。我知道，最好还是不要将它们宣之于口，却不知道是不是该诉诸笔端。

在这一点上，这出戏或许也是对的——爱情不但能改变人们的感受，还能改变他们思考和说话的方式。并不仅限于十四行诗，每当夜幕降临，我们会用各种各样的方式交谈：小小的剖白、自我披露、私密小玩笑的打造。我们已经彼此了解，现在的课题是要真正彼此了解。这样的坦诚透明之中包含着许多欺骗，至少是隐瞒。她距离真正真实的我已经足有一英里远了，因为我坦白出来的阴暗全都是好的那种阴暗。比如，我就没有告诉她，我是个贼。

但我确实把想说的都对她说了：家庭的分崩离析，爸爸的崩溃，身在其中是怎样的感受。也许，这是因为我生平第一次完全信任某个人。我们的谈话完全谈不上轻松，可就算这样，我依然知道，这也可以是一种新的交谈方式，不需要提前准备问题和答案。它既是成年人的方式，也是对"成年人方式"的似是而非的模仿，有意要诚挚恳切，努力要深刻深远。简单说来就是，我们都很可笑，我们也多多少少知道自己可笑，但并不在乎。现在回头看，我倒是想起了曾经在儿童读物上见过的一幅插画，大概是莫里斯·桑达克的，画的是一群穿大人衣服的小孩儿，帽子挂在后脑勺上，长长的袖子垂下来，空荡荡的。

到她家之后，我们听着窗户里飘出来的电视机声，在高高的树篱掩护下流连一会儿，亲吻道别。她提过要我进去见见她的父母，可我总是说"不"。第二天，我们继续排练，偶尔，我得放弃一个晚上的台词练习，去完成我那令人厌恶的加油站的工作，我还是会偷一些刮奖卡，但收敛多了。也许我能用这些钱准备一份礼物呢。到沃金的"阿尔戈斯"百货店去买一件首饰，请她到"泰姬陵"餐厅去吃一顿饭，诸如此类。

后来，在我们开始对台词的第二周的那个星期四，她问我想不想走远一点儿。"我研究了一下地图。"她说。

河

"瞧，地形测绘图。爱丁堡公爵奖励计划[1]，你懂的。我觉得我们来得及。"那天她穿了一条蓝色棉布连衣裙，她拉起裙边，拧上几拧，掖进内裤的松紧带里。我们出发了，艰难地骑车爬上庄园背后的山顶，然后放开车闸，滑下一道陌生的山谷。弗兰在前面领路，地图在她的车把上迎风招展，扑啦啦地响，一块深色的汗渍在她后背上洇开来。我们沿着一条笔直的长路向下，道路两旁白杨夹道，像法国电影里的画面。一直到路尽头，她才放慢速度停下来，再一次查看地图——"你的爱丁堡公爵奖励出什么问题了？""拿到铜奖之后我就放弃了。这边！"——接下来，我们闯过一片草地，一前一后地推着车，沿着田野边一条杂草蔓生的步行小道向前走，钻过挂着点点深红色半熟浆果的荆棘。我们的胳膊和腿上都被刮出了印子，可"这一切都是值得的，我向你保证"。当然值得。沙哑的曼声叹息渐渐清晰，突然间，我们踏上了一处低矮的水岸，那是一条暗色大河河湾边的黑沙滩。如盖树荫下笼住的空气里满是雾一样的小蠓虫，烘热、凝滞，带着金属味道，像是暴风雨来临之前的味道，鹡鸰在水边大摇大摆地走来走去，燕子和紫崖燕轻掠过水面。

---

1. 英国菲利普亲王在一九五六年创立的奖励计划，旨在鼓励青少年和年轻人完成自我提升，以应对德国教育家库尔特·哈恩提出的当时年轻人因现代生活方式而导致的"六大退步"：身体素质下降、积极性与进取心减退、记忆力与想象力减退、技能与关爱减弱、自律降低、同情心减退。

"怎么样?"

"很美。"我说,想着我是不是该吻她。可她已经扔下自行车,踢掉了脚上的运动鞋,一边走,一边抓着裙摆从潮湿的后背拉起,拽过头顶。她双眼注视着前方,解开了胸衣搭扣,站在水边,脱下内裤,小心地抽出双腿。她嘴上抽着气,大步走进水中,走出两步,或者三步,停下站一会儿,一手按在后腰上,一手横过胸前。接着,两只胳膊一齐举过头顶,她向前扑下去,被冷水激得尖叫起来。然后,消失了,安静地、全然地消失了,只有绿色水面上映出一个白色的轮廓,顺流而下。从头到尾,我都说不出话来,说不定连呼吸都停了,唯一能发出的声音就只有"噢,老天",直到她在下游的远处重新浮出水面,眯缝着眼睛,捏着鼻子。

"你怎么还没下来?"

"实在是抱歉,我没带泳裤。"

"'泳裤'!"她哈哈大笑,"得了,你总不能穿着湿内衣骑自行车,会把你的皮都磨破的!我数到十。"出于对自由自愿精神的尊重,她转过身,整个人埋进水里。我抓紧时间飞快脱掉衣服,蹲着往河里挪动,鹅卵石硌得我脚底生疼。我走得跌跌撞撞,溅起巨大的水花,冰冷的水仿佛一记掌掴,激得我直吸冷气,生殖器也变成了缩进壳里的蜗牛。你会热起来的,我告诉自己,开始连游带爬地向最深处进发。那里的河床变成了泥炭一般的质地,黑褐色,散发着淡淡的蔬菜气味,挺叫人愉快。水流载着我交替穿过温暖、冰冷又温暖的水域,来到弗兰此刻的所在,靠近对岸,有阳光洒落。她蹲在水里,下巴刚好能贴着水面,她的肩膀是棕褐色的,胸脯是耸起的雪白小三角。我漂过时她一把抓住我,我们跌作一团,亲吻,我品尝着她的双唇和口中河水的味道，把她拉进怀里，我们双腿交缠，为了稳住身子，蠕动着脚趾挖进丝滑的淤泥里，就这样站着，等待我们肌肤之间的河水变得温暖，我们十指发红变紫，最后，弗兰从泥中拔出双脚，攀着我，双腿盘在我的胯上。

可这太过头了，她倒吸一口冷气，猛地一推，弹开去，大笑着转头朝上游游去。我看着她离开水面，蜷起身子，蹲着，抓过衣服遮住身子，消失在河岸上，躲进了高处的原野。我站了一会儿，然后整个人埋进水里，像个试图清醒过来的醉汉一样。我爬出水面，抖搂开衣服，穿戴整齐去找她。

找到她时，她正躺在深长的草丛上，胳膊张开，内裤团在她的左手上，裙子还湿着，贴在她身上，就像海藻贴在岩石上一样。她没有看我，我感觉自己似乎冒犯到她了——她不住地深呼吸，像是在哭——可她却拍了拍身旁的空地。我加入她的行列，手握着手，尽可能在这绵软无力的斜阳下把自己晒得再干一些。

好一会儿过后，她翻过身，轻轻地吻了吻我。"我们差点儿就做了。"她说。

"嗯。"

"我认真想过，还是想再等等。"

"好，等到什么时候？"

"到你二十一岁。"

"噢，好。"

"或者这个周末。"

"这个周末？"

"我想是吧。"她笑起来，翻回去，"看你那样子，二十一岁？"

"是啊，还真是好笑。"

"不过，周末你能行吗？"

"我和你？"

"我觉得应该是这个意思。"

"这个周末？"

"要看看你的日程表吗？"

"不，不，我没问题。"

"很好。"

"我是说，我得查一下广播节目表。"

"看看有什么节目？"

"一点儿没错。"

"如果你想跟我一起做的就是这个，那行吧。"她说，"我可不想把什么都视为理所当然。"

"噢，我一直留着这个项目，就等着找到一个我喜欢的人……"

"那听节目的同时呢？有什么备用方案吗？"

"这差不多就是我唯一能想到的东西了。"

她大笑："我是说，我们现在干什么呢？是……随便晃晃，就这样，是吗？"

"我想是的。"

"我们只需要把它推进到——"

"——下一个阶段。"

"噢，那就简单了。"她说，"就把它当成终点冲刺。"

"很好。"

"很好，就这样。"她吻一吻我，又躺回去，"总之，在水下是不成的。别问我怎么知道的，我就是知道。你是没事，我却是那个会弄上一身青蛙卵和水草的人。"

"刺鱼。"

"水毛。屁股会变得像教室里的鱼缸，我可不想过了生理期该来的日子却发现自己怀上了一条鲈鱼。再说了，我们还需要避孕套。"

我钱包里就有一个，一盒三个装的那种（我一直以为这就够我一辈子用的了），之前买的，在妈妈上班的高尔夫球俱乐部的洗手间里，买的时候心怦怦直跳。我选了"棱纹"款，很有力量的词，像原木小屋的墙或大脚车的轮胎。如果他们卖"瓦楞"款，那我就买那种了。可事实上，我被这东西纱一般的脆弱轻薄惊到了。为了确保安心，第一个用在了我称之为"预演"的实验上；第二个，藏在了"石玫瑰"乐队的第二张密纹唱片封套里，我知道，绝对没有人会去翻那里。三部曲中的第三个，我在每一个看上去有希望的晚上随身携带，比如因为某个理由要去游乐场，或是参加哈珀的小窝聚会时。现在我就带着，那圆圈透过光亮的包装袋印出来，像拓印一样。在河里时像是能用得上了，可那就意味着得先游到岸边去拿，再回头走过鹅卵石河滩，也许还得含在嘴里往回游，像叼着网球的狗那样。不，这时机不对。在流淌的河中间完成第一次，我猜会是个好故事，可我很高兴我们停下了，因为——

"我真正想要的，"她说，"是一张床。"

"床是个好主意。"

"因为，不管是帐篷还是干草堆还是沙滩，老实说……"

"都不好。"

"应该有一扇门可以关上，周围没别人。"

可我们要到哪里才能找到这么个东西？"我爸爸基本上都在

家。"我们在楼上，爸爸在楼下？这根本没法想象。还有高低床的问题，这还是会让我觉得尴尬。

"我的房间嘛……只要我带男孩儿回去——我很少带男孩儿回去——他们就会一直往楼梯上跑，咳嗽，把地板踩得嘎吱嘎吱响。"

"我应该先见见他们。"

"见他们很好，不过不是见过之后立刻跟他们的女儿搞上。"

我们进入角色了。"你家真漂亮，费舍尔太太。"我说。

"叫我克莱尔就好。"

"你家真漂亮，克莱尔，格雷厄姆，那个，如果你们能允许……"

"格雷厄姆先生和太太，请不要到楼梯上来。"

"要是他们不在家呢？"

"那可能得等很久了。"她说，"顺便，我的是单人床。双人床更好，我父母的是，但并不理想。那是他们这辈子的疗愈宝地，就是那张床。"

"双人床很好。"

"像摔跤场一样。房间是用来散步的。"她转过头，"你还好吗？"

"我很好。"

她俯身悬在我上方，脸凑得很近："你好像脸红得厉害。"

"没有，我很好。我们落到实处了，这很好。"

"你确定？"

"是的。"

"你不觉得我有点儿……随便？"

"妖精。"

"狐狸精？你是这个意思？"

"不。"

"你一点儿都不紧张。"

"不，有一点儿。我是说，我希望能做好。"

"是啊，我也希望你能做好。"她大笑，"我也是。"过了一会儿，她翻过身去。"好吧，这也是一种可能性。"

"接着说。"

"你能跟你爸爸说你在哈珀家过夜吗？"

"什么时候？"

"星期五。"

"我从来没有真的在那里过夜。"

"可这个星期可以，你可以一直待到星期天夜里。"

"一直待到星期天？"

"或者说你要去野营之类的，可以吗？"

"我想可以。"

"好，那我们已经有一个方案了。"

星空，星空

我知道弗兰不是处女。她跟我说过她的"过往情史"，我们为这个词哈哈大笑，好像那就是普通中等教育证书一样："我们一直这样，都铎王朝时也这样。"我知道她的历任男朋友，也暗暗在脑海中妒忌恼火，对他们每一个都抱着敌意。这很合情合理。同样，我也跟她说了我和莎朗·芬德利在沙发背后地板上的千钧一发。"还好你们没做。"她说，"不然你就得告诉所有人，你的第一次是在沙发背后的地板上完成的了。"

"大实话。"

"'大实话'。""大实话"是我们两个的专属小笑话之一。你看，我说过的。

这场对话发生在几天之前的一个晚上，在一片能看到城里的郊外山坡上。弗兰和我喜欢去寻找这些漂亮的地方，这是属于我们自己的外景地。

"我真是不明白为什么大家管这个叫'丢失'。"她说，"你可以丢失袜子或者雨伞，那是被动的，是意外。我不知道，'丢掉'童贞，这样似乎好得多。主动的选择，不是'和谁在一起弄丢了它'，而是'将它丢给了谁'。"

"或者，也可以是'交托'。"

"'交托'，就像送出一件珍贵的礼物。这会是你对待童贞的方式吗，查理？"

"是的，但要有收据。"

"以防他们不喜欢？"

"试了一下，抱歉，不适合我。"

"尺寸不合适。"

"颜色不合适。"

"收现金吗？"

"说真的，"我说，"我认为只有女孩儿交托出的才算是礼物，男孩儿必须接受。"她冲我皱起眉头，我立刻澄清："我是说一般情况，大家都这么说。"

"有点儿性别歧视。"

"是的，相当性别歧视。"

"好了，我认为你应当把自己交托出去，查理。交付出去，就像送出一盒乳香，或一支漂亮的钢笔。"

"等到我遇到对的女孩儿。"

"你什么时候才会遇到对的女孩儿？"

我们沉默了一会儿。

"你的已经丢失——还是说，交托出去了吗？"我说。

"没有，我算是……摸索过。哦，老天！"她双手拍在脸上，长吁一口气，又放下，睁大了眼睛，"有一天，我们在排演罗密欧和朱丽叶那一夜之后的戏，艾弗让迈尔斯和我搂在一起，就像我们真的一同经历了那桩有魔力的事情，在迷人的头发和干净的床笫间醒来，一切都不同了。我跟艾弗说，我怀疑这事会不会其实很糟糕，罗密欧和朱丽叶的第一次，会不会真的是一场尴尬又笨拙的性事。也许会出血，朱丽叶会说不舒服，也许只持续了十秒钟，罗密欧一直道歉，也许乳媪一直在门外走来走去，妨碍他们。我觉得我在这点上大概是有点儿太执着了，满脑子就只有这个想法：罗密欧和朱丽叶的第一次很糟，他们怎么还能继续相爱呢？这很尴尬。也许这样更好，更真实，就算尴尬，那也是他们两个一起造成的，就像是注定的。"

"开个会研讨一下！"

她大笑："不错！研讨一下。总而言之，艾弗看我的样子就像我疯了一样。'这不是那种戏，弗兰。'他说。我说我不同意，如果莎士比亚对初恋的理解是对的，那他对初夜的理解为什么就不能也是对的呢？当然了，迈尔斯完全不接受没有升华而且不改变人生的性，因为——你知道的——因为他是迈尔斯。只差一点点，就一点点，我就告诉他们了。"

"告诉他们什么？"

"我的第一次。"

"继续。"

"我的第一次——你真的想知道？第一次是和一个比我高两个年级的男孩儿。"

"那会儿你多大？"

"十五岁。那是圣诞节的时候，前年。总之就是，我们一直有个活动，叫'查茨伯恩的乐队之战'——是的，我知道——我第一年去的时候，这个五年级的男孩儿——帕特里克·达雷尔，他的名字——他上台唱了一首《洛葛仙妮》，你知道，不插电那种，就只是一个男孩儿，拿着一把木吉他，我们觉得他真是太大胆了，每一脚都踩在红线上，就那样当着前排所有老师的面，非常低俗，但全场安静得叫人吃惊，好像我们面对的就是传奇说书人一样。关于妓女的故事，就是这样。三年后，我们自己也参加了乐队之战，表演翻唱的歌，改得面目全非，没人听得出来，所有人都跟着拍子耸肩，有人说，他就在观众席里。我们就这么唱完了三首歌——'晚安，查茨伯恩中学，你们太棒了！'——之后的派对他也去了，端着一杯热红酒跟校长聊天，他就是那种怪人，每个假期都会回学校来，他是成功的传奇，查茨伯恩的巅峰。总之，他就好像一直在跟着我似的。'不错的演出。'他说，'只可惜都是翻唱的，你该真正写一些你自己的歌。'我心里多少有点儿嘀咕：去你的，《洛葛仙妮》也不是你写的。可就算这样，到底曾经有好几年时间我都会幻想跟这个男孩儿有关的故事，更别说他还看着我说：'我觉得你能写出了不起的歌。'于是我说：'是什么让你有这种感觉呢？'他说：'你看上去就像是有东西要表达的样子。'是的，我就该立刻从消防通道冲出去的，可那会儿我还年轻，他又一直跟我说大学里的事——当然了，曼彻斯特大学——说大学很奇妙、很狂野，他下个学期必须管好自己，说他一直泡吧、狂欢。说实话，他看起来有点儿不修边幅，还有点儿发痤疮，可那到底还是帕特里克·达雷尔啊！我写在练习本上的名字！立体的、三维的真人！那场派对九点半结束，那么巧，偏偏就是帕特里克·达雷尔刚刚兴奋起来的时间。他屁股后面插了一个扁扁的小酒壶——扁酒壶，在学校的舞会上，老天，太爷们儿了——他往我的圣培露橙子汽水里倒了很多伏特加。'现在这种，就叫螺丝起子了。'他说，我知道那其实并不地道，但也就随它去了。'你想跟我回家吗？我父母在家，但旁边有个奶奶住的小屋。'喏，我也只是一个普通人。'我能带上乐队的其他人吗？'我说。'不行，我不能带太多人到家里去。''你不想把奶奶吵醒？'我说。'她已经死了。'他说，'所以我才能到那个屋子里去。''哦，这就是有得有失了。'我说。他看起来像是被大大冒犯了，不过还是说：'你来还是不来？'总而言之，我找到爸妈，说我要去莎拉家过夜。然后我们在停车场碰头，去了那个奶奶小屋，独立的屋子，非常好，然后……我就在那里失去了我的童贞。一九九五年，十二月十七日。"

"怎么样？

"奶奶小屋？

"那一次体验。"

"呃，那就是……一次体验。那房子小小的，到处都是花，有点儿老式，电视机上还放着小摆设，他点了蜡烛，尽可能稍微修饰一下，弄得更像休闲酒吧那样，可你知道的，有那些桌布、小丑玩偶和达雷尔奶奶的照片盯着，实在让人出戏。我们又喝了些螺丝起子，他没完没了地嘟囔他在曼彻斯特的朋友，都是些我从来没见过也永远不会见到的人，声音里从头到尾都带着那种做作的轻微鼻音，简直要叫人发疯，这让我很恼火，因为我知道他其实出生在比灵斯赫斯特[1]。他的吉他靠在墙角里，他一刻不停地说话，一边伸手去拿起来，只是拨几个小旋律，好像在给他的独白伴奏一样，然后唱了起来。"

"噢，老天。"

"唱的是那首俗气的凡·高的歌，《星空，星空》还是《文森特》还是随便什么的。我想，哦，这可有点儿古怪，因为他竟是真的很投入，眼睛那么用力地往上翻。你什么也不能做，不能站起来去上个厕所什么的，只能坐在那里，这首歌突然就变得非常非常漫长了。到最后，我在想，我要鼓掌吗？要是他唱《美国

---

1. 西苏塞克斯郡的一个乡村行政小区，位于英国南部。

派》怎么办？于是我鼓了鼓掌，他说：'你知道吗？这首歌是关于文森特·凡·高的？'我说：'真的吗？这就是他把自己耳朵割掉的原因吗？'

"他哈哈大笑，但有点儿被冒犯到了。不过他还是来亲我，我努力提醒自己，这可是帕特里克·达雷尔！就这样，我们亲了一会儿，我不断告诉自己，他还是那个男孩儿，不是吗？那个我曾经真的、真的很爱的男孩儿，于是我就多少有那么点儿投入了。再后来，我们的上衣都脱了，然后是其他衣服，最后，我们躺在了他死去的奶奶的床上。他问我：'你多大了？'通常说来，这怎么也不该出现在前戏部分——你知道，该是事先查证的事情——也不知道他究竟是怎么想的，总之我们还是继续做下去了，就这样。"

"那……感觉怎么样？"

"噢，怎么说呢？不舒服，方方面面来说。至少，时间很短。"

"他知道你是……"

"处女？知道，我告诉他了，他的回答我一辈子也不会忘。他说：'那没问题，我放条毛巾。'这不是理想的回答，不过我们还是继续了。"

她沉默了一会儿。"总而言之吧，人人都会告诉你那是叫人失望的。可完事后他就一下子变得非常心事重重，我想，也许那就是男人应该有的茫然状态？于是我跟他说：'别让这事毁了你的圣诞节，你能开车送我回家吗？或者，至少送我上出租车。'他那样子是真的觉得很麻烦，不过还是叫了辆出租车，给了我五英镑。我说：'你太过分了！我不是你的洛葛仙妮。'他看起来很困惑，说：'不是，这是出租车费。'我说：'是啊，我知道，我开玩笑的——别放心上，我有钱。'我一个人在外面等车，想着，我为什么要开这些玩笑？我为什么要让他感觉舒服一点儿？总之，回家路上我一直在哭，之后也再没见过他。"

她打了个寒战，舒展了一下手指："有时我真希望当初报了警，告他是个自私的混蛋，告他的歌或者其他什么。我是说，他毁了我心目中的凡·高，直到现在都是，更别说唐·麦克莱恩[1]了。"

我们沉默了好一会儿，痛苦从她身上散发出来，像是某种共振。我从没跟人有过这样的交谈，只恨自己不是那种懂得这种时候该说什么话的男孩儿——应该是"男人"——不能够解除故事里那个男孩儿投下的毒。我还沉浸在自己的决心里，在她身边时，随时随地都要做到堪为典范，可现实常常背弃我，妥帖的回答总在回家路上才从我的脑子里冒出来。自然，我心头涌起一阵冲动，想要跟踪那个男孩儿，寻机报复，就像怒火中烧的提伯尔特那样。我还想安抚她，可无论搂抱还是拥抱，感觉都不太对劲儿，我唯一能想到的就是拉住她的手。她举起我们俩的手，一个一个查看我们交错的十指，满怀着好奇，仿佛从来没有见过一样。

"我很遗憾。"

"大可不必这么沉重，只是不理想罢了。我不觉得这种事就该是这个样子，只是希望当初能跟一个善良的好人一起——这么说真傻。不是说多愁善感、胆小或是敏感那种的，那才是最糟糕的，只是……怎么说，这个人应该能在意你的感受，不管怎么说吧。谢天谢地，那之后我很快就在滑雪旅行的途中遇到了那个瑞士男孩儿帕斯卡尔，跟他在一起愉快得多。我是说，更像那

---

1. 美国民谣摇滚歌手、唱作人和吉他手。

么回事，并不是心灵契合，只是非常顺畅、专业。"

"果然是你的评价。"

"'高度推荐，会再来。'但你并不想听，是吗？"

"也说不上，但也许你可以把这个当成你的第一次。"

"我不觉得能行。不过你，我的处男朋友，你需要等到特别的那一个人，一个你能和她一起完成，然后还能开怀大笑的人。"

"研讨一下。"

"不错，研讨一下。"

"前提条件是，得有这么一个人。"

"我知道。"她说着，笑了起来，"前提条件。"

海报和宣传

现在我们有计划了。离开河边回家时，我昏头昏脑，满脑子都是该做的准备。这是个好计划，伟大的计划，它领着我在黑暗中朝家走，一路都咧着嘴傻笑。

通常，我回家时爸爸已经上床了，我会去检查一下水槽里的玻璃杯子，拿起来闻一闻，看里面装过的是威士忌还是水。"服用期间不可饮酒"，这句话一直悬在我心里，我在脑海中排演了一场对话，就事论事，不唠叨说教，把这一点指出来。我们甚至还没摊开来说过服药这件事，但只要等到合适的时机，我们会真的展开这样一场谈话。现在，我和弗兰在一起了，毫无疑问，那就没什么不能说的了。

但这个特别的夜晚，我们定下计划的这一晚，音乐声非常大，在草地上都能听到，那是约翰·柯川的《巨人的步伐》，每一个音符我都很熟悉。我走进屋子，看到他正站在唱片机跟前，手里拿着唱片封套，脑袋疯狂地晃动，像是在鹅卵石上弹跳跃动。

"你在开派对吗？"我喊了一声，让他知道我回来了。他转过身，衬衫没扣，头发乱蓬蓬的。唱机盖子上立着一个加油站玻璃杯，里面装着威士忌。"你回来了！不巧，刚跟他们错过了。"

"谁？"

"你的朋友们，叫什么名字来着……"

"哈珀？"

我爸爸不喜欢哈珀，觉得他油嘴滑舌，太肤浅。

"还有其他几个。"其他几个他更不喜欢。同样，我疑心对我的朋友们来说，我爸爸也是他们好奇和嘲笑的对象。哪怕是现在回想起当初他对他们的招待，仍然让我浑身别扭——他给他们放《大鸟和眩晕》，放完了整个 B 面，男孩儿们手里的啤酒都捏得发热了，向彼此投出绝望的目光，像是一群马上要被强盗搜身缴械的旅人，他们甚至给他起了个外号，他是"爵士手"。一想到他们凑在一起，没人控场，我就心跳加速。

"你跟他们说了我去哪儿了吗？"

"我说你出去排练了。"

"排练？"

"他们像是什么都知道的样子。"

"因为你告诉他们了！"

"不是，你看……"

我们放外卖单的电话台角落里有一张用蓝丁胶粘着的纸，很大一张，很光滑，折得方方正正的，上面是哈珀的字："我们没遇上你，陌生人！秘密很多啊！"我没打开，不用看也知道那是什么。

我们上个星期拍了些照片，爱丽娜指挥我们一起在一张白床单前摆了个造型。考虑到相关联想的问题，设计思路参考了《猜火车》的海报，一样的字体和配色，黑白人物照排成一排，像警察局里指认嫌犯那样。"给我点儿魅力，"爱丽娜要求，"一点儿气势，像电影明星那样。"最后的成品跟我所有的学校照片没什么两样，瞪着眼睛，眼神呆滞，只多了一把指向镜头的剑，整个人都是快快不乐的样子。就算做了海报，我还是以为没人会看到的，是我误解了宣传的意思。

"我觉得你看起来非常酷，"爸爸说，"拿着那把剑，整个人都很酷。"

那场通宵派对过后我太兴奋，把排戏的事情告诉了他。我们俩站在水槽前，我洗碗，爸爸擦干——不需要看着彼此的脸时，交谈总是更容易一些，我都怀疑我们俩是不是各自待在自己房间里隔着门大叫才是最好的状态。

"班伏里奥。"

"谁？"

"一个叫班伏里奥的年轻人，他是罗密欧的朋友。"我往旁边瞥了一眼，看到他偏着头，很迷惑、很愉快的样子。

"怎么回事？"

"我不知道，只是觉得，嗯，是件好玩的事情。"

"那好玩吗？"

"好玩。我喜欢那些人。"

"再问一下，你演的谁来着？"

"班伏里奥。"

他嘟囔了一下这名字，好像班伏里奥会是他学生时代的某个熟人一样。"是主角吗？"

"嗯，不是同名角色。"

"什么？"

"很重要的角色。"

"这么说，你有台词？"

"很多台词，还有好几段长的。"

"那……我应该要去看吗？"

我大笑："你不想去就不用，爸爸。"

他想了想："长吗？"

"很长。我说了，你不用非得——"

"不，我想想，想想。"他说着，拈掉煎锅上粘着的蛋，"我一直不知道你去哪儿了。我以为你只是在街上乱晃，耗到我上床以后再回来。"以前的确是这样。他把盘子放回水里，我们没再说什么。

现在，我骑车去哈珀家，一路告诉自己，这没什么大不了的，甚至说出了声"没什么大不了的"，还轻轻地耸了耸肩。说到底，只是莎士比亚而已，又不是芭蕾舞。哈珀家的大房子还在原地，所有窗户都透出灯光。我把自行车靠在混凝土搅拌机上，朝门口跑去，脸上挂着扭曲的、自我安抚的似笑非笑，表示"没什么大不了的"。

来开门的是洛伊德。"以我之名起誓，是你！"他说。

"哈喽，洛伊德。"

"坏透了的无赖之徒，你为何在这平日的深夜里吵嚷？"

"好了，哈珀在吗？"

"对，对，他在，他在。进来……"洛伊德鞠了个躬，招呼我进去，"不过，请把你的剑留在外面。"

我走进去。就在那天早些时候，我们排的那一幕刚好是罗密欧从朱丽叶家归来，遭到提伯尔特的挑衅与嘲笑，可他突然变得充满了智慧，以嬉皮上乃至近乎宗教的平静态度对嘲弄和冒犯置之不理，反而大谈和平与和解。"你知道我没有，"他告诉他的敌人，"你想不到我是怎样爱你。"就像是恋爱让他变得无懈可击，让他有了无尽的宽容。那是我所向往的，第三幕第一场的态度。

哈珀站在门厅尽头，福克斯在他背后咧着嘴笑，眼里闪着期待的光："路易斯！你真是叫人惊喜。"

"真的，先生。"洛伊德说，"他还真是一匹黑马。"

"你打算一直这样吗，克里斯？"我说。称呼名字。冷静，克制。

"那又如何，先生？"

"他们正准备走了。"哈珀说。

"哎呀，哎呀，我们不会逗留的！"

"这玩笑实在是太老了。"我说。

"你说什么？你这无礼的流氓！"

"是的，我懂，一开始我就懂了。"

"这不是玩笑。"

"你说得实在也不太好。"

"好了，到此为止吧！"哈珀说。福克斯在他背后笑出了声。

"别冲我发脾气，"洛伊德说，"你太没意思了。"

一阵刺耳的尖声大笑……

"你也是，福克斯。"

"你的话一点儿也不伤人，花心小子。"

"差不多了，洛伊德。"哈珀说，"福克斯，回去吧。"

福克斯出去了，可洛伊德不最后再发挥一下是不肯走的。"我们看到你爸爸了，路易斯。"他飞快地打了个响指，像抒情男歌手那样，"爵士手，在放爵士。吧——嗒——吧——吧——吧，吧——吧——嘭！"

充满愤恨与恶意的景象出现在眼前，类似把他的脑袋撞在门框上撞碎掉，或者一剑把他刺个对穿，就像罗密欧杀死提伯尔特一样。

"洛伊德！"哈珀说，"走！"

"晚安，甜美的王子！晚安！"门关上，笑声渐渐远去。

"太晚了吗？"

"不。"哈珀说，"来吧，我们去打桌球。"

"你拿分。我碰巧遇到那个女孩儿，她刚从查茨伯恩毕业。弗兰·费舍尔，你知道弗兰·费舍尔吗？你打花色，我是全色。她在演戏什么的，莎士比亚那些，就是学校里他们教我们的那些东西。好球。想见到她，唯一的办法就是加入他们，所以我就去了，去演戏。运气不好，到我了。倒是不差，你知道，还挺好的，我挺喜欢那些人——好！——有点儿自命不凡，但不会把所有时间都用来荒废掉，环境也不错。见鬼！到你了。我甚至觉得那会是场不错的演出，那部戏。海伦·比维斯做的设计。"

"'砖匠'？"

"是，不过没人这么叫她，他们就叫她海伦，很新鲜。说起来，她是真的很棒，在艺术设计之类的东西上——那是露天的，专属场地，在那个大宅子里——"

"什么？"

"什么什么？"

"你刚说那是什么东西来着……"

"'专属场地'。我只是想说那不是个常规的剧场，是这栋房子独有的。到我了吗？"

"你为什么要说这些？"

"我只是在解释我为什么要演这部莎士比亚的戏。到你了。"

"可你以前从来没演过戏。你来。"

"是的，而且以后也不会再演，这只是……这个夏天太长了，我也没别的事可做，我不知道，你难道从来没有过那种时候，想尝试一点儿……新东西？"

"有过，可那只会是，你知道，蹦极什么的，而不是戏剧。看运气。"

"不是运气，是技术。"

"你不会演得很烂吗？"

"我？是啊，我的确很糟。到我了，两杆。好吧，也不至于很糟。弗兰帮我练台词。"

"弗兰是——"

"那个女孩儿，朱丽叶。你该来——"

"来看戏？"

"是的！为什么不呢！这里面你认识两个人。"

"到你了。"

"海伦·比维斯、柯林·斯马特——"

"见鬼，你现在跟小柯林·斯马特混在一起了？"

"他很好。还有露西·陈，她在里面很出色。"

"'四十二号'？"

"是的，只是没人这么叫她，因为这有点儿种族歧视——"

"这不是种族歧视。"

"当然是种族歧视，这就是实实在在的种族歧视。说她是越南人，一直都是种族歧视，而且一直都傻透了。她甚至都不是越南人，她是英国人，在这里出生。"

"好吧！"

"事实上，不，还是别来，别来看戏。就……忘了吧。到谁了？"

"你没事吧？"

"没事，我只是问该谁打了。"

"你。"

"好，右边底袋。我不知道，马丁，只是一点儿改变，跟以前不太一样，不像那样整天闲逛，混来混去，对彼此都很恶劣。"

"你觉得我对你恶劣？"

"不是说你，是我们所有人在一起，我们的状态。你不觉得那很怪吗？那些名字外号、玩笑，诸如此类的？我是说，有人过生日的时候，难道不该是——我不知道——不该是为他买一份礼物吗？为什么要割破他的裤子，点火去烧它们？这难道不是太——太古怪了吗？"

"我觉得现在的对话很古怪。"

"是吗？也许吧，我无所谓。"

"我是说，是的，我想有时候事情是有些失控。"

"是啊，你可以这么说……"

"可我不觉得我们是坏的伙伴。"

"不，我没那么说。"

"你妈妈离开的时候——"

"是的，我知道，我知道。"

"你搞砸了所有考试的时候——"

"我明白。"

"你整个人古里古怪、消沉低落的时候——"

"我有吗？也许吧。我是有一点儿郁闷，也许吧。"

"你都疯了。"

"是的。到你了。"

"可我们没有离开，不是吗？我的意思是，我们都在。"

"是的，有你们在，我很感激。可如果有人再管我叫'市政委员'或'高低床小子'或'无名小子'，或是像那样说我爸爸，我就会……离开。"

"到你了。那只是玩笑，没有恶意的。"

"是吗？"

"男人之间的。"

"我知道，但我不需要了。"

"所以你这是交上新朋友了？运气不怎么样，到我了。"

"有几个。"

"还有那个女孩儿。"

"弗兰，是的。"

"她好吗？"

"不可思议。"

"很有吸引力？"

"我觉得她很漂亮。"

"所以你已经跟她做过了？"

"没有，只欠东风了。"

"只欠东风，嗯？"

"我们有计划了。"

"噢，你们都有计划了。你喜欢她？"

"是的，真心的。我爱她。"

"……"

"……"

"……"

"……"

"好吧，查理，你还是回去好好睡一觉的好。"

"先打完这一局。"

"右边底袋。"

"你来。"

"……"

"……"

"……"

"好球。"我说，"你赢了。"

研讨会

"……好，身子反卷，立起来，一次一节脊椎，回到站立位。"
爱丽娜说，"在你们离开以前，导演还有最后一句话要讲。"

"要开始了。"亚历克斯说。

"诺曼底登陆动员演说。"乔治说。

"会非常动人的。"海伦说。

"嘘！"迈尔斯说。

果真，艾弗走过去，站在圆心。"噢，这是一段怎样的时光
啊。三星期前，我想的是，不行的，不会有演出了。我们什么都
没有，没人听，没有交流，这完全是在浪费时间。可你们这么用
功，这么……这么努力，我不介意告诉你们，这场演出很有可能，
是的，很可能造就某些伟大的东西，让莎士比亚看到都可能会觉
得：没错，这就是我想表达的。那么，接下来这个星期将是纯技
术性的，非常漫长，非常枯燥，非常辛苦。我也知道，对于你们
中的一些人来说，这是非常重要的一个礼拜，你们的考试结果要
出来了，因此，星期一我们会留出几个小时，让大家的兴奋慢慢
平静下来。"

我不会去看成绩的。我会躺在床上，把枕头蒙到脑袋上。

"但我们排练的时候脚手架也会搭起来，我们会把它装扮好。
星期二处理技术事务，也许还得加上星期三，星期四带妆彩排，
然后就到演出夜了……全员登场亮相！我们还有些余票，所以各
位，请带上你们的叔叔阿姨、你们的姑表兄弟姊妹、你们学校里

的朋友们一起来。我相信，他们将看到一场真正的演出……"艾弗吻了一下自己的手指关节，饱含着情感，"一场真正独特的演出！现在，回家去吧！"

我们不打算回家。

"酒吧？"海伦说。

"还是说你们要去'对一对台词'？"亚历克斯说。

"不，我们可以去酒吧。"弗兰说。酒吧也是计划的一部分。"不过我们骑车去。"

"骑车？你们两个真是太健康了。"

"我们吗？"弗兰说。

"噢，招待我们一程吧。"海伦说。

"招待？"亚历克斯说，"抱歉，是有招待宴会吗？没人说'招待'，那是'搭自行车'。"

"'搭自行车'是生造的说法。"

"不，就是'搭自行车'。"弗兰说，"这是标准说法。"

"那一定是查茨伯恩说法。"海伦说。

"如果说一定有什么不对的话，就是后面多了个后缀'y'。"我说。

"不错，就是多了个后缀'y'。"弗兰说。

"不管怎么说，搭车是不成的。我们个头太大了。"

"噢，是啊，谢谢，查理。"海伦说。

"不是，是说我们大家的个头都太大了。"

"下山这一段没问题。"弗兰说。

于是，转上小道时，我们四个人爬到两辆自行车上，像马戏团表演一样，弗兰和我坐着，海伦和亚历克斯站在脚踏板上。亚历克斯一眼瞥见我的背包："老天，你那里面都装了些什么？你是要离家出走吗？"我不知道该不该跟他说，我要和弗兰一起过周末，整个周末，就我们两个人——可我们已经出发了，顺着车道向下直冲，速度快得吓人，真的，要是撞上一根掉落的树枝或是迎面来一辆车，我们就死定了。死定了，可诱惑就在眼前。"我不想死！"我喊了出来，"现在不要。""再快些！"亚历克斯大吼，于是我们加速了，尖声怪叫着，让其他人都能闻声散开，闪出道来。"渔夫酒吧见！"我们穿过人群，海伦大声招呼，"要是我们还活着！"

余下的路程我们是走完的，其他人稍后也来到啤酒花园加入了我们。作为同谋，弗兰和我都小心翼翼地避开彼此。她找珀莉聊天，而我坐在一边听乔治和迈尔斯辩论，悄悄从中汲取我们需要的智慧。

可我还是忍不住一直看手表，分针的转动慢得叫人心痛。"这白日漫长得真叫人厌烦，就像节日的前夜里，"朱丽叶说，"一个急不可耐的小孩儿，有了新衣，却还不能穿。"这部剧已经被填满了期待，谈论着明天，谈论着日出和日落、小时和分钟，如果剧中的人物有手表，他们不但会一直看表，还会敲玻璃表盖，期望指针能跑得再快一些。要是我有大学可上的话，或许还能用这个写一篇文章：《〈罗密欧与朱丽叶〉中时间与激情的关联初探》。我又看了看手表。纯粹、完整的性。当然，要说在此之前我们所做的一切都与性无关，那就太蠢了。但这是完全的性，就像完整的书册、完备的房子、全套的英式早餐，什么都有，在那之后，将再无缺憾，唯一可做的就是原样再来一遍。我不断看表，一直到晚上八点，按照计划，我们向大家道别。

一分钟后，我们离开，在心里偷偷地笑。酒吧附近有一家加油站，是我老板的竞争对手，我停下来买一袋冰——我还从来没买过冰，总觉得大包冰块什么的都是百万富翁的事情——我把冰袋塞进背包最上面，骑车回福莱庄园，一路都感觉它们贴着我的后脖颈，凉凉的，在慢慢融化。我们在临近大门口时停了下来，左右看看，像深入敌后的间谍一样，然后把车藏在宅子高大的石头围墙背后。

太阳已经低垂，我们钻进林子里，这样伯纳德和珀莉从酒吧回来时就不会看到我们。"他们明天要去伦敦探望朋友，"弗兰说，"还要去剧场看戏，很晚才回来，星期天也一整天都不在……"靠近车道时，我们听到了汽车声，于是立刻钻进灌木丛里，就像两个在玩捉迷藏的小孩儿。我们看着伯纳德从那辆老奔驰车上下来，打开木头大门，像个老派的私家车司机一样，冷静、挺拔，而珀莉仰着头，懒洋洋地靠在副座上。

"其实直接问她应该也可以。"我悄声说。

"这样更刺激。"弗兰说着，吻了吻我，不到十英尺开外就站着伯纳德。车一开进去，我们就翻过围墙，朝门房摸去。钥匙依旧在门楣顶上，弗兰把它插进锁孔，一点点推开房门。房门吱呀作响，像电影声效一样。

我觉得我们俩都在期待奇迹出现，比如门里其实是个灯光幽暗的酒店房间之类的，可这小屋在渐渐暗淡的暮光下只是越发暗沉无趣。这是荒废已久的度假出租屋，霉味弥漫，乱糟糟的，还有小老鼠，甚至大老鼠，潜伏在角落里的肥间谍。"蜜月套房。"弗兰说。我把她拉进怀里，笨拙地亲吻她。"我们还是先收拾一下的好。"她说。我们开始沉默地干活，挪家具，扫地，擦身而过时停下来挨一挨，蹭一蹭，亲吻一下，尽量不流露出着急紧迫的感觉。

弗兰首先安排的就是音乐：一部索尼随身听，两个奇妙的迷你小音箱和一小叠装在马尼拉纸信封袋里的唱片。"让音乐来打扫。"她边说边放进一张《猜火车》的原声碟，按下播放键。厨房里，水龙头噗噗地呛咳着，流出浑浊发黄的水，不过我们还是擦掉了富美加红色塑料餐桌上的灰，拿出我们的东西。

一把瑞士军刀，香蕉、一盒品客薯片、最大包装的花生、水果软糖、本地餐酒、一个手电筒、四个面包卷、一根黄瓜和一些约克郡切片火腿、度假酒店里拿的小包装速溶咖啡、酒吧里摸出来的油乎乎的小块黄油，喜欢的 T 恤和内衣，还有一罐鹰嘴豆泥、一些袋泡茶包、两个橙子，创可贴、滚珠香体露、蜡烛、夜灯、火柴和一些简单的护肤品化妆品。我们分享酒水：我带了伏特加、一瓶两升装的可口可乐和一袋冰，弗兰带了西班牙起泡酒和一些葡萄牙红酒。我们插上老冰箱的电源，它抖得像发电机一样，我们把半化开的冰塞进它小小的冷冻室里。照计划，白天用来在草地上看书，我带着几分骄傲拿出我的选择：《科莱利上尉的曼陀林》和六百页的电影版《玫瑰之名》。弗兰带了 D.H. 劳伦斯的《彩虹》和学校馆藏版约翰·巴顿写的《演绎莎士比亚》。"我们是性感的探险家。"弗兰说着，按亮手电筒照了照品客薯片，"这是个派对，只是发生在尼泊尔。"

弗兰还弄来了两床干净床单。凭着直觉，我们伸手沿着沙发下缘摸索，又拉又拽，抱着几分期待，指望能把它拉开来。突然，就像一架古老的农场机器，机械装置被触发了，沙发变成了床。我们铺开床罩，看着它，沉默了一会儿。

"点灯！"弗兰说。

我们决定尽可能少开电灯，以防珀莉或伯纳德碰巧开车经过。作为替代方案，我们沿着墙脚一圈放上蜡烛，点燃，某种或许应该被称为"仪式感"的东西随之而来，好像接下来就该用粉笔画五角星一般。

紧张。

"我正想……"

浴室不通风，昏暗，泛着一股子旧法兰绒衣料的味道。我们做了不少准备，却忘了带香皂。不过我找到了一小块硬邦邦的肥皂片，粉红色，边缘开了裂，像燧石做的弓箭头。我把自己沉在冰冷浑黄的水里，用肥皂片刮我的胳肢窝。门外音乐停了。"查理！你在哪儿？"

"再一分钟。"我的心像是正在以不可思议的速度跳动，我自己都能听到它跳动的声音，我将掌根按在心口上。要是这个时候闹到叫救护车就太丢脸了。我捧起铁锈色的水拍了拍脸，撩起 T 恤下摆擦干，走出门去。

蜡烛意味着房间是从下往上被照亮的，就像维多利亚式音乐厅一样，在墙上投下长长的影子。香槟——西班牙起泡酒——斜倚在一个用来洗东西的绿色塑料盆里，上面盖着冰，旁边还有两个豁了口的马克杯。弗兰跪在地上，正在换唱片。"马文·盖伊[1]还是艾略特·史密斯[2]？还是说他们俩都太平淡了？还是马义吧，我想。"她按下播放键，站起来。就在我躲在隔壁安抚心脏的短

---

1. 美国灵魂乐歌手。

2. 美国民谣歌手，独立音乐人。

短几分钟时间里，弗兰不知怎么已经换上了一条我从没见过的裙子，黑底，大朵的红色玫瑰花，带细条纹。她还抹了点儿口红，涂抹得很匆忙，她不大满意，已经开始咬着嘴唇试图抿掉它了。

"你真漂亮。"

"谢谢。"

"我没带什么像样的衣服。"

"噢，那就回家去换！抱歉，太大声了。嗯……"她把头发拨到耳朵后面，环顾房间。"顺便……我……呃……找到了些我们可以玩的东西。桌游！"她穿过房间走到架子边，"他们有填字游戏、拼字游戏、画图猜词。动手是最性感的。我是说，这其实就是前戏，只是电力可能不太足。大富翁？"

"要不晚一点儿吧。"

"你不想来一盘大富翁？"

"这会儿不想。"

"你可以当银行家。我发现这其实就是个时效问题。或者，还有一幅拼图。滑铁卢大桥的风景画，五千片。"

"明天说不定会下雨。"

"好吧。这样的话……你这会儿想做什么？"

"我只想吻你。"

"真的？"

"真的。"

"好啊，那就来吧。"

我们亲了好一会儿。各式各样的歌都曾告诉过我，要慢慢来，让这夜晚绵长，看着太阳升起，持久才是成功的关键。于是，我们停下，打开起泡酒，说说笑笑，一次喝个够，慢慢地跳舞，停下来，把几根蜡烛挪到离帘子很近的危险地方。"想象一下头条新闻的标题，"弗兰说，《处女丧命火舌》。"我们喝光红酒，我调了两杯伏特加兑可乐，弗兰把一张"波蒂斯黑德"乐队的摇滚唱片放进 CD 机，因为太阴郁了又拿出来，换成了"迷星"乐队。但不知哪里不对劲儿，气氛始终有点儿尴尬，白床单在沙发床上泛着微光，直到某一刻，我们终于意识到自己已经到了床边，正在笨拙地脱下衣服……

再一次，语言成了问题，因为我们几乎没有时间经营什么。要是能有什么了不起的、可咏叹的、可持久的、犹如史诗交响乐一般充满情绪与节奏变化的东西能够加以夸耀，那就太好了。然而，仅仅一个事实，一份务必让某些事情以某种特定方式发生的责任，就意味着这事情本身就是势不可挡的，随时处于飞旋失控的威胁之下。我被引导着去相信，当激情的时刻来临，某种能力会自然迸发，某种有关性的第六感，就像舞蹈一样的本能——不是我在跳舞，而是别的某个人在跳舞。事与愿违，现实是最糟糕的版本，我连手都不知道该往哪儿放。不光是手，还有嘴、眼睛和屁股，我学过开手动挡汽车，我以为所谓的协调能力就是那样了。可为什么人人都好像那么游刃有余，那么精力旺盛？毫无疑问，那是谎言。毫无疑问，唯一能让这事持久一些的方式，就是以钢铁般的意志集中注意力，全神贯注，努力不要被我脑子里那些乱糟糟的问题干扰。我该保持眼神交流吗？还是说这样太叫人毛骨悚然？如果我看其他地方，会不会太冷淡？我们是不是太靠床边了？她的头那样悬着，会疼吗？我们是不是该停下来往里挪一挪？"往里挪一挪"，这么说会不会太可笑了？那根蜡烛，是不是离帘子脚太近了？床单团起来了，我们是不是该停一下先把床单拉平掖好？闭上眼睛的话，会不会坚持得久一点儿？她在笑，笑是好事吗？还是说她是在努力忍住不要大笑？我的脸上是什么样子？我们能说话吗？我会不会太重了？到头来，最后的危急时刻似乎有点儿太危急了，那是一种叫人战栗的恐慌，就像有什么独一无二的东西被撞到了，比如架子上的古董花瓶，摇晃着要掉不掉的那一刻，你会想，它会掉下来？拜托，别掉，那太珍贵了，别掉！最后你却只能满怀懊恼地接受事实：是的，你无能为力，它会掉下去。就这样，那一刻是惊人的，名副其实的"叫人窒息"。也许，有什么是我必须道歉的。

可抛开所有那些焦虑不谈，失控感本身是美妙的——我就该和这样一个人做这样一件事，她不但应当允许，而且还要促成它。"感激"是太苍白的词汇，卑微、谄媚，可如果有可能设想一种强悍、热烈的感激，那就必定是我此时此刻的感受。你绝不可能用在商场收银处接过找零时的口气说"非常感谢"。我甚至觉得在做爱时说"我爱你"是该叫人皱起眉头的事情，因为这些在激情的疼痛（尤其是第一次）中脱口而出的字眼儿跟放屁没什么区别，不得体，没有比这更败兴的了。我决定什么都不说，我做到了，但毫无疑问，我爱她，今生今世也不再会像爱她一样爱任何人，渴望任何人。同样毫无疑问，尝试在爱的行动中专注于此，多多交流，这是一件严肃的事情，只是我做得不太成功。

我都不知道自己是不是完全理解了这一点。很显然，我无法用语言表述清楚。我唯一能说的就是："噢，天哪！"

"你还好吗？"她说。

"还好。还好，只是需要……"

"没问题。"

"就一会儿……"

"好，不用急。"

"我需要……"

有那么一会儿，我什么也说不出来。

"见鬼。"

"抽筋了？"她说。

"不算。那个……"

"'你还好吗'？"

"我不是要问这个。"我说，虽然其实是这样。

"这很不错。"

"我以为我能……"

"噢，老天。"

"怎么了，你呢？"

"哈。"

"嘘，躺会儿。这次是真的很不错，我是说真的。第一次总多多少少有点儿像这样。这就像是，呃，我不知道……"

"清一清嗓子？"

"不！那太恶心了。我要说的是，那就像……你做过煎饼吗？喏，做煎饼的时候，第一块饼通常都有点儿试手的意思。"

"噢，天哪，"我说，"我是个煎坏的饼。"

"不是煎坏了，还是很好吃，只是下一个会更好。我想说的是，每个人的第一次都一样手忙脚乱，但第二次、第四次、第二十次才是重点。我们有一整个周末，重要的事情在于——"她拉起我的手，望进我的眼睛里，"——你来时还是个男孩儿，而现在，是个男人了。"我们大笑，她拽出第二张床单。我们躺在床上，身体严丝合缝，就像性爱本身一样亲密、叫人战栗，新的感激从我心里升起：幸好是在这里，不是沙发背后。

"别睡着了啊，行吗？"她说。

"绝对没有。你真漂亮。"

"谢谢你。你也是。"

"噢，那是帅气。"

"不，是漂亮。"她轻轻地把手放在我的脸上，小指滑进我的鼻孔里。

"咱们能别这样吗？"

"这样不性感吗？"

"不。"

"只是尝试一下新花样。好了。感觉怎么样？变成男人。"

"还不错。我的样子有什么不一样吗？"

"成熟世故了。还有，这是新的……"

"噢，抱歉。"避孕套还贴在我的大腿上，像是什么东西刚刚蜕下的一块皮，"我该去把这个扔掉吗？"

"不，留着吧。永远戴着，好记着我。"

我拿掉那东西，用前不久刚刚背弃过我的灵巧和熟练打了个结。

"男孩儿们都喜欢亲眼看这个，为什么？"

"不知道。这很恶心，可是又有某种魅力。"

"看看你，那样对着光举着它。像是你刚赢了一条金鱼似的，骄傲极了。他们应该在上面标上刻度，单位是毫升，再在最顶上印上'大满贯'！"

"我该拿它怎么办？"

"噢，留着。第一次的，你必须留着。"

"放在钱包里。"

"对，就像放一绺我的头发一样，没事就拿出来看看。"

"那当然应该是你留着。"

"我就算了，谢谢。放下吧。"

我们重新理了理沙发靠垫，当枕头用，然后拿来我们的伏特加和可乐，可乐走了气，变成了糖浆。很快，我们醉得都开始跟着"王子"普林斯的老歌跳起舞来，这时的弗兰看起来比我好多了，赤身裸体又多给了我一个不把脚抬离地板的理由。我们俩都滚了满身的灰土和尘污。淋浴头下，我们挤在可怜的细弱水流下，水一阵烫一阵冰，只刚刚够我们沾湿身子，用那块硬邦邦的粉红肥皂刮掉彼此身上的污渍。"像 007 电影里一样。"弗兰在廉价塑料壳热水器的轰鸣声中大喊。没有毛巾，我们只好用头一天换下的 T 恤帮彼此擦干身体，没多久我们就回到了沙发床上。这一次，没那么慌，也没那么难为情了，更自在。弗兰是对的，次数才是重点。

"我已经买下了一所恋爱的华厦"

我们一定是在凌晨三点或四点睡过去的。之前一直在烛光下听音乐，一张接着一张地放，我记得自己听到的最后一首歌是《丁香酒》，妮娜·西蒙的版本，轻柔的弹拨节奏低低回荡。

"我喜欢她唱'丁香'的咬字。"

"用丁香酿酒真是个可怕的想法。"她埋在我的脖子边上嘟囔。我们都醉得厉害。

"甜美醉人，她说的。"

"好吧。我们也来试试好了，明天。"

"当起泡酒喝下去。"

"哈。"我听到了她微笑的声音。"嘘——睡觉。"于是，我们睡了。

可她就在这里，炎热的夜里有她的体温，她睡梦中的挪动，沙发床的弹簧和床架，如此种种的新奇与刺激，意味着我在接下来几个小时里都会醒着，口干舌燥，脑子里砰砰直响。在灰白的晨光中，这屋子又呈现出一种新的颓败。我们在第一晚就喝掉了整个周末的供给。此刻，空酒瓶就倒在床边贴着我的脸，旁边还散落着许多包装袋、吃到一半的饼干、一品脱浑浊的水和我们用来当烟灰缸的茶碟。换作任何其他时候，这都可能让我抱头呻吟，可在如今的我看来，这才是一个全新的、有经验的男人，这才是一对爱侣的床边该有的景象。看着弗兰，我真的笑出了声，那是喜悦的狂笑，我不得不抬手把它们捂回去。

她的样子很不怎么样，比我从前任何时候见到的她都糟得多。她的嘴张着，傻乎乎的，我能感觉到她的呼吸，温热、陈腐、带着酒气，就像酒吧内间里空气的气味。我爱这个，也爱她眼睛下乌青的黑眼圈和前额上冒出的油，爱她干裂的嘴唇上的红酒渍和下巴上前一晚夜里留下的蘑菇似的印记。因为我爱她的脑袋靠在我肩头散发着气味的真实，爱她的大腿攀在我身上那潮润的温热和潮湿的床单下带汗的身体的气味。如果我一动不动，这样的情形能延续多久？

　　可膀胱有它的主张。最后，我决定放过自己。站在浴室里，一边刷牙一边小便，感受着恶心和浑身莫名的疼痛，就在这时，我听到了轮胎碾过石子路的声音。我没过脑子，伸手按下马桶冲水键，水声轰然作响，简直就是恐龙的吼叫，透过磨砂玻璃，能隐约看到伯纳德下了车。我赶紧蹲下身子，回到起居室，弗兰坐了起来，身上裹着床单。我把手指压在嘴唇上，看到一道光透过窗帘间的缝隙照进来。伯纳德就在几英尺开外，摆弄着庄园大门的门闩，珀莉盯着后视镜在照镜子，抬手抹去嘴角上的口红。"快点儿，伯纳德。"她说，"我们要赶不上火车了。"这距离，近得我都能听见伯纳德喘着气的嘟囔，很快，他回到了车上。

　　他们走了。

　　"安全了？"

　　"安全了。"

　　"我们不用这么悄悄说话了。"

　　"我们没有悄悄说话。"

　　"我们不用再忘记要悄悄说话了。"她大叫。我跳上床，亲吻她。

"你刷过牙了？"

"嗯哼。"

"骗子。我还臭烘烘的。"

"你没有。"我说，虽说她说得没错。我们继续亲吻，一直亲到我们俩味道都一样。

我们套着T恤站在炉边用黄油煎鸡蛋，喝速溶咖啡。我们在可怜兮兮的淋浴龙头下紧紧相拥，然后回到床上。终于，上午就要过去了……

"我们是不是应该去花园里走走？"

像夜盗的窃贼一样，我们先检查了庄园的警报装置。主屋是禁区，但剩下的地方，温室、树林、草地，只要是在公路上看不到的地方，就都是我们的。"'哦，我已经买下了一所恋爱的华厦，'朱丽叶说，'可是它还不曾属我所有。'"而这里，在清晨之后，就已完全属于我们所有。

可这一天是阴天，光线很柔和，悬铃木和栎树上刚刚有树叶开始卷曲、变黄。这或许就是秋日的第一天，我们紧紧依偎着，穿过树林，走向大草坪，今天那里出奇地安静，舞台空空荡荡。

"想象一下，要是生活在一个像这样的地方……"

"一定很古怪，是不是？"弗兰说，"这不是我设想的生活。大房子，钱。也许这是人年纪大一点儿之后才会开始考虑的东西。对物质的爱。但愿不要。"

"哈珀会考虑这些。他有很多汽车杂志，他把它们按转向和动力分类，在打算买的那款上面折角。还有高保真音响和所有诸如此类的东西——相机，能显示水下深度的大手表。他倒不是炫耀，只是喜欢，就像爱好那样。"

"可你对大手表没兴趣，是吗？"

"是的，不过我也不想变成穷人。"这个词说出来的感觉实在是奇怪又老套，我都怀疑自己是不是读错了字。说真的，我希望自己没说。

"你现在有钱的烦恼吗？"

"倒是跟我在加油站打工的收入没关系。"

"收入丰厚。"

"还不错。但我爸爸有，因为他烦恼，所以我也烦恼……所以，这大概也是一种传染病吧。"

"我只希望能拥有足够让我不为钱烦恼的钱就行了。"

"我也是。"

"再加上一份我喜欢的工作。"

"出名？"

"老天，不是。我是想说，出名只能是工作的副产品，不能冲着它去。名声也是一种大手表，谁会想要那个？我宁愿只是有一份好工作，有许多朋友，有爱情，多多做爱。你瞧，就是这样，听起来很简单。"

"我明白。"

"我的意思是，真的，这会有什么问题呢？我们已经得到一半了。"

沉默突然降临。我们能就任何话题轻松交谈，除了未来。九月就在眼前，宛如一幅沉重的帘幕。这个话题让我心情低落，但反过来说，避免讨论未来有怎样的可能性，这本身也显得荒谬又懦弱。我们太年轻了，没有那么多可以聊的东西。

过了一会儿，她深吸一口气，说："我觉得你应该去上大学。"

"不，我会去找一份工作。"

"当然。就算你没达到等级——"

"我达不到的。"

"——你也可以先工作，然后重考一次。"

"那不适合我。"

"只是数学和英语，所以你完全可以有时间做其他事。"

"不，这事到此结束了。"

"可你真的很聪明，查理，要不是这样的话，我不会和你在一起的。"

"我们聊点儿别的吧，行吗？"

"好吧。"

她挽起我的胳膊，我们丢下那个话题，只是现实依然摇摇欲坠。

我们有书，还找到了一个古老的膳魔师保温壶，往里面灌满了速溶咖啡。穿过花园，接下来要去我们俩最爱的地方，就在山顶那片草地上，离我们第一次相遇的地方不远。

"你那时候怎么想的？我们遇到的那次。"

"我在想，这个怪胎是什么人？"

"还不错。"

"光着膀子鬼鬼祟祟地躲在那里，把人吓得屁滚尿流。"

"我没有鬼鬼祟祟，我在看书。"

"嗯，我那个想法没保持多久。冷静下来以后我就想，他没问题，看起来很安全。"

"'安全'？"

"相信我，女孩儿和男孩儿单独在一起时不常有这样的判断，这是一种肯定。你那样检查我的脚踝，好像受过专业医学训练一样，那时我就觉得你很有趣。当时我一直在看你的脸，你看上去很帅。千万别太得意，不过那会儿我大概是夸大了自己的伤势……"说到这里，她突然痛苦地大叫一声，滑倒下去，好像屁股摔成了四瓣似的，一瘸一拐地爬起来，一只手还搭在我肩上。

"是的，我的确有些疑惑。"

"你不相信我？"

"跛脚那个，有点儿太……好得太快了。"

"才不是！你怎么敢这么说！不过，总之是奏效了。你又来了，不是吗？到第二天看到你的时候，我只想大笑，一部分是因为这很有趣，你像那样咧着嘴笑，苦苦忍耐，我赢了——"

"你没有赢！"

"哦，不，我赢了，但还有一部分，是因为我看到你太高兴了。这让我自己很吃惊，我竟然那么高兴。那感觉就像是——我说不好——就像松了一口气那样。就是……"她停下脚步，闭上眼睛，缓缓地吐出一口气，与此同时，我也明白了自己的感受。"我喜欢和你一起回家，边走边聊天，我一路上都在希望路程再长一些，现在依然如此。你唯一一句惹恼了我的话……"她犹豫了。

"说下去。"

"唯一惹恼我的，就是瞎猜我会和迈尔斯出去，你觉得因为他是那种男孩儿，所以我一定就是那种女孩儿。我的意思是，我喜欢迈尔斯，单从外表来说，他长得相当好看。可你竟然觉得我就那么……怎么说……就那么浅薄。"

"我只是嫉妒了。我那会儿想的是，罗密欧、朱丽叶，难道不就等于说你们是天生的主角，天生一对？"

"是的，但仅限于理论而已。特别是，如果这个罗密欧还有点儿混蛋的话。"

"他年纪更大，有车、有钱，学历漂亮……"

"停，你必须就此打住。"

"怎么？"

"你必须就此打住，别再说什么教育啊自信啊之类的东西。那些人，他们并没有任何特别的权力或能力。"

"我觉得他们有。"

"他们没有！我是说，他们有优势，占了一些先机，钱也的确很重要，这没错。可是，就算考试出了问题，我知道，你依然能做出一些辉煌的事情，一些能让你快乐的事。"

"比方说？"

她笑了："我不知道！这不该由我来告诉你，不是吗？你得自己把答案找出来。但这是一种……可能性。很傻的说法，很学生腔，但这就是我想说的。"

我们又沉默了。我知道，她是真心诚意的，可成为需要被人打气鼓励的对象也是很没面子的事情，我讨厌这样。我们在草地上找到了需要的地方。我们在一片干燥的长草上坐下来，相互离得有些远。沉默还在蔓延。

她伸出手拉住我。

"抱歉。我知道你不喜欢讨论未来，但它终究是要来的。这就是所谓的'未来'，就是终究会到来的那样东西，它就在那里。这很深奥，不是吗？"

"是的。"

"大实话。"

"大实话。"

"你这会儿还看不到它,因为所有事情都出了问题。对于无法掌控的事,你又紧张又恼怒,这不是你的错,可只要你……坚持下去,查理。我不知道,我只是觉得,你身上还藏着什么,我爱它。还有你,我爱你,查理。"

终于来了。她说出来了,我也可以回应她了。这最俗滥也最明媚灿烂的对话,我们会一再重复,一直说,一直说,只要我们是认真的。

回到门房小屋里,我们清点并且整理出了这个周末接下来的时间里必须补充的补给:伏特加、冰块、可乐,再来一些中餐外卖。至于加油站的工作,虽然经过了一番讨价还价,我还是得匀出三个小时去上班,不过这段时间刚好可以让弗兰看看书,睡一会儿。只要准时结束工作,我就能赶在八点半回来,开始我们新一轮的狂欢派对。

然而,在有关未来——我们的未来——的思考中,某种轻松悠然的东西失落了,穿过林地回到我们藏自行车的地方时,沉默再一次降临。

"我们可以……回家去。"我说,"如果你想的话。你想吗?我是说,我们不必两晚都待在……"

"不!不,我想待在这里,我只是有点儿累了。早点儿回来。把车骑起来吧,像风一样快。我们回头再重新开始。"她亲了亲我,我笨拙地用力把自行车拖过石墙。"别忘了丁香酒。"她说。我出发往城里去,灾难就此接踵而至,一个比一个大,一个紧接着一个,就像莎士比亚的戏一样。

霍华德先生

加油站是完美时光里的孤岛，但在漫长、乏味、阴沉的夏末的周六下午，却也自有它独特的忧伤气息。深深的痛苦袭来，筋疲力尽的感觉似乎无从抵挡，昨晚的情绪需要某些特殊的东西来平复。

我的钱包里装着刮奖卡。没有帮手，兑奖风险更大了，但也不是没有可能，只要我手法够熟练。作为一个有钱人，我可以尝试去酒水商店买一瓶香槟——起泡酒。既然我都不是处男了，也许他们会直接卖给我，不问东问西。说不定我还可以在"金牛犊"餐厅买到些奢侈的东西，个大肉肥的招牌粉红大对虾之类的。起泡酒、对虾、大袋的冰块，这就是年轻小财主的购物清单。琢磨着这些财富，我睡着了，脑袋搁在柜台上，安心地相信加油泵的铃声能把我叫醒。

一个金色寸头的大块头男人居高临下地看着我，衬衫领带下的脖颈上肌肉隆起，他屈起手指敲了敲我脑袋旁的柜台桌面。

"你没事吧？"

"抱歉，打了个瞌睡。非常抱歉。加油机号码是……号码是……"

"二号。"

"二号，三十英镑。"

"狂欢夜？"他咧开嘴，笑得让人很不舒服。

"抱歉，什么？"

"你在当班的时候睡着了。昨晚是个狂欢夜？"

他似乎挺好奇，歪着脑袋站在那里，双手撑在柜台上，敦实、粉红，像一整条没切开的火腿一样。

"狂欢夜，哦，是啊。"我说着，把收据递给他。他还是没动。

"还有事吗？"

"没有。没事了。你眼睛都要睁不开了。"大块头男人扭动一下肩膀，转身离开了。

这是我的最后一个客人。马上就要到八点了，我关掉场院里的灯，设好收银机，打印出当日销售清单，抽出收银机的现金抽屉，站在柜台和办公室之间的门框下，拿出抽奖卡兑换了一张二十英镑和一张十英镑的现钞。起泡酒、冰块、对虾。下一步，我走进后面的办公室，装了一背包必须拿出去扔掉的香槟酒杯，只留下两个用来喝酒，最后回到店里关灯。

那个寸头男人站在那里，他的身后——"麦克！嗨！"

麦克没说话，只是悲哀地缓缓摇着头，我身体里蹿起一股冰冷可怕的恶心感。

"查理，你认识这位先生吗？"

"认识！哈喽，嘿！二号机，三十英镑。"

他笑得叫人难受，胳膊高高抄起，抱在厚实的胸前，像在等着什么。"你的兑奖卡！我忘记给你了！你是因为这个回来的吗？等一下，我拿一张给你。"就表演而言，这不是我的最佳表现，但不过是一个诚实的小失误，他们又能怎么样呢？

"查理，霍华德先生在这里是为了处理一桩私人安保事务。"

"哦，跟我打瞌睡有关？"也许只是因为这个。

"我聘请了他，查理，是因为收银账目有些问题。"

无论他要说的是什么，我都被扑面而来的恐慌的巨大轰鸣淹没了，眼前的和远方的未来通通碎成了狂乱的蒙太奇。我不知道他们究竟知道了什么，不知道我能找到怎样的托词，该如何期望在确凿的录像证据前保全自己。我已经预见到自己要在警察局和地方法庭的塑料椅子上待上好几个小时，我想象着妈妈的怒火、爸爸颓丧的羞耻和失望。这是不是就意味着教养院甚至监狱在等着我？还有弗兰，弗兰会怎么想？她说的那些内在的东西，她宣称的在我身上看到的可能性，到头来只是一个卑鄙小贼的骗局，一个收银机小偷，一个拥有犯罪记录和糟糕的考试成绩的没用的骗子。

"看起来，很多本该属于顾客的刮奖卡最后都进了工作人员的口袋……"

她要怎么才能知道我在哪里？他们打算把我在这里扣多久？天快黑了，我想着她，一个人待在门房小屋里，点起蜡烛，吃掉最后一点儿食物，期待变成怒火，焦急化为害怕，就像朱丽叶在凯普莱特家族的坟墓里一样。甚至，在知道真相以前，她就会以为我抛弃了她，开始恨我。我必须让她知道真相，必须自己把整件事说给她听……

"……看来，我们需要好好谈一谈了。"

我强迫自己集中精神听麦克说话。至少，他没有生气，更像是无可奈何，像一个被迫雇用了这个枪手的警长。现在我知道了，他来自一个名叫"克里登侦探所"（Croydon Investigations Agency）的公司，CIA[1]，我怎么就没发现呢？宽肩膀，犀利的、

---

1. CIA默认是美国中央情报局的缩写。

审视的小眼睛，这人显然就是个专业执法者。我痛恨自己，就这么败在了西班牙起泡酒和"金牛犊"餐厅招牌特供菜的廉价诱惑之下。

"或者，我们可以到后面的办公室里去？"霍华德先生说着，抬脚就朝柜台走去。我拎起背包，听见十二个香槟杯碰撞的叮当声。证据，就隔着一层我的背包的尼龙布。我的天，他们把我抓了个现行。牢房里的一夜，弗兰孤零零地待在林子里，眼睁睁看着蜡烛渐渐烧尽，等着我……

我小心翼翼地提起背包，不让玻璃杯碰出声响。"能把这个打开吗？拜托。"霍华德先生说。收银台和办公室之间隔着一道折叠面板，在收银机的一侧有螺栓从下面锁住。

"等一下，我只是需要……"我从侧面溜进办公室，反手锁上房门。

"快点儿，路易斯先生，别跟我们磨蹭了。"霍华德先生说。

"等等！只是需要……"

"查理，过来，孩子。"麦克开口助攻，"只是谈一谈。"

我小心地把背包背上身，好像里面装的是炸药一样——事实上也的确是——然后迅速推开紧急出口的逃生门。

我出来了，置身在散发着寒意的夜风中。这样的暮光之下，明亮的店铺里就像电影银幕一样，我能看到麦克在柜台口上努力挣扎，两条腿都抬平了。我抖着手，锁上店门，把他们关在里面。霍华德先生立刻行动起来，冲向大门，抢起拳头猛捶玻璃，可我已经跳上我的自行车，穿过了前院。

我奋力沿着笔直的公路朝城里骑。这个时间，路上已经空了，只要能赶到凶杀树林，扔掉杯子，藏在灌木丛里等麦克和霍华德先生放弃搜索，我就能冲回门房小屋，亲吻弗兰，亲口将一切告诉她，告诉她，我做了些蠢事，但我爱她……既然朱丽叶都能原谅罗密欧杀死了她的表兄，那偷刮奖卡一定、一定也是有挽回余地的。我们会哭，也会怀着悲伤、刺痛的心情做爱，就像罗密欧和朱丽叶在他被放逐的前夜那样，争论鸣叫的是云雀还是夜莺。等到了早晨，我会去找麦克，跟他说：我很抱歉，麦克，我吓着了，而且，是的，我拿了些玻璃杯，但没拿钱。如果有证据对我不利，那我就把钱还回去，大部分现金都还在，就藏在我的房间里，欠缺的那部分我可以用工作来抵偿，或者借钱来还，借……我不知道，妹妹的存款，或者找哈珀或其他什么人，只要不是我的父母，一定不能告诉我的父母。麦克可能会告诉妈妈，但不能让爸爸知道，这会杀了他的。

我用力蹬车，冲向我的秘密地点，另一种未来开始向我招手，很有诱惑——流亡生活。如果能拿到护照，那就没什么地方是我不能去的了。我可以买一件冲锋衣和一个工具包，加入商船队，或者随便什么，从新加坡、符拉迪沃斯托克（海参崴）、曼托瓦给弗兰写信，字里行间满溢着思念，写得很漂亮；或许有一天，踏上某个遥远的码头，某个法外之地——

我听到身后有汽车靠近，打算让它先过，不料却看到它靠边停了下来。我以为自己骑出了飞一样的极速，可那高大的黑色路虎揽胜才不过堪堪加到二挡。麦克把车停得离我很近，从窗口探个身便抓住了我的胳膊。

"停下，查理。"他说。

"我现在不能跟你们谈话，我必须去一个地方。"

"别骑了，停下来，伙计，我们只是想谈一谈。"可越过麦克，我看到霍华德先生整个人伏在方向盘上，正在笑。于是我站起来，用尽全力去蹬脚踏板。我可以冲进树林里，把他们扔在后面；我可以翻山越岭，摸黑赶去我们的门房小屋。她不是说过她爱我了吗？我转下公路，不料误判了路沿的高度和攀上去需要的角度，自行车猛地一震，彻底停了下来，把我从车头甩了出去，摔在了人行道上。

时间那奇特的、橡皮圈一样的弹性特质又出现了，让我还有余力留意到这个空翻是多么干净、完满，而我又是如何固执地拒绝扔下自行车，硬是带着它和我一起，好像要用它来完成一个漂亮的马戏团把戏似的。最最难忘的——还是说，那其实是我想象的？——时间甚至允许我记录下香槟酒杯碎裂的过程，伴随着我的坠落，以它们自己的方式破裂，我能感觉到它们如何努力试图维持完整的形状，可只撑了短短一瞬，就碎了，像被拳头用力捣碎的鸡蛋，带来连锁反应，"啵啵啵"，玻璃回归了散沙，也化作了钻石。

伤疤

"这些是怎么搞的？"

"什么怎么搞的？"

"你背上的这些印子。"

"那些？鲨鱼咬的。"

"噢，是吗？"

"库存玻璃杯。我当时摔在了一堆廉价香槟酒杯上。"

"当然，是你摔了一跤。"

"那些伤疤就是他们挑玻璃碴留下的。"

尼亚芙第一次看到它们是在海滩上，那时我满背的疤痕都已经长得相当光溜了，稍稍还有点儿隆起，平日里摸上去比看上去更明显，只有在夏天里才会泛出白色，就像显影灯下的隐形墨水痕迹。

"好吧，我知道这该是明摆着的，可……"

"我偷了加油站的杯子，被他们发现了，我就逃跑，结果从车上摔了下来。"

"摩托车？"

"非机动的自行车。"

"老天，你的黑历史。库存杯子和自行车，像杰森·伯恩[1]一样。"

---

1. 《谍影重重》的主角。

那是我们第一次一起出门度假，在希腊大大小小的海岛间蹿来蹿去，那个阶段的我们，正是乐于抓住一切机会来向彼此展示每一道伤疤的时候。我见过她食指和中指上被餐厅版大罐装鹰嘴豆罐头盖割开的口子，见过她肩膀祛痣时留下的整齐的缝针痕迹。现在，轮到我了。当初的玻璃杯碎片像霰弹一般扎了我满背，我趴在发烫的沙滩上，任由尼亚芙的指尖描画那众星的形状。

"像盲文。"

"写了什么，尼亚芙？"

"写的是……等一下……上面写的是，'是什么……样的混蛋……偷了库存玻璃杯'。话说回来，那些东西不是本来就免费的吗？"

"所以才是一场完美犯罪。"

"偷没人想要的东西？"

"嗯，还有一点儿现金。"

"啊，从收银机里？"

"是的，不过比这复杂。其实我偷的是刮奖卡，不是现金，所以没人有损失。那是一场没有受害者的犯罪，因为在你刮开刮奖卡之前，那些钱根本就不存在。就像薛定谔的猫，要是从哲学层面上说的话。"

"你就是这么跟他们说的？"

"是的。"

"结果怎么样呢？"

"不太好。"

"我的天，一场大师级的犯罪。我吓到了。"

"哈，你从来没偷过任何东西？"

"我？没有！"

"从来没有？在餐厅工作时，一瓶酒都没拿过？冰柜里的牛排，一块都没动过？"

"没有！"

"一杯不付钱的咖啡都没喝过？"

"好吧，也许有一两次，可我的教养每次都让我对这种事情感觉糟透了。"

"哦，我对这种事情也感觉糟透了。特别是被逮住的时候，那真是糟糕。最蠢的是，要是没逃跑，事情会好得多。"

"那你为什么要跑？"

"啊，你会喜欢这个故事的。"

"说来听听……"

"因为爱情。"

尼亚芙仰面躺倒在沙滩上。"哦，真见鬼，别又是她。"

我想我大概是呆住了，当然也站不起来，手一直在发抖。于是我们都坐在了马路牙子上，顶着暗淡的光线，很安静。

"我们只是想要个承诺，傻孩子。"麦克说。

"我们只是吓吓你，就这么多。"霍华德先生说。这时我已经能感觉到血粘在背上，凉凉的，硬硬的，动一动肩膀就能感觉皮肤好像粘在了 T 恤上，很不舒服。霍华德先生——我坚信他一定杀过人——再三向我保证，跟他见识过的情况相比，这些都没什么，可血把我的指尖染成了铁锈色，渐渐变深，就像渐渐浓重的夜幕。

"我们带你去医院，检查一下还有没有玻璃留在身上。"

我已经在心里演练过那句话了："我要见我的律师！"只不过，该到哪里去找这么一个人，对我来说还是个谜。律师能应对爸爸的破产吗？还是说应该找个会计？"我想见我的会计！"这话听来不大对劲儿。

"你干吗要跑呢？真是个……真是个傻孩子。"

到这会儿，我总算能挤出点儿话来了。"我必须去一个地方，就是这样。"就在这时，警察出现了。

卷进法律事务并非麦克所愿，可夜晚空荡荡的公路边坐着个浑身是血还发着抖的男孩儿，这必然会引起过路人的注意，所以，现在就来了一辆巡逻车，蓝色的警灯照亮了我们身后的种植林。"哦，该死，我们不需要这个。"霍华德先生站起身来，伸长胳膊，手掌安抚地向外摊开。我吓得够呛。警察局，地方法庭，犯罪记录。

可进监狱之前，还得先去医院。我们开了二十分钟，到了我们刚搬回这座小城时妈妈工作过的地方，我坐在一张塑料椅子上，只坐了个边，一个无精打采的女警在向我问话："之前是要去哪里？""去见一个朋友。""是汽车司机把你挤下公路的吗？""不，只是个意外。""那位先生的驾驶有没有给你带来危险？""没有，我们只是说了几句话。""隔着行驶中的汽车的窗户？""只是一下，然后我就失控了。""包里装着这些杯子是要做什么？"这个问题让我卡壳了。我在走廊另一头看见了麦克，脸色苍白、恐惧，用力按着他的胡子，好像它们会掉下来一样。

"我要见我的律师。"

警察哈哈大笑。他们可以这样吗？嘲笑我们？"你有律师吗？"

"没有！"我愤愤地说。

“那我们叫你父母来如何？”

“不。不，你们不能这样。”

“抱歉，孩子，你吓着了。我们必须通知他们。”

“你们不能。他们没在一起。”

“哦，那你和谁生活在一起？”

“我爸爸。”

“他的电话？”

“我们没有电话。”那位女警筋疲力尽地把头一垂。“我们用不起电话。”我说，不全是说谎：我们有电话，但我们用不起。

“好吧，那你妈妈用得起电话吗？”

“她有个手机。”

“那么？”

“我不知道她的手机号码。”至少这一点算是真的。那张小纸片还在我卧室里，我也没用过几次，还不至于能记住。

“好了，孩子，别浪费我的时间了。她的地址？”

“我知道那个房子的样子。”

“那就给我固定电话。”

“她跟那个男人在一起。我从来没给她打过电话，都是她打给我。”

“那就给我你的地址，我们派个人去找你爸爸。”我想了一会儿说，“麦克，那边那个人，他有我妈妈的电话。”女警站了起来。

“我也需要打个电话。”我脑子里唯一能想到的就是这件事了。

“当然可以。只是这一次别跑了，行吗？”

夜渐渐深了，走廊里全是城里来的伤者，我终于不再是唯一穿着血迹斑斑衣服的男孩儿了。我找到电话间，幸好里面有本地的电话黄页。我翻过脏兮兮的纸页，找到了号码。看着布满划痕的亭子间铝板，我勉强能辨认出自己的影子，脸色苍白，头发被我手上的血迹和汗水粘成了一绺一绺的。我拨出号码，想象着电话铃声在贴着木头镶板的长长的走廊上响起。我清了清喉咙，拿出年轻人的精神声音。电话响了又响。

"哈喽？"

"哈喽，是珀莉吗？"

"是的，哪位？"

"珀莉，我是查理。排戏的，记得吗？"

"查理？"

"是的，班伏里奥，戏里的。"

"是的，我知道你是谁。"

"那你和伯纳德休息了吗？"

她叹了口气。我好像总在让人叹气。"查理，现在很晚了。出什么问题了吗？"

"不。不，我只是得告诉你们一点儿事情。要拜托你帮忙，真的，带个信儿。"

"不能等到星期一吗？"

"不行，不，现在就得做。那个，是这样，你知道你们车道头上那个小木屋吧？门房小屋？其实——我很抱歉——有人在那里等着我。"

医生的镊子

我宁愿护士没给我看过那些镊子。每一块玻璃碎片落在肾形盘里都发出清脆的叮当声。她似乎很自得其乐，挖掘、翻找，哼着歌，嘟嘟囔囔。要是在西部片或动作电影里，她会在用酒精擦洗伤口时给我一根木棍咬着，可在这里，我只能把脸埋进铺在推车上的纸巾里。"哦嚯，好大一块。"护士说，盘子里传来当啷的声响。

我转过头，透过屏风之间的缝隙看到了妈妈。她穿着她最好的黑色晚礼服，妆花了，脸色在"暴怒——关心——暴怒"之间变幻不定，我有种感觉（这不是第一次了），我又误了她的什么事了。在我眼里，她漂亮极了，也失望极了。真庆幸还有个消毒药水的刺痛可以当作我红了眼睛的借口。

坐在她的车上，疼痛逼得我只能在座位上一直弓着身子，就像随时准备拉开车门，合身扑到那条双车道上去似的。这看来大概是个显而易见的可能性。妈妈到这会儿已经放下了心——她被迫离开了她的晚宴——现在她的生活里有晚宴了——安安稳稳地投入愤怒中。

"库存玻璃杯！说真的，谁会去偷库存玻璃杯？"

"我没偷。"

"在高尔夫球俱乐部里，人家要偷也是偷瓶装伏特加和金酒。人家偷的都是大块的带骨肉排！他们偷钱。"

"我没有偷杯子，我是去扔掉杯子。"

"是啊，麦克告诉我了，这样你就可以偷钱了！"

"我没有偷钱。"

"那是什么？"

"只不过是……刮奖卡。"

"然后你就用来兑换……"

"钱。但那些钱本来就是不存在的，除非有人——"

"什么？"

"刮开卡。"

"啊，所以这只是个'概念'上的偷窃。也许他们可以把你送到某个'抽象的、概念上的'法官面前，也许那里会有某种理论上的、四维的量罚程序。'是啊，我有犯罪记录，但那是在平行宇宙里'。"

"我没有犯罪记录，是吗？"

"如果你对犯罪感到羞愧，是的！你偷的是奖金！那跟直接从麦克口袋里拿钱一样！"

"不，不是的。"

"从法律角度看就是！"

"你怎么知道'法律角度'是怎么样的？"

"我知道你有麻烦了，查理，我知道。"她指一指左边，转下主路，"麦克说你还有个同谋犯。"

"他什么时候说的？"

"在医院的时候，他跟我说有人到加油站兑钱，每次都是同一个人，监控都录下来了。那是谁？你那些朋友里的某一个？是哈珀吗？"我没说话。"真的，查理，怎么回事？我们可没有养出个小偷来。"

"可惜，显然你们养出来了，就是这样。"

这一次，她没说话。车里一片沉默，我手里抓着那件发臭发硬的 T 恤。更屈辱的是，我的衣服破得太厉害，沾满了血，没法穿了，所以妈妈带了她情人最旧的运动衫来，一件松垮垮的灰色玩意儿，活像囚服。我们开进图书馆区。"很抱歉，你不得不离开你的宴会。"我说。

"是的，还好。他们在玩'打破砂锅问到底'，我宁愿出来处理意外事件——几乎，只是几乎。"

"你们怎么样，和……乔纳森？"

妈妈眯起眼睛扫了我一眼，又转回去看路。"该怎样就怎样，查理。该怎样就怎样。"

我们转进萨克雷新月街，停在稍远处，免得爸爸听到汽车声，可我能看到屋里的灯亮着。"爸爸知道了吗？"我问道。

妈妈长舒一口气："听起来像是有个女孩儿打电话来问你的情况，她很担心，所以他也担心了，毕竟你说你住在哈珀家。"

"那么？"

"所以他给我打了电话，他听起来快疯了，我就告诉他了。"

"全部？"

"是的，因为他是你爸爸。"

"妈妈！"

"噢，我还能怎么说？"

"你可以只说我从自行车上摔了下来。"

"然后摔在了路边的一堆香槟酒杯上？得了吧，查理，他一定会发现的。"

"噢，老天。"

"你想要我和你一起进去吗？"

"是的，那样更好。"

"不，不一定。"

"我该走了。"我说，可我们俩谁都没动。

"那女孩儿是谁？新女朋友？"从前她只会带着玩笑的神气说这个词，可这一次不是。

"我想是吧。是的，在我让她空等之前。"

"她也演戏吗？"我看了看妈妈，她知道了，"爸爸告诉我你爱上莎士比亚了。"

"她也演。"

"她是谁？"

"朱丽叶。"

"不是，现实中的，傻孩子。"

"你为什么要知道她的名字？"

"这不是什么特别的问题……"

"弗兰。那次你在酒吧见过她的。"

"弗兰。"她掂量着这个名字，"哦，她很好吗？"

"在现实中还是……"

"作为朱丽叶。"

"她非常出色。"

"你呢？"

"不好。"

"我应该要去看演出吗？"

我自顾地笑了起来："爸爸也是这么说的。"

"不是，我很乐意去。"

"不用，你们俩得到赦免了。"这下是真该走了。

"给我打电话。如果需要的话，如果他发脾气发得太厉害。"

"不，我想他会高兴的。"

"那星期一早上也给我个电话。"星期一是出考试结果的日子。

"为什么？"

"噢，因为我是你妈妈。也许你会有意外惊——"

"我搞砸了，我知道。"

她闭了闭眼睛，吐出一口气："好吧，我们还是不要讨论这个问题了。一次只解决一个问题，对吗？"

我推开车门，犹豫了一下，感觉像是我们仍然在双车道上高速行驶似的。妈妈僵硬地笑了笑，我扭身下车，用衣服擦过受伤的皮肤。我皱了皱眉头，径直回家，没再回头。

羞耻

他背对我站着，一只胳膊支在唱机架子上，像是在撑着它——也许是它在撑着他。唱片机里放的是大乐队音乐，一阵洪亮的号声响起，像是有什么东西从楼上滚落下来。从鼓声判断，我想是巴迪·里奇。一根香烟紧紧夹在他的手指中间，威士忌酒瓶旁的烟灰缸里堆着满满的烟头。他把杯子送到嘴边，我看得到他的手在抖。

"嗨，爸爸。"

他回过头来，身子晃了一下，问道："多少？"

我叹了口气："你是说我偷了多少钱？"我想好了，最好的防守就是进攻。如果他觉得我是个恶棍，那我就是。

"是的，你偷了多少钱？"

"不是——'嗨，查理，你感觉怎么样？你的背怎么样？'"

他迅速转过身来，趔趄了一下，是一瞬间的眩晕。"妈妈跟我说了你没事，别跟我胡搅蛮缠。"

"不如试试这个，'我很担心你，查理。'"

"噢，你觉得我不担心你？"

"我们能把音乐关小一点儿吗？"

"你觉得我没有睡不着觉为你担心？"

"啊，如果不是整天都躺在沙发上睡觉的话，你晚上应该会睡得好一点儿。"

"你根本不知道我白天怎么过的，你从来都不在家。"

"噢，那我错过什么了吗？"

"别转移话题。你到底偷了多少？"

"不知道。两三百吧。"

"可你有工作！"

"是啊，一小时三英镑。"

"呵，如果你需要钱，那就多工作几个小时，工作就是这样！"

我大笑，眼看着爸爸生起气来。

"这是什么意思？"

"我只是不清楚你是不是有立场对我的职业道德发表这番讲话——或者说，对于钱。"

"什么？"

"噢，有一阵子了，不是吗？"

"你知道我为什么不能工作！"

"我知道吗？你从来没正经跟我说过。"

"有什么好说的？你觉得我能跟你说什么？"

"你床头上放着药！你以为我看不懂标签吗？"

他看起来像是眩晕了一下。"事情在控制之中，这不是你该担心的事！"

"可我就是担心！我就担心这个！我怎么会不——老天，我真讨厌这个！"

"查理！"他畏缩了一下，就像挨了一记重拳——我看到了——我还在继续，"我讨厌和你住在一起！每天都要担心：'他会朝我吼吗？他会重新振作吗？'"

这又是一记重拳。

"不是这样的。"

"每天回家都要想着，下午五点了，他会不会已经醉了？他哭过了吗？他今天出去过没有？你很悲哀，爸爸，和你在一起很悲哀。"

"查理，我知道，我意识到了。"

"我知道你有原因，可你没说过，你什么都不说！"

"我们为什么会说到这里来？现在是你偷钱的问题！为什么？"

"因为我们一分钱进账都没有！"

终于，音乐停了。爸爸摇晃着身子，不知所措地反手摸索身后的沙发，跌坐下去，蜷起身子，好像肚子上挨了一拳似的。在那糟糕的一瞬间，我生出了一股可怕的、恶意的力量感。我心想：这就是我，我说出来了，我不在乎。

除了指针走动的轻响，屋子里没有任何声音。

"你们为什么不能在一起？"

"那不是我的选择。"

"但你们可以等等的。瞒着我们，等一两年，哪怕就几个月。其他父母都这样，为了孩子好什么的，只要等我们再大一点儿。"

"我说了，那不是我的选择！"

"是你开车把她送走的！只要你们能……坚持在一起！"

时间流逝。嘀嗒，嘀嗒。

"我让你丢脸了吗？"他说。

"没有。"

"你为我感到羞耻吗？"

嘀嗒，嘀嗒，嘀嗒。

"我不知道。你为我感到羞耻吗？"

"当然不。你是我儿子，我爱你。"

"那你为我感到骄傲吗，爸爸？真正的、充满信心的骄傲？"

他没有回答。相反，他看向地板，皱起了眉头。然后，他说话了，说得清清楚楚：

"不。眼下没有。没有。"

市集

我走出家门，红着眼睛，摇摇晃晃地，甚至没有带上身后的房门。据我所知，我的自行车还在霍华德先生的汽车后备厢里，前轮变形了，又一笔犯罪的罚金。我只能靠双腿走过福斯特街、吉卜林路，以及伍尔夫、盖斯凯尔和玛丽·雪莱大道。我绕过市中心，在那里，午夜的醉汉还在跌跌撞撞地走向"金牛犊"或"泰姬陵"，要不就趴在市场拱廊下的台阶上。我知道，这一晚我回不了家了，可我能去哪儿呢？哈珀家？海伦家？他们都会刨根问底，我却无法回答。就这样，我发现自己走过了寂静的居民区，穿过了城外的环城路，跨过公路桥，沿着麦田边缘，走到了公交车站，开始顺着林荫小道向山上爬去。

三点过一点儿的时候，我到了门房小屋。那里是匆忙间被清空的，沙发床还展开着，但寝具都没了，我想象着弗兰的样子，又羞又恼，坐在副驾驶座上，床单裹到胸口，伯纳德开车送她回家，睡衣外面套着猎装外套。头顶的灯泡洒下刺眼的亮光，我看到蜡烛也都被拿走了，只留下屋子周围一圈烧焦的圆形黑色痕迹，像木地板被打破后留下的洞，还有罚金要付。

我天真地期望珀莉对于我们的冒险能有乳娘一样的态度，摇晃着胸脯，宠溺地为这计划轻轻发笑，为自己在一对年轻恋人的结合中占有一席之地而开心、骄傲。可还在电话里，她直接就怒不可遏了，那样的声音是我以前从来没有听过的。我们怎么胆敢这样滥用她的热情好意？我们是擅闯民宅，不，是溜门撬锁趁夜入户的贼！她原本以为我是更好的——似乎人人都以为我是更好的，我不知道自己做了什么提高他们期待的事。

现在是凌晨四点半。我小心翼翼地倒在沙发床上，因为有伤，是趴着的。没有了被褥，这里只剩下一张脏兮兮的毯子可以取暖，我把它拉到下巴下，用力闭上眼睛，精疲力竭，自暴自弃，像罗密欧一样自怨自艾：啊，我啊，那样的极乐与悲哀，都发生在这同一张床上！

明天是那样叫人恐惧。我得去见弗兰。到底哪个会更糟？是见她的痛苦，还是拖延的煎熬？这一夜过去，我整个人都僵硬了，从自行车把手上翻过去的动作带来了深层的肌肉紧张，离开沙发床时，我禁不住呻吟出声。我已经一天没刷过牙了，身上还穿着妈妈的情人那件可怕的运动衫，我得对弗兰有所交代，却没有任何准备。我就着厨房水龙头喝了点儿浑浊的锈水，漱了漱口，用手指擦了擦牙齿和牙龈，走出门去。

夏天又来了，空气沉重凝滞，像是某种需要用力才能拨开的东西，像游泳池里的水。至于那个村子，我到的时候已经变成了一个迷你号的大都会，汽车一辆挨着一辆排在通往教堂的小路上，乡村集会正在教堂举行，彩旗在头顶飞舞，汽笛风琴在奏响，尖叫声从充气城堡中传出来，甚至还有一个兴高采烈的教区牧师在跟人握手。大概就算有喷火的龙从空中飞过，也没人会感到一点儿惊奇。这是一首英国的田园诗，飘散着割草机和新鲜割出的草汁气味，我匆匆朝弗兰家走去，比任何时候都更能意识到身上这件借来的运动服那沉甸甸的灰色丝绒质地。一个汗涔涔的、藏头露尾的在逃犯，缩在弗兰家门前的女贞树篱笆后面往里窥看。卧室窗户开着，那卧室我还从没见过，也许永远都见不到了。也许她正躺在床上，想着我。

我小心翼翼地抬起院门的门闩，左右看一看再踏进前院。像是穿越到了五十年代的美国，我突然涌起一股强烈的冲动，想往窗户上扔几颗小石子。我从玫瑰花圃里选了一块弹珠大小的土块，瞄准窗户扔过去。村里的坏小子。再扔一个，又一个——

"有事吗？"

"啊，哈喽，费舍尔太太！"

弗兰的妈妈一副精神奕奕的健壮模样，戴着园艺手套，围着绿色围裙，一只手里拿着一把小园艺修剪锯，另一只手里抓着小树枝。

"哈喽，你是哪位？"

"我是查理，是弗兰的朋友。"

"噢，哈喽，查理。"她吹了一下被汗水粘在前额上的头发，"你可以直接敲门的，知道吗？作用差不多是一样的。"

"我不想打扰到你们。"

"要说的话，我想这样更打扰。"她顿了顿，"她昨晚回来得非常晚。"

"是吗？"

"是的。你完全不知道这回事，对吗？"

"是的，是的。"

"嗯，她不在家，查理。"

"好的。"

"她去市集了。"

"好的。"

"我觉得她是在躲避。你瞧，她让我们很失望。"

"是吗？"

"是的。"

"……"

"好了，很高兴见到你，查理。"

"是的，我也是。"

"下一次，敲门就好。"

"我会的。"我说着，慌慌张张地回头沿着小路去教堂。

"进门五十便士。"门口的女士说。我摸了摸口袋，只有钥匙哗啦啦作响，没有零钱。

"抱歉，我没有现金。"

那位女士皱起眉头，察觉到了我的坏小子属性。她旁边的人凑过来："这是慈善！"

"我知道，我只是出门没带钱。"

那人慢慢地摇了摇头，但乡村市集并没有必须买票的硬性规定。我径直往里走。

"哈喽？嘿，站住。"那位女士说。他们会来抓我吗？把我扑倒在地上？

"我晚一点儿补给你！我只是要先……"

我钻进人群——还真是个大市集——飞快地扫视彩票站、家养植物摊、糕点摊……终于，我看到她了，坐在一个二手书摊的台子后面，读着一本橙色封底的企鹅版的书。她抬起头，看到我，先是笑了一下，很快便隐去了笑容。

"哈喽，查理。"

"嗨，你好。"我们隔着一摊子书打招呼。

"你来这里做什么？"

"我必须来见你，我很抱歉。"

"你看起来糟透了。"

"我得给你个交代。"

"是的，你得给我个交代。"

"我知道，我很抱歉。"

"见鬼，查理！你知道那有多难堪吗？"

"我知道！"我准备了一个笑话，想调剂一下……

"珀莉气疯了，就连伯纳德也气疯了。我父母差点儿把屋顶给掀了。"

"真的吗？"只要找到合适的时机，我就能把那个笑话说出来……

"你以为我为什么会在这里？什么都比那个强。"

我抛出笑话。

"市不如死[1]。"

"什么？"

"市不如……我们能换个地方吗？"

"我说了，我得看摊子。"

"就一分钟。"

弗兰叹了口气，起身走到旁边的摊子后面，一番讨价还价过后，她可以离开了。

"那么，说来听听吧。"

"我还能怎么办呢？我不能就那么扔下你一个人在那里，我

---

1. 原文以"市集"（Fête）谐音"命运"（Fate），此处谐音"生不如死"。

觉得你会担心的。"

"我的确很担心！的确。可我却陷进了那么大的麻烦里，查理。你看起来糟透了。"

"我没睡觉，也没吃东西。"

"你穿的什么？"

"借来的。我的衣服被弄上了好多血。"

"血！怎么回事？查理，出什么事了？"

"我们找个地方说吧。"

我们在餐饮区的大篷下找了个阴凉地，坐在两根帐篷钉之间。我花了一整夜的时间预演这番话，要可信，还要掩饰一部分真相。她默默听着，双手放在腿上，眼睛盯着她的脚，直到我弯下腰，露出绷带。她果然倒吸了一口冷气，可同情还不足以掩盖令人不适的事实。

"可是……你一直在偷钱？"

"是的。"

"现在你被起诉了？"

"也许，还不知道。"

"噢，好吧，好吧。"她重新拉住了我的手，"我很难过。这很难。"

"这是个错误。"

"偷钱？还是被抓住？"

"显然都是。"我说，然后尽可能放柔了声音，"见鬼，弗兰。我不要你这样。"

"当然，我知道。抱歉。"

我们坐着，呆呆望着前方。隔着身后的帐篷，我们能听到抽奖公布的声音："蓝色奖券，号码443。443，赢得这个漂亮的玩具小屋。"欢呼与尖叫应声响起。我们沉默地坐着，听奖项一个一个抽出：一瓶香槟、食篮、果酱套装、一条本地羊腿、一张"西索斯"美发店的洗剪优惠券。我只觉得深深的悲哀，不过一天时间，我们就走到了这样的境地，无话可说，无法看向彼此，唯一的接触来自她用身体表达的安慰，她的头僵硬地靠在我的肩膀上。

"绿色票，225号。绿色，225。"

弗兰抬起屁股，指尖探进牛仔裤口袋里，抽出一张绿色纸条。"我中奖了。"她说。

"那你快去领奖。"

"我过会儿再去。"她说着，回头看了看。

"绿色225号，赢得这部随身听。"那声音在说。

"我没关系的。"我说。

"我已经有一个了。"

"最后一次，绿色，225号。"

"去吧。"我说。

"在这里等我。"她说着，站起身来，轻巧地从帆布间的缝隙钻出去，仿佛登上舞台一样。我听见她大声说"这里"，欢呼声和笑声响起，因为认出领奖的是个漂亮的本村姑娘。我起身走开。

她在糕点摊前追上了我，奖品夹在腋下。"别这么溜走，别搞得那么戏剧性。"

"我只能这样。"

"如果愿意，你可以回来，到我家见见我妈妈和爸爸。"

"现在不行，下一次。"

"好，那你打算怎么——"

"我走路回去。"

"我可以请他们捎你一段。"

"不用了，没关系的。我有时间。"

她回头扫了一眼，回到摊子前。"我说我是在帮朋友打掩护。"

"当然。"

"我们明天见。"

"好的。"我说。可心里知道，我不会回去了。

她又瞥了一眼身后，然后快步上前，吻了我。"爱你。"她喃喃道。

"我也爱你。"

她把盒子递给我，是那部随身听。"也许你会想要这个？"

"不，不用。不过能借我一英镑吗？出去时我得补交入场费。"

"当然。"她把钱递给我，"你很有心。"

"呃，那是为了慈善，所以……"

我到糕点摊前花五十便士买了两个巧克力玉米饼，转身就塞进了嘴里，然后将仅有的最后五十便士交给门口那位女士。

家

我走着回家，就像那个派对之后的早上，那个我下了那么多决心的早上。可如今看来，改变简直就是痴人说梦。行走在这世间，没有新的可能，没有别的路，唯有这一条：丢盔弃甲，回家。还能去哪儿呢？

我害怕回家，比以往更怕，不是因为爸爸和我相互说过的话，而是因为这些话会就此带过，我们会跌落到过去的老路上，只用单音节字交谈，争吵，短暂的和平，空气紧张凝滞。所以，我胡乱晃荡，甚至在田边短暂地睡了一觉，那种没有任何意义，纯粹只是为了耗时间的觉，就像手动把手表指针往前拨那样。

走进萨克雷新月街时已经将近黄昏了，我注意到家里所有窗帘都还拉着，隔绝日光。哪怕在他最消沉的日子里，我也没见过这样的情形，我的心拧了起来，一阵强烈的恐慌袭来。我禁不住拔腿狂奔起来，钥匙掉在地上，我捡起来把它们往锁孔里塞，全程一直在大叫："爸爸！爸爸！"门打开了，我整个人几乎是跌进去的，楼下一片混乱，烟灰缸，电视开得很响。我冲上楼梯，冲进爸爸的房间。爸爸脸朝下趴在床上，半裸着，威士忌酒瓶倒在地板上。"哦，天哪！"我脱口大叫，扑向床边，伸手按在他的肩膀上——热的，感谢老天，但有些发烫，汗津津的。我把他翻过来。从他的肺里呼出来滚烫的空气，带着浓浓的酒气，可他至少还在呼吸。我手忙脚乱地翻看床边乱糟糟的杂物——酒瓶、杯子、铝箔包装，寻找线索。我应该叫救护车吗？"爸爸？爸爸，醒醒！"

我把盖住他耳朵的头发往后拨，好像是因为这个他才没回答我似的。"爸爸？爸爸，跟我说话，求你。你能听到我吗，爸爸？"没有反应，只有他喉咙里的痰在呼噜噜地响，我瑟缩了片刻，后背贴在墙上，坐着，眼里满是热泪。这不对。我不得不面对这些事，这不公平。

电影里都说这时候睡眠是大敌，于是我又急忙爬回床边，找到一杯他用来吃药的水。我告诉自己：如果他没有反应，我就叫救护车。我往他脸上和耳朵里滴了点儿水，再加一点儿，最后，倒空了整杯水。他呻吟起来，我看见他的眼珠在眼皮下转动，像是被封在了里面。我振奋起来，先自己挣扎起身，再把胳膊插进他汗湿的腋窝底下，用力想把他拽起来，结果却只是嘭的一声，把他拖到了地板上。楼下的电视还在响："颂赞之歌"，《王者之舞》。恐慌再一次升起，但恐慌有什么用呢？水才是关键。我跨过他的身体，走进浴室，把冷热两个龙头都打开，往浴缸里放水，牙刷扔进水池，用漱口杯接了满满一杯水，比刚才那杯更冰，回到房间，再一次把水慢慢浇在他的头上、脸上，有一点儿进了他的嘴里，把他呛着了。我猛地用力，一个趔趄，他的分量偏到一边，整个人半倚在床头的沙发脚凳上，带轮的脚凳轰隆隆地滑过了房间。

正是时候。趁着他往后倒的当儿，我伸手揽住他的后背，胳膊插进他的腋窝里，跪在地上，用尽全力把他往上拽。好了，我们两个都坐在床垫上了，我尽我所能扶住他，像个被木偶压住的杂耍艺人。我能感觉到重力在把他往下拽，再一次感到自己就要崩溃大哭了，可我还是用力把他往前推，终于让他软绵绵地立了起来，接着，又扛又拖地把他弄进浴室。一进去他就扑了下去，脑袋抵在马桶的水箱上，感谢老天，他吐了，吐得很厉害，也很可怜。他吐了好一阵子，都是些水样的东西，混着威士忌。我一只手用力摩挲他的后背，另一只手伸进浴缸里试了试水温，关掉水龙头。水是凉的，不舒服，但可以让他清醒，也不至于引发心脏病。五分钟过去了，十分钟过去了，他一直在呕吐、吐口水，终于开始嘟囔："噢，不，噢，不，不，不。"我扶他站起来，让他在浴缸边缘坐下，然后，像水肺潜水员从船上下水一样，让他倒翻进浴缸，身上还穿着内衣。

楼下的电视机很吵，赞美诗唱完了，寻宝活动开始。这个星期他们在斯塔福德郡，所以他们想找些当地著名的漂亮瓷器，可我却挤在浴缸和房门之间，看着他，不敢眨眼。爸爸的平角短裤鼓起来，漂在了水面上，像一个穿着苏格兰格子的葡萄牙军舰水母。他的肚子鼓胀着，挺得老高，他的胸膛瘦弱苍白，我感到了熟悉的厌恶，于是转去看他的脸，希望找到些过去的感觉。我看到他脸上的皱纹那么深，深得能夹住铅笔，他黏黏的嘴半张着，斑白的胡茬像刷子上支棱的刚毛，稀疏的头发汗湿了，向后贴在脑袋上，眼眶下的皮肤发青，薄得像纸一样。他才三十八岁。

我努力寻找那个在地毯上陪我度过一个又一个童年午后的年轻人的影子。我找不到，可还是觉得应该再努力找找。我在那个夏日的早晨下了很多决心，至少有一个承诺依然有效：找到一种方式一起生活。我不会再躲开他了。

半个小时后，看来可以放心离开浴室了。要在这么小的浴缸里溺水，需要相当的柔软度。于是，我扔下他，让他继续泡在水里，出去收拾他的卧室，换掉床单，拿出干净睡衣，洗干净水瓶和杯子，把药放进抽屉里，不要一眼就能看见。我下楼去，洗洗涮涮，把所有窗户都打开，从头到尾都没有意识到一个事实：我在寻找留言条。没有留言条，这让我很振奋，再说了，药瓶里还有药，很显然，如果他真是打算……算了。我紧抱住这个念头不放：这只是一场失控的单人狂欢派对，一时昏了头，没什么值得我们在事后来特别分析或讨论的，跟我说的话、做的事没有任何关系。回到浴室时，我发现他还是原来的样子，水已经冷了，我刷干净马桶和地板，消毒。他一直坐在那里。

"好了，该起来了。"我说着，递上他的浴袍——男管家和他年长的主人。他站起来，小心地跨出浴缸，裹上袍子，脱掉他湿透了的四角内裤，走进卧室。我拉住他的胳膊："不，你得再醒一会儿。"我们慢慢走下楼梯。我在沙发上用垫子垒了一个"巢"，好让他能坐稳，然后喂他吃了一些吐司和几片橙子，喝了点儿茶。"像职业足球运动员一样。"他呲着果皮说，这还是我回来以后他第一次把话说得这么清楚。我们投入了周日晚间侦探剧舒适的折磨里，我时不时瞥他一眼，只要看到他眼皮发沉，就问几个有关情节的问题。你觉得是那个警察干的吗？你觉得会是他妻子吗？最后，我觉得应该没什么问题了，这才扶他上楼，打开窗户，把他送到床上。

我换掉自己的衣服，将那件可怜的运动衫扔进脏衣篓。我看到了镜子里的自己，脏兮兮，筋疲力尽。要是有哪怕一丝骄傲浮现，背上狼藉的医用敷料就会提醒我自己犯下的错。我需要有人来帮我换药，可现在只能等等再说。我要暂时睡在爸爸旁边。我得醒着，照看他。可睡意压倒了我，我闭上眼睛，昏睡过去。

成绩

　　醒来时发现和爸爸头靠头枕在同一个枕头上，这让人很紧张，可至少，他脸色比昨晚好些了。我判断这是正常的睡眠，于是坐起来，伸了个懒腰，感受到后背上伤疤的刺痛，所有记忆都回来了。弗兰的尴尬，即将发生的诉讼，放弃演出，毕业考试的成绩——简直就是灾难的围攻，我很难扛得住。

　　我认定了，我所能做出的最好选择，就是躲起来。考试成绩已经公布了，孩子们成群结队地聚在一起，购书券被扔上半空，也有人红着眼睛，不知所措。我已经从电视新闻报道里看到了这幕景象，感觉实在没必要再去凑热闹。相反，我把所有注意力都放在爸爸身上，打算照顾到他能站起来。可这一天的电话和访客络绎不绝，一个比一个更急。

　　"你在哪儿，查理？"是艾弗的电话，"我们需要你马上过来！"

　　"我很抱歉，艾弗。我不能来了。"

　　"别胡闹了，查理。我们星期四就公演了。"

　　"我知道，我很抱歉。"

　　"好吧，好吧。你瞧，我跟弗兰谈过了，跟坦莉也谈过了。我知道出了点儿……意外——"

　　"不是这个——"

　　"我们就让这事过去吧。等你回来，你还是团队的一员，非常重要的成员。不会有人说三道四。"

"但不是因为这个，不只是这个。"

"那还有什么？"

我把嘴凑近话筒："是家里的事。"

"天，查理。这很让我们为难，非常、非常为难。"

"我知道，我很抱歉。"电话那头沉默了，"那是一段愉快的时光。"

"那就回来！"

"我不行。"继续沉默，"不如这么想吧，要是我被公交车撞了，你们怎么办？"

"我们……取消演出？"

"不，假如你们必须在没有我的情况下演出呢？"

"我不知道，我们得让某个人一人分饰两角了。"

"我跟帕里斯没有对手戏，乔治可以。"

艾弗想了一会儿："这并不理想。"

"我知道。"我看到窗户上掠过一道影子，我还不希望爸爸现在就被吵醒，"好运，艾弗。还有，谢谢你。"我挂掉电话，大步蹿向前门。

"你去哪儿了？"哈珀站在门前台阶上，带着大获成功后的腼腆。

"刚起来。你考得怎么样？"

"很好！真的很好。我是说，比我想的好，因为，你知道的，我真的是完全没下过功夫！"就算在庆功的时刻，哈珀也绝对不会承认他翻开过任何一本书，"大部分是'B'，还有两个'A'。足够进大学了。"

"我呢？"

"你没去看？"

"没有，你可以告诉我。"

他龇着牙吸了一口气。比赛失利。"不好，兄弟。"

我大笑："我知道，所以我才不去。"

"有两个'B'。"

"真的？"

"我想是的。你比洛伊德考得好！"

"哦，那还真不错。"

"总而言之，这没那么要紧，对吧？路还长着呢。"

"是的，说得没错。不要紧。"

我们在台阶上站得有点儿久。"我该请你进门的，但——"

"没事，没关系。要是你愿意的话，我们可以去'渔夫'酒吧喝点儿……"

"不，不去了。"

"好的。"可他还在犹豫，我察觉到还有别的事，"你妈妈昨天给我打电话了。"

"真的？"

"是的。她跟我说了发生的事。警察，还有别的。"

"天哪，妈妈。"

"我觉得她是想让我来看看你好不好，所以……"

"我很好。"

"你的背还好吗？伤口什么的。"

"还好。"

"那就好，那就好。"

"你不用专门来看我。"

"好的，好。"

可他还没结束。

"查理，这有点儿尴尬，关于偷钱这件事。要是事情闹上法庭，要是变成刑事案件，你不会说出我的名字，对吗？我不想被牵扯进去。"

这一刻，就在这个地方，维系哈珀和我之间的东西断了，我甚至还能对着他笑出来。

"搞什么鬼，查理，你退出算怎么回事？"

这次是爱丽娜。"我很抱歉，爱丽娜，我跟艾弗解释过了。"

"这非常非常不专业。"

"是的，我不是专业演员，所以……"

"哈。"我听见她在电话那头哼了一声，"乔治不行。"

"乔治非常棒！"

"你说得对。理论上说，作为演员他比你强太多，但他不适合这个角色，他太有个人特色了。而你，查理，你有一种泯然众人、水乳交融的气质，在这里就很完美。"

"多谢你，爱丽娜。"

"无意冒犯，可这个角色需要一个普通人。"

"哦，我很抱歉。"

"大家都不开心，查理。"

"我说了——"

"我们全都不开心。这是不允许的。在你付出了那么多的努力之后，这不行。"电话里传来一阵噼里啪啦声，是她悄悄点了一根烟，"查理，我跟很多年轻人合作过，他们知道他们很棒，他们说他们很棒，他们会一直很棒。很棒，很能干，有能力。哇噢，为他们喝彩，可说真的，这有什么意义呢？从不好，到取得那么大的进步，那才是我们努力的理由。你是我们努力的理由，没有你，那还有什么意义呢？"

时间流逝。

"我得挂了。"我说，"爱丽娜，我很抱歉。"

我挂上电话。

爸爸已经醒了，但还不能坐直。我给他倒了一杯茶，拉开窗帘时，他呻吟了起来，我又把它们放下来。

"电话怎么一直在响？谁来了？"

"都是朋友。"

"你真是大红人。"

我笑了："是啊！"

过了一会儿。

"抱歉，我还起不来。"

"没问题。"

"我的头——"

"不，不，你再睡会儿。"

"你去过学校了吗？"

"没有。没必要。"

他想说什么，又犹豫了一下："总该去看看。"

"也许吧。"

又一阵沉默，时间有时让人完全摸不着头绪。我努力寻找头绪，于是……

"我觉得你在吃抗抑郁药期间不该喝酒。"

他皱起眉头："是的，我知道。"

"要是这样，药就没用了，还有副作用。我很担心，我们都是。我们的担心也是副作用之一。这不公平。"

"我知道。"

"究竟是怎么回事？"

"就是……失控了，就这样。"

"我们是不是需要——你想不想聊一聊？"

"不。"

"可我不想再把你搬进浴缸了，爸爸，这真的太恶心了。"

他微笑起来："噢，你也是。我不想再从街上把你捡回来了。"

"好吧，"我说，"我们俩都到此为止吧。别再帮彼此洗澡了。"

他大笑："好的。"

"好。"

"不过没必要告诉你妈妈或妹妹，或者任何人，真的。"

"不会。"

"我要睡个回笼觉，然后再起来。"

"好。我去一趟学校，回头见。"

我走出去，带上房门。这也算是一种交流了，我猜这意味着我可以离家一会儿，不需要太久。

考虑到要抓紧时间，我从后院拖出了妈妈那辆锈迹斑斑的青绿色购物专用自行车，车筐篮子咔嗒咔嗒地响了一路。学期结束后，整个学校里就弥漫着一种歇业工厂的味道，悲哀、荒芜。关心成绩的孩子全都早就来过又走了，只有地理老师赫伯恩先生还在，站在接待台前，穿着便装，没刮胡子，晒黑了，有一种学期之外的老师的古怪魅力。"查理·路易斯先生！重返犯罪现场！"

"哈喽，赫伯恩先生。"

"你是最后一个！你知道在哪儿，去看看吧。"

我准备了一个笑话，几个月前就准备好了——我看着自己的成绩，说："F、F、F、F、U、U、U、U，像个结巴一样。"这没那么好笑，也没什么安慰的，但也许能让我自己好过些。不过实际成绩没给我说出这话的机会，没那么整齐，倒是混了一堆的"D""E"和"F"，是的，还有一个"U"，或者两个。这一年早些时候——在我失控之前——交出的那些答卷拉了我一把，让我免于彻底的耻辱，但还是一塌糊涂，毫无亮眼之处。我顺便飞快地扫了一眼其他人的成绩：露西，一连串的"A"，海伦也是一样。"A、A、A、A、A、A、A，简直就是一声尖叫。"弗兰这么说过。相比之下，我实在是……

"拼字游戏是把好手。"赫伯恩先生站在我旁边，"我见过更糟的。"

哈珀弄错了最重要的部分。他说两个"B"，其实是一个"B"、一个"A"，计算机科学和艺术。"看到这个了？"赫伯恩先生说，手指点了点那个"A"，"这就是张好牌。"

"一定是打印出错了。"

"不要这样，路易斯。这些——"他用拇指指甲滑过那些"D""E"和"F"，"——这些都无关紧要，何况还有机会补救。我向你保证，这些都是可以补救的。"

"我没事，谢谢，赫伯恩先生。"

"你还会叫我亚当吗？"

"不，再也不了。"

"随时回来，如果你想——"

"也许吧。"

"好吧，查理，你可以走了。祝你好运。你知道在哪里能找到我。"

"是的，谢谢赫伯恩先生。"我说。最后一次离开学校，这是第二次的"最后一次"。

那一天，深深的悲哀笼罩了我，就像疾病初期那样。不光是早已确知的失败带来的悲哀，更有失去弗兰的痛苦。我们没有分手，暂时还没有，但毫无疑问就快了。她爱的那个人——就在几天之前，她说过的那些话——已经消失了，她谈过的那些神秘的品质已经露出真面目，是愚蠢、平庸、不诚实。电话响过了，门铃响过了，每一次我都在想：会是这个吗？"查理，我们得谈谈……"

可登门的是妈妈和比莉，拎着一个超市买的蛋糕。"噢！"她们大叫。"干得漂亮"这四个字写在蛋糕上，可就连糖霜似乎也毫无说服力。爸爸已经起来了，换了衣服，我们四个坐在早餐吧台前的高脚凳上，在克制的客气氛围中吃蛋糕。

"艺术考了'A'！"每隔几分钟妈妈就要惊叹一次，像在洪水中紧抱着一段木头不放，"想想看，一个'A'。"

"是啊，考虑一下报纸上艺术相关的所有工作。"

"那不是重点，查理。"

"'诚聘画手，即日上班——'"

"你怎么没去排练？"比莉说，尝试转换话题。

"我不去了。"

"不！"

"什么？"

"噢，这很丢人。"

"可我们要去看的！"比莉说。

"你们还是可以去看，只是我不上场。"

"你不能在这个时候放弃！"

"妈妈，那只是个无趣的角色，我没多少戏份。"

"可我们都买好票了！"

"我也是。"爸爸说。

"那就去！"

"别开玩笑了。"妈妈说，"没有必要的话，我们是不会去看戏的。"

"好！那就随它去吧！"过了一会儿，"可你们还是该去，会很好看的。"

又过了一会儿。

"一个'A'，一个'B'。况且，理论上说，'D'就是及格了。"

"妈妈，看在老天的分儿上……"

她越过吧台拉住我的手，拇指摩挲着我的手腕，说道："查理，接受夸赞吧，好吗？接受对你的夸赞。"

她们离开后，爸爸和我站在水槽前洗碗，眼睛都盯着后院。"我想我们没能尽到职责，对吗？"他说，"你妈妈和我。"

我耸耸肩："你们有别的事情要操心。"

"可时机不对。"

"有一点儿。"

"无论如何，我为你骄傲。"

"因为一个'A'和一个'B'？"

"不是。因为别的。"他一只手轻轻搭在我肩上，停留了一会儿。然后，我们收拾好盘子。

可该来的还是来了，客人、来访者，那么多的人，都在星期二。

下一个是麦克，我的前老板。是爸爸开的门，我看见他犹豫了，夹在对受害方的尊重和对我的维护之间左右为难。我们需要谈一谈。于是，大家一起别别扭扭地在沙发上坐成了一排。就一场严肃的谈话来说，这样未免太松垮、太不正式了。

"情况是这样，我们不会进一步追究法律责任。这太严重了，从来都不是我们想要的。你知道的，查理在我们那里的工作，应该怎么说，是比较灵活的形式，算是学徒工。"

"非法的。"爸爸说，努力撑起律师的气势。

"非正式的。路易斯先生，继续把事情闹大对谁都没有好处。如果我们愿意的话，我们手里有充分的证据：同谋者的录像片段、账目上的差异……可是——噢，这其实是个原则问题。我们只是很失望。"沙发把他陷住了，他不得不两只手一起用力撑着，才能把自己从里面拔出来，"我们不希望查理回来工作，也不会提供雇主意见，无论好的还是坏的。还有就是经济补偿的问题……"

"噢，是吗？"爸爸说，熟悉的恐惧又回来了，"多少？"

"嗯，坦白说，路易斯先生，很难算出具体数字。看起来所有员工都有点儿这样那样的问题，当然了，人人都不肯承认……"

"我有一百英镑。"我猝然开口，"在我房间里。"

我能看出爸爸畏缩了一下。"你没有必要……"

"不，没事。我愿意的。"

"一百应该够了。"

我爬起来，跑上楼去找我的逃亡基金，那卷藏在高低床管子里的钞票。一百零五英镑——我最后一次放纵了自己的犯罪冲动，在数目上说了谎，尽管五英镑并不能派上多少用场，我还是把它抽了出来，然后跑回楼下。

就算到了这个时候，我还是期望麦克会让我留着这些钱，可他没有。相反，他把自己从沙发里拔出来，把那卷钱塞进口袋，它们会被花在高尔夫球俱乐部的酒吧台上。他伸出手："好了，查理，我没有恶意。你是个好小伙子。"

"他是的。"爸爸说。

他最后又摸了摸自己的胡子。"希望你一切顺利。还有你，路易斯先生。"他说。我们站在门前台阶上目送他离开。

"我本来想请他喝一杯的，"爸爸说，"不过我们的杯子全都裂了。"

我大笑："不重要了。"

"可一百英镑……"

"值得。"

"的确。清白的记录。"

"我明天开始找工作。"

"好，"爸爸说，"我也是。"

我们会好的。我们会找到一个方式，让我们未来的日日夜夜都充实起来。我们有电视，有从图书馆借出来的电影，我们会回归我们陌生的家庭生活，爸爸和我的。

不过在此之前还有一次来访，就在那天夜里的晚些时候。

秋千和滑梯

我是先听到汽车喇叭声，然后才看见他们的。爸爸刚上楼去睡觉了，于是我冲到窗口，看见迈尔斯那辆又老又旧的大众高尔夫刚好在这条死胡同里停下，车门开着，超载的人在一个接一个往外蹦：海伦，然后是乔治、亚历克斯、柯林、迈尔斯本人，再然后是弗兰。全都一边笑着，一边转动着肩膀舒展胳膊腿。他们还带着一瓶——不，两瓶酒。

我从窗边退开。要是假装不在家，他们一定会按门铃，一直按个不停。可老天，我狼狈极了，赤着脚，穿着脏兮兮的 T 恤，那是四年前在葡萄牙买的纪念衫，"阿尔加维[1]"几个字横过胸前，而且我的香体露也不在手边。他们的影子已经到门口了。

"是这间吗？"

"是的，就是这间。"

我可以叫他们走开。打开门，不摘安全锁链，像个独居的孤僻老人一样，要求他们别来打扰我。

"好了，大家都准备好了吗？一、二、三……"

"'上帝赐予你欢乐，先生们，不为任何事沮丧——'[2]"

我一把拉开房门："嘘——"

"'因为救世主耶稣基督已经降生——'"

---

1. 葡萄牙度假胜地。
2. 出自圣诞歌曲《上帝赐予你欢乐，先生们》，被认为是最古老的圣诞颂歌之一。

"安静！我爸睡了。"

"抱歉！"乔治说，"抱歉！"

"我们知道你在想什么。"海伦说，"你在想，这帮乱七八糟的吉卜赛人是从哪儿冒出来的！"

"我们必须见到你，查理。"迈尔斯说。

"很紧急。"露西说。

"你为什么不来彩排？"

"我们已经开始了！"迈尔斯说，"我们才只试了一遍台词。"

"简直是一场灾难！"亚历克斯一边说，一边灌了一大口红酒。

"所以我们需要来见你。"迈尔斯说。

"你们都醉了吗？"

"我没有。"迈尔斯说，"我开车。"

"是的，没错，"乔治说，"我们被伤心灌醉了。"

"所以，你打算让我们进去，还是怎么的？"海伦说。

"不行。"

"有点儿无礼了。"她说。

"也行，那就你出来。"柯林说。

"我不行。"

"为什么不行？"

"那没有意义。"

"查理，"亚历克斯说，"我们好不容易才有了这次登门造访。这可是超级戏剧化、超级感人的，至少你可以听我们说完。"

"拜托了，"弗兰说，"就十分钟。"她站在后面，只是集体的一员，事到如今，我很怀疑，我能当着她的面关门吗？

"'远在马槽里'，"亚历克斯唱，其他人和声，"'无枕也无床'[1]……"

"好吧！好吧，路那头有个公园。给我一秒钟的时间，我去穿双鞋。"

太阳已经低垂，我们走在空荡荡的马路中间，去往休闲绿地，电视的嗡嗡声从路边敞开的窗口飘出来。

"这就是他们叫作'狗屎公园'的那个吗？"亚历克斯说，声音有点儿大。

"是的！"海伦说，"东面还有另外一个狗屎公园——"

"'东区'的！"

"——但这个才是原版。"

"原版。"乔治说，"而且我觉得，这个是最好的。"

"西区狗屎公园！"

"游乐场，对吗？"海伦说。

一到晚上，这片铺了柏油的地方就成了本地年轻人的公用会议室。我们看了看，这会儿还没人占领，于是我们挪开那些空瓶子罐子，纷纷在跷跷板、旋转木马、秋千和滑梯上安置下来，我发现自己坐在了亚历克斯和海伦中间。

"问题就是，"海伦说，"查理，我们想要你回来。"

"我不能。很抱歉。"

"没人能接下这个角色。"亚历克斯说。

"哦，可以的。"

"可那不是你。"

"那不一样。"

---

1. 出自圣诞颂歌《远远在马槽里》，也是一首摇篮曲。

"可怜的老乔治都累趴下了。"亚历克斯说,"对吧,乔治?"

乔治坐在旋转木马上,正好转到我们身边。"一人分饰两角行不通。我能背下那些台词,但这个部分我和迈尔斯没有化学反应……"

"这是真的,查理。"迈尔斯坐在滑梯顶上说,"他太可怕了。"

"问题在于,"乔治说,"那简直就像是在跟一个聪明的大猩猩演戏。"

"乔治不是全能的。"迈尔斯说,"观众会觉得他还是同一个角色,只是换了顶帽子。"

"是真的。"乔治说,"迈尔斯也一样,我们所有的表演,本质上来说都是一回事。"迈尔斯滑下滑梯,把乔治从旋转木马上拽下来。

"艾弗需要你救命。"海伦说。

"他没有生气。"亚历克斯说。

"爱丽娜很生气。"

"艾弗只是很着急。"

"无论如何,我做不到。"我说,"发生了……太多事情。"

"我们全都知道了。"亚历克斯说。

"考试成绩有谁在乎?"

"傻瓜才在乎中等教育证书。"

"傻瓜和老板们。"我说。

"好吧,那就重考,或者另外找条路。"海伦说,"演戏不会妨碍你。"

"至于骗钱那件事……"亚历克斯压低了声音。

"没什么大不了的。"

"要说的话，我觉得挺酷的。"

"给那家伙一个教训。"

"我们整个演出都变糟了。"

"相信我，糟糕得不是一点点。"

"还有其他事。"我说。

"是啊。"海伦说，"我们知道。"

"不过我们不清楚详情，"弗兰坐在秋千上说，"不了解全部情况。"

"好吧，是的，也许是不了解，可是——"

"我得照顾我爸爸。"

"好吧，"亚历克斯说，"但不用一直守在家里。"

"他也希望你去，肯定的。"

"只是再有四天而已。"

"我不能。"我说，"他现在的状态不适合——"

"只要你能告诉他。"

"跟他谈谈。"

"不行。"我说，"我必须留在他身边。"

所有人都沉默了，过了一会儿，"好吧。"亚历克斯说，"好吧。"

"但你会考虑的，对吧？"海伦说。

"你不在一点儿意思都没有，查理。"乔治在迈尔斯身下大喊，"一点儿意思都没有。"

我们走路回去取车，走出有路灯的路段后，其他人刻意慢慢散开，留下弗兰和我并肩走在一起，就像之前的日子里那样。只是这一次，我们都很沉默。

"市集上的事情，我很抱歉。"终于，她开口了。

"没事。"

"不，我态度不太好——我先是被珀莉大骂一顿，然后是妈妈和爸爸，就连伯纳德也严厉地盯了我一眼。要是我知道出了什么事——可我只以为你跑了，把我扔下了。"

"我不会那样的。"

"我知道！我应该先听——"

"没事。"

"查理，你一定不能再说'没事'了，明明有事，那对谁都没有好处。"

我们继续走。过了一会儿，她拉住了我的手。

"什么都没有改变，对我来说没有。"

"是的，我也没有。"

"那回来吧？"

"我很抱歉，我做不到。我不适合集体。"

"这不是集体，这是团队合作！"我们继续走出几步，"能容我问一句吗，为什么不适合？"

我耸一耸肩："有点儿悲观，大概吧。"

"所以你的决定就是留在家里？"

"不，但也不会回去。"

"也许不吧，除非就这样了。"

"真的是场灾难吗？"我问。

"技术问题。你的退出是雪上加霜。考虑一下，好吗？"

我们已经走到了迈尔斯的车旁，大家正在哄抢最好的位子。

"我很想你。我们都很想你。"

"我没有。"海伦说。

"大家都想你，除了海伦。"

"明天九点集合。"乔治说，"战前彩排，以备你有可能改变主意。"

"不要有压力。"露西说。

"有点儿压力也好。"亚历克斯说。

"我坐前面。"海伦说，"你们会送我回家的，对吧？"

"我也是。"柯林说。

"还有我，拜托了，迈尔斯。"露西说。

"我不是开小巴的。"迈尔斯说。

最后，只剩下了亚历克斯和弗兰。"真是一场糟糕的拜访。"迈尔斯说完，抱了抱我，然后把自己塞进汽车里，"明天见，阿尔加维先生。"

迈尔斯转动钥匙，打火，鲍勃·马利的《三只小鸟》响起，与此同时，其他人吵吵闹闹地哼哼着，把自己塞进每一处还有空隙的角角落落。弗兰吻了吻我，"明天。拜托！"然后爬上车，挤在他们腿上。

我看着汽车被压得低低的，艰难地完成三点掉头。我一直目送他们离开。回到家时，我看见爸爸站在窗口。我走进去，关上门。

加拿大、马拉加、里米尼、布林迪西

　　妈妈的购物自行车不是为这样的山路设计的，婴儿车轮子、三齿轮装置，全都不是。咔啦啦作响的车筐和挡泥板饱受威胁，每一次踏板的转动都可能让它们掉下来。在通往福莱庄园的这条绿荫小道上，它就像健身房里的跑步机——你用尽全力，却看不出前进了多少。我到晚了，匆匆把这玩意儿往帐篷（之前没见过这东西，应该是演员的休息间）后面一扔，循着叫声与哭声传来的方向穿过院子，从两个巨大的脚手架之间走了出来——这东西简直像是直接从高中校园电影里搬出来的。我停下了脚步。

　　我上一次在这里还是三天以前，如今一座小镇已经凭空出现，在意大利的那种阳光下被烤成了粉白色，扭曲、摇摇欲坠。绿色的大草坪消失在某种崎岖、苍白、皱巴巴的地面下，像是用石膏模子做的白垩制品。街道上，一场挥剑相向的斗殴正在上演，真正的剑，斗殴者踢起尘土，有亮光在空中闪过，其他人站在上面看他们，所有人都在动，大叫，跺脚。人行道上，我们的乐手萨姆和格蕾丝正在用力敲打小军鼓和电子曼陀林。"'你们这两家祸害！'"亚历克斯大叫着，露出痛苦的笑容，道具血从他指缝间流出来，"'他们让蛆虫从我的肉中生出来了！'"我看到了舞台上的空缺，那本该是我的位置。

　　"查理！嘿，查理，上来！"海伦站在观众席的最高一排，冲着下面绽开了满脸的笑，然后是克里斯和克里斯，竖起了大拇指。

　　"嘘！"爱丽娜说，转过身看着我，"哦，你好哇，陌生人！"

"查理！"艾弗大叫，"查理，我的孩子！"舞台上，大家也停下来了，亚历克斯领头用他染血的手开始鼓掌，然后是乔治，接着是所有人，然后是珀莉，站在我身后。"我就知道，我就知道你会回来的。我说过的，不是吗？"还有弗兰，大笑着。艾弗已经跳了过来。"浪子回头了，查理·路易斯。"他抓起我的手，猛摇着说，"我们太高兴了。好了，现在我们来给你上妆。"

我又跌回了当初的情形，那种外行演戏时的滥俗剧情，自矜的难为情、压不住的脾气和可以克服的灾难——"我演不了这个""服装不行""我们绝对来不及准备好"，诸如此类。我们练了很多很多个小时，每个小时都伴随着新的危机、新的大爆发。迈尔斯竟胆敢对亚历克斯评头论足了，亚历克斯以更尖刻的评论予以回击；露西在打斗中失去了理智，用她的剑捅了柯林的耳朵；珀莉一直在忘词，基斯一直在偷偷给妻子打电话，然后眼泪汪汪地回来。皮带轮卡住，小道具找不到；夏天的风突然吹来，把幕布鼓成了帆，脚手架危险地摇晃起来；乔治觉得他可能得了流感，直到爱丽娜断然否定；表演太静了，太闹了，太快了，太慢了，太大了，太小了……在哭喊与爆发的间隙里，我们四处闲逛、打牌、捉迷藏，忙着晒出我们的意大利肌肤，聊八卦，互相吹捧，有时是认真的，有时不是。有空的时候，弗兰会来找我，有时我们会找一个私密的地方，亲吻，聊天——真正的聊天，直到几乎找回了过去的感觉。除开排练时上演的滥俗剧情不论，我们两个之间倒是更平静了，也许是忏悔过后的解脱吧。比起五天前那两个孩子来，我们都觉得自己长大了很多，也聪明了很多。

星期四晚上七点，唱过歌，说过绕口令，穿上浅灰和灰蓝的服装，我们好像一群时尚的幽灵，聚集在舞台背后的草地上，听艾弗最后的战前总动员，关于齐心协力、彼此倾听、追逐奋斗的必要性之类的，翻来覆去、变着花样地说。

"这样的语言，这些文字——"一切都从他充满宗教感的声音里传达出来，"——这是你们从未曾大声说出的最伟大的文字，是这世上最伟大的诗歌。所以，享受它们吧。同时，看在老天的分儿上——"一个做作的表演式的笑，"——享受你们自己的演出！"大家抱在一起。演出成功！演出成功！大家各归各位等待上场，男孩儿们和女孩儿们，在各自的帐篷里做好准备，直到七点半……

"开场演员准备，快！开场演员候场。"

我戴上眼镜，摇身一变，成了班伏里奥，好像魔法一样。半路上，我看到弗兰走来走去，眼睛眯得紧紧的，胳膊垂在旁边，一边喃喃自语，一边轻轻弹动着手指。

"嗨。"我说。

"哈喽。"

"我能跟你聊聊吗，还是说你已经要候场了？"

"是啊，这下我是真他妈的要候场了。"

"别拿你自己开骂。"

"看看！突然间大家都开始发表意见了。听……"我们能听到另一头传来嗡嗡的低语声和脚手架上木板弹动的声音。

"你爸妈来了吗？"

"哦，嗯。妈妈每晚都来。"

"她很骄傲。"

"这很怪。"

"不奇怪。你一定会表现得很棒的。"

"谢谢，你也是。你觉得这个妆怎么样？"她的脸上有一种粉状的光泽，透着老妇人的紧身衣那样的黄褐色，"珀莉画的。我这样子就像德本汉姆百货商场里的塑料模特。"

"不过在灯光下……"

"是的，她就是这么说的，跟着就在我的眼角画了两团红点。她说是可以让眼睛显得大一点儿，可我只觉得像长了麦粒肿，一对麦粒肿。结膜炎！"

"冷静。"

"看！"她用手背蹭了蹭发潮的前额，"开始卡粉了，像没完全化开的冲剂一样。"

"好，开场演员们就位！"克里斯大叫，"开场演员上台，马上！"

"我能吻你吗？会不会弄花你的妆？"

"当然。轻一点儿，求你。"

我轻轻地吻了她一下，她捧着我的脸，回吻了我一次。"你能回来我太高兴了。"她说完，把我推向垂着帘子的登台口，其他人都在那里等候着。

灯光暗下去，观众安静下来，我们听到电流穿过电线的蜂鸣声，闻到似乎是灯泡炙烤灰尘的味道。舞台上，莱斯莉和约翰懒洋洋地躺在意大利的阳光下，开始他们的表演、咬拇指、钓鱼、处女膜。"到我们了。"亚历克斯在我身边悄声说。"'分开，笨蛋！收起你们的剑！'"我喃喃温习，"'分开，笨蛋！收起你们的剑！'"一只手拍在我的背上，是露西，她咧嘴笑着。"来吧，我们上！"她说。我抬手按住我的剑——剑！我有一把剑！——她把我推到了灯光下。

小星星

很长一段时间里，我都保留着那场演出的录影带。我们每个人都有一份，算是小纪念品，是最后一场演出落幕之后的第二天交到我们手上的。那一天我们都到了，宿醉未醒，悲伤不舍，一起拆除布景，虽说接过了录影带，但我们知道，没有人会去看它。从远处拍摄的业余戏剧演出，足足三个小时，这会是多大的折磨啊，就像看一场陌生孩子的圣诞演出一样那么沉闷无聊，叫人无法投入。"一个及格的作品。"本地媒体在随后一周宣称，"参差不齐的台词表现和高下极不均衡的表演水平。弗兰西丝·费舍尔创造了一个美丽的朱丽叶，亚历克斯·阿桑提是个魅力非凡的茂丘西奥，可罗密欧缺乏吸引力。五颗星里亮了三颗。"

身在其中是刺激兴奋的，我们跌跌撞撞一路走来，终于完成了这件事，一切紧张和竞争都被忘记了，我们观看彼此的表演，在演员退到场边时拍打他们的后背，就像进球的球队彼此拍打鼓劲儿——干得好、漂亮、棒极了，所有人都笑了！演出全部结束后，我忘情地和每一个人轮流拥抱，肆无忌惮地相互夸赞，汗流浃背。我们都棒极了，观众也非常捧场，欢呼、跺脚，引得我们一再一再返场谢幕，返场次数太多，结果还不等我们离开舞台，人们就一边掏车钥匙，一边走下台阶去了。

可星期五晚上那一场，完全就是"高潮"的反义词。"'奔开，份蛋！收起你们的剑！'"这是班伏里奥的第一句台词，从这里开始，情况就越来越糟。星期六的午后场同样令人失望，在我看来，亲身出演戏剧就好比听一首你最爱的歌，你听了一遍又一遍，直到最后，它的魔力彻底消失了。没有昏暗灯光营造出浪漫的氛围，午后场显得平淡又笨拙，座位一半都空着，像一场彩排。在温暖的八月午后，火炬毫无氛围，为了补救魔法的缺失，我们开始对着彼此慷慨陈词，就像游人对着山谷大喊"啊"。乔治站在台侧看珀莉的乳媪第一次亮相，说："这真是了不起的表演。"

"是从太空中都能看见的表演。"亚历克斯说。

但你无法做到不随波逐流。我吼出我的最后一段长篇台词，转头却看见妹妹坐在第二排，正竖起两个大拇指。妈妈也在，眼睛盯着地面，手指压在太阳穴上，像是在抵御偏头痛。"我讨厌午后场。"迈尔斯这位经验丰富的职业选手发表意见。"就像在大灯下做爱一样。"亚历克斯说。就连处子们也都赞同：的的确确，就是这样。演出结束，礼貌的掌声响起，我拖着脚步朝休息的帐篷走去，却看到了妈妈和比莉。见我走近，她们赶紧舒展开眉头，露出笑容。妈妈用两根手指轻轻拍另一个手掌，算是鼓掌。

"哦，演出真是相当不错。"妈妈说。

"你们为什么白天来？晚上效果更好。"

"更好？不可能，真的。这就已经非常迷人了，查理。你表现得不就很好吗？"

"你真的会用剑啊，哥哥。"比莉说，"我觉得我这几年加起来都没听你说过这么多话。"

"这个男孩儿的声音很好听，不是吗？"妈妈说，"我希望你任何时候都能这样清清楚楚地大声说话。"

"你的女朋友也很好。"比莉说。

"她非常好，"妈妈说，"出色极了，超出了你的重量级。"

"妈妈……"比莉说。

"是什么样的？你的人物设定。"

"妈妈！"

"我在逗他，我可以逗他。她也许会把妆化淡一点儿，这是我唯一的意见。我们要去见见她吗？"

"不，今天不了。"我说，"我们得去对台词了。"

我们计划在两场演出之间那段比较长的休息时间里碰面，下午场结束以后偷偷开溜，穿过树林，到门房小屋去（还能去哪里呢？）。现在这样更好，没那么多生疏的礼貌过场了，这是复合，我们就那么面对面地躺在那凉爽昏暗的小屋中。

"我什么也不想做，这样就很好。"

"我觉得，"她说，"一会儿就会肌肉酸痛了。"

"不要紧，我会解决的。"

"我知道你会。"我们接吻。"那我们就待在这里吧。"她说，"别管今晚的事了。"

"我觉得他们会留意到的，至少会留意你。"

"你难过吗？"

"难过什么？"

"昨天晚上。我一直有一点儿难过。那么多的努力，好像都……怎么说，凭空蒸发了。你看着吧，回头到了派对上，一切都会变得非常情绪化。"我们蜷起身体，贴得更紧一些，就像抽紧的绳结。可我还是感到了一阵不安的战栗，渴望得到安抚，却也知道，就像在恐怖电影里一样，将害怕表达出来是有风险的，很可能会唤醒什么。于是，我们开始谈论演出，她在下午的演出时踉跄了一下，就在她以为被杀死的是罗密欧而不是提伯尔特那一场。

"我需要设想的是，他死了，我此生的挚爱死了。想到这里，我试图去模拟，如果真的是我自己的爱人死了，我会怎么办？我会尖叫，我会用头撞墙，可在戏里，我只能说一句，'天道竟会这样狠毒吗？'真是糟糕的台词。它究竟有什么意思？"

可另一个念头已经占据了我的脑海。"你想的是谁？"我问道。

"什么？"

"当时，你表演的时候。"

"'我表演的时候'？"

"你想象谁死了？"

她瞥了我一眼，又转开视线。

"你。"

"不是迈尔斯？"

"不，不是迈尔斯！是你。"

"这么说……你在台上想的是我。"

"只是有些时候。"

"扰乱你自己的心神。"

"这么说出来，感觉很古怪。"

"是我，可是死了？"

"不是只有死亡。我也想过一些开心的东西，和你有关的。"我大概是笑了。"别得意。"她说，"不然我就要去想想其他人了。"

"还有什么时候？"

"我们能聊点儿别的吗？"

"好吧。不过，你还在说什么台词的时候想起了我？"

"我才不会告诉你！你得自己看，自己想。"我们接吻，然后接着聊，她补上一句，"星期一，你可以带我去那家著名的咖啡馆。上大学之前我有一段空闲时间。"

"我觉得我们有点儿过了泡咖啡馆的年纪了，你觉得呢？"

"可我们还是可以去。我们还有东西可聊，不是吗？要说起来的话，可聊的东西是更多了。什么都没改变，没有朝坏的方向改变。我依然爱你。"

"我也是。"

"哦，那就没问题了。"我们亲吻。她伸手去摸她的手表，跟电影里的动作一模一样，胳膊远远地向后伸去，伸长了脖子，手指在地面上摸索。这样的姿态，在那一瞬间让我觉得自己爱她爱得无以复加。

"老天，时间——我们必须走了。你好了吗？最后一次？"

回到化妆间时，所有人都在谈论派对。艾弗坚持只能上软饮，软饮也完全可以让大家痛快尽兴。于是，开场前男孩儿们全都躲在男更衣室里盘点我们的私藏，把它们从酒柜里通通掏出来，柠檬利口酒、烹调用的雪莉酒、凝结的荷兰蛋酒、红葡萄起泡酒，一瓶瓶一罐罐地藏在各处小花园的灌木丛中和树篱笆下面，就像为过冬藏起坚果的松鼠。晚上七点，我们开始热身、唱歌、集体拥抱，艾弗再来一场激情洋溢的演说——我们加油——我们开始了。

那天晚上有很多父母都来了，他们是如此大名鼎鼎，因为我们曾经在一些激烈的交谈中逐条列数过他们的错误和失败。劳伦斯神父讲话时，我们站在台侧朝观众席里窥看，一一将他们辨认了出来。

"在那里，他们！第一排！"亚历克斯悄声说，"我跟他们说了不要坐在第一排。"

"他们很骄傲。"弗兰说。

"他们很无聊。"亚历克斯说，"看我父亲，在费劲儿地看他的节目单。"他旁边坐着的是我爸爸，身子向前探着，双手托着下巴。在弗兰念出那段"踏着火云的骏马"的独白时，我一直站在那里看着他，他的头一点一点地，轻轻地打着拍子，我猜是因为台词里有爵士韵律。等待我们所有人都钟爱的台词时，我依然看着他。

"来了。"海伦说。

舞台上，弗兰站在了光锥中间。

"'把我的罗密欧给我！'"她说，"'等他死了以后，你再把他带去，分散成无数的星星，把天空装饰得如此美丽，使全世界都恋爱着黑夜。'"

我看见爸爸咧开嘴笑了，为这设想的每一个转折而瞪大了眼睛——被分散成无数的星星，想想那情形吧——我觉得我好像发现了一个巨大的秘密。

我也完成了我的任务，艰难却又熟练地说出了最后一句台词："'我所说的句句都是真话，倘有虚言，愿受死刑！'"然后离开舞台，接下来就没事了，只需要等到最后一幕再上去充充场面。在这之前，所有人都守在台侧，不想漏过任何一段能看到的戏。"他们很棒，不是吗？"在帕里斯和朱丽叶那场尴尬的求婚戏时，亚历克斯悄声说。我不知道还有没有人能发现乔治那个落在弗兰脸颊上的吻有多痛苦，还有她不爱他，他却依然爱着她的可怕事实。

再往后，似乎一切都加速了：帕里斯和罗密欧打斗，帕里斯死了——"'啊，我死了！'"——罗密欧喝下毒药——"'啊！卖药人果然没有骗我，药性发作得很快。'"——这句话总会让我们偷笑，可今晚没有，因为，天哪，朱丽叶醒了，看着他的尸体，眼神是那样可怕、空洞。她手里的匕首刀锋是可以缩进去的，我们都玩过，那是大家最爱的玩具，观众肯定也能看出其中的奥妙，多可笑啊。"'啊，好刀子！'"——你都能听到弹簧缩进刀柄时咔咔的声音。可当我的目光搜寻到第一排的父亲时，却看到他双手拍在脸上，垮着脸，因为这全然痛苦的悲剧而双眼盈盈泛光。

最后登场的时刻到了，克里斯把火炬递给我们，好让我们能站到现场，冷静面对双方不和带来的后果。朱丽叶死后那漫长、乏味的一幕幕在我看来总是沉闷得出奇，但这是最后一夜，伴随着艾弗"加油"的指令，珀莉的乳媪悲痛得几乎背过气去。我们唱着特意学会的小调情歌，凯普莱特终于拥抱了蒙太古。尸首被抬到半空，我们穿行在观众中，迈尔斯英俊、汗湿的头颅在我肩头晃荡。"看着他们的眼睛"，艾弗教过我们，因为这部戏对于今天的观众来说依然无比重要，尽管我们很难说清那究竟是什么缘故。

古往今来多少离合心伤，能好似朱丽叶与罗密欧这般悲凉。

我们站在脚手架下，抬头看见观众们的小腿，音乐渐渐淡去，最后的光亮也消失了。在这里听来，欢呼声热烈极了，人们拼命跺着我们头顶上的木板，我们大笑，然后回去谢幕，用体操运动员那种轻快跳跃的自信小跑着扑上前去，表示这整场演出是怎样耗尽了我们的全部心力，向着复活的迈尔斯和弗兰伸出我们的手，把臂同行。再然后，我们抛下所有规矩，把艾弗和爱丽娜推到台前，超市里买来的花束被献了上来，观众大概是拍巴掌拍得有些累了，一心只想赶紧回家。我迎着光眯起眼睛，看见亚历克斯的爸爸一边鼓掌，一边看了一眼他的手表。"返场！返场！"他们大叫着，心里偷偷想的却是：拜托，千万别再来了。

可爸爸站着，用力鼓掌，想用他的热情带起又一轮热烈的喝彩。其他观众渐渐意识到他是不会停下来了，纷纷开始退缩，只有我的爸爸还在欢呼喝彩，叫得比任何人都大声，胳膊高举过头顶，一次、一次，又一次……如同这个夏天里不止一次出现过的感觉那样，我一边想远远逃开，一边想永远停留在这一刻。

最后一夜

后台里，男孩儿女孩儿们在更衣室之间乱窜，偷看彼此穿内衣的样子，没人认真卸妆。我们换上派对的衣服，横冲直撞地走出来，发现维洛那的街道已俨然一派灯红酒绿，观众们手握塑料杯，里面是温热的白葡萄酒。每一家都是全员出动，学校的朋友们来了，老师们来了，正在相互拥抱、亲吻。在这样的场景下，似乎人人都是最棒的。我在角落里站了一会儿，就像站在街角，微笑着看一场陌生人的婚礼——看着欢庆的彩带满天飘飞，觉得高兴，却没有理由加入其中。

就在这时，我看到爸爸穿过人群走过来，眼圈依然红着，却容光焕发，向我张开了双臂。

"干得好，我的儿子。"他说，"我为你骄傲，非常骄傲。"

我下意识地回答："我也为你骄傲，爸爸。"

"因为什么？"他说，然后大笑起来，"这没道理。"

没过多久爸爸就走了，搭阿桑提夫妇的便车回城。现在，是派对开场的时候了。克里斯和克里斯已经把灯光从维洛那调到了舞池模式，我们把彼此抛起来，又接住，直到所有人都大汗淋漓，中间时不时停下来，跑到树篱边掏出酒瓶。伤感的话说得太多太久，我的注意力开始被夜空中的蝙蝠吸引过去，它们就在我们头顶上盘旋、环绕。再后来，珀莉喝了太多白葡萄酒，只能在草坪上就地躺倒；有人看到露西和迈尔斯在假山山洞里拥吻；基斯从头到尾都在一个人跳舞。乔治也醉得很厉害，他担心有人受伤，正在把所有瓶子和杯子往外清理。浩室音乐变成了暗黑的科技舞曲。"我有个袋子。我找不到我的袋子了。"柯林·斯马特反反复复地唠叨，"有人看到我的袋子吗？没有袋子我走不了。"

"高层会议。"亚历克斯把我们四个拉到一起说，"这边派对结束了。我们该走了。"

"我们要去道个别吗？"弗兰说。

"我弄来了这个，"亚历克斯说着，晃了晃手里的汽车钥匙，"妈妈的车。要是有人想来一场冒险……"

"要！"海伦说。

"等我一下，就只去跟乔治打个招呼。"弗兰说。

"不，我们必须现在就走，立刻、马上。"海伦说。

"亚历克斯，你喝了多少？还能开车吗？"我说。

"我发誓，我像老天一样清醒。"亚历克斯说，"来吧，我们去看日出。"于是，我们便溜进了夜色里。

我们朝南开去，车头灯照亮了鬼屋走廊一般骇人的寂静小道。为了壮胆，我们一路大吼麦当娜和普林斯的歌，弗兰和我在后座上喝兑了柠檬汁的伏特加，塑料杯太薄，每个转弯都有酒漾出来，洒在我的手腕上。

"我们到底要去哪儿？"弗兰大叫着问。

"我想跳舞，"亚历克斯也大叫着回应道，"我们去布莱顿[1]吧！"

听起来是个好主意。我们大叫着朝高速公路开去，海伦调出歌曲，开大音量，大到音箱都嗡嗡作响。我们不知疲倦，只感

1.英格兰南部海岸城市，海边度假胜地，位于伦敦以南约七十五公里开外。

到不朽、不可战胜。一进布莱顿，我们就发现自己陷入了车流中——堵车！在凌晨两点钟的时候！这是个怎样的城市啊！——注视着街上的人群，我们惊诧不已。我们把车停在靠近海滩的一个大广场上，当名副其实的、真正的大海出现在眼前时，大家几乎都癫狂了。走下滨海步道，我们拿出自己最冷静的面孔，加入拱门下夜总会大门外的队伍，面对震得人心肝脾肺一起发颤的咚咚咚的低沉闷响，试图表现出某种厌世的淡漠。有瘦骨嶙峋的男孩儿汗流浃背，瞪着眼，裸着上身，跌跌撞撞地冲出来寻找万宝路特醇和水。相比之下，我们无论模样还是感觉都像小孩子，就连亚历克斯也不能幸免。很快，我们就被他熟悉的所有地方拒之门外了。"没关系。"亚历克斯说，"我们可以办个私人派对。"我们在海滩上找了个地方，用力把鹅卵石踩进沙里去。亚历克斯和海伦出发远征，去寻觅酒、口香糖、薯片、音乐和香烟。弗兰和我把时间用在亲吻上，笨拙、微醺，和石头海滩上的其他情侣一样，那一团团黑色的影子看着真像成群的海豹。我们躺了一会儿，脸对着脸，近到已经看不清彼此，只能伸手抚摸对方的脸颊。

"我说，你的脸……"

"还有你的。"

"我们会一直这样相互理解吗？就算我们不再……"

"嘘，希望如此。我想不出有什么理由不这样。"

现在已经是凌晨四点了，亚历克斯和海伦的归来为我们注入了足够的能量，我们可以再一次随着亚历克斯那台迷你CD机（他们从车里拿来的）放出的浩室音乐跳舞了。不远处，另一群通宵夜饮者围着一个拿吉他的男人坐成一圈。"拜托，你们能把声音调小点儿吗？"其中一个叫道。"嬉皮士。"亚历克斯压低了声音含糊地说。可天渐渐亮起来了，筋疲力尽和内疚的感觉开始袭来，我们屈服了，把音乐关小，坐下来，缩在一起取暖。

我们喝醉了，加上还有些多愁善感，开始大声述说我们如何爱着彼此，宣称大家要当一辈子的好朋友。虽说第二天回想起来实在叫人尴尬脸红，可我们都是真心希望能做得到。

"海伦，你哭了？"亚历克斯说，"我的天，想不到你会哭。"

"还好吗，海儿？"弗兰拉起她的手，摇晃着说。海伦笑了。

"我不知道。我只是突然想到，要是不能比现在更好，该怎么办？"她就着弗兰的手背蹭了蹭自己的脸。

"别把你的鼻涕擦在我手上。"弗兰说。她也哭了，"好恶心。"

"看。"亚历克斯说。我们左手边，皇家码头的另一侧，太阳正在渐渐升起。"'夜的烛火已经燃尽。'什么什么什么来着？"

"……'愉快的白昼蹑足踏上了迷雾的山巅。'"弗兰说。

"我没觉得很愉快。"海伦说，"我觉得难受。"

"我觉得我们该考虑回家了。"弗兰说。

"路有点儿远。"我说，"也许我们该看看能不能先睡一会儿。"

于是，我们挤作一团，闭上眼睛。可就在我们身后，有事情在发生。夜总会里音乐停了，人群突然间全都涌上了海滩，像消防演习一样。他们汗气蒸腾着四处闲逛，勾肩搭背，摇摇晃晃，浑身脏兮兮的，还叼着香烟。一群俱乐部会员围在一个出海的渔民身边听广播。一群女孩儿经过，高跟鞋陷进石滩里，有人在哭，其他人看上去晕晕乎乎的，一个女孩儿又哭又笑，咒骂自己。"怎么回事？"亚历克斯问。可他们没停，继续摇摇摆摆地朝大海进发。水边，那个又哭又笑的女孩儿开始涉水，迎着海浪向前走去。世界到了尽头，没有希望能得到救赎。

也许弹道导弹还有几分钟就要抵达，也许有颗小行星就要撞上地球，也许是太阳黑子爆发了，总不过是其中一个，我们等待着。弹吉他的那群人一定也听到了消息，他们收拾起东西，开始沿着海滩跋涉。

　　"怎么了？"海伦叫过去，"出什么事了？"

　　"出事了。"一个女孩儿叫着回答，然后说是戴安娜，在巴黎一条隧道里，"她死了。"

　　当然，我们不太信，直到回到亚历克斯的车上，听到了收音机里的新闻。车小心翼翼地开在清晨的道路上，太阳照耀着这个夏天最后一个明媚的白天，我们四个沉默不语，一直到家。

PART FOUR

WINTER

第四部

冬天

———

夏天的租期总是太短。

——威廉·莎士比亚《十四行诗》第十八首

一九九八年

我们是在一月份分手的。一份本以为能扛住一切风暴苦难的爱，却败给了弗兰每天往返贝辛斯托克[1]的日常通勤奔波。

在那之前，甚至之后的相当一段时间里，我一直告诉自己，我愿意为了弗兰·费舍尔快乐地交出我的生命。好吧，不快乐，但我愿意。"带我走吧，别带走她。"我会说。只是要让她知道这是怎样的牺牲，这应该是非常重要的一部分。如果说要喝下毒药，起码我不希望是白白牺牲。我还觉得，她也会愿意为了我献出生命，至少一开始是这样，虽说以死来衡量爱实在是个粗暴生硬的标尺。有更灵活的标尺吗？会不会有这样一天，她会想，噢，我不确定自己是否愿意去死，但我肯定愿意献出一条胳膊，然后是一只手、一个肾，再往后，也许是一个脚趾，小脚趾？几缕头发，直到最后，"带他走吧，别来找我！"如果朱丽叶醒来，发现她的罗密欧死了，却没有伸手去拿那柄"好刀子"，而是决定活下去，学会带着悲伤生活，努力融入社会，我们对她的记忆会不会少一些？如果她遇到了另一个人，幸福快乐地终老，又会如何呢？不，自我毁灭才是黄金准则。在我们的故事里没有这样的机会，就在那些不值得搬上舞台的平凡琐碎中，我们分开了。

我们尽力了。弗兰的成绩（全优！）意味着她可以去专业的表演艺术院校学习，当她开始每天通勤往返时，我开始找工作

---

1. 英国英格兰汉普郡东北部的小镇。

了。我们都知道事情会朝哪个方向发展：我这边，也许会妒忌、排斥；她那边，当新世界的大门敞开时，会有害羞和窘迫。我们制定了方案来避免这些紧张情况。她可以随心所欲做她想做的事情，参加派对，学习，谈论让她兴奋的课程。相应地，我可以随自己高兴选择跟她一起去见她的朋友还是避而不见，不会有小心眼儿男朋友的举动。我们每周应该有三个——至少两个——晚上要见面。

我以得体的方式见过了她的父母，慢慢开始喜欢他们，尽管他们眼里的疑问始终不曾消失：这真的是我们需要了解的那个人吗？值得为他花费心力吗？可我得到了许可，可以躺在弗兰的床上，屏住呼吸，等待他们睡着，然后小心翼翼地、不出声地做爱。我们在周末搭火车去伦敦，看画展或艺术电影——不为电影，为的是"电影院"，我们的小城里从来就没有这种东西。我们去餐厅（餐厅！）吃饭，有时候就我们俩，有时候还有她的朋友。我努力融入他们，就像在"五哩深处"时一样。我要"休息一段时间"，这是我们一起选定的说法。这是真的，我也是他们中的一员，一名学生，只要等到十二个月以后。我们都考出了驾照，作为生日礼物，妈妈为我买了一辆又老又旧的二手雪铁龙，手摇车窗，窗缝里长出了苔藓。在秋天渐渐向冬天滑去时，我们开车出城到海边，沿着悬崖或海滩散步，然后回到车上，找一些隐秘的地点，倒在后座上，保留着一些衣服，躲在起雾的车窗后做爱。

那时还存在一种柔情，感觉我们在照顾着彼此。有一阵子，看上去我们像是能够顺利过关了。可是过什么关？我能在校园开放日里和她一起走进大学吗？等到她发现我根本就没有填写入学申请表时，她又会说什么？我有了一份新工作，我在城里有一套和父亲共同居住的房子，有朋友，那这种对于教育的痴迷究竟是怎么回事？我能看懂艺术电影，不比她差，我读很多的书，不是每个人都想要或是需要"Ａ"的成绩或学位的——对它的追求不过是盲目的趋附。我在脑海中演练这段争辩，准备着有一天能把话大声说出来。

后来，在十一月初的时候，我们出了一次意外。我们俩都吓坏了，弗兰坚持要第一时间开车到布莱顿城里去买事后避孕药。"我只想尽快处理一下，好安心。"她说。就在那个灰蒙蒙的潮湿的早上，我坐在驾驶座上，看着她从包装盒里抠出药丸，用水冲下去，好像那是什么东西的解毒剂一样。

当然，它的确是，我们都松了一口气。可如果她真的怀孕了，谁的损失会更大呢？我爸爸二十一岁就做了父亲，那也没比我们现在大多少，虽说我父母也许不算最好的榜样。不过，这对弗兰来说会是一场灾难，至于对我，已经是了——不是理想中的那种，不是我渴望的，但我依然能够接受。我只想和她在一起，可她想要的更多。不对等的情形已经显露，关乎成就与潜力，关乎抱负与欲望。

分手是在新年伊始（我猜她是打算"好好过个圣诞节"），因此，它便具备了某种新年决心的意味，像是：一、多喝水；二、结束关系。那情形本身毫不出奇，想也想得到，略微带着几分戏剧专业课堂上即兴创作的高度紧张和过头的激动。就连地点都特别符合分手的场景，那是在卡可米尔港口的海滩上，一个星期天的下午，阴雨绵绵，荒无人迹。弗兰说："我开始感到恼火，而且消极起来了，我们在一起不自然，或者说不自在。"至于我，则以演说予以还击，控诉她的势利。"查理，我可曾在什么时候，"

她说，"我什么时候说过任何这样的话吗？"我举不出例子，却感觉到她是真的震惊难过了，因为我那样抱有敌意地攻击她的父母和学校里的朋友——很明显，他们都觉得她应该有个更好的男朋友。这是一场我们谁也无法从中平复的争吵。当天色渐渐变暗，绵绵细雨变成雨点，我们面临了一个现实的问题：要如何逃离这狂风呼啸的荒凉海滩？她不肯上我的车，我也不能丢下她离开。虽说最终我们还是在沉默中上了车，也依然不得不频频靠边停下，彼此大吼、尖叫或是再哭上一会儿。

之后还发生了几次遭遇战，在深夜的电话里，在市中心的酒吧里，再从酒吧到街上。你也许在酒吧打烊时看到过那样的情侣，一时紧紧相拥，一时推开彼此——那就是我们。

可就算依然在为她挣扎，我也知道，这些都是必败战役里最后的小规模冲突了。弗兰·费舍尔独自走开，打电话约出租车回家。之后的二十多年里我都没再见过她，可终究会再见的。

两倍、四倍、八倍、十六倍速

在爸爸的录像带年代，我的小小天赋之一就是能精准快进，看着进度条，在正确的时间点按下播放键，刚刚好留出进度条惯性滑行的时间。到了数字时代，事情就更简单了，不必盯着每一个化身滑稽默剧飞速滑过的片段，我们可以直接跳到想看的地方，这样效率更高。

所以驾照一到手，我就在机场找了份工作，在全天开放的头等舱候机室里清理桌子和盘子。这份工作大概就是专门为了让我讨厌才发明出来的：我讨厌客人总是往杯子里倒满免费香槟却永远不喝完，半熟的牛排就那样倒进垃圾桶；讨厌工作间里的肮脏，脸色发灰的工作人员在门口抽烟；讨厌臭烘烘的储物柜和真空包装的活像大块粉红色外星人肉一样的烟熏三文鱼。客人和员工，我们和他们之间的鸿沟不言而喻，熬过每一轮班次的唯一办法，就是设法做点儿心怀恶意的小动作，或是来点儿蓄意的小破坏，哪怕它们注定会引发另一种出自厌恶的最恶毒的反馈。一个苏塞克斯大学哲学系的学生在那里打过一个夏天的短工，曾跟我大谈萨特的服务生故事，永远面带笑容，服从命令，过着逃避现实的生活。我心里只想着两件事："是啊，听起来还挺靠谱"以及"去他的在校生"。

和行政俱乐部的金卡会员们一样，我最大限度地利用一切福利，只不过他们都是过客，而我一周工作五十六个小时，靠着椒盐脆饼干和布里奶酪过活。我成了加班楷模，把一切可能的时间都用来上班，拿到第一份工资后，我买了一张床，换掉卧室里的高低床，然后有规划有步骤地还清了我们的家庭债务。到了十二月，社保部门为爸爸分派了一份皇家邮政邮件分拣处的工作，清晨、规律以及其中蕴含的某种老派英国气质引发了爸爸的共鸣，就这样，他成了一名全职邮递员。"两点下班，剩下的一天就都是你自己的了！"他说得好像无法相信有这样的好事一样。他戒了烟，节制了饮酒，情绪的高低起伏不再那么极端，于是，大部分时间我们都过得更平静、更平和、更安定了。

在我不用上班的晚上，我们还是看同样的电影和电视节目，吃同样的东西，一本接着一本地看同样的书，同样一起在水池边洗碗擦盘子。我妈妈搬家之前还最后来过几次，有一次说："你和你爸爸活像老夫老妻。"这是个对于家庭生活的古怪却又令人印象深刻的视角，刚好突出了她离开的原因。这话不是出于温情，这是个警告。

虽然有时会在街上遇到，但我并不常见到那些上了大学的老朋友。九月来得飞快，他们纷纷飞去了曼彻斯特、伯明翰、赫尔、莱斯特、格拉斯哥、埃克塞特和都柏林。我听说弗兰·费舍尔去了牛津（"去了"，不是"进了"），读（不是"就读"）英语和法语，我想，嗯，听起来挺好，顺理成章。

哈珀不声不响地安稳工作了一段时间，然后去了纽卡斯尔学土木工程。在那里，据说几乎每次在户外被人看到，他头上都顶着个交通三角锥。福克斯，当初只要逮到任何人手拿钢笔就会大肆嘲笑的家伙，如今在接受运动游戏老师的培训。圣诞时我们在酒吧聚了聚，他们跟我说了些狂欢滥饮的传奇故事。很快，哈珀就有了一个正经交往的女朋友，一个魅力非凡的女人，学旅游的。他们打算一起去旅行，也许绕道去看看洛伊德。他去了泰国，干一些不太能见光的勾当。我们都松弛了些，不光是态度举止，也包括腰围，连笑的方式都不一样了。我觉得又喜欢他们了。我们甚至试图重新捡起当年的绰号和打闹的方式。可如果用乐队来作比，我们早已过了最辉煌的时候，如今只算得上重组，只是怀旧而已，依然能演奏，但有成员回不来了，能表演的也只有曾经的热门单曲。有一年圣诞哈珀没来，另一年福克斯没来，之后我们就再也没聚起来过了。

在离开学校之后的第一个夏天里，我看到了"五哞深处"的新剧海报。虽然他梳成了大背头，没戴眼镜的眼睛显得又小又浮肿，我还是认出了乔治，他演的是个带点儿披头士味道的驼背国王理查三世，看起来有的地方进步了，有的还没有。再后来一个夏天，是《皆大欢喜》。再往后，因为间隔的时间足够久，又是一次《仲夏夜之梦》。我不大可能买票去看戏——绝不比硬闯进一场高中毕业舞会的可能性更高——但还是感到了几分孩子气的怨恨：他们在继续，却没带上我。莎士比亚、演出、书、音乐、诗、艺术……还有曾经的承诺，关于这些东西能够改变年轻人的人生，赋予他们自我价值感和归属感，改变他们在这世间行走的方式。这是艾弗和爱丽娜怀着传教一般的热情所寻求的，也的确奏效了，可这样的进程是可以逆转的。事到如今，每当回想起那个夏天，我的怀旧之情都会变成怨恨。二〇〇一年的剧目是《麦克白》，和剧里的故事一样，正是这部戏让他们一败涂地。我想象过艾弗和爱丽娜如何卖掉大篷车，如何扔掉那些沙包和瑜伽垫。他们不再出现，让我感到了一种并不那么愉快的如释重负。

我的生活一成不变，我也知道它一成不变，甚至在它提供的庇护中得到了一些愉快的享受。在我热爱的战争片和科幻片里，总有一个老套的角色，一个勇敢的下士，不是肚子就是脊柱受了伤。他会说：我只会拖累你们，别管我，走吧。周围炮火连天，他紧握着一颗手榴弹，按在胸前，坐等敌人到来，然后选择最有杀伤力的时刻，拉开保险销。我一直敬佩这样的角色，敬佩他自虐的高贵气质。我不清楚自己要把谁当作敌人，但我很乐意以自己的方式坐在那里等待，看其他人纷纷奔逃，唯一不同的是，我绝对不会拖累他们任何人。

为了离乔纳森的父母近一点儿，妈妈跟着他搬去了埃克塞特，两个人都找到了管理层的工作。"精品酒店，全靠老天帮忙。"妈妈说。我想她，我觉得爸爸也想她，不过她这一次的离开不再像是一种渎职，再说她从来就没有真正喜欢过我们的小城。比莉的普通中等教育考试成绩出色极了，大学入学试也考得很好，最终去了亚伯丁学化学，因为"那里离埃克塞特足够远"。

我也很想念比莉。她刚好在我们俩有可能成为朋友的年龄离开家，我从没跟她说起我和爸爸最糟的那段日子。换位思考，我相信她在那个陌生的家庭里也有自己的挣扎。她依然是我的妹妹，可我们却再也不像一家人了。我们的人生道路很快就走向了不同的方向，她的每一个选择都会带她走得更远。也许在未来的某个时候，我们的道路还有可能重新交会吧。

我成了桌球高手，飞镖和老虎机也不在话下。"渔夫"酒吧成了我的据点，当年拒绝我的酒保和服务生成了我的朋友，吧台最顶头的高脚凳变成了我的专座。我在那里遇到过一些女孩儿，有过几次短暂的风流韵事，在车里，在春季的庆祝派对上，或是在附近的教堂空地上，很完美。只是墓地上的情爱这种事，总不像能长久的样子。很快，电话就没人接听了。有一次，好像电影场景一样，一杯酒整个倒在了我的头上，我想：老天，这就是你要成为的人吗？一个会被整杯酒倒在头上的那种人？弗兰会怎么说？

　　二〇〇二年圣诞夜，我坐在我的酒吧专座上，暗暗腹诽每年这个时候都会冒出来塞满酒吧的生客，简直就像是一年一度拥去参加午夜弥撒的礼拜者。我好奇的是，他们的奉献究竟都去了哪里？我右手边的女人胳膊肘支在吧台上，正一边慢慢向外拓展地盘，一边招呼酒吧女侍应："小姐，不好意思。"

　　熟悉的圣诞热门歌曲循环播放，声音很大，可我还是认出了她的声音，出于某些说不清道不明的理由，我撇开了脸。这时又来了一个男人。

　　"我的酒！"

　　"见鬼，稍微等一会儿，行吗？"

　　"你觉得我该要一杯伏特加马提尼吗？"

　　"在'渔夫'酒吧里？直身杯还是啤酒杯？"

　　只要往左稍稍一转，我就能神不知鬼不觉地溜下我的高脚凳，带上我的一品脱啤酒，另外找个地方坐坐……

　　晚了。

　　"噢，我的老天。"

"哈喽，海伦。"

"查理！查理·路易斯，快过来！"

"嗨，亚历克斯！"我冲着他的肩膀嘟囔，因为他们正把我从高脚凳上往下拽。

我们挪到了一张桌子边。虽说曾经在布莱顿的海滩上立下庄严的誓言，可他们进大学之后我们就渐渐疏远了。如今他们俩都有了变化，更像他们自己了：海伦剪了个利落的军人短发，鼻子上戴着个小小的黑色鼻钉；亚历克斯看起来身材精瘦，沉稳笃定，相当迷人，像个穿着黑色修身夹克的花花公子百万富翁。

"蒂埃里·穆勒的——如果你要问的话。"

"二手的。"

"你的防风小外套才是二手的，这个叫'古着'。"

要是不认识他们，我会被吓到的。就算认识，我也觉得有点儿惊讶，但能遇见他们终究是高兴的，只是难免有些谨慎的保留。现状毫不令人意外：他们两个现在都在伦敦，海伦拿了一个社会学学位，亚历克斯的戏剧学院还有最后一年就毕业，和一堆剧作者、艺术家和音乐家一起住在布里克斯顿的一座大房子里，只有圣诞节才回来尽一下家庭义务（"节礼日[1]我们就走了，早上七点。"）。轮到我时，我跟他们说了说我的工作，试图说成一段黑色幽默，不料这个笑话比我预想的还要暗黑一点儿。他们哈哈大笑，但看起来有些担心，也许是我喝得太多了。当然，我比他们喝得快得多。于是我逃去吧台，一边等一边明白过来，将他们带到这里来的不是怀旧之情，而是讽刺。"渔夫"酒吧对他们来说

1.圣诞节之后的第一个工作日，在英国是法定假日。

就是一个笑话，我不知道自己是否也一样，于是在《去年圣诞》《槲寄生与酒》和《祝大家圣诞快乐》的歌声里流连吧台，不紧不慢地等着酒保招呼，偶尔瞟一眼桌子那边，看到他们的头靠得很近。我为自己买了一杯啤酒和之后的"回魂酒"，等到终于回去时，亚历克斯站起来"去打个电话"，海伦和我沉默地坐着。

"你没事吧？"我说。

"没事，只是欣赏一下风景。"她冲着吧台和吧台前一排三个男人的背影扬了扬下巴，他们的屁股被牛仔裤勒得紧紧的，低着头，相互都不搭理。

"别这么糊弄我，行吗？"

这会儿我能说出口了："自命不凡！"

"嘿，我才没有自命不凡！这世上再没有比我更不自命不凡的人了——"

"可是你这话听着就很自命不凡，海儿。"

"回到这里来，带着你那种大学里聪明人的风范——"

"是的，就是这样。"

"但我没有自命不凡！我对你的事完全没有评头论足——你想在哪里生活、想做什么。我的意思是，我能明白，这是你的调整期，这没问题。"

"海伦——"

"可这是什么？"她点了点我的烈酒杯。

"只是点儿回魂酒。"

"'回魂酒'？"

"有什么问题吗？"

"你还这么年轻，不该就这样困在这里了。说真的，查理，去他的。你该出去走走，哪怕只是出去看看。然后你还可以回来，但首先一定得过一过别的生活。至少尝试一下，未来有的是时间让你愤世嫉俗，等你人到中年的时候，就像其他人那样。"

"我没有'愤世嫉俗'。"

"但你也不爱你的生活，不是吗？"

"那怎么了，你爱吗？"

她哈哈大笑："是的！是的，是的，归根结底，我是爱的！你也可以，只要你不害怕。"

"我没有害怕。"

"噢，很好，听到你这么说很好，因为这样我就能接着往下说了……"

玛丽亚·凯莉在唱《圣诞节我想要的只有你》，亚历克斯回来了，坐在我的另一边，把我夹在他们俩中间。"你跟他说了吗？"他问。

"跟我说什么？"

海伦深吸一口气："我们还有个空房间。"

"在布里克斯顿那边的房子里。"

"那屋子的确是小得可怜。地下室，又暗又潮。"

"不过是免费的。"

"嗯，水电煤气账单平摊。"

"你可以在酒吧找份工作，或是其他临时的工作什么的。"

"等到九月回去上大学。"

"我不会去的。"

"不，你要去。"

"你心里知道你会去，那又何必抗拒呢？"

"我不行，我爸爸——"

"你说他已经好些了。"

"暂时看来是的，可是——"

"哦，那就是一个半小时的路程，查理，不是去新西兰。"

"可我总不能就这么拔腿就走吧。"

"你不用走，我们会捎上你。"

"带上你跟我们一起走。"

"在节礼日，我们会等你等到七点。"

"查理，"亚历克斯说，"圣诞节我们想要的，只有你。"

二〇〇三年九月，在二十三岁的年纪上，我回到了学校。理论上说，我是个成人学生了，但并没有什么成熟的表现，只是拥有一大堆错误的开始、错误的转折、宿醉和错过截止日期的经历。首先我必须补考，补上之前那堆糟糕的考试成绩，然后完成预科的等效课程学习，最后再找到一所开明到能够忽略我履历上巨大空白的大学，所有这些都是一边在酒吧和餐厅工作一边利用周末和晚上的时间完成的。要知道，在那些地方，下班就意味着派对开场。从某种意义上说，这些年就像是我的第二个青春期，努力工作的责任心和什么都不想做的欲望不断撕扯。我的学业就是一块没完成的巨大拼图，被扔在桌子上太久了，彻底放弃，把所有东西扫回盒子里封存起来的欲望无比强烈。要是没有海伦和亚历克斯，我绝不可能坚持下来，是他们一直在敦促我，检查我的作业，盯着我及时填写各种申请表。我这才突然意识到，跟拥有友谊的巨大幸运比起来，我们在学校和工作中的好运实在是微不足道。

计算机科学和艺术，我的两大资质为整个计划提供了并不牢靠的基础。一九九七年八月，在一个派对上，曾经有一个陌生人对我说，生活的诀窍就是找到你擅长的东西，然后去做。可计算机和艺术就像洋葱和巧克力，怎么也没办法融合。进了大学，我才知道自己并没有做学术研究的头脑，而且永远也不会有。我不是天赋过人的程序设计员，也永远不会拥有艺术家的气质，不过我的导师建议我选择一门视觉效果和动画方面的课程，我学会了如何使用那些名字听来就很唬人的软件，视频编辑器 Premiere、设计工具集成软件 Fusion、数码合成软件 Nuke。我用在酒吧里赚来的钱买了我买得起的功能最强大的家用电脑，自学影像合成、渲染、线框建模、数字绘景，掌握这些技能的同时，文化环境也开始发生变化。

僵尸和吸血鬼、宇宙飞船和外星人，这些当年我就热衷于描画的东西终于接管了我的生活，那些年花在看电影和玩《毁灭战士》上的时间到头来都是潜移默化的学习与练习的一部分。如今我知道了要如何画出能在骷髅眼窝里滚来滚去的眼球，如何借助合适的软件工具让那眼睛幽微发亮，冷淡地晃来晃去，知道了如何把二十个人变成二十万，如何让男主角重回青春。这就是我现在在做的：视觉效果。计算机科学和艺术。

亚历克斯·阿桑提因为工作去了洛杉矶。我们仍然常常能见到他，但大多数时候是在电视上，扮演警察或是野心勃勃的年轻律师，为了赢得官司可以不择手段，哪怕违法。他相当有名了，虽说还没有达到他自己的目标。

告别学生生涯后，我们搬出了学生公寓。我遇到尼亚芙，辞掉餐厅的工作，换成了全职的后期制作，然后，就在不久之前，和同事一起创办了一家新公司。偶尔我们会因为参与制作而接到电影首映礼的邀请，在剧场的最后几排找到我们的位置，眯眼看着下方的演员鞠躬，遥远又陌生。

海伦坠入爱河，"就像老套的剧情一样"，搬去了布莱顿。我们在那里的海滩上散步，她说她要结婚了，邀请我当她的伴郎。

"行吧。一定得是我吗？"

"当然是你。这是巨大的荣耀，你这混蛋。再说了，亚历克斯在拍电影，所以——"

"好了，好了。我要发言吗？"

"嗯，是的。"

"一定要幽默风趣吗？"

"当然得幽默风趣了，那可是伴郎的发言。"

"压力好大。我不是那种天生的好演员。"

"哦，这个我知道。"

"我做不到幽默风趣。"

"你可以的，你只是需要大声表达出来，最重要的是有真情实感。告诉所有人，我老说脏话，而你珍惜我们的友情。好吧，我来写稿子，这下你可非答应不可了。"

于是，我就这样成了海伦的伴郎。等轮到我结婚的时候，我也邀请了她做我的傧相。

就在婚礼前一个月，我收到了一封电子邮件，是一张脸谱网站的页面截屏，召唤一九九六年到二〇〇一年之间的"五哩深处"剧团成员重聚。

"这可不能不去，你说呢？到时候见。"

考古发掘

我穿上外套,尼亚芙站在门口看着。

"那不是你的结婚礼服,对吧?"

"不是。"

"我没想到会是这种聚会。"

"只是觉得应该尽量……"

"当然。她会很期待的。"

"他们都很期待,去的所有人。"

是我的举动太反常了吗?倒也是,对于怀旧这种事,我通常都是拒绝的。我不参加同学聚会,很少回家,几乎不拍照,不在网上追踪前女友的动态。生活就是一连串的"以前"与"以后",每七年左右一道分界线:认识弗兰以前和以后,搬家以前和以后,认识尼亚芙以前和以后……每个时期的分界线都清晰得堪比地质岩层的层理。既然"以后"会更好,又何必纠缠"以前"?

结婚将标志着下一个巨大的分野,可就在婚礼前三周,我却在这里回顾往昔,往下足足挖了一层、两层、三层。这不寻常,尼亚芙也看出来了,随着时间的临近,她第一次听我说起这场"冒险"时,脸上的那份轻松也渐渐消失了。

"我说了,非常欢迎你一起去。"

"其他人的戏剧兴趣社?太疯狂了。不,谢谢,我的脑子还没坏掉。"

"海伦也会去。"

"我想见海伦随时都行。不管怎么说，你们两个都是想去跟老朋友们见面聊天的。开开你们的嗓子啦，丢丢沙包啦，玩一玩你们的'信任游戏'啦……"

我哈哈大笑："要是那样的话，我也待不住的。说不定我一个人都不认识。"

"哦，我觉得你会认识某个人的。"

我叹了口气，往床上一坐。"我也不是非去不可，要是你不希望我——"

"哦，不，别把责任推到我身上。你是个成年人了，想做什么都可以去做。你想去吗？"

"好吧，是的，我有点儿想去。"

"为什么？"

"不知道。怀旧吧。"

"好奇？"

"有点儿。"

"那就去吧。我可以好好享受一个独处的晚上，上谷歌搜一搜老朋友，把我的脸换到他们的结婚照片上去。"

"再见。"

"别叫我看见你的领子上有口红。"

"像歌里一样。"

"什么歌？"她说。

"有这句歌词的那首。'你的领子上有口红，讲述着你说的谎'，你知道这首歌的。"

"不，我又不是安德鲁斯姐妹[1]。我也没有生在两次大战之间。"

"说来说去，谁会把口红弄到领子上啊？怎么弄上去？"

"要说是你的'小弟'上有口红倒更有可能。我会检查的。"

"你还真什么都敢说。"

"是啊，所以早点儿回来。"

话说到这里，我们都笑了，我觉得可以放心出门了。可坐在公交车上时，我发现自己竟莫名地紧张起来。我看过一部关于不知道是蝗虫还是蝉的纪录片，说它们会以未成熟的形态躲在亚利桑那、墨西哥或撒哈拉沙漠阳光炙烤下的土壤里沉眠，不多不少睡上十七年，然后同时破土而出，变成毁灭性的巨大虫群。要是初恋也像这样该怎么办？休眠多年，却始终在聚集能量，时机一到，就将一切稳定与美好通通摧毁？这种事情是有的。

应该不至于。我爱尼亚芙，爱得发疯，再说了，弗兰和我那会儿就是截然不同的人，在奇异的青春里相遇的两个外星人。归根结底，初恋不是真正的爱情，只是对爱情的模拟，急切、狂热，又幼稚。只要你不想，这种事就不会发生，况且现在再回忆起当年对弗兰西丝·费舍尔的种种念头，我都会感到微微的尴尬。其中有些别的东西，更加难以名状，是一种没什么破坏力的激情，但依然足以让我换上衣服，刷牙漱口，在十一月这个阴雨的星期天走出家门。

聚会地点是仕斯托克纽因顿[2]一个俱乐部的顶楼室内，时间

---

1. 安德鲁斯姐妹（Andrews Sisters）是活跃于二十世纪四十年代的美国著名女子三重唱团体。《你的领子上有口红》（*Lipstick On Your Collar*）则是美国流行歌手康妮·弗兰西斯（Connie Francis）在一九五八年发布的大热单曲。

2. 伦敦北部市区。

是正大光明的下午六点。"欢迎阖家出席",邀请函上这么写着。我和海伦约在马路对面的一家酒吧里碰头,好先温习一下功课。

"演劳伦斯神父的是谁来着?"海伦说,"老是在哭的那个。"

"基斯什么什么。"

"乐手呢?"

"萨姆和……"

"继续。"

"格蕾丝!"

"查理,你怎么全都记得?"

"就是记得了。"

"你知道有谁来不了了吗?"海伦说,"珀莉和伯纳德。"

"他们不会是……"

"是的,两个都是。"

"什么时候的事?"

"伯纳德好几年前就走了,珀莉比他还要早一年。"

"你怎么知道的?"

"脸谱网站。"

"噢,老天。珀莉和伯纳德。"

"她快九十岁了,也不算意外。"

"我知道。不过活在脑子里的人总是不会变的,不是吗?我都不记得我跟伯纳德说过话,可是珀莉对我一直都很好,算是一直吧。我的第一次就是在珀莉的小屋里。"

"是啊,我知道。"

"噢,老天,可怜的珀莉。糟糕的演员,迷人的女人。"

"他们可以把这句话刻在她的墓碑上,旁边附上你的第一次的故事。"

"可怜的珀莉。"我们俩一起伸手去拿杯子,"我有点儿伤心了。"

"我们可以就待在这里。"

"不,来吧。我们都到这里了。"

于是,我们喝掉杯子里的酒,穿过马路,快步登上通往那个活动大厅的窄楼梯,盛大登场,却一个熟人都没看到。《麦克白》的团队到了,《皆大欢喜》的人也在,两次《仲夏夜之梦》的成员都在,各自聚在一起说说笑笑。可是《罗密欧与朱丽叶》的,一张熟悉的面孔都没有。

"很好,我们走吧。"

"等五分钟,"我说,"然后再走。"

为了显得不那么落寞,我们站在了一张贴满黑白剧照的告示板前。

"也许我们那年,他们忘了拍照了。"

"那是迈尔斯。"我说。"那我觉得这个应该就是我的后脑勺了。"又补上一句。

"非常重要的团队成员。"

"我就是啊!我掌控了整场演出。"

"只不过几乎不在场上。"海伦哈哈大笑着说,我怀疑这就是重聚最大的风险:发现我们在其他人的记忆中并不像他们在我们脑海中那样重要。

这一点不适用于珀莉,旁边另外有一块板是她的专区,贴着她自六十年代以来的人像老照片,短发、眼妆,纯正的卡尔纳比街风范,还有她的剧照,各种角色,表情都很类似,眼和嘴总是张得大大的。过了一会儿,有个看起来简直就像是柯林·斯马特的爸爸的人加入了我们，结果他就是柯林·斯马特。"看看我老了多少！"他说，可他并不老。我们聊了会儿，说起许多人名，我努力集中注意力，克制自己不要越过他去扫视整间屋子。我是有过什么更热烈的期待吗？一场狂欢派对？屋里还有些孩子，守在自助餐台前吃薯片。后来，站在吧台前时，我发现身边就是露西·陈，她如今是个儿科医生了，活泼、可人、风趣，直到话题转向我们的中学生活。

"你后来还见过洛伊德或是哈珀或是那个小圈子里的其他人吗？"

"没有，好多年没见了。你知道那是怎么回事。我们散了。"

"太好了！真是好消息。他们让我的日子很难过。那些男孩儿，一群混蛋。"

"是啊，他们可能是刻薄了点儿。"

"你也是，查理。你没那么坏，但你从来不会站出来反对他们。"

"是啊，的确。我有时候也想过。我道歉。"

"行，好的。你更出色了。"

"是吗？天哪，希望是吧。"

"你看到过我留下的信息吗？"

"什么信息？"

"我写在你的校服衬衫上的，最后那天。"

"看到了，'你害我哭了'。"

"嗯，果然看到了。"

"就像我刚才说的，我很抱歉。"过了一会儿，"总而言之……"

"你后来见过她吗？"

"见过谁？"

"哦，你来这里可不是为了见我的。"

"不，我只是猜她不会来。"

"哈，她在这里。她大概是找了个什么地方坐着了。看，在那儿。"

透过人群的间隙，我看到她了，坐在靠窗的椅子上，一只手抚在她怀孕隆起的肚子上，正专心地和一个孩子在说话，那是个女孩儿，十岁左右，肯定是她的女儿。我看着她抬起手，帮那女孩儿把头发拨到耳后。

"哇噢，你的表情，"露西大笑，"怎么样？'啊，她令燃烧的火炬也黯然失色……'"她拍了拍我的胳膊，"祝你好运！"

那女孩儿说了什么，弗兰·费舍尔笑了起来，放她离开了。就在这时，她看见我了。她重新露出笑容，睁大了眼睛，两手轻轻拍在脸上。隔着人群，我们交换了一系列含混的手势——看到你了！我们为什么会在这里？一会儿聊。五分钟？过来找我——柯林·斯马特刚好过去，俯下身子，避开她隆起的肚子，拥抱她，我独自站了好一会儿，莫名地屏住了呼吸，不知该如何是好。

"嗨！"一只手拉住我的胳膊，"你没事吧？"

"乔治！"我说。我们来了一段跳舞似的表演，半是握手，半是拥抱。

"见鬼了？"

"除了鬼什么也没见到。"

"很怪，对吗？"乔治说，"我们犹豫过要不要来。"

"的确很怪。"我说。

心里琢磨的却是："我们"？

"我看到海伦了。海伦棒极了，不是吗？"

"是啊。"

"你去跟……"

"没有。"

"我知道她想跟你聊聊。"

心里琢磨的却是：你怎么知道？

"你看起来挺好，查理。"

"你也是，乔治。"

他的确看起来更好了，健康、自信，虽然摘掉了眼镜，可那种闪烁、疑惑的眼神还在，就像刚刚被一束强光照醒的样子。"换了隐形眼镜，戒了奶制品。"他用一种老派的姿态伸手摸了摸自己的脸，"随时保持皮肤清洁。"

"你的皮肤看着很好。"

"是啊，大家都这么说了二十五年了。"

"抱歉。"

"没什么，没什么。"

"那么还有什么新闻，乔治？"

"你想知道什么？"

"过去这二十年的事情，都跟我说说。"

他没把所有事都说出来，但已经足够了。

上一段爱情

　　乔治·皮尔斯如愿上了剑桥。"五哶深处"给他带来的一大实实在在的影响，就是对莎士比亚以及伊丽莎白时代和詹姆斯一世时代作家的兴趣。本科毕业之后，他先是继续攻读了硕士学位，接着是博士。他有意识地避开了表演领域（这个游戏里有太多的迈尔斯们在角逐了），也避开了莎士比亚（还有多少东西留下来给后人继续研究呢？）。相反，他专注于詹姆斯一世时期的剧作家，研究他们可怕的悲剧和令人迷惑的喜剧，等到一家伦敦公司准备排演韦伯斯特的《白魔》时，他被邀请去向演员讲解这部戏剧。当时，坐在后排座位上大大咧开嘴笑着的，就是扮演侍女的弗兰·费舍尔。

　　他所能做的，就是得体地聊上几句，然后拥抱，一起去喝上一杯咖啡，回忆一下往昔时光。弗兰和另一名演员结了婚，那是个冲动疯狂的决定，发生在一场漫长的世界巡演过程中，因为"你总得找点儿事情来填满那些日子"。那是五年前的事了，到旧友重逢时，他们已经有了一个女儿，格蕾丝，两岁。当咖啡换成了红酒，弗兰开始隐晦地抱怨这一场婚姻——丈夫是个酒徒，也许还是个花花公子，不负责任，绣花枕头，满肚子稻草。可她爱他，爱做母亲的感觉，觉得他们还能继续在一起，他们的关系还可以挽救，只要他能约束好自己。不过，她打算放弃表演了。她快三十岁了，再也无法有所成就了，无法以自己快乐的方式有所成就了。年轻时演这些戏是一回事，可现在，这只让她觉得傻，觉得无力，再说了，一个家里有一个演员就够了。

"我们演《罗密欧与朱丽叶》时的情形，你还记得吗？"

"你很擅长这个。"

"我们都是，乔治。坦白说，从那以后，我就一直都在走下坡路了。"

他们在滑铁卢大桥上道别，交换了联系方式，说好要保持联系，然后乔治·皮尔斯便离开了，一方面怒火中烧，一方面兴奋激动。他郑重的初恋是他郑重的单相思，也是他唯一的爱情，单单这样的组合就足以彻底改变他的人生。看到她如今这样，简直叫人恼火——这感觉烧得他几乎发疯了。他有了她的电话号码，但不会打。有什么意义呢？他不是帕里斯，不会为了一个注定不会回应他的爱的人抛弃尊严与人生。

他换了几份工作，刚巧也搬到了伦敦。遇到一个女孩儿，恋爱，分手，抽身离开，五年过去了。有一次，他受邀参加一场星期五的晚宴，到时会有一个女人在场，一位法语翻译，单亲妈妈。当然，他并不想去，宁愿待在家里看看书，可朋友很坚持……

天哪！不知道怎么回事，我听着，心底里却无法接受。究竟是什么感受呢？嫉妒？不全是。当然，我知道其中一定还有些别的什么，某些错误，某些会被她散成小星星的东西。乔治的幸福快乐是这样明显，他是这样宠爱这会儿跑过来正挂在他胳膊上的继女。要怨恨他，得有一颗比我现在更酸涩的心才行。

"格蕾丝，这位叔叔也认识妈妈，在她演朱丽叶的时候就认识了。"他告诉那女孩儿。格蕾丝看起来并不关心，我心里涌起身为"前男友"的自以为是的恼怒。她难道从来没提起过我吗？你对我是谁有任何概念吗？"查理和你妈妈关系非常好。"乔治说，

"当然了，那时候我真是妒火中烧。"

我该回以"妒火中烧"吗？很难。那感觉其实是：他们总能逗笑彼此，而我很高兴看到乔治摆脱了那种受迫害者的气质，变得幸福、成功，沉浸在爱情里。我非常喜欢的人和我爱过的人在一起了，是好消息！

话虽如此，我还是沉默了一会儿，也许只是因为妒忌，不是妒忌弗兰和乔治，而是妒忌这个故事。这是个好故事，比我的好。它合情合理，以合适的方式收尾——也就是说，故事根本就没有结束。哪怕这些年都再没见过他们，可我知道，他们会幸福的。于是，一等到格蕾丝走开，我就伸手按在他的肩上，用力捏了捏，想要表达这一点。

"乔治，你这混蛋。"

他哈哈大笑，带着一点点紧张："很古怪，不是吗？我知道这有些古怪。"

"不，这非常……浪漫。"

"真是可怕的词。嘿，如果这算是某种安慰的话，还真挺敷衍的。不是吗，弗兰？"

"的确是。"弗兰的声音响起，人也出现在他身旁，"这个词很冷淡。"

"哈喽，弗兰。"我探身过去跟她挨了挨脸，小心地避开了她的大肚子。

"跟我来。"她拉起我的手，说，"我来跟你说说那些黑暗面。"

我的荣幸

这家俱乐部的屋顶上可以俯瞰斯托克纽因顿梯田一般的花园、雾气迷蒙的半空和星期天夜晚烤炉的火光。一箱一箱的空酒瓶，一架生锈的烤炉，变成了棕色的热带棕榈。"我们一定要到这上面来吗？"她说着，想找个干的地方坐下来。

"好像不是。你想再下去吗？"

"下去的话，会有其他人过来打招呼的。"

我们在一条旧长凳上坐下，凳子是湿的，足够沁透我们的外套。就像第一次一样，我们轮流开口，讲述这些年来的经历。只是比起青葱的岁月来，现在我更愿意回答问题了，看起来她似乎知道一些我的事，不过我没问她是怎么知道的。

"你做得很好。"

"目前看起来还不错吧。"

"嗯，我很高兴，但并不意外。我知道你会找到方向的。"她说着，抬起手放在她隆起的肚子上。

"多大了？"

"还有三个星期就生了。"

"男孩儿还是女孩儿？"

"男孩儿。"

"叫什么名字？"

"我们打算叫他……好吧，我们打算叫他'查理'。"

还不一定，她说着大笑起来，说他们还没想好，不过"查理"

是个好名字。我问她过得怎么样。总的说来，有一阵子非常不幸福，她说这让她自己很吃惊。一场意外的婚姻，一份挫败的工作，为钱担忧。"我二十多岁的那段人生很残酷，我以为那会是属于我的时光。对于那段光阴，我曾经有那么多的希望和期盼，就像一场派对，你充满期待，摊出所有衣服来，计划要穿什么，设想该如何表现。结果呢，你去了，所有人都那么不友好，音乐一塌糊涂，你一直说错话……"

"我也一样，只是大部分时间我都没有面对它。"

"嗯，我也有一点儿。和那个疯子在一起的时候——我之前还结过一次婚，乔治跟你说了吧？有些夫妻……你知道那种喝醉后一起跑去文身的夫妻吗？我们差不多就是这样结婚的。天晓得我那时候在想什么！如果是做文身，至少也还有一样可以持久保留的东西。我们有过一次争论，争论海马和马究竟有什么关系。就是那次让我知道我错了——你知道，就是从基因层面来说就错了。'弗兰西丝，我只是无法接受这只是巧合！'老实说，这话倒是听起来很像那么回事。"

"难以置信。"

"我所有最好的面目都是展现在陌生人面前的。我不该对他那么刻薄，他英俊，很有魅力，怎么说也仍然是格蕾丝的爸爸，但基本上他就是个白痴。我的父母，哦，老天，我父母那么讨厌他。"

"比讨厌我还厉害？"

"他们从来没讨厌过你！我妈妈爱你。她说有一次她抓到你在往我窗户上扔小石头，她说那是她见过的最浪漫的事。"

"我记得，可当时她看起来很生气。"

"哈，现在想起来她觉得可迷人了。"

"他们觉得乔治怎样呢？"

"哦，乔治是个木偶，乔治是不会犯错的。"

"乔治·皮尔斯？嗯？"

"乔治·皮尔斯'教授'。他倒是知道马和海马的区别。"

"那就没有阴暗面了。"

"他最糟糕的问题是，如果去餐厅吃饭，等我们都吃完，他就会开始清桌子、打扫剩菜，把盘子叠起来。要是可以的话，他简直连洗碗都能包了，这实在叫人抓狂。"

"要是这就是最糟糕的问题的话……"

"没错。我现在过得开心多了，找到了一份喜欢的工作，找到了想共同生活的人。你知道吗？他很紧张可能见到你这件事。"

"是吗？"

"他不知道你会怎么看这事，他觉得你可能会很生气。"

"放在二十年前，我会的。"

"或者我们会旧情复燃，携手私奔。"

"啊，那就是我来这里的理由。"

她大笑："包装盒上是怎么说的来着？'烟花爆竹制品，一经燃放，恕不退货'。"

"但总有个时限吧，有吗？"

"我觉得二十年怎么也过期了。"

"二十年是个安全的时间。"我说，脑海中却冒出一个念头，我知道那是在钻牛角尖，但还是忍不住要问出来，"嘿，当年，你没有……喜欢乔治，对吧？"

"我们演戏那会儿？当然没有。"她拉起我的手，"我当时爱上你了，不是吗？"

"嗯，我也是。"

"我的意思是，你一定知道的吧？"

"是的。"

"我非常爱你，就是说，非常、非常。"

"啊，我也一样。"

"这种情形并不常发生，相信我。"

"是啊，很遗憾结果却不好。"

"不好吗？是很痛苦，但没有不好。"

"在商场里那样大吵。"

"我想是的，可我觉得如果最后是和平分手，那很可能一开始也就很平淡。想想看，能不吵不闹就结束的一段感情……说到底，那时候我们才十七岁，和现在不同。"

"完全不同。"

不知怎么的，我们的手握在了一起。我们坐着，沉默不语，我意识到自己竟希望我们俩是面对面坐着的，这样我就能看着她，而不是只能偶尔偷偷瞥上一眼，看她眼角的笑纹是不是又深了些，嘴角是不是出现了新的小皱纹，像黏土板上的指甲印，看她下唇上隆起的细细唇纹，牙齿上的小豁口像折起的书角。她把头发别到耳后，转过头来，微笑着。

"你的牙齿！"我脱口而出。

"什么？"

"我记得你的门牙上一直有一个小豁口。"

"噢，那个！"她咬着大拇指，展示那颗牙齿，"我把它补上了。不是因为爱美，是我的经纪公司说它会妨碍我接商务工作。事实证明，问题根本不在这里。"

"真可惜，我喜欢。"

"我还补了几颗——这消息能让你有点儿安慰吗？"她说着，屈起手指伸进嘴里。

"可以了，可以了。"

过了一会儿，她说："你喜欢那种事情吗？就是人家说'你一点儿都没变'之类的，哪怕他们说的是真心话。"

"我觉得这话的意思就是：'你看起来不比以前糟糕。'"

"可你看起来比以前好得多。"她说。

"在人到中年的时候？"

"我们已经是中年人了吗？"

"马上就到了。"

"哦，那这个年纪很适合你，查理，你看上去很好。"

"拜托，别说我'长大了'什么的。"

"嗯，这又是什么意思？"

"就是长胖了的意思。"

"那不是的。不，是你的脸，长开了，就像是……成熟了，终于长成了该有的样子。"

"那你看起来就是棒极了。容光焕发，是这么说的吗？"

"只是因为血压和情绪激动。屁股也大了些，因为生过孩子了。你还没有吗？"

"孩子？没有。我们喜欢孩子，绝对是真心话。我们正在努力，可以这么说吧。我是说，我们的确是在备孕。"

"噢……那祝你们好运！"

"谢谢，谢谢你。"

我想换个话题，但找不到方向。

"那么……"我说。

"那么——"

"我们该下去了。"

"噢，好的。"

"见到你真好。"

"我也是。"

"你看起来状态这么好。"

"得了吧，有点儿憔悴了。"

"不，我觉得你很美。这话我还是可以说的吧，是吗？"

"我不知道，乔治是个相当暴躁的男人，我想是的。"

到这儿就该结束了，我们该分道扬镳了。可她却抬起了我的手，端详着我们交错的手指。"有点儿怪。"她说。

"是的。"

"但不糟糕。"

"是的，不过……"

"我想过，关于我会是什么感觉，关于这个，我不想无病呻吟或者诸如此类的。"她说，"可初恋，我觉得那就像一首歌，一首傻乎乎的流行歌，你听到就会想，哦，这就是我想听的，里面什么都有，不用说，这就是有史以来最伟大的音乐，有了它，我什么都不需要了。当然，现在我们不会这样想了。我们心肠太硬，经历了太多，老于世故了。可当它从收音机里飘出来，呀，那依然是首好歌，本来就是。喏，这样是不是很深刻？"

"非常。"

"你过得很幸福，是吗？"

"是的。"

"嗯，我也是！我也是！你去吧。我们都有了幸福的结局。"

"所以我们不私奔了？"

"哈，正常来说的话，我应该说，走啊。可我马上就要做剖宫产，你也马上就要结婚了，所以……"

"那我们就到此为止了。"

"是的，到此为止吧。"

她的头轻轻蹭了一下我的肩膀，就一下。我们回头望去，黄色的灯光映出在半空飘洒的毛毛细雨。弗兰坐在长凳上，动了动，说道："这雨现在能淋湿衣服了，那么……"

"我们下去吧。"我说，长长叹出一口气，她站了起来。走到楼梯跟前时，我们顿住了脚步。"等一下。"我说。我知道，这就是告别了。还不等我多想，那些在我嗓子眼里堵了整晚的话就钻了出来。

"那个，我来这里是为了……"

"什么？"

"这话实在是老套，别嫌弃。"

"我什么都不能保证。"

"好吧，那段时间真是很古怪。我们认识那时候，我不太开心，什么都没考虑过。那时候我……我觉得自己快疯了。所以我想，总之就是……谢谢你。"

她挖苦地故意鼓了鼓腮帮，就一下，然后，往门框上一靠，盯着我看了一会儿，笑了，点一点头。

"我的荣幸。"她说。

回到派对上，乔治和我交换了电话号码，但我们都不打算用到。"我们将邀请大家共进晚餐！和你们的妻子一起！"我站在人群边缘，听一个男人说话，他将近五十岁，长发，发福了，穿一件褶边的衬衫——那是艾弗，我们的导演。我原本期望也能见到爱丽娜的。在我的想象中，经过了二十年，她一定已经变得非常有气派、强悍、了不起了，我期望她还能记得我，把我当成她的成功案例之一。但她没来，倒是艾弗看到我了，他的目光停留了片刻，试图把我跟照片里某个他记不起来的人对上号，然后就接着谈论他那些有趣的见闻故事了。《皆大欢喜》组的一个成员揭开俱乐部那架老钢琴的琴盖，弹了一段分解和弦，他们唱起了"一对情人并着肩"[1]，歌声交融和谐，颤音圆润。不待一曲终了，海伦就快步穿过房间，抓住了我的胳膊。

"我们赶紧走吧！"

"好，等我先去道个别，跟——"

"'……嗨哟嗨哟嘿嘿哟……'"

"不，现在就走，查理，马上！"

我抓起外套，抬眼找了找弗兰和他们一家，不过看来他们已经走了。

---

1. 出自莎士比亚剧作《皆大欢喜》。

谢幕

去年，我爸爸过世了。曾经那样困扰着我的童年和少年时期的事终究还是发生了。我想象过各种各样的情况，都无比逼真，万幸，实际情形和那些都不一样。心脏病发作，几乎在我收到消息的同时就结束了，可我并不清楚猝死究竟是不是真的够快。谁又能知道呢？

他还不到六十岁，虽说痊愈的故事听来更叫人安慰，可事实是，抑郁症反反复复，在他人生的后二十年里一直纠缠不去。但我更愿意认为快乐的时光来得更多，我——我们——在预测和管理低潮期上做得越来越好。这很大程度上要归功于他的妻子——第二任妻子莫琳——他在工作中遇到的。莫琳是那种和妈妈截然相反的人，认真严肃、滴酒不沾，是虔诚的教徒。我得承认，在二十多岁住在伦敦的那段时间里，我觉得他们那栋小木屋（小木屋！）的气氛沉闷乏味得叫人无法忍受，所以很少去看他们，更是从来不会留下过夜。坏脾气的继子，这样的角色在当年就是为我量身定制的。他们的婚姻和提早退休的状态很相似，在那个整洁、烘热的客厅里，我从来待不过两个钟头。莫琳一心扑在我爸爸身上，全心全意的奉献是乏味的。可我知道，他们也常常开怀大笑，也会休假徒步，脚步笃笃地走在南唐斯丘陵步道上，走在哈德良城墙下，走过超长传送带一般的西南海岸小径上。莫琳甚至培养出了对爵士乐的兴趣——一种我虽然不时尝试却永远无法获得的品位。年纪渐长之后，我开始感激她为爸爸的后半生带来了幸福与安宁。大体上，我和爸爸没多少相像的地方，除了同样自怨自艾、多愁善感的倾向和不肯宣之于口的对爱的信仰——我们都认为即便做不到整体的综合疗愈，它至少也是一种治疗。对我爸爸来说，这个信仰的副作用就是害怕孤独，害怕不被爱，或者，最糟糕的，害怕自己不值得被爱。可在他的第二次婚姻中，这种恐惧渐渐消失了，我更愿意相信，在那个早晨散步途中心脏骤停之前，他是比从前都满足的。我愿意这样去想。

自然，他的去世是追忆过去的诱导剂，可过去常常是紧张痛苦的，所以才有了上面的结论。然而，每当想到爸爸时，出现在我脑海里的总是那个夏天。他和我现在一般年纪，那几个月里有着我们俩之间最好和最坏的一切。

唯独缺了一个场景：爸爸与弗兰·费舍尔的相见。

最后一场演出结束后，我在台侧看到他们在说话，爸爸说了什么，弗兰笑了起来，她一只手搭在另一只的小臂上，轻轻点头，几乎整个埋了下去，我猜是因为被当面赞美了。我看了他们好一会儿，很高兴他们能相处得这么好。我知道他会喜欢她，也希望她能从他身上看到一些他儿子暂时还没有展现出来的品质——也许是诚实，也许是友善。

我就那么看着。贸然加入有风险，可能会打破什么，再说了，那时候我还满怀期待，以为未来还有无数的机会能和他们——和当时我生命中最重要的两个人共处。他们通过一两次电话，但再也没有见过面。在这一刻，我蓦然心惊，意识到我再也见不到他们俩中的任何一个了。

不要紧。

不要紧。

这是一个爱情故事，虽然已经结束，但我突然意识到，在这之中其实蕴含了四重、五重，甚至更多重的爱：亲情与父爱；慢慢孕育、慢慢燃起的朋友之爱；轰然爆发，短暂而炫目的，只有在火光燃尽之后才能定睛直视的初恋之爱。一个简简单单的字眼儿就能蕴含这样丰富的内涵，也许应该有不同的词语来对应这样形态纷繁而又沉甸甸的东西。但眼下，就只有这一个词来承载以上种种，还有夫妻之爱。

我的妻子。我能习惯这个称呼吗？从聚会回到家里，我看到尼亚芙在沙发上睡着了，阅读灯低低地垂在她头上，太近了，屋子里有头发烤焦的味道。我把灯挪开，她惊醒了。

"怎么？哈喽。"

"闻着像是有头发烧焦了。"

"嗯？哦，那是我的新香水，准备婚礼上用的，Cheveux Brûlés[1]。"

"我喜欢。"

她打了个哈欠，伸手摸一摸头皮，问道："几点了？"

"九点四十五。"

"野孩子。她呢？"

"她在楼下的车里等着呢。"

"这样好吗？"

"我只是上来收拾几件行李的。"

"我们的车。"

"是啊，我们把车抢了。"

"看来情况不妙。电视能留给我吗？"

---

1. 法语：烧焦的头发。

"那不会让你想起我吗？"

"不太会。谁来给酒席承办公司打电话？"

"明天再说吧。"我吻了吻她，"我能坐下吗？"尼亚芙挪了挪，我们头靠头坐着。

"能拿这些事开玩笑，一笑置之，我们真是棒极了，对吗？"她说。

"事实上，尼亚芙，是你能对这些事一笑置之。"

"我吗？"

"是的，你。"

"很好。"

"我们上床去吧。"

没人动。

"话说回来，她怎么样？"

"老了。"

"那还真叫人吃惊。"

"她很好，所有人都是。她很幸福。"

"你也是吗？"

"我也是。"

"哦，那就好了。"她说，"你能期望的就是这个了，不是吗？那就是你想要的。现在，你知道了。"

现在，我知道了。

《罗密欧与朱丽叶》剧本节选 [1]

[英] 威廉·莎士比亚

第一幕
第四场

茂丘西奥

啊！那么一定是春梦婆来望过你了。

她是精灵们的稳婆；她的身体只有郡吏手指上一颗玛瑙那么大；几匹蚂蚁大小的细马替她拖着车子，越过酣睡的人们的鼻梁，她的车辐是用蜘蛛的长脚做成的；车篷是蚱蜢的翅膀；挽索是小蜘蛛丝，颈带如水的月光；马鞭是蟋蟀的骨头；缰绳是天际的游丝。替她驾车的是一只小小的灰色的蚊虫，它的大小还不及从一个贪懒丫头的指尖上挑出来的懒虫的一半。她的车子是野蚕用一个榛子的空壳替她造成的，它们自古以来，就是精灵们的车匠。她每夜驱着这样的车子，穿过情人们的脑中，他们就会在梦里谈情说爱；经过

1.选自朱生豪译《罗密欧与朱丽叶》，据原文有增补。

官员们的膝上，他们就会在梦里打躬作揖；经过律师们的手指，他们就会在梦里伸手讨讼费；经过娘儿们的嘴唇，她们就会在梦里跟人家接吻，可是因为春梦婆讨厌她们嘴里吐出来的糖果的气息，往往罚她们满嘴长着水泡。有时奔驰过廷臣的鼻子，他就会在梦里寻找好差事；有时她从捐献给教会的猪身上拔下它的尾巴来，撩拨着一个牧师的鼻孔，他就会梦见自己又领到一份俸禄；有时她绕过一个兵士的颈项，他就会梦见杀敌人的头，进攻、埋伏、锐利的剑锋、淋漓的痛饮——忽然被耳边的鼓声惊醒，咒骂了几句，又翻了个身睡去了。就是这一个春梦婆在夜里把马鬣打成了辫子，把懒女人龌龊的乱发烘成一个个胶粘的硬块，倘然把它们梳通了，就要遭逢祸事；就是这个婆子在人家女孩子们仰面睡觉的时候，压在她们的身上，教会她们怎样养儿子；就是她——

第一幕

第五场

（向朱丽叶）

罗密欧　要是我这俗手上的尘污
　　　　亵渎了你的神圣的庙宇，
　　　　这两片嘴唇，含羞的信徒，
　　　　愿意用一吻乞求你宥恕。

朱丽叶　信徒，莫把你的手儿侮辱，
　　　　这样才是最虔诚的礼敬；
　　　　神明的手本许信徒接触，
　　　　掌心的密合远胜如亲吻。

罗密欧　生下了嘴唇有什么用处？

朱丽叶　信徒的嘴唇要祷告神明。

罗密欧　那么我要祷求你的允许，
　　　　让手的工作交给了嘴唇。

朱丽叶　你的祷告已蒙神明允准。

罗密欧　神明，请容我把殊恩受领。
　　　　（吻朱丽叶）
　　　　这一吻涤清了我的罪孽。

朱丽叶　你的罪却沾上我的唇间。

罗密欧　啊，我的唇间有罪？感谢你精心的指摘！
　　　　让我收回吧。

朱丽叶　你可以亲一下《圣经》。

第三幕
第二场

朱丽叶

　　快快跑过去吧，踏着火云的骏马，把太阳拖回到它的安息的所在；但愿驾车的法厄同鞭策你们飞驰到西方，让阴沉的暮夜赶快降临。展开你密密的帷幕吧，成全恋爱的黑夜！遮住夜行人的眼睛，让罗密欧悄悄地投入我的怀里，不被人家看见也不被人家谈论！恋人们可以在他们自身美貌的光辉里互相缱绻；即使恋爱是盲目的，那也正好和黑夜相称。来吧，温文的夜，你朴素的黑衣妇人，教会我怎样在一场全胜的赌博中失败，把各人纯洁的童贞互为赌注。用你黑色的罩巾遮住我脸上羞怯的红潮，等我深藏内心的爱情慢慢地胆大起来，不再因为在行动上流露真情而惭愧。来吧，黑夜！来吧，罗密欧！来吧，你黑夜中的白昼！因为你将要睡在黑夜的翼上，比乌鸦背上的新雪还要皎白。来吧，柔和的黑夜！来吧，可爱的黑颜的夜，把我的罗密欧给我！等他死了以后，你再把他带去，分散成无数的星星，把天空装饰得如此美丽，使全世界都恋爱着黑夜，不再崇拜炫目的太阳。啊！我已经买下了一所恋爱的华厦，可是它还不曾属我所有；虽然我已经把自己出卖，可是还没有被买主领去。这日子长得真叫人厌烦，正像一个做好了新衣服的小孩儿，在节日的前夜焦躁地等着天明一样。啊！我的奶妈来了。

她带着消息来了。谁的舌头上只要说出了罗密欧的名字，他就在吐露着天上的仙音。

〔全书完〕

有你的夏天

作者 _ [英] 大卫·尼克斯　译者 _ 杨蔚

产品经理 _ 徐羚婷　装帧设计 _ 星野　产品总监 _ 夏言　封面插画 _ Moeder Lin
技术编辑 _ 顾逸飞　责任印制 _ 刘淼　出品人 _ 吴涛

营销团队 _ 毛婷 阮班欢　物料设计 _ 星野

果麦
www.guomai.cn

以 微 小 的 力 量 推 动 文 明

著作权合同登记号：06－2023 年第 278 号

© 大卫·尼克斯 2024

图书在版编目（CIP）数据

有你的夏天 /（英）大卫·尼克斯著 ；杨蔚译．——
沈阳 ：万卷出版有限责任公司，2024.1
书名原文：Sweet Sorrow
ISBN 978-7-5470-6397-2

Ⅰ．①有… Ⅱ．①大… ②杨… Ⅲ．①长篇小说－英
国－现代 Ⅳ．① I561.45

中国国家版本馆 CIP 数据核字（2023）第 211938 号

Sweet Sorrow by David Nicholls
Copyright © Maxromy Productions Ltd., 2019
Published in agreement with Curtis Brown Group Limited of
Haymarket House through Big Apple Agency
Simplified Chinese translation copyright © 2024 by Guomai Culture &
Media Co., Ltd. All rights reserved.

出 品 人：王维良
出版发行：北方联合出版传媒（集团）股份有限公司
　　　　　万卷出版有限责任公司
　　　　　（地址：沈阳市和平区十一纬路 29 号　邮编：110003）
印 刷 者：天津丰富彩艺印刷有限公司
经 销 者：全国新华书店
幅面尺寸：145mm×210mm
字　　数：360 千字
印　　张：14.5
出版时间：2024 年 1 月第 1 版
印刷时间：2024 年 1 月第 1 次印刷
责任编辑：张鸿艳
责任校对：张　莹
装帧设计：星　野
ISBN 978-7-5470-6397-2
定　　价：68.00 元
联系电话：024-23284090
传　　真：024-23284448

常年法律顾问：王　伟　版权所有　侵权必究　举报电话：024-23284090
如有印装质量问题，请与印刷厂联系。联系电话：021-64386496